全本全注全译丛书

中华经典名著

林家骊◎译注

# 楚 辞

中华书局

**图书在版编目（CIP）数据**

楚辞/林家骊译注. —2 版. —北京：中华书局, 2015.1
（2025.1 重印）
（中华经典名著全本全注全译丛书）
ISBN 978-7-101-10682-4

Ⅰ.楚… Ⅱ.林… Ⅲ.①古典诗歌-诗集-中国-战国时代
②《楚辞》-译文③《楚辞》-注释 Ⅳ.I222.3

中国版本图书馆 CIP 数据核字（2015）第 010264 号

| | | |
|---|---|---|
| 书　　名 | 楚　辞 | |
| 译 注 者 | 林家骊 | |
| 丛 书 名 | 中华经典名著全本全注全译丛书 | |
| 文字编辑 | 宋凤娣 | |
| 责任编辑 | 胡香玉 | |
| 装帧设计 | 毛　淳 | |
| 责任印制 | 管　斌 | |
| 出版发行 | 中华书局 | |
| | （北京市丰台区太平桥西里 38 号　100073） | |
| | http://www.zhbc.com.cn | |
| | E-mail:zhbc@zhbc.com.cn | |
| 印　　刷 | 北京盛通印刷股份有限公司 | |
| 版　　次 | 2010 年 6 月第 1 版 | |
| | 2015 年 1 月第 2 版 | |
| | 2025 年 1 月第 27 次印刷 | |
| 规　　格 | 开本/880×1230 毫米　1/32 | |
| | 印张 13½　字数 300 千字 | |
| 印　　数 | 407001-427000 册 | |
| 国际书号 | ISBN 978-7-101-10682-4 | |
| 定　　价 | 33.00 元 | |

# 目　录

# 前　言

　　当我们穿越时空来到战国时代的时候,我们无法不为这个时代绚丽辉煌的文化所惊叹、所倾倒。那正是被德国哲学家雅斯贝尔斯称为"轴心时代"的人类文明的黄金时段,那绝对是一个大动荡、大沉沦、大崛起的时代,多少动人心魄的历史妙闻,多少让后人恨不起死从之游的先贤,中国各种经典的传统文化、思想与学术均在此期间喷射而出。这期间,出现了一位凝聚中国文人精神的世界文化伟人——屈原以及让千百年来仁人志士、文人墨客为之沉醉的一种文体——"楚辞"。

## 一

　　楚辞,一般被认为是以屈原为代表的战国诗人所创作的一种文体,自刘向将屈原、宋玉等人的作品选辑成集并命名为《楚辞》,楚辞又成为一部诗歌总集的名称;在某种意义上,楚辞又是屈、宋诸人作品的专称;经过后世文人的研习、模拟和歌咏,楚辞二字又凝聚了在痛苦和挣扎中对高洁情操与理想坚守不屈的屈原精神。"楚辞"之名是汉人对楚地文学作品的泛称。《汉书·地理志》云:"始楚贤臣屈原被谗放流,作《离骚》诸赋以自伤悼。后有宋玉、唐勒之属慕而述之,皆以显名。汉兴,高祖王兄子濞于吴,招致天下之娱游子弟,枚乘、邹阳、严夫子之徒兴于文、景之际。而淮南王安亦都寿春,招宾客著书。而吴有严助、朱买臣,贵显汉朝，子辞并发，故世传《楚辞》。"此段之意，枚乘、邹阳、严夫子、严助、朱买臣都曾经作楚辞，而刘向所集《楚辞》中不见载，于是可知楚辞的概念范畴不但包括刘向所辑《楚辞》，还包括其他楚地作品。"楚辞"在西汉初期曾一直是称呼具有楚地特色作品的泛称。又，《汉书·朱买臣传》："会邑子严助贵幸，荐买臣，召见，说《春秋》，言楚词，帝甚说之，拜买臣为中大夫，与严助俱侍中。"汉代皇帝为楚人，好楚声，所以朱买臣等文学侍从之臣以楚地文辞作品取悦帝王，未必皆是屈原等悲愁之言，而很可能包括一些像汉大赋那样具有愉悦君王性质的作品，屈、宋作品可能只是其中的一部分。不然，君王何以"甚说之"？"楚"，表明这类作品带有鲜明的地方色彩，黄伯思在《东观余论·校定楚辞序》中说："盖屈、宋诸骚，皆书楚语，作楚声，纪楚地，名楚物，故可谓之楚辞。""辞"，乃是先秦及汉代在很长一段时间内连篇属文之泛称。《荀子·正名篇》曰："辞也者，兼异实之名以论一意也。"王先谦注曰："辞者，说事之言辞。兼异实之名，谓兼数异实之名，以成言辞。犹若'元年春，王正月，公即位'，兼说亡实之名，以论公即位之一意也。"荀子这段话的意思是说，辞是指组合能够表示不同名实的字而成文以表达一个中心意思。"辞"在先秦是个泛称，并没有成为一种文体，直到南北朝时萧统选编《文选》才将"辞"单列一目、成为一体的。所以"楚辞"二字连在一起最初还没有文体之意，而仅是指具有楚地特色的文学作品而言。直到西汉刘向将屈、宋诸人作品集而题之为《楚辞》——他当初也许是只给整理出来的这一类文献贴个大家所熟悉的标签而已，"楚辞"从此便由一个泛称而逐渐变为以屈骚作品为核心的一个专称。

　　我们现在基本上将楚辞等同于骚体，实则楚辞原本是一个比骚体更为宽泛的范畴，骚体也许才能更好地说明我们今天称之为《楚辞》的什物。汉人将屈、宋诸作皆目之为赋，于是楚辞、骚体、屈赋便长时间在人们的观念中模糊不清。我们从不同的角度对此问题进行清理：楚辞，能够更好地说明《楚辞》的语言质材来源——楚地言辞；骚体，对《楚辞》

在体式和精神性质上的定位——是以《离骚》的体式和精神为核心而得名；屈赋，则是汉人对《楚辞》这类作品在文体类别上的界定——属于赋。

二

屈原是《楚辞》的灵魂人物。

屈原（公元前 339 年？—前 278 年？），名平，字原，楚国贵族。他的祖先是传说中的远古五帝之一——颛顼高阳氏。高阳的子孙中的一支受封于楚，传到楚武王熊通的时候，熊通的儿子熊瑕被封在"屈"这个地方，他的后代就以"屈"为姓氏，所以屈原乃是楚王本家位尊显赫的贵族。从《左传》《国语》等典籍来看，屈氏才人辈出，且多担任要职，如有屈瑕、屈重、屈完、屈寇、屈到、屈建、屈申等都曾经担任莫敖一职，处理楚国的内政、外交，甚至率领全国军队作战，都是楚国出将入相的重要人物。屈原就出生在这样一个非同一般的贵族背景的家庭里。据《离骚》，他的出生日期非常特殊——寅年寅月寅日，经学者们推算，应该是楚元王元年（公元前 339 年）正月十四日。他的父亲伯庸为他取了美好的名字，名正则，就是公正而有法则的意思，希望他长大后内心有法度，成为一个正直的人。到了成年及冠的时候，又为他取字为灵均，王逸注曰："灵，神也。均，调也。""灵"与"天"相合，"均"与"地"相合，他的字的意思就是屈原会成为一个上可安天、下可安地，也就是王逸所说的"上能安君"、"下能养民"的于国于家都有用的非凡人才。《史记》中载屈原名平，字原，王逸《楚辞章句》有注曰："高平曰原，故父伯庸名我为平以法天，字我为原以法地。"《史记》中记载的名、字与《离骚》中屈原自述的名、字不一致，但在意义上却有相通之处，都是认为屈原从出生起就被赋予以能够作出大事业的伟人般的名字。

屈原可能有一个姐姐，也就是在《离骚》中称为女媭的那一位，也有人认为女媭是诗人为了情节而假想的人。由于文献不足征，待考。

　　贵族家世使屈原从小受到良好的教育,他聪明好学,悟性又高,年纪轻轻便"博闻强志,明于治乱,娴于辞令"(《史记·屈原列传》);他知识渊博,记忆超群,却又不是那种只会读书的书呆子,而是深明治国之道,心怀大志,面对楚国政治上的种种弊端则锐意改之;能言善辩,擅长外交辞令应对;其文辞写作才能非同凡响,以致后来失意之时能够创作出《离骚》那样伟大的诗篇来,绝非朝夕之间而能为之者。贵族的身世,杰出的才能,屈原可谓是一表人才。楚怀王年间,屈原出任左徒一职。据游国恩先生推断,左徒是仅次于楚国最高行政长官令尹的显要职位,战国四公子之一的春申君黄歇便曾经由左徒而升为令尹,足见此职之尊。屈原那时"入则与王图议国事,以出号令;出则接遇宾客,应对诸侯"(《史记·屈原列传》),深得怀王信任,真是风光无限。

　　当时周王室衰微,众多诸侯王争战不已,伺机争霸天下,东方的齐、西北的秦、江南的楚是当时最有势力的国家。齐国自古就是礼仪大国,而秦和楚则自古就被视为蛮夷之邦,或许蛮夷之地少中原礼仪条条框框的束缚,他们往往能够抓住时机改革政弊,楚有吴起变法,秦有商鞅变法,都是使他们能够成为强国的重要原因之一。楚的变法不彻底,政弊仍存;秦国励精图治,成为当时最具实力的国家。面对强秦日渐威侵,齐楚合纵而盟,双方若有危难,互相救援;秦国面对此局,采取远交近攻的连横策略,若要击败齐楚两个心患之国,须解除两国的联盟,才好各个击破。于是秦惠王派能言善辩的张仪出使楚国对怀王说:"大王诚能听臣,闭关绝约于齐,臣请献商於之地六百里。"(《史记·张仪列传》)商於在河南丹水之阳,是楚国的发祥地,但当时被秦国占领着。收回商於之地一直是楚王的梦寐以求的愿望,但苦于无力实现。而现在楚国只要解除和齐国的盟约,就可以收回这块土地,楚王觉得很划算,就高兴地答应了张仪的要求。等到楚国真的和齐国绝盟后,楚王派人到张仪那里去要六百里土地,张仪说:"臣有奉邑六里,愿以献大王左右。"(《史记·张仪列传》)怀王对张仪的无耻忍无可忍,一怒之下便发动了丹阳之战,结果楚军大败,不仅损兵折将,还让秦又侵占了汉中六百里的土地。怀王盛怒之极,继续发兵攻秦,楚又大败,楚无论败得多么狼狈,齐都坐视不救。秦王觉得一时还灭不了楚,又怕齐楚重新联盟,穷寇勿追,便答应归还楚国汉中的土地讲和。意气用事的怀王不要失去的土地,只要秦王把张仪送过来以报欺诈之恨。而张仪深知怀王耳软之禀性,便毫无畏惧地来到楚国,买通了怀王周围的近臣及宠妃帮他说话。怀王果然不再想杀张仪了。等屈原外出回来,张仪已经离去。

秦国日益强大,六国疆土日渐难保。楚国在几次外交、战争中失败,衰落不振。公元前299年,秦发兵攻楚,不仅占领了楚国八座城池,还胁迫怀王亲自到武关赴约。楚国以公子子兰为首的奸佞集团竭力怂恿怀王赴约,以求一时之安;忠信正直的屈原虽身被黜却竭力劝阻怀王不要赴约。怀王不听屈原之言,反而一怒之下将屈原流放到汉北。耳软的怀王竟天真地赴约,结果被秦国无情扣留,逃跑未果,三年后惨死于秦。

楚国的新国君顷襄王并不比怀王好到哪去,他任用弟弟子兰为令尹,继续听信佞臣的话。子兰当初怂恿怀王赴约而死,屈原曾经力谏怀王不要去,所以子兰从来都把屈原看成眼中钉,便唆使近臣们继续说屈原的坏话,顷襄王便把屈原流放到更远的江南去。朝政为软弱无能、没有骨气的佞臣所把持,使楚国长期处于屈辱求和的状态,楚国疆土一失再失。顷襄王二十一年(前278),秦将白起攻破郢都,楚国败亡,屈原悲愤绝望,自沉于汨罗江中。

除屈原外,其他几位楚辞作家也都是文学史上很有名气的人物:

宋玉,战国时鄢(今属湖北襄樊)人,楚襄王时为官。其出身大概不高贵,是楚王的御用文人,尚辞赋。《史记》上说他:"好辞而以赋见称。然皆祖屈原之从容辞令,终莫敢直谏。"他可能本性也是个正直之人,但又不敢像屈原那样直言劝谏,仕途不显。

贾谊,雒阳(今河南洛阳)人,他十八岁就以博学广闻而名驰乡郡,二十岁刚出头的时候,就被汉文帝征召为博士,不久升太中大夫,好议国家大事,为大臣周勃、灌婴等排挤,贬为长沙王太傅三年,后召回改任梁怀王太傅,梁怀王不慎坠马而死,贾谊悲伤无限,不久也死去了,只活了三十三岁。

淮南小山,其人不详。可能是淮南王刘安的门客。淮南王修学好古,手下门客众多,常常诗赋相竞,淮南小山盖为其中之一。其既为门客身份,后亦未闻显达,想必亦是怀才而难以施展者(也有人认为淮南小山是集体性质的笔名)。

东方朔,字曼倩,平原厌次(今属山东)人,汉武帝时人。武帝即位,征召四方之士,东方朔自荐而入仕,给武帝写有三千竹简的治国之策。他言辞幽默,被视为滑稽派人物,才富五车却不见大用。

刘向,字子政,本名刘更生,楚元王的后代,沛县(今属江苏)人。他曾奉命领校群书,在保存古代文化典籍方面作出巨大贡献。但仕途不顺,曾两次下狱,还有一次被贬为庶人。成帝时虽得进用,屡次上书劝谏皇帝而上无听。

王褒,字子渊,西汉蜀郡(今属四川)人。他因文才出众而待诏金马门,又因辞赋出众而受到皇帝喜爱,但还未曾有所作为就病死了。王褒的生平较简单,入京后主要充当皇帝的文学侍从。想王褒以巴蜀一文人而入京求仕,前途难卜,苦闷亦为情理中事。

严忌,会稽吴(治今江苏苏州)人。本姓庄,东汉时因避明帝刘庄讳,改为严。以文才与善辩闻名于世。先为吴王濞门客,后刘濞欲谋反,严忌与枚乘上书劝谏而不听,严忌遂离吴,投奔梁孝王。梁孝王对严忌有一定的礼遇,但严忌始终未能显达或有所作为。

王逸,字叔师,南郡宜城(今属湖北)人。历官校书郎、侍中,作《楚辞章句》。其子延寿二十余岁便溺水而死。王逸官不过侍中,宦海浮沉,亦多感慨。《九思》序云:“逸与屈原,同土同国,悼伤之情,与凡有异。”

　　观以上楚辞作家，他们基本上都与屈原有着某种共同之处——内心正直、身怀奇才而又不为世所用，或仕途不显，或人生坎坷，其中如宋玉、东方朔、严忌、王褒都是较为低下的文学侍从的身份。他们从屈子那里获得异代知音的天涯沦落的同悲感，将骚体创作凝聚成一种文化力量，使作品不仅具有其特有的写作内容、写作技巧、写作用语、写作文体，也形成了一种中华民族千百年来士人心里永远挥抹不去的屈骚精神。

三

　　在屈原所有的作品中，《离骚》是其最重要的作品。如果说屈原是楚辞的灵魂人物，那么《离骚》则是楚辞的灵魂诗篇。所以，体悟《离骚》的深韵与意味是解读楚辞与屈骚精神的入门之钥。

　　《离骚》作于诗人放逐汉北时，是我国古代最长的政治抒情诗，充满爱国激情和忧愁愤懑。全诗分三部分：第一部分是诗人对往事的回顾，抒写了家世出身、政治抱负、忠而被疏的痛苦困惑和坚持理想的执著精神；第二部分以女媭之劝为远行的契机，写诗人先后经历重华之证、帝阍之拒、求女之败，作为人间的象征，勾勒了诗人不懈追求美政理想的艰辛足迹以及理想破灭的残酷现实；第三部分表现诗人在艰苦的环境中仍然没有完全放弃希望，他问卜灵氛，求疑巫咸，并听从二者的建议决计远行，但就在他升腾远游之时，对故国的强烈眷恋使他不忍离开，展示了诗人内心去与留的复杂矛盾。

　　《离骚》叙述的故事内容并不复杂，重要的是由内容体现出的种种精神内涵：

　　首先，《离骚》体现出一种震撼古今、让无数志士仁人为之动容、为之景仰的伟大的爱国主义精神。

　　屈子一心为君为国，意欲振兴楚国，却屡遭小人谗言陷害。但他从不管自身处境如何，将个人生死置之度外，每天思考的都是国家的兴亡安危。即使被流放,对楚国战事失利、国家衰败之困境莫不痛心疾首,以致形容枯槁;即使没有人理解他,也绝不改初衷,叹息流泪,对君国之心,"虽九死其犹未悔"。

其次,决不与世俗同流合污的独立精神。

怀王与顷襄王都不是有作为的君王,他们听信谗佞的顺耳奉承之语,听不进去像屈原那样的直言相谏。昏庸的君王势必导致朝中官员向公子子兰、上官大夫靳尚之流看齐,并与他们结党营私,同混浊流,这才是当时为官之道的主流。像屈原那样不顾生死而直言劝谏的人,无疑会被世人嘲笑为不识时务。但是屈原"世人皆醉我独醒,世人皆浊我独清",即使全天下的人全浑浊,他也要一个人保持清白!即便是死,也决不与世俗同流合污,"宁溘死以流亡兮,余不忍为此态也"。这样一种坚守心中信念、独立不迁的精神历来为世惊叹不已。

第三,不断进修内美的高洁精神。

屈原十分注重自身的修行,内心保持美好的品质,以恐被险恶的世道或肮脏的东西污染自己的美德。在《离骚》中,屈原不断地种植香草:"余既滋兰之九畹兮,又树蕙之百亩",经常将香草佩带在身上:"纫秋兰以为佩",甚至用香草做衣服:"制芰荷以为衣兮,集芙蓉以为裳",一餐一饮也不忘修身:"朝饮木兰之坠露兮,夕餐秋菊之落英",即使这样,他也总是担心自己做得还不够好:"老冉冉其将至兮,恐修名之不立"。屈原从不把这样的修身当成苦行,而是自得其乐,习以为常:"民生各有所乐兮,余独好修以为常。"这与《论语》中曾子"一日而三省吾身"(一天之内多次反省自己还觉得不够)的修美精神是有灵通之处的。

第四,不畏艰险、百折不挠的上下求索精神。

《离骚》中先后写了屈原的几次求女经历。为了求得心中理想的品貌双修的女子,他马不停蹄、夜以继日的赶路,"吾令凤鸟飞腾兮,继之以日夜";好不容易来到高丘,高丘却无女可求;又令丰隆乘云赶路以求宓妃,谁知宓妃是个外表美丽却不懂礼仪的人;又赶到瑶台,看见有娀之女,媒人鸩鸟却告诉他那个女子不好;继续远游,看见有虞氏两位姓姚的姑娘,结果由于"理弱而媒拙",还是未曾求得。屈原不断地求女,但每次总是由于各种原因而所求非人。每一次都令屈原痛苦万分,而他又不曾气馁,如夸父追日一般虽路途漫漫却没有放弃,"路漫漫其修远兮,吾将上下而求索",再苦再难,他也要坚持真理、坚持正确的道路,毫无畏惧地进行下去。

第五,不固守旧俗的锐意图强、希冀美政的改革精神。

屈原是一个很有才干的政治家。看到楚国在政治上的种种弊端,他深为忧虑,并针对楚国的政治现实与天下形势,向楚王提出过一些改革建议:他提出"举贤才而授能",主张不分出身地位地选拔人才,其实这正是秦国后来能够广纳各国人才如韩非、李斯等而最终能吞并六国的重要策略;他提出"富国而兵强",既然要富国,必然要在经济上振兴,改变旧有的不合理的生产关系,以促进生产的发展——当然这首先要触动旧有贵族地主权益,历来改革均如此;"兵强"则要在军事力量上作全方位的强化。其实这几点也正是秦国能够战胜六国的重要因素。

屈原提出的建议都是欲使楚国富强的方案,可惜楚王不能贯彻。屈原心里有审视天下形势后所制定的整套措施,以期达到他心目中的"美政理想"。为了他的美政理想而不惜得罪上官等小人,屈原也正是因此才引起旧贵族的惶恐而见黜于楚王的。他的理想虽然没有实现,但是他进取的改革精神永远值得后人崇敬。

除了《离骚》之外,《九歌》、《天问》、《九章》等也是屈原的重要作品。《九歌》是屈原根据楚地民间祀神的乐歌经过艺术加工所创造的一组清新优美的抒情诗,包括《东皇太一》、《云中君》、《湘君》、《湘夫人》、《大司命》、《少司命》、《东君》、《河伯》、《山鬼》、《国殇》、《礼魂》十一篇作品,《九歌》所祀之神可分天、地、人三类,赞天神者如《东皇太一》、《云中君》、《东君》、《大司命》、《少司命》,赞地祇的有《湘君》、《湘夫人》、《河伯》、《山鬼》,赞人鬼的是《国殇》。若从乐歌的主题来看,有对自然神的热烈礼赞,有表达神神、神人相爱的恋歌,也有对爱国英雄的歌颂;再细究每首乐歌的主人公,则又有学者将其分为一对对配偶神,如《湘君》和《湘夫人》,《河伯》与《山鬼》,其中《湘君》、《湘夫人》所表达的二湘之间相互倾慕、思念、等待、追求而最终擦肩而过的爱情悲剧,成为《九歌》中最深情、最令人叹惋的华美乐章。《天问》是仅次于《离骚》的第二长篇,诗中一连提出一百七十多个问题,内容涉及天地生成、日月星辰运行、世间珍奇、远古神话、夏商周春秋战国的历史兴衰、楚国的将来等,包罗万象,一气呵成。这一百七十多个问题集中体现了屈原时代人们对自然社会运行发展规律的探讨,具有强烈的怀疑和批判精神,同时表现出诗人对宇宙空间的哲学思索与对国家及民族发展、人生命运的忧虑之情。所谓《九章》,是屈原创作的九篇作品的合称,分别是:《惜诵》、《涉江》、《哀郢》、《抽思》、《怀沙》、《思美人》、《惜往日》、《橘颂》、《悲回风》。这是一组政治色彩浓重、感情充沛的抒情诗,除了《橘颂》外,一般认为其余大部分篇章是屈原被疏远或在流放途中创作的,并非作于一时一地,以《惜诵》为最早,大概是与《离骚》同时的作品;其次是《抽思》、《思美人》,两篇均作于屈原谪居汉北时,《抽思》又较《思美人》为早;再次是《涉江》、《哀郢》,是顷襄王时屈原被放逐于江南时的作品;再次是《悲回风》、《怀沙》、《惜往日》,作后不久屈原就自沉汨罗了;最后还有一篇《惜往日》,是屈原的绝命辞。这八篇作品都是由作者直接出面,诉说其不幸遭遇,倾吐其愁苦之情,宣泄其家国之恨,都是出于"发愤抒情"的创作冲动,因而具有强烈的抒情言志特征。除《九歌》、《天问》、《九章》外,其余如《远游》、《卜居》、《渔父》等也基本上都是围绕屈原被放逐的经历、处境和苦闷心情而写的,其中透露的对现世的失落、对理想国的向往与对故乡的眷恋之情交织在一起,形成纠结环绕、欲说还休的强烈而复杂的情绪,这种情绪弥漫在字里行间,使作品呈现出既凝重又浪漫的整体风格。

　　宋玉是继屈原之后的战国时期的楚辞作家,其代表作品为《九辩》。

《九辩》以衰败的楚国社会现实为背景,借悲秋为契机,以思君为主题,通过叙述自己的经历、感叹不平的遭遇、抒发郁闷的情志等方法,阐述对楚国社会状况的悲叹与自己怀才不遇的惆怅,表现了诗人忧国忠君的情感和坚守节操的品格。面对楚国君臣的腐败无能,诗人不愿意流从世俗,然而,秋天的草木已然衰落,一如大势已去的楚国之悲凉。该篇以秋之凄凉渲染家国之悲,在情感上具有很强的感染力。

　　汉代楚辞作家大多都有过不愉快的人生经历,如贾谊政治失意,东方朔一生受倡优之讥,淮南小山、严忌身为诸侯王宾客,刘向一生多次遭贬下狱等。他们因人生尤其是政治不如意而产生的幽怨情绪,与屈原之骚怨是一脉相通的,他们创作的拟骚作品实际上糅合了对屈原的同情、理解和对自身经历的失意感叹。"黄鹄后时而寄处兮,鸱枭群而制之。神龙失水而陆居兮,为蝼蚁之所裁。"(贾谊《惜誓》)"哀时命之不及古人兮,夫何予生之不遘时!"(严忌《哀时命》)"林不容兮鸣蜩,余何留兮中州?"(王褒《九怀·危俊》)他们把对"士不遇"的感叹以伤愍屈原的形式体现出来,借对先贤的缅怀,寄托自己的心意。但与屈原楚辞的怨悱情绪不同的是,汉代骚体作品更多地体现为无可奈何的感叹。"夫黄鹄神龙犹如此兮,况贤者之逢乱世哉!"(贾谊《惜誓》)"惟郁郁之忧毒兮,志坎壈而不违。"(刘向《九叹·怨思》)"悲兮愁,哀兮忧。天生我兮当暗时,被谗谮兮虚获尤。"(王逸《九思·逢尤》)没有直冲云霄的愤怒和质问,只留下黯然的叹息。《招隐士》以"王孙兮归来!山中兮不可久留"结尾,更寓含了深切的规劝之意。

## 四

　　《楚辞》作为中国文学的两大源头之一,在艺术上取得了辉煌的成就,这其中,《离骚》就达到了屈原艺术的最高成就:

　　第一,强烈而又集中的抒情,塑造了一个历史上前所未有的抒情主人公形象。《离骚》与此前的诗三百显然不同。诗三百篇的时代属于集体诗学，那时人们并没有作者的观念，不管是谁的诗，拿过来只要能够吟唱表达心意就行了，三百篇中除了几首颂诗比较长以外，多数篇幅都比较短。短小的篇幅，简洁的表达，使《诗经》中任何一个诗篇中所塑造的人物都无法与《离骚》相比。《离骚》中诗人对自身的苦闷心情反复描写，沉痛已极，使读者无法不被其强烈炽热的抒情所感染。诗人头戴切云之高冠，身佩陆离之长剑，异于俗世之奇服，一个伟岸、高洁的主人公形象呼之欲出。反复表达心志的抒情将主人公忧国忧民的苦闷、怀才不遇的愁绪、对世道昏暗的愤慨、独立不迁的高洁等种种内心活动表现得淋漓尽致，这使主人公的人物性格比较完满典型地表现出来，给人以难以抹去的记忆。声声哀叹使其人如在眼前，枯槁消瘦、江畔长吟之状成为千古骚人的经典形象。

第二，大量使用象征的手法。诗人在诗篇中不是直接陈述事实，而是大量采用了象征手法，篇中出现秋兰、蕙茝、杜若等多种香草来象征自己洁身自好之意，出现臭艾等恶草象征奸佞小人。用远游求女象征对贤君的渴望，反复求女之不成象征自己人生之坎坷、志向难以实现。大量象征手法的运用，形成了文学史上著名的"香草"、"美人"意象群，不仅以后的楚辞作家大量运用，在后世的诗文作品中亦得到了广泛运用，大型组诗如阮籍的五言《咏怀诗》八十二首，陈子昂的《感遇诗》三十八首，细小作者用此手法者难以计数。每当文人失意而仍欲表达高洁情志时，莫不用此手法。

第三，浪漫想象思维的运用。诗人为涵养自己的美好品行，以芙蓉花为衣裳、以秋兰为佩，朝饮坠露、夕餐落英，这于通篇结构而言是一种象征手法。从诗人的思维来说则是充满神奇而又浪漫的想象。在求女的过程中，让他的马在太阳神洗澡的咸池里洗澡，将马拴在太阳神每日升拂的扶桑树上，诗人让日神在前带路，让风神作随从，让鸾鸟凤凰在前开道，让雷神驾云去寻找洛水女神宓妃。神话与想象的结合，使本来艰辛的求女带上极为浪漫的色彩，令人神往。

第四，骚体的开创性运用。在《离骚》中，诗人没有使用中原一带以《诗经》为典型的四言诗体，而是使用了楚地长短不一的句式。楚地的这种句式常带"兮"字，相当于语气词"啊"，每句必"兮"表现了诗人内心的沉痛，极大地增强了诗篇的感染力，增强了诗篇的抒情性，而长短不齐的句式则比呆板短小的四言句式更利于诗人灵活自如地抒情。长短不齐的句式大概是楚地比较流行的句法，如著名的《沧浪歌》《越人歌》等皆是如此。但以往的楚歌都比较短小，只有到了屈原这里，才将楚地灵活的句式创造性地发展。

《离骚》之后，《九歌》《天问》《九章》《远游》《卜居》《渔父》等篇章从句式上、抒情方式上、艺术表现手法上都对《离骚》有所借鉴。总的来说，这些作品都是以"兮"字句为主要句式，每句的字数五、六、七、八甚至过十，一篇之中各句字数并不完全等同，给人一种参差错落的美感。《九歌》非常注重自然环境与人物心理的结合，善于借对自然山川景物与物候节气的渲染来表达人物的复杂心情。如："嫋嫋兮秋风，洞庭波兮木叶下。"借风拂叶、叶落水的场景来表达主人公一叶知秋的萧索心态，达到了自然环境与人物情感的良好统一。《九歌》又善于以时间顺序为叙事线索，随着地点转换而展现不同的叙述视角，使叙事内容充实、多彩、引人入胜。《天问》最显著的特点就是通过一连串的追问，充分地表达作者对天地生成、人类历史发展的疑问，而对夏商周春秋战国历史兴衰的追问与反思，则寄托了作者对楚国现状与前景的担忧，背后隐藏的，是作者对国家的浓浓深情。《九章》诸篇是屈原在不同历史时期创作的，境遇不同，心理情感也有差异，但总体上都以强烈的抒情为显著特征。由于《九章》体现了屈原在不同历史时期的情感，因此具有高度的写实性。作品多以屈原的人生经历为背景，实实在在地描摹诗人的情感，使作品不但服从于屈原楚辞的抒情性特征，又具有史料的价值。《九章》的语言和修辞手法很高，作者注意情境合一，并注意对人物心理的描写，使各篇大体上形成一条心理情感发展的线索，使情感的体现更为生动可信。此外想象、虚构手法的运用也体现出明显的骚体特色,使作品具有一层瑰丽的色彩。《九章》艺术风格质朴而华美,成为屈原作品中的又一令人注目的亮点。《远游》运用大胆热烈的想象,加上曲折迂回的远游路径,形成大开大合、迷离恍惚的漫游场景,令人心驰神往;其中"远游"的结构给后世的拟骚诗在结构上以很多启示,去国远游与眷恋故乡之间的矛盾,成为许多拟骚作品的创作模式。而《卜居》的主客问答形式,承袭并发展了《天问》中的追问手法,使作品在灵活的形式中生动地表达作者对黑暗现实的激愤和抗争,对美善的坚持和对丑恶的弃绝,从中也流露出诗人的人生态度以及抉择的痛苦。《卜居》散文式的笔法,是汉赋的先导。问答的形式和对比的手法,在《渔父》中也有充分运用,《渔父》中的问答方式以及排比、铺叙、记述、对话等,对后代散体赋的写作有较大影响。

屈原之后,宋玉的《九辩》是承继《离骚》的优秀作品。《九辩》全篇将一个个的主体连接起来,使其各自独立而又相互关联,具有结构之美。从句式上看与《离骚》相仿,盖为离屈原所去时间未远之故;全文句式虽以上七下六句式为主,但另有许多其他句式,形成灵活多变的句式特点;不规则的句式特点加上笼罩全篇的萧杀情感基调,把作者愁肠百结却无处诉说的复杂情感表达得淋漓尽致。《九辩》以秋之悲凉渲染国家将亡、士人哀愁的心理,其渲染手法的运用在文学史上具有开创性的意义,该篇起句云:"悲哉秋之为气也! 萧瑟兮草木摇落而变衰",奠定了全文的感情基调,被后世奉为"悲秋之祖"。

汉代骚体作品对屈原楚辞的艺术特征既有继承也有发展。一方面,汉代骚体作品非常注重对屈原楚辞的模拟和继承,在遣词造句上都体现出明显的模拟特征;汉代楚辞在情感上基本承袭屈原楚辞抒情述志的结构,形式上也继承了屈原楚辞在篇幅、句式和结构上的一些主要特征,如"兮"字的大量运用,"远游"的结构等。另一方面,相比屈原楚辞,汉代骚体作品的篇幅明显缩短,句式趋于整齐。

　　纵观汉代骚体作品的外在体式，不难发现其中的大多数句式仍然继承了屈骚灵活多变的句式特征，如《惜誓》、《哀时命》、《招隐士》等。但这种灵活句式在稍后东方朔的《七谏》里第一次出现了转变的迹象。《七谏》中《初放》、《怨世》、《怨思》、《自悲》、《谬谏》诸篇句式仍然多变，但《沉江》、《哀命》两篇作品中多有齐言句式，呈现出明显的整齐性。东方朔而后，王褒《九怀》有《危俊》、《思忠》、《陶壅》篇，刘向《九叹》有《惜贤》篇，王逸《九思》有《疾世》、《遭厄》、《悼乱》、《伤时》、《守志》篇，均为齐言。结合其他作品可知，《章句》所录汉人作品中的齐言句式，是呈现出由少到多的趋势。汉代骚体作品有限的篇幅和整齐的句式，将试图从屈骚里继承下来的瑰丽的想象、奔放的激情限制在固定的框架里，从而失去了感染人心的巨大魅力。

　　汉代骚体作品在形式上的变化，与汉代诗歌在发展进程中体式逐渐趋向整齐的特征是有联系的。但这些作品和汉代诗歌的不同在于，汉代诗歌的形式进化即使没有屈骚作参照，也可以在诗歌发展史上寻找到来源和去路，即楚歌和五、七言诗。但汉代骚体作品基本上完全取源于屈骚，是屈骚在汉代流变的一种体现。在屈骚的参照下，汉代骚体作品体式的整齐化特征以及随之造成的艺术魅力的减弱，就成为屈骚在汉代发展的一个遗憾了。

　　汉代骚体作品中，值得一提的是淮南小山的《招隐士》，这篇作品与其他作品都不相同。《招隐士》渲染了幽深、怪异、可怕的山中环境，表现了此地不可久留的主题；在具体描绘时，以"石嵯峨"状山石突兀，以"树轮相纠兮林木茷骩"状草木荒芜，以"虎豹斗兮熊罴咆"状禽兽奔突，以"啾啾"状虫声哀鸣，用层叠的可怖意象渲染出使人恐惧不安的环境气氛。篇中更用"啾啾"、"萋萋"、"峨峨"、"凄凄"、"泬泬"等叠字，加以回环复沓的节奏，创造出"浏亮昂激"（王夫之《楚辞通释》）的音韵效果。《招隐士》的艺术成就，是屈原楚辞的艺术手法在后世得以发扬的良证。

五

楚辞在先秦直到汉初很长一段时间内,可能只是单篇流传。西汉刘向领校群书,将屈原、宋玉、贾谊、淮南小山、东方朔、严忌、王褒等诸人的拟骚作品,再加上自己所作的《九叹》,统编成十六卷,并题名曰“楚辞”。这应该是《楚辞》的第一次结集。至于楚辞的研究著作,自西汉淮南王刘安为《离骚传》,历代笺释、评论楚辞之作,林林总总,亦殊夥矣。

东汉时,王逸作《楚辞章句》,这是现存最早的楚辞注本(淮南王安、司马迁、刘向、扬雄、班固、贾逵均曾为屈赋作解,皆在王逸之前,但均已失传)。王逸,字叔师,南郡宜城(今属湖北)人。汉安帝元初中(117 年左右),举上计吏,为校书郎。顺帝时,官至侍中。事迹具《后汉书》卷八〇《文苑传》。《楚辞章句》以世传刘向所编十六卷本《楚辞》为底本,益以己作《九思》与班固二叙(序)为十七卷,而各为之注。王注保存了不少字词的古义,同时由于他生长于楚地(湖北属楚),时代又近古,故于《楚辞》中的方言土语,比较熟悉,并能于注中一一指出,这对于后人理解楚辞助益匪浅。此后至唐代这一段期间内,研究《楚辞》训诂学、音韵学方面的著作较多,基本上都是以王逸《楚辞章句》中的篇目为核心,但都已不存。

宋代有两个重要的注本,就是洪兴祖的《楚辞补注》和朱熹的《楚辞集注》。洪兴祖(1090——1155),字庆善,丹阳(今属江苏)人,宋徽宗政和(1111——1117)中登上舍第,南渡后历任秘书省正字、太常博士等职,后出知真州、饶州,因忤秦桧而编管昭州卒,事迹具《宋史·儒林传》。《楚辞补注》十七卷先列王逸原注,而后补注于下,逐条疏通证明,又皆以“补曰”二字别之,使与原文不乱。该书注释详明,而且敢于破除旧说、自立新解,又征引浩博,并且所录楚辞异文极多,是一本很重要的楚辞著作。朱熹(1130——1200)字元晦,晚年自称晦庵(别称紫阳),安徽婺源人。是宋代大儒,也是中国历史上最渊博的学者之一。事迹见《宋史》卷四二九《道学三》、《宋元学案》卷四八《晦翁学案》。《楚辞集注》八卷以王逸《楚辞章句》为底本,但对前人《楚辞》篇目的选编不甚满意,他认为《七谏》、《九怀》、《九叹》、《九思》都是无病呻吟之作,便将这四篇都删去,将贾谊的《吊屈原赋》、《鹏鸟赋》收了进去。他将这些楚辞作品分为两部分:将屈原的五卷命之为"离骚",编次为卷一《离骚经》、卷二《九歌》、卷三《天问》、卷四《九章》、卷五《远游》、《卜居》、《渔父》;将非屈原作品皆命之为"续离骚"类,编次为卷六《九辩》、卷七《招魂》、《大招》、卷八《惜誓》、《吊屈原赋》、《鹏鸟赋》、《哀时命》、《招隐士》。随文诠释。《楚辞集注》一书在义理方面多所阐发,强调其"忠君爱国"思想,文笔简洁明快,无诘诎苛碎之病。此书不以注释阐发楚辞为唯一目的,另外还寄寓着作者对当时政治斗争的积极态度。书后附《楚辞辩证》两卷和《楚辞后语》六卷。该书以它不同于《楚辞章句》和《楚辞补注》的面貌,奠定了它在楚辞学史上的地位。

以后,楚辞研究著作甚多,重要的有:明汪瑗的《楚辞集解》八卷(附《蒙引》二卷、《考异》一卷)、明王夫之的《楚辞通释》十四卷、清戴震的《屈原赋注》七卷(附《屈赋通释》二卷、《屈赋音义》三卷)、清蒋骥的《山带阁注楚辞》(附《楚辞余论》二卷、《楚辞说韵》一卷)、清胡文英的《屈骚指掌》四卷、近人马其昶的《屈赋微》二卷等。到了现代,楚辞研究著作就更多了,这里不再一一列举。

# 六

楚辞源远流长、深厚博大,引起历代文人的高度重视,以致使《楚辞》出现了众多的注本和篇目不同的文本,但始终以东汉王逸的《楚辞》篇目为流传最广、以宋代洪兴祖的《楚辞补注》为最常见之注本,本书即以学界通行的中华书局点校汲古阁刊本《楚辞补注》作为底本。

本书每篇均包括题解、注释、译文三部分。题解以简要且能概括全诗内容及艺术特征的语言勾勒出篇章概要。注释包括注音和释词两部分,难认的字在字后括注拼音,难理解和多解的字词和文化常识等一并出注。注释语言力求简明准确，极为重要的地方列举多家不同见解，并择其最善者而从之，为读者能更广泛地借鉴和选择留下思考的余地。对于较长的篇目，采用分段注释，以便于读者能对照注释迅速参透诗文蕴意，帮助理解诗词的妙处，体会诗篇遣词造句的艺术风格。译文力求直译，不妄加改动、随意增减，保持诗歌的原生态，或晓畅通达地传达原文喻意，便于读者更清晰地理解诗作的本意。

　　无论正文或注释、译文，均采用简化字，个别沿用已久的异体字在正文中不予改换而在注释中加以说明。对于楚辞中较多今天不常见的冷僻字，与今天相应的规范字、简化字字义有差别或易引起歧义者，仍保留这些异体字，不做改动，使读者据此能窥见原文风貌。

　　本书在题解和注释时，参考引用了众多历代学者或今人的研究成果，能出注者均直接在诗篇中标明，或有一些引用而未能逐一注出者，在此特别说明，并致以衷心的谢忱！希望此书在弘扬中华经典文化、传承爱国主义传统、激发民众学习热情等方面，能尽一些绵薄之力。

林家骊

2010 年 1 月于杭州

# 离　骚

## 【题解】

关于"离骚"的解释自古以来就歧义迭出,大致分为以下九种:

一、遭受忧患说。汉刘安《离骚传序》称:"离骚者,犹离忧也。"此说为司马迁采纳,他在《史记·屈原贾生列传》中引用刘安《离骚传序》的内容,并称:"故忧愁幽思而作《离骚》。离骚者,犹离忧也。"又"屈平之作《离骚》,盖自怨生也"。汉班固《离骚赞序》称:"离,犹遭也;骚,忧也;明己遭忧作辞也。"后世如颜师古、朱熹、钱澄之、段玉裁、王念孙、朱骏声等均持此说。

二、离别的忧愁说。汉王逸《离骚经序》称:"离,别也。骚,愁也。经,径也。言己放逐离别,中心愁思,犹依道径,以风谏君也。"明汪瑗《楚辞集解》、姜亮夫《重订屈原赋校注》亦持此说。

三、散去的忧愁说。宋项安世《项世家说》卷八称:"《楚语》伍举曰:'德义不行,则迩者骚离,而远者距违。'韦昭注曰:'骚,愁也;离,畔也。'盖楚人之语,自古如此。屈原《离骚》,必是以离畔为愁而赋之。其后词人仿之,作《畔牢愁》,盖为此矣。畔谓散去,非必叛乱也。"王应麟《困学纪闻·左氏传》卷六亦同此说。

四、离为卦名,代表火与光明。明周圣楷《楚宝》称:"离,明也;骚,扰也。何取乎明而扰也?离为火,火在天则明,风则扰矣。"

五、牢骚。清戴震《屈原赋注初稿》称:"离骚,即牢愁也,盖古语,扬雄有《畔牢愁》。离、牢,一声之转,今人犹言牢骚。"游国恩同此说。

六、楚古曲名,即《劳商》曲。游国恩《楚辞概论》称:"《大招》云:'楚《劳商》只。'王逸曰:'曲名也。'按'劳商'与'离骚'为双声字,古音劳在'宵'部,商在'阳'部,离在'歌'部,骚在'幽'部,'宵'、'歌'、'阳'、'幽',并以旁纽通转,故'劳'即'离','商'即'骚',然则《劳商》与《离骚》原来是一物而异其名罢了。"郭沫若《屈原研究》、何剑熏《楚辞拾沈》赞同此说。

七、远离忧愁说。钱钟书《管锥编·楚辞洪兴祖补注一八则》称:"'离骚'一词,有类人名之'弃疾'、'去病'或诗题之'遣愁'、'送穷';盖'离'者,分阔之谓,欲摆脱忧愁而遁避之,与'愁'告'别',非因'别'生'愁'。"

八、骚为楚地名,即蒲骚说。李嘉言《〈离骚〉丛说》一文称:"'骚'应解作地名。'离骚'就是离开'骚'那个地方。"其引《左传·桓公十一年》、《元和郡县图志》卷二七,认为"骚"即汉水之北应城县境的蒲骚,并由此推断屈原住在汉北时很有可能住在蒲骚,本篇则是离开蒲骚时所作。

九、离骚即离疏说。徐仁甫《楚辞别解》称:"疏骚双声,有方言读此二字同音者可证。知骚离即疏离,则离骚即离疏,而此作品之时期可考。《离骚》作于屈原初被疏远之时,《史记》本传说甚明确。"

虽然"离骚"释义异说纷呈,但为学界广泛认同的并不多。因此,在新材料发现之前,本书认为汉司马迁的离骚犹离忧说、班固的明己遭忧作辞说、王逸的离别忧愁说等比较符合实际。

《离骚》可分十二章。依次追述家世、姓名的由来,历数上古圣王、尧、舜、桀、纣等人的为政得失,申述作者远大的政治理想和在政治斗争中遭受的迫害,对社会政治的黑暗进行了揭露和批判,对幻想中的美政理想境界进行了热情的讴歌。此篇集中反映了屈原追求自身价值及社会理想的坎坷过程和最终美政理想破灭却忠于故国、独立不迁的人格,以及志洁行廉、上下求索的傲岸情怀。

据《史记·屈原贾生列传》，本篇的写作时间应在被楚怀王疏远之后；而司马迁《报任安书》又说"屈原放逐，乃赋《离骚》"，则当在楚顷襄王当朝，诗人再放江南时。至今尚无定论。

《离骚》以其无与伦比的思想艺术价值得到千百年来文人学者的推崇，并在创作中进行模拟，例如扬雄《反离骚》《广骚》《畔牢愁》，班彪《悼离骚》，梁竦《悼骚赋》，应奉《感骚》三十篇，挚虞《愍骚》，黄祯《拟骚》，黄道周《骞骚》《续离骚》《丛骚》，张灿《拟离骚》二十篇等，清人嵇永仁甚至还作有杂剧《续离骚》。明人胡应麟《诗薮·内篇》评价《离骚》对后世的影响说："屈原式兴，以瑰奇浩瀚之才，属纵横艰大之远，因牢骚愁怨之感，发沉雄伟博之辞。上陈王道，下悉人情，中稽物理，旁引广譬，具网兼罗、文词钜丽，佳制闳深，兴寄超远，百代而下，才人学士，追之莫逮，取之不穷。"作为与《诗经》并称的文坛双璧，《离骚》及其他优秀楚辞作品必当在世界文学殿堂中绽放出永恒的艺术魅力！

　　帝高阳之苗裔兮①，朕皇考曰伯庸②。摄提贞于孟陬兮③，惟庚寅吾以降④。皇览揆余初度兮⑤，肇锡余以嘉名⑥。名余曰正则兮⑦，字余曰灵均⑧。纷吾既有此内美兮⑨，又重之以修能⑩。扈江离与辟芷兮⑪，纫秋兰以为佩⑫。汩余若将不及兮⑬，恐年岁之不吾与⑭。朝搴阰之木兰兮⑮，夕揽洲之宿莽⑯。日月忽其不淹兮⑰，春与秋其代序⑱。惟草木之零落兮⑲，恐美人之迟暮⑳。不抚壮而弃秽兮㉑，何不改此度㉒？乘骐骥以驰骋兮㉓，来吾道夫先路㉔。

【注释】

　　①帝：帝之本义为花蒂（吴大澂说）或胚胎（姜亮夫说），引申为始生

之祖。在夏、商、周三代，称已死的君主为帝。屈原与楚王同宗，故也以帝高阳颛顼为始生之祖。高阳：集《史记》、《山海经》、《左传》、《吕氏春秋》等书及长沙出土帛书考之，颛顼有天下，号高阳。高阳是南楚神话中的地方神，始由天神所派，后逐步由地方神演变为楚人之祖先。苗裔(yì)：子孙后代。兮(xī)：语气词，楚地方言。一说可读若"啊"。

②朕(zhèn)：上古时代第一人称，至秦始皇二十六年(前221)，诏定为皇帝自称。这里是屈原自称。皇考：对亡父的尊称。皇，大，美，光明。考，指亡父。但也有学者提出皇考是指先祖或祖父。伯庸：屈原父亲的名或字。一说是屈原先祖或祖父的名或字。

③摄提：此处为"摄提格"的省称。岁星名。古代岁星记年法中的子、丑、寅、卯、辰、巳、午、未、申、酉、戌、亥十二辰之一，相当于干支纪年法中的寅年。《尔雅·释天》："太岁在寅曰摄提格。"也有学者认为"摄提"不是"摄提格"的省称，而是星名。贞：古与"鼎"字同。鼎，当也。孟陬(zōu)：孟春正月。正月为陬，又为孟春日，故称。

④庚寅：屈原出生的日子，庚寅日为楚民间习俗上的吉宜日，古有男命起寅的传说。降(古音 hōng)：诞生，降生。本义为自天而降，这里屈原自言天生。

⑤揆(kuí)：度量，揣度。初度：有四解：一释为刚出生时的器度。度，态度，器度，气象。二释为年时。三释为吉度。四释为天体运行纪数之开端。

⑥肇(zhào)：开始。一说认为"肇"通"兆"，占卜的意思。锡：同"赐"，送给。

⑦正则：公正而有法则。《史记·屈原贾生列传》："屈原者，名平。"正则是对"平"字进行的解释。

⑧字：取表字。灵均：灵善而均调。王夫之《楚辞通释》："原者，地

之善而均平者也。"

⑨纷：美盛。内美：先天具有的内在的美好德性。

⑩重(chóng)：加上。一说是轻重之重。修能：即"修态"，即"美好的外表仪形"。能，通"态"。一释为"长才"，即"很强的才干和能力。"能，通"耐"。

⑪扈(hù)：披，楚地方言。江离：亦作"江蓠"，又名"靡芜"，香草名。一说江离是生于江中的香草。辟芷(zhǐ)：幽香的芷草。一说为生长在幽僻处的芷草。

⑫纫：搓，捻。一释为续，接。又可释为结、贯。

⑬汩(yù)：疾行；快速。

⑭不吾与：即"不与吾"之倒言。

⑮搴(qiān)：拔取。阰(pí)：有六解：一为山名。二为阰同陴，即崖岸。三为南楚语，小阜曰毗，大阜曰阰，即大山。四为坒之借，依《说文·土部》，"地相次比也"之意。五为水边小山。六为阰与陂同。木兰：香木名，又名杜兰、林兰，皮似桂而香，状如楠树。

⑯揽(lǎn)：采摘。洲：江河中的陆地。宿莽：经冬不死的草。

⑰忽：通"飚"，迅速。淹：通"延"，逗留，停留。

⑱序：通"谢"，过去，逝去。

⑲惟：思。

⑳美人：此处指楚怀王。迟暮：比喻晚年。

㉑不抚壮而弃秽兮：诸本此句无"不"字，非是。抚，凭，持。壮，指盛壮之年。一说指国势强盛。秽，指污秽的行为。一说指杂乱的政事。又一说指小人。

㉒此度：指上文"不抚壮而弃秽"的态度。

㉓骐骥(qí jì)：骏马。驰骋：纵马疾驰，奔驰。

㉔来：相招之辞。道：通"导"，引导。夫(fú)：语气词。先路：先王的道路。

**【译文】**

　　我是远祖高阳氏的后裔啊，我父亲的名字叫伯庸。岁星正好运行到寅年正月啊，我呱呱降生。父亲端详我初生时的气度啊，从那时起他赐予我这贞祥的名字：他给我起名叫正则啊，起字作灵均。我欢喜自己刚出生已有如此众多的惠质啊，又加上具有出众的才能。披戴着江离和幽香的白芷啊，缀结秋兰作为腰间配饰。我快速前行看似追寻不上目标啊，担心岁月不再留给我更多的时间！早上拔取坡地上的木兰啊，傍晚采摘水洲中的宿莽。日月倏忽不返从不停下脚步啊，春天与秋天季节在更替。想到草木都要凋零啊，就怕楚王步入衰残的暮年。为什么不趁着壮年抛弃污秽啊，就此改变你的态度？骑上骏马奔驰吧！来吧，我在前面为你开路！

　　昔三后之纯粹兮①，固众芳之所在②。杂申椒与菌桂兮③，岂维纫夫蕙茝④？彼尧舜之耿介兮⑤，既遵道而得路⑥。何桀纣之猖披兮⑦，夫唯捷径以窘步⑧。惟夫党人之偷乐兮⑨，路幽昧以险隘⑩。岂余身之惮殃兮⑪，恐皇舆之败绩⑫。忽奔走以先后兮，及前王之踵武⑬。荃不察余之中情兮⑭，反信谗而齌怒⑮。余固知謇謇之为患兮⑯，忍而不能舍也。指九天以为正兮⑰，夫唯灵修之故也⑱。曰黄昏以为期兮，羌中道而改路⑲。初既与余成言兮⑳，后悔遁而有他。余既不难夫离别兮㉑，伤灵修之数化㉒。

**【注释】**

①三后：有五解：一说指夏禹、商汤、周文王（王逸）；二说指三皇，即少昊、颛顼、高辛（朱熹）；三说指楚之先君（汪瑗）；四说指伯夷、禹、稷（蒋骥）；五说指黄帝、颛顼、帝喾（王树枬）。当以汪瑗"楚

之先君"说为是。纯粹:纯正不杂,引申指德行完美无缺。

②众芳:喻众多有才能的人。

③杂:会集,兼有。申椒:生得重累而丛簇的花椒。菌桂:像竹子一样圆的桂树。

④维:仅,只。蕙茝(zhǐ):均香草名。

⑤尧舜:唐尧和虞舜的并称,远古部落联盟的首领,古史传说中的圣明君主。耿介:光大圣明。

⑥遵道而得路:遵,循。道,正途。路,大道。

⑦桀纣(jié zhòu):夏桀和商纣的并称。猖披:衣不系带,散乱不整貌。引申为狂妄偏邪之意。

⑧捷径:原意指近便的小路,此处喻不循正轨,贪便图快的做法。窘(jiǒng):困窘,窘迫。

⑨夫:彼。党人:朋党。偷乐:贪图享乐。一作"苟且偷安"解。

⑩幽昧(mèi):昏暗不明。险隘(ài):危险狭隘。

⑪惮(dàn):畏惧,害怕。

⑫皇舆:君王乘的车子,比喻国家政权。败绩:原意指车之覆败,引申指事业的败坏、失利。

⑬前王:姜亮夫《屈原赋校注》认为即上文之"三后"与"尧舜"。踵(zhǒng)武:足迹。踵,足跟。

⑭荃(quán):香草名,多喻君主。中情:谓内心真诚。

⑮齌(jì)怒:疾怒,暴怒。齌,炊火猛烈,引申为暴烈。

⑯謇謇(jiǎn):直言的样子。患:害。

⑰九天:谓天之中央与八方。正:通"证",验证。

⑱灵修:能神明远见者,此处当指楚怀王而言。

⑲"曰黄昏"以下二句:此为衍文。

⑳成言:定言。

㉑难:畏惮,畏惧。

㉒化：变化。一作"讹"解。

**【译文】**

　　从前楚国三位贤王德行完美、纯正无私啊，因而成为群贤毕集的所在。花椒与菌桂聚集一处啊，缀结的何止蕙和茞？尧舜光大圣明啊，他们遵行正道使国家走上正途。桀纣一样荒乱偏邪啊，贪图近便小径以致走投无路。结党营私之徒享乐啊，国家的前途晦暗不明危险难行。难道我是害怕自身遭受灾殃吗？我是怕君王的车子遭到颠覆。我匆促奔走于君王鞍前马后啊，希望他能追踪先王的足迹。君王却不明察我内心的真情啊，反而轻信了谗言而勃然大怒。我本来就知道正道直行会引起祸患啊，宁可忍受痛苦却无法改变初衷。手指天地作为我起誓的明证啊，这都是因为君王的缘故。说好在黄昏时分相约会面的啊，走到半路又中途改道。当初已经跟我订下誓约啊，随后又反悔另有他求。我已不再为君臣分隔而难过啊，只是哀惋君王朝令夕改。


　　余既滋兰之九畹兮①，又树蕙之百亩②。畦留夷与揭车兮③，杂杜衡与芳芷④。冀枝叶之峻茂兮，愿竢时乎吾将刈⑤。虽萎绝其亦何伤兮，哀众芳之芜秽⑥。众皆竞进以贪婪兮，凭不厌乎求索⑦。羌内恕己以量人兮⑧，各兴心而嫉妒⑨。忽驰骛以追逐兮⑩，非余心之所急⑪。老冉冉其将至兮⑫，恐修名之不立。朝饮木兰之坠露兮⑬，夕餐秋菊之落英⑭。苟余情其信姱以练要兮⑮，长顑颔亦何伤⑯？擥木根以结茝兮⑰，贯薜荔之落蕊⑱。矫菌桂以纫蕙兮⑲，索胡绳之纚纚⑳。謇吾法夫前修兮㉑，非世俗之所服。虽不周于今之人兮㉒，愿依彭咸之遗则㉓。

**【注释】**

①滋：栽，栽种。九畹（wǎn）：极言其多。畹，古代面积单位，十二亩田曰畹，一说三十亩田曰畹。

②树：种植。蕙：香草名，所指有二：一指薰草，俗称佩兰。古人佩之或做香焚以避疫。二指蕙兰。

③畦（qí）：分畦种植。留夷：香草名。一说即芍药。揭车：香草名。

④杜衡：亦作"杜蘅"，香草名，俗名马蹄香。芳芷（zhǐ）：香草名，即白芷。

⑤竢（sì）：等待。刈（yì）：割取。

⑥哀：悯惜。众芳：指上文所言之六物——兰、蕙、留夷、揭车、杜衡、芳芷，喻众贤。芜秽：荒芜，谓田地不整治而杂草丛生。此处比喻自己所培养的人才变质了，它们竟变成了一片恶草。

⑦凭：满足。楚人名"满"曰"凭"。

⑧羌（qiāng）：楚地方言，发语词。恕己以量人：谓以自己之心来忖度他人，犹俗语所云"以小人之心，度君子之腹"。

⑨兴心：生心。

⑩驰骛（wù）：疾驰，奔腾。

⑪非余心之所急：此句屈子自表其心不同于众，而众人不必嫉妒他。

⑫老：老景。冉冉（rǎn）：形容时光渐渐流逝。

⑬饮：小口吸食。

⑭餐：吞食。落英：坠落的花朵。一释为"初生的花朵"。

⑮信姱（kuā）：真正美好。姱，美好。练要：谓精诚专一，操守坚贞。要，约束。

⑯顑颔（kǎn hàn）：因饥饿而面黄肌瘦。

⑰擥（lǎn）：执持。木根：兰槐之根。

⑱薜（bì）荔：香草名，又称木莲。蕊（ruǐ）：花心。

⑲娇：有三解：一释为举；二释为直，即使之直的意思。三释为搓揉
　　使柔软而易于缝纫。菌桂：香木名，姜亮夫《屈原赋校注》以为即
　　今之肉桂、桂属中的一种。

⑳索：绞合使紧。胡绳：香草名。缅缅(xǐ)：长而下垂的样子。

㉑謇(jiǎn)：为楚地方言，发语词。一说为用心竭力、艰难勤苦之
　　意。前修：犹前贤。

㉒周：调和，适合。

㉓彭咸：王逸《楚辞章句》："彭咸，殷贤大夫，谏其君不听，自投水而
　　死。"以后各家释彭咸者均承此说。

## 【译文】

　　我栽下了九畹的兰花啊，又种上了百亩的蕙草。将芍药和揭车分
畦种植啊，其间兼有马蹄香和白芷。希望它们枝繁叶茂啊，我愿等待时
机将它们采摘。即使枯黄凋落又有何伤感啊，悲哀的是这许多花草变
成遍地荒棘！众人都争名逐利、贪得无厌啊，孜孜以求从不满足。他们
以自己的心肠来猜度我啊，各自私念丛生又充满妒忌。急切奔跑追逐
名利啊，并不是我的心中所求。人生暮景渐渐就要降临啊，我担心的是
人生的美名没有树立！早上啜饮木兰上滴下的露水啊，傍晚含咀坠落
的秋菊。只要我的情志美好、精纯如一啊，长久以来的神形消损又怎值
得悲戚！持取木根绕结茝花啊，将薜荔刚绽放的花心联结成串。使菌
桂变直并缀结上蕙草啊，再把胡绳绞合起来而彰显飘逸身姿。我效法
前贤的装束啊，并非流俗之辈所能服习。即使不能迎合当世的人啊，我
愿依从彭咸留下的范型！


　　长太息以掩涕兮，哀民生之多艰。余虽好修姱以鞿羁
兮①，謇朝谇而夕替②。既替余以蕙纕兮③，又申之以揽茝④。
亦余心之所善兮，虽九死其犹未悔。怨灵修之浩荡兮⑤，终
不察夫民心⑥。众女嫉余之蛾眉兮⑦，谣诼谓余以善淫⑧。

固时俗之工巧兮，偭规矩而改错⑨。背绳墨以追曲兮⑩，竞周容以为度⑪。忳郁邑余侘傺兮⑫，吾独穷困乎此时也。宁溘死以流亡兮⑬，余不忍为此态也⑭。鸷鸟之不群兮⑮，自前世而固然。何方圜之能周兮⑯，夫孰异道而相安？屈心而抑志兮，忍尤而攘诟⑰。伏清白以死直兮⑱，固前圣之所厚。

**【注释】**

①虽：通"唯"。修姱（kuā）：修洁而姱美，喻美德。鞿羁（jī jī）：马缰绳和络头，比喻束缚。

②謇（jiǎn）：发语词。谇（suì）：谏。一释为诟，让，意即指责，责备。替：废，废弃。

③纕（xiāng）：佩带。一说即今香囊之属。

④申：重复。揽茝（zhǐ）：姜亮夫认为此"揽"字当为"兰"字，"兰茝"与上文"蕙纕"为对。

⑤灵修：指楚国国君。浩荡：犹荒唐。

⑥民：人，屈原自谓。

⑦蛾眉：指女子美丽的容貌，又用以比喻屈原自己优秀的品质。

⑧谣诼（zhuó）：造谣毁谤。淫：邪乱，淫乱。

⑨偭（miǎn）：背，违背。规矩：规和矩，校正圆形和方形的两种工具。错：通"措"，措施。

⑩绳墨：木工画直线用的工具，这里比喻正道直行。追曲：随意曲直，没有一定的法则。

⑪周容：迎合讨好。度：常行之法。一说为态度。

⑫忳（tún）：忧郁，烦闷。郁邑：忧愤郁结，忧懑压抑。侘傺（chà chì）：失意而神情恍惚的样子。

⑬溘（kè）死：忽然死去。流亡：谓淹忽而死，随水以去。

⑭此态：指小人工巧、周容之丑态。

⑮鸷(zhì)鸟：指凶猛的鸟。一说鸷鸟当为忠贞刚特之鸟。不群：猛
　禽不与众凡鸟为群，喻刚正之君子不与阘茸之小人为伍。

⑯方圜：同"方圆"。周：合。

⑰忍尤：容忍罪过。尤，罪过。攘诟(rǎng gòu)：容忍耻辱。以上
　"屈心"与"抑志"、"忍尤"与"攘诟"均为对文。

⑱伏：通"服"，信服。

【译文】

长长地叹息我掩面拭泪啊，感伤人生的道路是多么的艰难。我虽
爱好美德却遭受羁縻啊，早上向君王进谏傍晚就被废弃。废弃我的原
因是因为我身佩蕙草啊，又加上我用兰茝作为佩饰。它们都是我心头
之好啊，为此即使万死我也不后悔。埋怨怀王行事荒唐啊，终究不明察
我的忠心。女人们都嫉恨我美丽的容貌啊，恶语中伤说我善于淫逸。
本来流俗善于取巧啊，背弃原则篡改措施。违反标准并无原则啊，争相
迎合讨好且以之为常行之法。忧郁压抑我失意不乐啊，偏偏独有我受
困于时。宁肯突然死去形体不存啊，我不忍心作出那副样子！鸷鸟高
飞远走、卓特不群啊，先世以来就一向如此。圆凿方枘如何能够互容
啊，谁可以道不同却彼此相安？委屈本心压抑情志啊，包容过错含垢忍
耻。坚持清白之躯为正义而死啊，那才是先贤们所珍视的事。


　　悔相道之不察兮①，延伫乎吾将反②。回朕车以复路兮，
及行迷之未远。步余马于兰皋兮③，驰椒丘且焉止息④。进
不入以离尤兮，退将复修吾初服⑤。制芰荷以为衣兮⑥，集芙
蓉以为裳⑦。不吾知其亦已兮，苟余情其信芳⑧。高余冠之
岌岌兮⑨，长余佩之陆离⑩。芳与泽其杂糅兮⑪，唯昭质其犹
未亏⑫。忽反顾以游目兮，将往观乎四荒⑬。佩缤纷其繁饰

兮⑭,芳菲菲其弥章⑮。民生各有所乐兮⑯,余独好修以为常⑰。虽体解吾犹未变兮⑱,岂余心之可惩⑲?

**【注释】**

①相(xiàng)道:观察道路。一释为寻找道路。察:详细察看。

②延伫(zhù):长久地站立。一释为长望。

③步余马:骑着我的马慢慢走。一释为训练我的马。兰皋(gāo):长着兰草的水边高地。

④椒丘:尖削的高丘。一释为生有椒木的丘陵。焉:于此。

⑤退:有二释:一释为退去,回去;一说作隐退解。初服:未入仕时的服装。

⑥制:裁剪。芰(jì)荷:指菱叶与荷叶。一说芰荷为一物。衣:上衣。

⑦芙蓉:荷花的别名。裳:古代称下身穿的衣裙,男女皆服。

⑧其:句中衬字,无义。

⑨岌岌(jí):高高的样子。

⑩佩:身上佩带的剑。陆离:长的样子。

⑪芳:草香,亦泛指香,香气。泽:有三解:一释为"玉之润泽";二释为"垢腻、污垢";三,姜亮夫《屈原赋校注》认为此为"臭"字之讹变。糅(róu):混杂,混合。

⑫唯:有三解:一释为独。二释为辞也,即发语词。三说同惟,表明心中冀望之意。三说均可通。昭质:明洁的品质。亏:损。

⑬"忽反顾"以下二句:有一种意见认为屈原是想"求贤君"、"求知己"等,另一种意见认为屈原欲离朝去野,隐居避祸。后一种意见更有道理。忽,不经意。游目,放眼纵望。四荒,四方荒远之地。

⑭缤纷:繁盛的样子。繁饰:众多的彩饰,盛饰。

⑮菲菲:香气很盛。

⑯民生:即人生。

⑰好修:喜作修饰。常:常规,习惯。

⑱体解:分解人的肢体,古代酷刑之一。

⑲惩(chéng):克制,制止。

【译文】

　　悔恨选择道路时未曾看清啊,站在那里久久凝望而后我就要回返。调转我的车头重归正确的路啊,趁误入迷途还不是太远。让我的马漫步在长满兰花的湿地上啊,跑到遍是椒树的土坡上在那里休憩。进谏不被君王接纳却承受过错啊,我将隐退重新穿回当初的衣冕。裁制菱叶作为上衣啊,缀合莲花以作下裙。没有人理解我也就算了吧,只要我的情志真正高洁芳郁。加高我的帽子使之显得危耸啊,加长我的佩剑使之更加奇诡斑斓。芳香和腐臭混杂在一处啊,只有明洁的品质尚未缺损。倏忽间回首远望啊,我将去四方荒远之地游览。戴上众多华美的佩饰啊,浓郁的芳香使它们更加耀眼。人生各有各的乐事啊,我偏好美洁已习惯成自然。即使躯体分解我也不会改变啊,我的心中还有何畏惧?

　　女媭之婵媛兮①,申申其詈予②。曰鲧婞直以亡身兮③,终然殀乎羽之野④。汝何博謇而好修兮,纷独有此姱节⑤。薋菉葹以盈室兮⑥,判独离而不服⑦。众不可户说兮⑧,孰云察余之中情?世并举而好朋兮,夫何茕独而不予听⑨。

【注释】

　①女媭(xū):有六解:一释为屈原之姊。二释为屈原之妹。三释为女巫或神巫。四释为女伴、侍女。五释为贱妾,比喻党人。六释

为一个假想的女性。婵媛（chán yuán）：有四解：一释为牵引，情
思牵萦；二释为女婆之容貌形态；三释为喘息之貌；四释为痛恻
婉转陈辞。

② 申申：有三解：一释为重（zhòng）重；二释为重复、多次；三释为和
舒、婉转的样子。詈（lì）：责骂。

③ 曰：说。以下至"夫何茕独而不予听"是女婆责备屈原的话。鲧
（gǔn）：传说中古代部落酋长名，号崇伯，禹之父。据说奉尧之命
治水，未成，而被舜杀于羽山。一说被舜幽囚在羽山，最后死在
那里。婞（xìng）直：倔强，刚直。一说为"刚愎自用"之意。亡身：
一作"方身"。一说当作"方命"，是不听指挥，不服从命令之意。
一释为忘身。

④ 殀（yāo）：早死。一释为死。又释为不得善终而死。亦释为拥
塞，遏制。羽：羽山，地名。

⑤ 纷：纷然、美盛。姱（kuā）节：美好的节操。一释为奇异的行为。

⑥ 薋（cí）：积聚。菉（lù）：草名。葹（shī）：草名。

⑦ 判独：分别离散，与众不同。服：用，使用。

⑧ 户说：一家一户地去说，又释为遍说。

⑨ 茕（qióng）独：孤独。不予听：即不听予。予，我，女婆自谓。

【译文】

女婆满心痛彻啊，重重责骂我。她说鲧因为刚直而遭流放啊，最后
幽殁在羽山的郊野。你为什么还博采众芳而爱好美洁啊，美好的节操
显得如此与众不同！蒺藜、荩草、地葵充满屋子啊，你却迥异于众人偏
偏不肯佩用在身上。不可能向每个人都详尽说明心中的想法啊，谁能
明白我们内心的真诚呢？世人相互推举而好朋比为奸啊，你为什么茕
然独立却不听我的劝告。

依前圣以节中兮<sup>①</sup>，喟凭心而历兹<sup>②</sup>。济沅湘以南征

兮③,就重华而陈词④。启《九辩》与《九歌》兮⑤,夏康娱以自纵⑥。不顾难以图后兮⑦,五子用失乎家巷⑧。羿淫游以佚畋兮⑨,又好射夫封狐⑩。固乱流其鲜终兮⑪,浞又贪夫厥家⑫。浇身被服强圉兮⑬,纵欲而不忍。日康娱而自忘兮⑭,厥首用夫颠陨⑮。夏桀之常违兮⑯,乃遂焉而逢殃⑰。后辛之菹醢兮⑱,殷宗用而不长⑲。汤禹俨而祗敬兮⑳,周论道而莫差㉑。举贤而授能兮,循绳墨而不颇㉒。皇天无私阿兮㉓,览民德焉错辅㉔。夫维圣哲以茂行兮㉕,苟得用此下土㉖。瞻前而顾后兮,相观民之计极㉗。夫孰非义而可用兮,孰非善而可服㉘。阽余身而危死兮㉙,览余初其犹未悔。不量凿而正枘兮㉚,固前修以菹醢㉛。曾歔欷余郁邑兮㉜,哀朕时之不当㉝。揽茹蕙以掩涕兮㉞,沾余襟之浪浪㉟。

**【注释】**

①节中:犹折中,取正。

②喟(kuì):叹息,叹声。凭:满。历兹:至此。

③沅(yuán):沅江,古称沅水,源出贵州省云雾山,东北流经黔阳、常德到汉寿入洞庭湖。湘:即湘江,源出广西,流入湖南省,为湖南省最大的河流。

④重(chóng)华:虞舜的美称。一说舜重瞳,故名。

⑤启:指夏启,大禹之子,夏朝君主。一释为"开启"。《九辩》:夏代乐名。一说天帝乐名。《九歌》:古代乐曲,相传为禹时乐歌。一说《九歌》也是天帝乐名。

⑥夏:有四解:一释为大;二释为太康,即启子太康;三释为下;四释为夏王。一般取第一种解释。康娱:逸乐,安乐。

⑦不顾难:不回顾其最初取得天下之不易。以图后:为后代作

谋划。

⑧五子：有四解：一释为启的五个儿子。二释为太康昆弟五人。三释为启之第五子。四释为启的兄弟。用失乎：即"用乎"，"失"字为衍文，用乎，因之，因而。家巷(hòng)：内讧。巷，通"闀"。

⑨羿(yì)：传说中夏代有穷氏之国君，因夏氏以代，善射，不修民事，为家臣寒浞所杀。佚(yì)：放纵。畋(tián)：畋猎，打猎。

⑩好(hào)：喜好。封狐：大狐。一释为大猪。"狐"是"猗"之误。

⑪乱流：乱逆之流。鲜(xiǎn)终：少有善终。

⑫浞(zhuó)：传说中夏时有穷氏后羿之相。羿不理政事，寒浞遂杀羿自立。厥(jué)：其，这里指代羿。家(gū)：通"姑"，古时对妇女的一种称谓，这里指羿的妻室。

⑬浇(ào)：即过浇。传说中夏代寒浞之子。被(pī)服强圉(yǔ)：负恃有力，即依仗自己强大的力量。一释为穿着坚甲。

⑭自忘：忘怀自身安危。

⑮用夫：因而。颠陨(yǔn)：坠落。

⑯夏桀：夏代最后一个君主，名履癸，相传为暴君。常违：经常违背天道和人理。

⑰逢殃：遭到祸殃。夏桀之结果，有二说：王逸《楚辞章句》："终为殷汤所诛灭。"朱熹《楚辞集注》："逢殃，为汤所放也。"

⑱后辛：即殷纣王。后，君主。辛，纣王之名。菹醢(zūhǎi)：亦作"葅醢"，古代把人剁成肉酱的酷刑。后亦用以泛指处死。

⑲殷宗：殷商之国祚。用而：因而，因此。

⑳汤禹：商汤与夏禹。一释为大禹。俨(yǎn)：恭敬，庄重，庄严。祗(zhī)敬：恭敬。

㉑周：周文王或周文王与周武王。一释为周密谨慎地选择有道之士。

㉒循(xún)：顺着，遵从。绳墨：木工画直线用的工具，此处喻规矩、

准则和法度。

㉓皇天：对天及天神的尊称。私阿(ē)：偏爱，曲意庇护。

㉔民德：在皇天看来，人君也是臣民，故此"民德"是指那些得了天下的君王而言。错辅：安排辅助。错，通"措"，安排。

㉕维：同"唯"，独。圣哲：此处指具有超人的道德才智的人。茂行：德行充盛。

㉖苟：于是。用：拥有，治理。下土：天下。

㉗相(xiàng)：看，观察。计极：兴亡的原因。

㉘服：行，行事。

㉙阽(diàn)：临近危险。危死：濒临死亡。

㉚凿(záo)：榫眼。正：审定，确定。枘(ruì)：器物的榫头。

㉛前修：古代的贤人，此处指因忠言直谏而遭到菹醢之刑的贤人，如龙逢、梅伯等。

㉜曾：通"增"，屡屡。歔欷(xūxī)：悲泣，抽噎。郁邑：即"郁悒"，苦闷，忧愁。

㉝哀朕时之不当：哀叹自己生不逢时。当，引申为"值"，逢，遇之义。

㉞茹：柔软。一释为香草名。

㉟沾：浸湿。浪浪：泪流不止的样子。

## 【译文】

依从先贤的价值标准进行评判啊，满怀感喟为何遭此厄运。渡过沅、湘向南进发啊，到帝舜跟前大声陈说：夏启创制《九歌》、《九辩》啊，恣意寻欢作乐以致放纵堕落。不顾念先王创业艰难并为后代打算啊，五位王公因此内讧相争。后羿过度沉溺于狩猎啊，又喜欢射杀大猪以取乐。本来恣肆妄行就没有好下场啊，寒浞夺权又占有了他的妻子。浇恃强尚武啊，放纵欲念不肯放弃糜烂生活。每天沉浸于燕舞笙歌浑然忘我啊，他的头颅因此而掉落。夏桀所行与常情有违啊，最后终究遭受了灾祸。纣王辛发明将人剁成肉酱的酷刑啊,殷商因而不能国祚绵长。大禹庄穆而敬畏神灵啊,周详地施行仁政而没有差错。推举贤德、任用能臣啊,遵守法则而不偏颇。上苍不会偏袒谁啊,视民心向背加以辅佐。只有贤达睿智、德行充盛啊,才能拥有这整个天下。回顾历史展望将来啊,考察人世治变的道理。谁不是因为忠义而被任用啊,谁不是因为纯良美好而成为奉行的楷模!我身陷危难几蹈死地啊,静观初心从未后悔。不度量凿孔而选用合适的榫头啊,这本是前贤被剁成肉末的原因。我频频悲叹抑郁忧伤啊,哀惋自己生不逢时。拿起柔软蕙草掩面痛哭啊,泪珠滚滚滑落打湿我的前襟。

　　跪敷衽以陈辞兮①,耿吾既得此中正②。驷玉虬以椉鹥兮③,溘埃风余上征④。朝发轫于苍梧兮⑤,夕余至乎县圃⑥。欲少留此灵琐兮⑦,日忽忽其将暮。吾令羲和弭节兮⑧,望崦嵫而勿迫⑨。路曼曼其修远兮⑩,吾将上下而求索⑪。饮余马于咸池兮⑫,总余辔乎扶桑⑬。折若木以拂日兮⑭,聊逍遥以相羊⑮。前望舒使先驱兮⑯,后飞廉使奔属⑰。鸾皇为余先戒兮⑱,雷师告余以未具⑲。吾令凤鸟飞腾兮⑳,继之以日夜。飘风屯其相离兮㉑,帅云霓而来御㉒。纷总总其离合兮㉓,斑陆离其上下㉔。吾令帝阍开关兮㉕,倚阊阖而望予㉖。时暧暧其将罢兮㉗,结幽兰而延伫。世溷浊而不分兮㉘,好蔽美而嫉妒㉙。

【注释】

①敷:铺开。衽(rèn):衣之前襟。

②耿:耿介,光明正大。此中正:此中正之道,即上文所说明主贤臣相得、昏君乱臣相残的道理。

③驷(sì)：古代一车套四马，因以称驾一车之四马，或四马所驾之车。这里意思是以四虬龙驾车。虬(qiú)：传说中的一种无角龙。椉(chéng)：同"乘"。鷖(yì)：传说中的鸟名，凤凰之属，身有五彩花纹。

④溘(kè)：忽然。埃：微小的尘土。征：行，此处指乘坐四龙所拉的凤车飞上天空。

⑤发轫(rèn)：拿掉支住车轮的木头，使车前进。借指起程，出发。苍梧：一名九疑，在湖南省宁远县东南。

⑥县圃：又作玄圃、悬圃，传说中神仙居处，在昆仑山顶。

⑦灵琐：君门。姜亮夫《屈原赋校注》以为即玄圃之门。

⑧羲(xī)和：古代神话传说中驾御日车的神。弭(mǐ)节：缓慢行驶。节，车子行驶的步调。

⑨崦嵫(yān zī)：山名，在甘肃省天水县西境，传说以为日落的地方。迫：迫近。

⑩曼曼：形容距离远或时间长。修远：长远。

⑪上下而求索：求索的对象，各家说法不一，主要有三说：一谓求与己同志的贤人；二谓求贤君；三谓求天帝之所在。联系上下文，当以第三说近是。

⑫咸池：神话中谓日浴之处。

⑬总：系，结，束结。辔(pèi)：驾驭马的缰绳。扶桑：神话中的树名。传说日出于扶桑之下，拂其树杪(miǎo)而升，因谓为日出处。

⑭若木：古代神话中的树名。一说即扶桑。

⑮聊逍遥以相羊：聊逍遥、相羊，是联绵词的不同变体，意思相同，都有徘徊之义。

⑯望舒：神话中为月驾车的神。先驱：原指军队中的前锋，此处引申指向导。

⑰飞廉：即风神。一说能致风的神禽名。奔属(zhǔ)：奔跑着紧跟

在后面。

⑱ 鸾(luán)皇:亦作"鸾凰"。鸾与凰,皆瑞鸟名,常用以比喻贤士淑女。

⑲ 雷师:神话中的雷神。或说就是丰隆。未具:驾御未备。

⑳ 凤鸟:凤凰,传说中的瑞鸟。

㉑ 飘风:旋风,暴风。屯:聚集。离:附丽。

㉒ 帅:通"率",率领。霓(ní):虹的一种,又称副虹(相对于主虹而言)。

㉓ 总总:聚集一处的样子。

㉔ 斑:荣盛。陆离:光辉灿烂的样子。

㉕ 帝阍(hūn):天帝的看门人。阍,看门人。

㉖ 阊阖(cháng hé):神话中的天门。

㉗ 暧暧(ài):昏暗的样子。罢:有三解:一释为极,即疲惫;二释为罢散;三释为月魂初生的时光。

㉘ 溷(hùn)浊:混乱污浊。

㉙ 美:品德、才能皆优秀的人。

**【译文】**

衣襟铺开跪着慷慨陈辞啊,我得到无私正道心中豁然通明。驾驭四条无角玉龙所拉的凤车啊,倏忽间我依托风云直上天空。早上从苍梧出发啊,傍晚到县圃停歇。我打算在神门前稍歇片刻啊,日头渐渐偏移入暮。我让羲和徐徐前行啊,看到崦嵫山暂且止步。前途漫长遥远无边啊,我将上天入地寻求出路。在咸池饮我的马啊,将马缰系在扶桑神木。攀折若木遮蔽日光啊,姑且逍遥徜徉自由自在。使月神望舒在前面开路啊,让风伯奔跑于后。早有鸾凤为我戒严道路啊,雷神却告诉我严装未备。我命凤鸟们腾翔于九天啊,日以继夜不得疏忽。暴风骤集欲使队伍离散啊,统率着前来迎接的云雾。来势盛大忽散忽聚啊,上下翻转光彩夺目。我命天帝的看门人打开天门啊,他却倚靠在天门外视而不见。此刻光线暗淡日将西落啊,只得编结幽兰长久停驻。世道混乱良莠不分啊,喜欢掩蔽贤才妄加嫉妒。

　　朝吾将济于白水兮①,登阆风而缫马②。忽反顾以流涕兮,哀高丘之无女③。溘吾游此春宫兮④,折琼枝以继佩⑤。及荣华之未落兮⑥,相下女之可诒⑦。吾令丰隆椉云兮⑧,求宓妃之所在⑨。解佩纕以结言兮⑩,吾令蹇修以为理⑪。纷总总其离合兮⑫,忽纬缅其难迁⑬。夕归次于穷石兮⑭,朝濯发乎洧盘⑮。保厥美以骄傲兮⑯,日康娱以淫游。虽信美而无礼兮,来违弃而改求⑰。览相观于四极兮⑱,周流乎天余乃下。望瑶台之偃蹇兮⑲,见有娀之佚女⑳。吾令鸩为媒兮㉑,鸩告余以不好。雄鸠之鸣逝兮,余犹恶其佻巧㉒。心犹豫而狐疑兮㉓,欲自适而不可。凤皇既受诒兮㉔,恐高辛之先我㉕。

**【注释】**

①白水:神话传说中源出昆仑山的一条河流,相传饮之可以不死。

②阆(làng)风:山名。神话传说中神仙居住的地方,在昆仑之巅。缫(xiè)马:系马。

③高丘:楚国山名。一释为传说中的神山。

④春宫:神话传说中东方青帝居住的地方。

⑤琼枝:神话传说中的玉树。

⑥荣华:原意指草木茂盛、开花,此处喻美好的容颜或年华。

⑦相(xiàng):视。下女:有多种解释,洪兴祖《楚辞补注》认为"喻贤人之在下者"。朱熹《楚辞集注》认为"谓神女之侍女也"。蒋骥

《山带阁注楚辞》认为"指下处宓妃诸人;对高丘言,故曰下"。诸
　说较之,蒋骥之说可取。诒(yí):通"贻",赠送。

⑧丰隆:神话传说中的雷神,后多用作雷的代称。一说是云神。

⑨宓(fú)妃:神话传说中的洛水女神。

⑩缥(xiāng):佩带。结言:用言辞订约。

⑪蹇修:人名,传说中伏羲氏之臣,古贤者。一释为以钟磬声乐为
　媒使。理:使者,媒人。

⑫纷总总:此处形容使者纷纷攘攘,络绎于道。

⑬纬繣(huà):乖戾,不合。

⑭次:留宿。穷石:神话中传说的地名。

⑮濯(zhuó):洗涤。洧(wěi)盘:神话传说中的水名。据说发源于崦
　嵫山。

⑯保:依靠,仗恃。厥(jué):其,指宓妃。

⑰来:回来吧! 这是招回丰隆的话。违弃:抛开,丢开。

⑱览相观:三字同义,看。四极:泛言四方之边极。

⑲瑶台:美玉砌的楼台。偃(yǎn)蹇:高耸。

⑳有娀(sōng):传说中的古国名。殷始祖契之母简狄,即有娀氏
　女。有,词头。佚女:美女。指有娀氏美女简狄。

㉑鸩(zhèn):传说中的一种毒鸟,以羽浸酒,饮之立死。

㉒恶(wù):讨厌,憎恨。佻(tiāo)巧:轻佻巧佞。

㉓犹豫:迟疑不决。狐疑:猜疑,怀疑。

㉔凤皇:即凤凰。受诒:指凤凰已接受了送给简狄的聘礼,准备前
　去说媒。诒,通"贻",指聘礼。

㉕高辛:帝喾初受封于辛,后即帝位,号高辛氏。事迹详见《史记·
　五帝本纪》。

【译文】

早上我将渡过白水啊,登上阆风山系马驻足。忽然回首眺望潸然

泪下啊,哀伤楚地高丘没有美女。我迅疾游历青帝所居之春宫啊,攀折那琼枝来补充我的佩饰。趁着缤纷的花草还未零落啊,我寻访美女赠送给她。我让雷神驾云而去啊,探寻宓妃所在的居处。解下佩戴的香囊来订下誓约啊,我命蹇修来当媒人。纷繁盛多来去不定啊,善变乖庚难以迁就。晚上回穷石过宿啊,早上在洧盘濯洗秀发。倚仗她的美貌心骄气傲啊,每天安然享乐游玩无度。虽然她确实美丽却缺乏礼教啊,回来吧蹇修,让我们丢开她再去别处寻求。察考天下四方啊,绕天巡行后我降临下土。望见玉台高拔耸立啊,我看到有娀氏的美丽公主。我命鸩去为我作媒啊,鸩告诉我她的种种不好。雄鸩高叫着远去啊,它轻佻讨巧实在令我厌恶。犹豫不定狐疑满腹啊,我打算亲自造访又不合礼数。凤凰虽已接受信物啊,又怕帝喾比我提前一步。

　　欲远集而无所止兮,聊浮游以逍遥①。及少康之未家兮②,留有虞之二姚③。理弱而媒拙兮,恐导言之不固④。世溷浊而嫉贤兮⑤,好蔽美而称恶。闺中既以邃远兮⑥,哲王又不寤⑦。怀朕情而不发兮,余焉能忍与此终古。

【注释】

①浮游:不知所求,无目的地漫游。逍遥:徘徊不进,与"浮游"义近。

②少康:夏代中兴之主,帝相之子。

③有虞:相传是虞舜后裔的部落国家,故址在今河南省虞城县。二姚:有虞国君的两个女儿。

④导言:传达疏导之言。

⑤世溷(hùn)浊:时世混乱污浊。

⑥闺中:宫室之中。邃(suì)远:深远。

⑦哲王:明智的君王。寤(wù):醒悟,觉醒。

【译文】

想在远方栖身却无处落脚啊,姑且漫游天地飘荡不前。趁少康还未成家啊,有虞氏的二姚尚待字闺中。使者无能媒人拙劣啊,恐怕无法传达心曲不能让人信服。时世混乱嫉恨贤良啊,喜欢遮蔽美善称扬邪恶。宫闱如此深远啊,明君却偏不觉悟! 怀有我这样的衷情却不能舒泄啊,我怎能强忍郁闷抱恨过此一生?

　　索藑茅以筵篿兮①,命灵氛为余占之②。曰两美其必合兮③,孰信修而慕之? 思九州之博大兮④,岂唯是其有女⑤? 曰勉远逝而无狐疑兮⑥,孰求美而释女⑦? 何所独无芳草兮⑧,尔何怀乎故宇⑨? 世幽昧以眩曜兮⑩,孰云察余之善恶。民好恶其不同兮,惟此党人其独异⑪。户服艾以盈要兮⑫,谓幽兰其不可佩。览察草木其犹未得兮,岂珵美之能当⑬? 苏粪壤以充帏兮⑭,谓申椒其不芳。欲从灵氛之吉占兮,心犹豫而狐疑。巫咸将夕降兮⑮,怀椒糈而要之⑯。百神翳其备降兮⑰,九疑缤其并迎⑱。皇剡剡其扬灵兮⑲,告余以吉故。曰勉升降以上下兮⑳,求矩矱之所同㉑。汤禹严而求合兮㉒,挚咎繇而能调㉓。苟中情其好修兮,又何必用夫行媒㉔。说操筑于傅岩兮㉕,武丁用而不疑㉖。吕望之鼓刀兮㉗,遭周文而得举㉘。宁戚之讴歌兮㉙,齐桓闻以该辅㉚。及年岁之未晏兮㉛,时亦犹其未央。恐鹈鴂之先鸣兮㉜,使夫百草为之不芳。何琼佩之偃蹇兮㉝,众薆然而蔽之㉞。惟此党人之不谅兮,恐嫉妒而折之。时缤纷其变易兮㉟,又何可以淹留。兰芷变而不芳兮,荃蕙化而为茅㊱。何昔日之芳草兮,今直为此萧艾也㊲。岂其有他故兮,莫好修之害也。余以兰为可恃兮㊳,羌无实而容长㊴。委厥美以从俗兮㊵,苟得列乎众芳。椒专佞以慢慆兮㊶,榝又欲充夫佩帏㊷。既干进而务入兮㊸,又何芳之能祗㊹。固时俗之流从兮㊺,又孰能无变化。览椒兰其若兹兮,又况揭车与江离㊻。惟兹佩之可贵兮,委厥美而历兹㊼。芳菲菲而难亏兮㊽,芬至今犹未沬㊾。和调度以自娱兮(50),聊浮游而求女。及余饰之方壮兮(51),周流观乎上下。

【注释】

①藑(qióng)茅:即旋花,一种多年生的茅草,可用于占卜,又称灵草。筳篿(tíng zhuān):筳,木棍,一说为竹片。篿,楚人用茅草加木棍或竹片的占卜方法的统称。隋唐以前折竹为卜,为筳篿本义。

②灵氛:有多种说法,一说"灵"即神巫,"灵氛"即神巫名。一说为神名。又说指天地间灵气。今以第一种说法为善,可从。占(zhān):占卜吉凶。

③曰:以下四句是灵氛的答语。一说"曰"字以下四句是屈原问卜之词。两美其必合:这里"两美"有象喻义,承上文"求女"而来,指男女匹合。其深层象喻意义则是指圣君贤臣的遇合,屈原作品经常以男女关系比喻君臣关系。

④九州:《书·禹贡》中称当时中国有冀、徐、梁、雍、兖、荆、扬、青、豫九州,而此处似为更加宽泛,与邹衍所言"赤县神州"之大九州说近。

⑤是:此处,这里,指楚国。一说指上文所云天地四方,即宓妃、简狄、二姚之所在。女:美女。承上文"求女"而来。

⑥曰：以下四句也是灵氛劝告作者的话。

⑦女：通"汝"，你。

⑧芳草：与上文"女"一样，都有象喻意义，喻指贤人。

⑨故宇：指家园，旧居。宇，屋檐。

⑩眩曜（xuàn yào）：迷惑混乱。眩，一作"眩"。曜，通"耀"。

⑪党人：特指楚国谄上欺下的结党营私之徒。关于"党"存在两说：
　　一说为地方区划单位，此指楚国；二说为朋党。兹从第二种
　　说法。

⑫服：佩带。艾：白蒿，一种恶草。盈要：满腰。

⑬珵（chéng）：美玉。当：得当，得宜。

⑭苏：即"索"一音之转，有拾取义。怀（wéi）：香囊。

⑮巫咸：古神巫名，史有其人，而后人加以神化。

⑯椒糈（xǔ）：以椒香拌和的精米，类似粽子。椒为香料。糈，精米。
　　要（yāo）：同"邀"，迎候。

⑰翳（yì）：华盖。此处用作动词，遮蔽。备降：一同降临。

⑱九疑：即九嶷，山名，在湖南宁远县南。此指九嶷诸神。

⑲皇剡剡（yǎn）：皇，大。剡剡，光华四溢的样子。扬灵：显扬神灵。

⑳曰：以下至"使夫百草为之不芳"都是巫咸劝告诗人的话。升降
　　以上下：上天入地，周游四方，有寻找贤君知己之意。

㉑矩矱（yuē）：即规矩、规约。矩，本指画直角或方形的工具，后引
　　申为法度。矱亦指尺度。

㉒严：通"俨"，庄重，恭敬。合：匹合，这里指与自己志同道合的
　　贤臣。

㉓挚（zhì）咎繇（gāo yáo）：挚，商汤名臣伊尹。咎繇，舜臣，又作"皋
　　陶"。调：有三种说法：一说意为调和，协调；二说作"适"解，合
　　适；三说作"选拔、进用"解。

㉔媒：本指出使以通聘问之人。此指通达己意于君王左右的媒介、

使臣。

㉕说(yuè)：即傅说，殷时贤臣。操筑：版筑。操，持。筑，捣土。傅岩：地名，传说服贱役的地方，在今山西平陆县东。

㉖武丁：殷高宗，一代中兴之君。

㉗吕望：即姜子牙，晚年出仕，助武王破商，受封齐地。鼓刀：指运刀镟时虎虎有声。鼓，舞动。

㉘周文：周文王姬昌，韬光养晦，广求贤才，到儿子武王时一举实现灭殷大业。

㉙宁戚：卫人。《史记·鲁仲连邹阳列传》："宁戚饭牛车下，而桓公任之以国。"

㉚齐桓：春秋五霸之一，曾九次召令诸侯拱卫周室，并为盟主。该辅：征用以备辅佐之选。该，备。

㉛晏：晚。

㉜鶗鴃(tí jué)：鸟名，即子规、杜鹃，或作鹈鴃。

㉝琼佩：玉佩，这里象征美好的德行。琼，美玉。偃蹇：形容美盛的样子。

㉞薆(ài)然：遮蔽的样子。

㉟缤纷：这里形容时世纷乱混浊。

㊱茅：茅草，这里比喻谗佞小人。

㊲直：竟然。萧艾：贱草，这里比喻谗佞小人。萧即白蒿。艾，艾草，生于山原，茎直，色白，高四五尺，霜后始枯。

㊳兰：指子兰，乃怀王少子，襄王弟。一说此处"兰"并非实有所指，只是喻指变节之人。

㊴无实：徒有其表，缺乏内在实质。容长：外貌美好。容，外貌。长，华硕，美好。本句历来多认为有影射时事之意。

㊵从俗：追随世俗，与小人同流合污。

㊶椒：一种说法认为是影射当时楚国大夫子椒。另一种说法认为

只是对于一班变节之人的比喻说法。慢慆(tāo):怠惰佚乐。

㊷榝(shā):似茱萸而小,赤色。夫:于,乎。

㊸干进:即汲汲于进退之间。干,求。进,进身。务入:即务必求进,与“干进”同义。

㊹祇(zhī):尊敬,爱护。

㊺流从:如水流顺势而下,滔滔不返,比喻时俗盲目从众,不辨是非。

㊻揭车与江离:借喻贤才之变节者。

㊼委:丢弃,这里是遭人抛弃的意思。历兹:到这步田地的意思,意即遭遇祸殃,以至于此。又说是到现在,到如今的意思。

㊽亏:亏损,消歇。

㊾沬(mèi):这里是香气消散的意思。

㊿调度:格调和法度。调,格调。度,法度。

(51)饰:佩饰,服饰,这里比喻年岁。壮:壮大,壮健,这里比喻年富力强。

**【译文】**

取竹片、茅叶来卜筮啊,命灵氛为我占知。他说两种美好事物一定能会合啊,哪个真正美好的人不会招人思慕?想一想九州之地的广大啊,难道只有这里才有美女存在?他说勉力远走不要迟疑啊,哪个真心追求美好的人会把你放弃?哪里没有芬芳的花草啊,你为何必单恋旧居?世道昏暗使人迷乱啊,谁说能明察我心的善恶!人的好恶尺度有别啊,只有这些党徒们格外令人不可思议。家家户户将艾草挂满腰间啊,说幽谷香兰不能作佩饰。察考选用的草木都不得当啊,难道能公正地衡量玉石的美质?拾取粪土装满香囊啊,他们说大椒毫不芳馨。我打算听从灵氛吉祥的卜辞啊,心里却还怀疑彷徨。巫咸傍晚就要降临啊,我怀揣香粽前往迎候。众神遮天蔽日纷纷降临啊,九嶷山灵纷纷也来迎接。煌煌威灵神光特显啊,他们告诉我灵氛吉卜的缘故。我上天入地周游四方啊,只为寻求君臣间同心戮力。汤禹虔敬求索与己合德的贤臣啊,伊尹、皋陶得以与之调和共济。只要内心崇尚修洁啊,又何必用那使臣来进行沟通。傅说在傅岩操杵筑土啊,武丁任用他毫无猜疑。吕尚挥刀屠肉啊,遇到文王而得到重用。宁戚击牛角高歌啊,齐桓公听到后让其入朝辅弼。趁年龄还不算老大啊,时机还未尽失。唯恐鹈鴂早早啼叫啊,使花卉凋零黯淡了芳香。为何玉佩那么卓然高贵啊,人们却群起把它光芒遮蔽?只有这些党徒不诚信啊,恐怕会出于嫉妒将它摧折伤害。时代纷乱变幻莫测啊,又有什么理由长期逗留?兰草、白芷被同化而不香醇啊,荃、蕙变得与茅草无异。为什么曾经的香草啊,如今竟与白蒿、艾草同处一地!难道还有别的缘由吗?这是不喜好修洁带来的危害!我以为兰草可以依靠啊,却不知它华而不实只是外貌修顺。委弃它的美好而随波逐流啊,苟且偷生得以列入芳香花草的行列!椒专断谄佞飞扬跋扈啊,榝又想混进人们佩带的香囊里。既然一心只想钻营汲汲于名位啊,又怎能对芳华本有的品格抱有敬意?本来时俗就随大流啊,谁又能固持原则坚定不移。看到椒和兰也是这样啊,又何况揭车和江离?想到这佩饰如此可贵啊,它的美质遭人唾弃竟到如此田地。我的香囊芬芳浓郁难以消损啊,馨香至今还未散去。调节自我以求欢娱啊,姑且飘浮观览寻找知己。趁我恰当年富力强啊,巡行天地上下游历。

　　灵氛既告余以吉占兮,历吉日乎吾将行。折琼枝以为羞兮①,精琼爢以为粻②。为余驾飞龙兮,杂瑶象以为车③。何离心之可同兮,吾将远逝以自疏④。邅吾道夫昆仑兮⑤,路修远以周流。扬云霓之晻蔼兮⑥,鸣玉鸾之啾啾⑦。朝发轫于天津兮⑧,夕余至乎西极⑨。凤皇翼其承旂兮⑩,高翱翔之翼翼。忽吾行此流沙兮,遵赤水而容与⑪。麾蛟龙使梁津兮<sup>⑫</sup>，诏西皇使涉予<sup>⑬</sup>。路修远以多艰兮，腾众车使径侍<sup>⑭</sup>。路不周以左转兮<sup>⑮</sup>，指西海以为期<sup>⑯</sup>。屯余车其千乘兮<sup>⑰</sup>，齐玉轪而并驰<sup>⑱</sup>。驾八龙之婉婉兮<sup>⑲</sup>，载云旗之委蛇<sup>⑳</sup>。抑志而弭节兮<sup>㉑</sup>，神高驰之邈邈<sup>㉒</sup>。奏《九歌》而舞《韶》兮<sup>㉓</sup>，聊假日以媮乐<sup>㉔</sup>。陟升皇之赫戏兮<sup>㉕</sup>，忽临睨夫旧乡<sup>㉖</sup>。仆夫悲余马怀兮<sup>㉗</sup>，蜷局顾而不行<sup>㉘</sup>。

乱曰<sup>㉙</sup>：已矣哉，国无人莫我知兮，又何怀乎故都？既莫足与为美政兮<sup>㉚</sup>，吾将从彭咸之所居。

**【注释】**

①羞：同"馐"，美味。

②精：精细制作，去杂取纯。琼廉（mí）：玉屑，玉粒。粮（zhāng）：干粮。

③瑶象：珠玉象牙。瑶，美玉，一说似玉的美石。象，象牙。

④自疏：自我疏离，即离开楚国远行。

⑤邅（zhān）：调转，转向。昆仑：古代神话传说中山名。

⑥晻蔼（ǎn ǎi）：遮天蔽日。

⑦鸾：通"銮"，马铃。啾啾（jiū）：形容铃声如鸟鸣。

⑧天津：天河渡口。

⑨西极：最为辽远的西疆，传说为日落之处。

⑩翼：这里形容凤旗庄重严整的样子。承旂（qí）：指凤旗与龙旗随风飘展，交互掩映。承，相接，相连。旂，竿头系铃，绘有双龙缠斗图样的旗。

⑪遵：沿着。赤水：神话传说中水名。容与：徘徊。

⑫麾（huī）：举手号令。蛟龙：传说中龙的两种。梁津：即在渡口间架起浮桥。梁，浮桥。

⑬诏:告诉,这里有命令的意思。西皇:西方之神,传说为少暤。一指蓐收。少暤为西天之皇,蓐收则为西天之神使。

⑭腾:传言,告诉。径侍:径直侍候。径,径直,直接。侍,侍卫。

⑮不周:古代神话传说中山名。

⑯西海:古代神话传说中西部大湖名。

⑰乘(shèng):四马驾一车称乘。

⑱轪(dài):车辖,即车轮与车轴固定在一起的插栓。

⑲婉婉:曲折蜿蜒。

⑳委蛇(wēi yí):形容车旗迎风飘舞的样子。

㉑抑志:按压或安定心志。弭(mǐ)节:停车。弭,止。节,车行的节度。

㉒邈邈(miǎo):高远貌。

㉓《九歌》:上古乐曲名。《韶》:相传为夏启之乐舞。

㉔假日:假借时日。嫭(yú):一作"愉"解,愉悦。一作"偷"解,苟且。

㉕陟(zhì):上升,从低处往高处走,与"降"相对。皇:天。赫戏:辉煌隆盛貌。

㉖睨(nì):斜视。旧乡:即楚国。

㉗仆夫:为诗人驾车的人。怀:眷恋,思念。

㉘蜷(quán)局:拘挛回环,徘徊不前。

㉙乱:楚辞篇末结束全篇的标志称为乱,与结束曲、尾声相似。

㉚美政:指作者心目中的理想政治。

## 【译文】

　　灵氛已告诉我吉祥的卦辞啊,选好良辰我即将出行。攀折琼枝当作美味啊,精制玉屑作为点心。为我驾起奔腾的龙车啊,珠玉象牙缀饰车身。离心离德如何能同归一途啊,我将远走离开故国。调转车头我取道昆仑啊,路途遥远绕四方巡行。张扬云霓旌旗遮天蔽日啊,玉铃啾啾作响发出清鸣。早上由天河渡口出发啊,晚上我要到达日落的西方。凤旗庄严肃穆连绵不断啊,高高飞翔凌空舒展。我快行走到流沙地带啊,沿赤水岸边徘徊不前。指挥蛟龙在渡口间架起浮桥啊,命少皞帮我涉险过关。路途遥远艰险重重啊,传令众车径直侍候身边。路经不周山转而向左啊,遥指西海作相会地点。聚集我的车队足有千驾啊,使玉轮一起并驾齐驱。驾乘八匹龙马蜿蜒飞驰啊,载着迎风飞舞的绘有云霓的旗帜。气定神闲徐缓前进啊,神思飞扬超越无边。弹奏《九歌》应和《韶》乐而舞啊,姑且借这辰光娱乐身心。登临光明浩大的苍天啊,忽然向下一瞥看到楚地故园。车夫悲伤我马哀恋啊,徘徊不前无限顾念。

　　尾声:算了吧,国中没有贤士,无人理解我啊,又何必苦苦眷恋我的故国?既然没有谁能与我一起致力于政治革新啊,我将追随彭咸到他栖息的居所。

# 九 歌

## 【题解】

《九歌》是一组祭祀神祇的乐歌,原本在楚国民间流传,后经屈原加工改写而具有了新的体制特点与精神面貌。《九歌》共有十一篇,"九"字为虚指还是实指? 如果是实指,如何使总题与篇目相符? 这是古今学者们争论的焦点。《文选五臣注》中张铣主张虚指,他认为:"九者,阳数之极,自谓否极,取为歌名矣。"朱熹《楚辞集注》则采取存疑的做法,认为:"篇名《九歌》而实十有一章,盖不可晓。旧以九为阳数者,尤为衍说。或疑犹有虞、夏《九歌》之遗声,亦不可考。今姑阙之,以俟知者,然非义之所急也。"他批评了张铣的看法,但并未自出新解。自明朝以来,主张实指的学者增多,汪瑗、林云铭、胡文英等人都有论及。其中,汪瑗率先提出较为合理的解释,其《楚辞蒙引》认为:"(《九歌》)末一篇固前十篇之乱辞也。《大司命》、《少司命》固可谓之一篇,如禹、汤、文武谓之三王,而文武固可为一人也。《东皇太一》也,《云中君》也,《湘君》也,《湘夫人》也,二《司命》也,《东君》也,《河伯》也,《山鬼》也,《国殇》也,非九而何?"总之,如何将十一篇中某些篇目进行合理归并,成为论说的重心所在。近代以来,上述"循名责实"的意识渐趋淡化,如陆侃如认为:"《九歌》是楚国民间祭歌,共十一篇,前十篇每一篇祭一个神,最后一篇《礼魂》是送神曲。"这既是对汪瑗等人观点的继承,又不再主使《九歌》篇目与总题相符强作解人。现在一般认为,《九歌》前五篇《东皇太一》、《云中君》、《大司命》、《少司命》、《东君》为祭祀天神之歌,其演唱形式由饰为天神的主巫与代表世人的群巫共同参与、轮流演唱。但《东皇太一》中,主巫只出现于祭坛,并不演唱;后四篇《湘君》、《湘夫人》、《河伯》、《山鬼》为祭祀地祇之歌,以饰为地祇的主巫独唱独舞,没有群巫歌舞穿插其中;《国殇》为祭祀楚国阵亡将士的哀歌,因对祭祀对象的敬重,与祭神相似,也由主巫与群巫轮流对唱;最后一篇《礼魂》为送魂曲,表明祭礼结束。"天神"、"地祇"、"人鬼"的体制安排,体现了《九歌》的完整性及系统性特点。姜亮夫认为东君与云中君、大司命与少司命、湘君与湘夫人、河伯与山鬼是四对配偶神。

　　王逸《楚辞章句》云:"《九歌》者,屈原之所作也。昔楚国南郢之邑,沅、湘之间,其俗信鬼而好祠,其祠必作歌乐鼓舞以乐诸神。屈原放逐,窜伏其域,怀忧苦毒,愁思沸郁。出见俗人祭祀之礼,歌舞之乐,其词鄙陋。因为作《九歌》之曲,上陈事神之敬,下见己之冤结,托之以风谏。故其文意不同,章句杂错,而广异义焉。"肯定了《九歌》为屈原吸纳楚风遗俗而作。朱熹《楚辞集注》进一步提出,《九歌》是屈原在既有的民间祭歌的基础上加工润饰而成的,似乎更加符合屈子创作的原貌。品味歌中情感,多委婉多情,基于悲欢离合的爱恋之情,而辞句甚为典雅清丽,正是文学家与民间大胆抒情歌曲的优秀结合。不管《九歌》是否为屈原被流放之后的作品,将其拿来与屈原的政治遭际相比附固然有相通之处,但处处皆求于此,就脱离了《九歌》作为乐神祀曲的实际,而后者才是我们今天进行欣赏评价的出发点。

　　以往的《九歌》研究多从政治、神话等角度进行阐释,包括上面提及的几个研究流派多不能出此范围。姜亮夫从《九歌》的宗教色彩出发,认为它与《离骚》有一共同的情怀,即"宗教情感";至于在这种情感的处理方面则略有不同,《离骚》侧重理想化之描写,而《九歌》则侧重写实化之描写:"离骚等十三篇,与九歌十一篇,有一相同之情怀,曰'宗教情感'。离骚十三篇所最景仰之情,为远游帝官,西涉昆仑,寄意圣贤,匹偶圣姬,就重华而陈辞,依彭咸以为仪,求宓妃之所在,望瑶台之偃蹇,胥是也。而九歌之咏十神，天地、日月、山川、人先、鬼伯、国殇，无一非宗教之所崇祀。其所仰之神异，而其情则类也。虽然，其处理方法，则两者实大异：十三篇之所神祀者，以思想、情愫之景仰之主，从理智分析，得其美蔽善恶之辨。而自理想中结构一别然之宇宙，与个人修姱自洁之理想相结合，而欲归依与影从；或个人情思无法处理之时，欲依神圣为自解之计。自神化中有个人理性存在，为高度之自觉感。至九歌十一篇，则全部为神鬼事迹之描写，其写情处，亦纯从神鬼自身事象上立意，或借其神威灵感，以赞叹欣赏之，或借神鬼夫妇燕昵之情，以歌咏之；即有所寓寄，亦仅能于同底窥测一二，非十三篇之直述冀望感念者之可比。故九歌宗教感情之处理，乃写实化之描写也；十三篇宗教情感之处理，乃理想化之描写也。"（详见《重订屈原赋校注》页167、168）。另外，需要指出的是，《九歌》中所体现出的宗教情绪既不是迷狂畏惧的，也不是轻佻玩亵的——无论是《云中君》"思夫君兮太息，极劳心兮忡忡"的告白，还是《湘君》、《湘夫人》、《河伯》、《山鬼》等篇什中的质朴真挚的情感，均表明了楚民与众神之间亲和、挚密的依恋关系，通过向赋予了平等人格的神的自由对话来实现祈愿、祝福等仪式过程。总之，孕育产生《九歌》的楚地民间具有的质朴、热情、重祀等特点，亦赋予了《九歌》欢腾的场面、华美的器饰、缠绵的情怀、虔敬的祷祝等等艺术美感和人文特质，读者可从中找到诗意的憩园。

　　关于《九歌》的创作时间，王逸认为是屈原放逐江南时所作，当时屈原"怀忧若苦，愁思沸郁"，故通过制作祭神乐歌，以寄托自己的思想感情。但现代研究者多认为作于放逐之前，仅供祭祀之用。

# 东皇太一

【题解】

　　《东皇太一》是祭祀最高天神的乐歌，因居《九歌》之首，被称为迎神曲。"太一"之名在先秦的一些典籍中不是天神的名称,而是一个抽象的哲学概念,或指形成天地万物的元气,或指老庄思想中所谓"道"的概念。《吕氏春秋·仲夏纪·侈乐》有"太乙"一词,本指神名,疑"太乙"与"太一"相通。姜亮夫《楚辞通故·天部》引本篇"穆将愉兮上皇"、宋玉《高唐赋》"醮诸神礼太一",并下按语称"上皇即上帝之称变,言上皇者,以协韵之故,以此知战国时已以太一为上帝矣"。既而又进一步引申说:"细考先秦故籍,以一字表事物最高概念浸假而为造化之原,自《易》至《老》《庄》莫不有此思想。……道立于一,则一之又一曰太一,太者更加神圣之谓,故以太一为造物主,亦即为以太一为帝。惟此说北土渐衰(重人事故),故惟屈子、道家尚存其说。"汉景帝至汉武帝之时,太一渐成为天神、上帝的专名。另一方面,汉代以来天文家及道家又以天极最明亮之星为太一。《史记·封禅书》"宜立太一而上亲郊之",《天官书》:"中宫,天极星,皇其一明者,太一常居也。"张守节《史记正义》:"泰一天帝之别名也。"可知,汉代星名与神名联为一体,祭太一亦成为郊祀的内容之一。直到宋代,祭祀太一的风俗犹存,据《楚辞通故·书篇部》称,当时祭于东方则称东太一,于西方则称西太一,于中央则曰中太一。本篇"东皇太一"之"皇"字亦指天帝,有复指强调之义。将"太一"视为天神并加以祭祀最早见于《九歌》,因此,祭祀"太一"可能是楚国特有的风俗。

因东皇太一高踞众神之上,从篇中表述的祭祀形式看,主巫所饰东皇太一在受祭过程中略有动作而不歌唱,以示威严、高贵。群巫则载歌载舞,通篇充满馨香祷祝之音,使人油然而生庄穆敬畏之情,以此表现对东皇太一的虔敬与祝颂。


吉日兮辰良①,穆将愉兮上皇②。抚长剑兮玉珥③,璆锵鸣兮琳琅④。

**【注释】**

①辰良:"良辰"的倒文,为押韵之故。好时光。

②穆:恭敬。愉:娱乐。上皇:天帝,指东皇太一。

③珥(ěr):即剑珥,剑鞘出口旁像两耳的突出部分,又叫剑鼻。

④璆(qiú):美玉。锵(qiāng):金属发出的音响。琳琅:美玉名。

**【译文】**

　　吉祥的日子啊美好时刻,恭敬地取悦啊天上的帝王。手抚长剑啊玉石为珥,身上玉佩啊锵锵相鸣。

　　瑶席兮玉瑱①,盍将把兮琼芳②。蕙肴蒸兮兰藉③,奠桂酒兮椒浆④。

**【注释】**

①瑶席:装饰华美的供案。瑶,美玉。席,此为呈献美玉的供案。玉瑱(zhèn):玉器。瑱,通"镇"。

②盍(hé):通"合",会集。琼芳:美好的芳香植物。琼,本义美玉,引申为美好。

③蕙肴:与"桂酒"相对。即用蕙草包裹的佳肴。蕙为香草名,又名薰草。蒸:姜亮夫《屈原赋校注》认为当作"荐",即进献;而且应置于"蕙肴"之前,即此句应为"荐(蒸)蕙肴兮兰藉。"这样与下句"奠桂酒兮椒浆"结构完全相称。兰藉:垫在祭食下的兰草。兰,香草名。藉,古时祭礼朝聘时陈列礼品用的草垫。

④桂酒:用桂花泡制的酒。椒浆:用椒泡制的酒浆。桂、椒都是香料。

**【译文】**

　　献祭供案上啊放着宝瑱,还摆上成把啊芳香的植物。蕙草包裹着祭品啊下面垫有兰叶,桂椒泡制酒浆啊敬献上神。

扬枹兮拊鼓<sup>①</sup>。疏缓节兮安歌,陈竽瑟兮浩倡<sup>②</sup>。

**【注释】**

①扬枹(fú)兮拊(fǔ)鼓:疑此句下脱去一句。闻一多《楚辞校补》以为"本篇通例,无间两句叶韵者,此不当独为例外,疑此句下脱去一句"。枹,击鼓槌。拊,轻轻敲打。

②竽(yú)瑟:都是古代乐器。竽,古吹奏乐器,笙类中较大者,管乐,有三十六簧。瑟,古弹拨乐器,琴类,弦乐,其形制颇多异说。浩倡:声势浩大。倡,一作"唱"。

**【译文】**

祭巫举起鼓槌啊轻轻敲击鼓面。鼓节舒缓啊歌声安闲,竽瑟齐鸣啊声势震天。

灵偃蹇兮姣服<sup>①</sup>,芳菲菲兮满堂。五音纷兮繁会<sup>②</sup>,君欣欣兮乐康<sup>③</sup>。

**【注释】**

①灵:代表神的巫者。偃蹇(yǎn jiǎn):形容巫师优美的舞蹈姿态。一称美盛貌,即美好众多的样子。

②五音:宫、商、角、徵、羽合称五音。繁会:音调繁杂,交会在一起。

③君:指东皇太一。

**【译文】**

巫师翩翩起舞啊衣服亮丽,祭殿芳香馥郁啊让人心旷神怡。乐声纷繁啊众音交会,天帝喜悦啊安乐无边。

# 云中君

## 【题解】

　　云中君，当指常出现在云中的一位神。历来多解为云神丰隆。如洪兴祖《楚辞补注》："云神丰隆也。一曰屏翳。"朱熹、汪瑗、戴震等人均主此说。清代以来对此渐有异议，如徐文靖《管城硕记》卷十四认为"云中君"当为云梦泽中之神，其称："《左传·定公四年》：'楚子涉睢济江，入于云中。'杜注：入'云梦泽中'。是'云中'，一楚之巨薮也。云中君犹湘君耳。《尚书》：'云土梦作。'《尔雅》：'楚有云梦'。相如《子虚赋》：'云梦者，方九百里。'湘君有祠，巨薮如云中，可无祠乎？"此种说法曾得到王运、陈培寿等人的支持，但因与本诗文义不合，遭到后来学者批评，如游国恩《〈云中君〉非祀水神说》一文。今人何剑熏《楚辞拾沈》认为云中君当为电神，其称："余意云中君者，电神也。"姜亮夫认为云中君为月神，其在《屈原赋校注》中提出："《云中》在《东君》之后，与东君配，亦如大司命配少司命，湘君配湘夫人，则云中君月神也。又以本篇文义证之，曰'烂昭昭'，曰'齐光'，曰'皇皇'，皆与光义相连。云师宜与电雨相属，不得言光。且既降又突然举，此亦与月出没之情态相类。而'横四海'即《尚书》所谓'光被四表'之义，故曰'无穷'，与云神意象亦不合。且春秋以来，无祀云神者，楚云即特殊，其大齐必不能出入太甚，则与其谓为云神之无据，不如指为月神之有根矣。"此解甚新，有学者指出既为月神，则文中不应称"蹇将憺兮寿宫，与日月兮齐光"。按"寿宫"，王逸《楚辞章句》解为"供神之处也，祠祀皆欲得寿，故名为寿宫也。"洪兴祖《楚辞补注》称："汉武帝置寿宫神君。臣瓒曰：寿宫，奉神之宫。""蹇将憺兮寿宫"殆指云中君受祀之处灯火通明、光华夺目之状，"与日月兮齐光"一句实为喻指，未见有不当之处。倒是称云神行动倏忽，光齐日月，威及四海，颇令人费解。因此本书取云中君为月神一说。

  关于本篇题旨,朱熹《楚辞集注》认为:"此篇言神既降而久留,与人亲接,故既去而思之,不能忘也,足以见臣子慕君之深意矣。"这其实是对王逸、洪兴祖"忠君"说的进一步申述;但同时,它也启发了后来"人神相恋"说的产生,影响较为深远。从《九歌》整体来看,云中君应为东皇太一的属神,篇中称"灵连蜷兮既留,烂昭昭兮未央。蹇将憺兮寿宫,与日月兮齐光",说明其祭处火烛通明,其祭礼似在晚上举行,这亦突出其月神的身份。至于篇末"思夫君兮太息,极劳心兮忡忡",疑与楚地自由恋慕的民风有关。云中君除在观测天象、制定历法、安排农事等方面有重要作用外,也有着催化男女婚恋的浪漫意义。楚人祭祀云中君的用心,大概即在此。

  《云中君》按韵可分为两章,每章都采用主祭的巫与扮云中君的巫对唱的形式来颂扬月神。除了描述祭祀"云中君"的全过程之外,无论人的唱词、神的唱词,都从不同角度叙说了月神的特征,表现出人对云中君的热切期盼和思念,以及对云、雨的渴望和云中君对人们祭礼的报答。

    浴兰汤兮沐芳①,华采衣兮若英。灵连蜷兮既留②,烂昭昭兮未央③。

**【注释】**

①浴:洗身体。兰汤:煮兰为汤。汤即洗浴用的热水。沐:洗头发。芳:白芷。

②灵:即云中君,这里指扮月神的巫。连蜷(quán):形容身姿矫健美好的样子。

③烂昭昭:指天色微明。昭昭,光明,明亮。未央:未尽,未已。央,极,尽。

**【译文】**

主祭者用芳香兰汤浴身啊以白芷水洗发,穿上华美的五彩衣裳啊芬香宜人绚丽如花。神灵附身啊巫师身姿美好而让人流连，天色微明啊夜犹未尽。

　　蹇将憺兮寿宫<sup>①</sup>，与日月兮齐光。龙驾兮虎服<sup>②</sup>，聊翱游兮周章。

**【注释】**

①蹇(jiǎn)：发语词。憺(dàn)：安居。寿宫：供神之宫。

②龙驾：用龙拉的车。驾，把车套在马等牲口身上。虎服：驾着虎。服，车右边所驾之物。

**【译文】**

月神将要安居啊在那寿宫，那里灯火通明啊与日月同辉。月神乘着龙车啊鞭策着虎，在空中回旋飞翔啊周游盘桓。

　　灵皇皇兮既降<sup>①</sup>，猋远举兮云中<sup>②</sup>。览冀州兮有余<sup>③</sup>，横四海兮焉穷<sup>④</sup>。

**【注释】**

①灵：指云中君。皇皇：同"煌煌"，指云中君下降时神光灿烂盛明的样子。

②猋(biāo)：迅速前行。云中：云霄之中，高空，常指传说中的仙境。这里指云中君原来居住的地方。

③冀州：古九州之一。有余：还有其他的地方。这里指所望之远，不止此一州。

④横：遍及。四海：指中国以外的地方。焉穷：哪有穷尽。焉，安，何。穷，尽，完。

**【译文】**

月神光明灿烂啊已经降临,既而疾入云霄啊远远高翔。俯瞰冀州啊还有其他所在,光芒照耀九州啊直到宇外八荒。

思夫君兮太息<sup>①</sup>,极劳心兮忡忡<sup>②</sup>。

**【注释】**

①夫(fú):与"此"相对,即"彼"。君:指云中君。

②忡忡(chōng):形容忧愁的样子。

**【译文】**

月神啊! 我如此思念你啊不由悠声长叹,每日忧心百转啊神思不安。

# 湘 君

**【题解】**

"湘君"和"湘夫人"是湘水的配偶神。将神话传说融入自然景观,赋予自然物以特别含义,是初民自然崇拜的一种表现。在《九歌》产生的时代,神话传说中帝舜及其妃子娥皇、女英分化而成湘神中男神和女神,使湘神有了具体的化身。

关于舜与二妃的传说由来已久。舜葬苍梧之说见于《山海经》中多处,如《山海经·海内南经》:"苍梧之山,帝舜葬于阳,帝丹朱葬于阴。"二妃死于湘江之说,见于多书之记载,《山海经·中山经》:"洞庭之山……,帝之二女居之,是常游于江渊。"《礼记·檀弓上》:"舜葬于苍梧之野,盖二妃未之从也。"郑玄注:"《离骚》所歌'湘夫人',舜妃也。"张华

《博物志·史补篇》卷八:"尧之二女,舜之二妃,曰湘夫人。舜崩,二妃啼,以涕挥竹,竹尽斑。"可知舜初南行,二妃未同往。二妃后来赶到洞庭湖滨,听到舜崩于苍梧的消息,南望痛哭,自投湘水而死,成为湘水之神。这一传说长期流传,渐渐演变成舜为湘水之男神(湘君),二妃为湘水之女神(湘夫人)。后人又加以演化,衍生了许多关于他们的凄美的爱情故事。从《湘君》《湘夫人》两篇的内容来看,他们之间的热烈思恋,一方面反映了人们对超自然力量的崇拜,另一方面反映了人们对纯真爱情的向往和对幸福生活的追求。

　　围绕着湘君和湘夫人与舜的关系,历史上曾经产生过很多纷争。近人陆侃如、冯沅君在《中国诗史》中曾归纳为以下几种:

　　一、湘君为舜之二妃,与湘夫人无关,见《史记·始皇本纪》、刘向《列女传》卷一;

　　二、湘君为水神,湘夫人为舜之二妃,见王逸《楚辞章句》;

　　三、湘夫人为舜之二妃,与湘君无关,见《礼记·檀弓》郑玄注、张华《博物志》卷八《史补篇》;

　　四、湘夫人为舜之二女,与湘君无涉,见《博物志》卷六《地理考》;

　　五、湘君为娥皇,湘夫人为女英,见《昌黎先生集》卷三十一《黄陵庙碑》;

　　六、湘君为湘水神,湘夫人为其配偶,见王夫之《楚辞通释》、高秋月、曹同春《楚辞约注》、陈本礼《屈辞精义》;

　　七、湘君、湘夫人为湘水神的两位夫人,见顾炎武《日知录》卷二十五;

　　八、湘君、湘夫人为楚俗所祀湘山神夫妇二人,见赵翼《陔余丛考》卷十九;

　　九、湘君、湘夫人为天帝之二女,见刘梦鹏《屈子章句》。

　　相比较而言,王夫之以湘君为湘水神、湘夫人为其配偶之说较合理。王逸以湘夫人为二妃,自然易使人将湘君与舜相比附,因大致不妨碍对两篇内容的理解,也可作为参照。至于其他,则多有敷衍不通之处,故不取。从两篇内容来看,似是两人相约会见,却不知何故失之不遇。《湘君》写湘君对湘夫人的思念以及主动追寻爱人的过程,《湘夫人》则体现湘夫人对湘君同样的企盼和忠贞。一对神仙眷侣竟无缘一见,不禁令人扼腕。

全诗共分五章,依次叙述湘君对即将赴约的湘夫人的苦恋和约会前的精心准备,久候湘夫人不至而前去迎接,备尝艰辛却未能相遇,遍寻湘夫人不得又重返约会地点,最终相会成泡影后黯然离去等。情感变化曲折、缠绵悱恻。

君不行兮夷犹①,蹇谁留兮中洲②?美要眇兮宜修③,沛吾乘兮桂舟④。令沅湘兮无波⑤,使江水兮安流⑥!望夫君兮未来⑦,吹参差兮谁思⑧!

**【注释】**

①君:指湘夫人。行:动身走来,即赴湘君之约。夷犹:犹豫,迟疑不前。

②蹇(jiǎn):楚国方言,发语词。

③要眇(yāo miǎo):形容姿态美好。宜修:修饰合宜。

④沛:形容迅疾的样子。吾:我,湘君自谓。桂舟:用桂木造的船。后亦用作对舟船的美称。

⑤沅湘:水名。沅水源出贵州,穿过湖南西部,流入洞庭湖。湘水源出广西,穿过湖南东部,流入洞庭湖。

⑥江水:指长江。一说即指沅、湘之流水。

⑦夫(fú)君:犹彼君,这里指湘夫人。

⑧参差(cēn cī):一作"篸篿",洞箫的别名。谁思:谁会知道。

**【译文】**

你犹犹豫豫啊终未赴约,究竟为谁驻留在啊你居住的水洲?我已修饰停当啊容仪美好,乘上轻快桂舟啊赶到这里守候。我叫沅湘之水啊不要掀起波浪,让那水流啊能够舒缓向前。我望了又望啊还是不见你的丽影,只有吹起排箫啊谁能听懂我的哀伤?

　　驾飞龙兮北征①,邅吾道兮洞庭②。薜荔柏兮蕙绸③,荪桡兮兰旌④。望涔阳兮极浦⑤,横大江兮扬灵⑥。

**【注释】**

①飞龙:即上文之"桂舟",以龙引舟(或舟形似龙,舟行如龙飞),故曰"飞龙"。

②邅(zhān):回转,绕道。洞庭:即今洞庭湖。

③薜荔柏:用薜荔编织的帘子。薜荔,植物名,又称木莲。柏,通"箔",帘子,船屋的门窗上所挂。蕙绸:以蕙草织为帷帐。蕙,香草名。绸,通"帱",或作"裯",即床帐。

④荪桡(sūn ráo):缠绕以荪草的船桨。兰旌(jīng):以兰草为旌旗。兰,兰草。旌,古代用牦牛尾或兼五彩羽毛饰竿头的旗子。

⑤涔(cén)阳:地名,即涔阳浦,在今湖南省涔水北岸,澧县附近,地处洞庭湖西北岸与长江之间。一说在郢都附近。极浦:遥远的水滨。

⑥扬灵:划船前进。灵,通"舲",一种有舱有窗的船。

**【译文】**

驾着龙舟啊直向北行,折转路线啊取道洞庭。薜荔为帘啊蕙草当帐,荪草绕桨啊兰草为旗。远远望见涔阳啊在那遥远水滨,继续横渡大江啊划船找寻。

　　扬灵兮未极，女婵媛兮为余太息<sup>①</sup>。横流涕兮潺湲<sup>②</sup>，隐思君兮陫侧<sup>③</sup>。桂棹兮兰枻<sup>④</sup>，斲冰兮积雪<sup>⑤</sup>。采薜荔兮水中，搴芙蓉兮木末<sup>⑥</sup>。心不同兮媒劳，恩不甚兮轻绝！石濑兮浅浅<sup>⑦</sup>，飞龙兮翩翩。交不忠兮怨长，期不信兮告余以不闲。

**【注释】**

①女：湘夫人的侍女。婵媛（chán yuán）：忧愁悲怨。

②潺湲（chán yuán）：形容流淌的样子。这里是就流泪而言。

③隐：忧痛。陫（fěi）侧：即"悱恻"，悲痛的意思。

④桂棹（zhào）：桂木做的船桨。棹，船桨。兰枻（yì）：兰木做的船舷。兰，这里指木兰，香木名。

⑤斲（zhuó）冰：在激流中行船，波浪翻滚，水花四溅的景象。这里"冰"、"雪"是对流水的比喻说法。积雪：比喻浪花翻腾，清澈洁白。

⑥"采薜荔"以下两句：这两句比喻采择非于其地，枉劳无益。薜荔，缘树而生的香草。搴（qiān），拔取，采取。芙蓉，荷花。木末，树梢。

⑦石濑（lài）：沙石间的浅水滩。浅浅（jiān）：水流迅疾的样子。

**【译文】**

　　我驱舟前进啊未能与你相遇，你身边的侍女也忧愁悲怨啊不禁为我长长叹息。眼泪奔泻而出啊犹如泉涌，痛苦地思念你啊心情多么悲伤。桂木为桨啊木兰为舷，劈波斩浪啊水花飞溅。就像到水中啊采摘薜荔，爬到树梢啊采摘荷花。两人心意不同啊媒人说合也无意义，恩情不深啊就会轻易弃绝。沙石间江水啊在快速流淌，我的龙船啊在水上飞快前行。两人交往不能推心相爱啊难免怨恨绵长，约期相会不守信用啊却告诉我没有闲暇。

　　鼂骋骛兮江皋①，夕弭节兮北渚②。鸟次兮屋上③，水周兮堂下④。

**【注释】**

①鼂(zhāo)：通"朝"，早晨。骋骛(chěng wù)：疾驰，奔腾。这里指
　行船而言。江皋：江岸，江边高地。

②弭(mǐ)节：停船。北渚(zhǔ)：洞庭湖北岸的小洲。

③次：止宿，留宿超过两天。屋上：迎神用的屋子。

④堂：坛，一种方形土台，这里指祭坛。

**【译文】**

早晨行船到江岸高地上啊把你寻找，傍晚一无所获啊重回北岸。
但见鸟儿栖宿啊在屋顶之上，水流环绕啊在祭坛下边。

　　捐余玦兮江中①，遗余佩兮醴浦②。采芳洲兮杜若③，将以遗兮下女④。时不可兮再得，聊逍遥兮容与⑤。

**【注释】**

①捐：舍弃。玦(jué)：古时佩带的玉器，环形，有缺口，常用作表示
　决断、决绝的象征物。

②佩：古代系于衣带的装饰品，常指珠玉之类。醴(lǐ)浦：澧水之
　滨。澧水经澧县入湖一段，正在长江与洞庭之间。醴，通"澧"，
　水名，是今湖南省境内流入洞庭湖的大河。

③杜若：香草名，又名山姜，古人谓服之"令人不忘"。

④遗(wèi)：赠送。下女：即前文所说湘夫人的侍女。

⑤逍遥：徜徉，缓步行走的样子。容与：义与"逍遥"接近。

【译文】

我把玉玦啊投到江水之中，把玉佩啊丢在醴水之滨。我在芳草丛生的水洲啊采摘杜若，准备送给啊她的侍女。时间一去啊再不复返，暂且漫步啊排遣忧愁。

# 湘夫人

【题解】

本篇承《湘君》文意，写湘夫人同样思念湘君，而终不能相见的惆怅伤怀的心情，可参《湘君》题解。本书认为，就屈原创作的时代而言，湘君、湘夫人与舜及二妃尚未形成固定的互指关系，在一定程度上，湘君、湘夫人的传说与舜、二妃的传说是并行不悖的。《湘君》与《湘夫人》中所反映出的情感纠葛，按常理推，不似一对经年夫妇所应有的表现，因此本书认为湘君与湘夫人为配偶神，两篇内容可看作是其罗曼史的开始部分或者一个不愉快的插曲。至于将湘君比附为舜，湘夫人比附为二妃，则是秦以来的说法，它已较远地背离了舜的传说的本来面目。总之，作为姊妹篇，本篇依《湘君》体制作了平行对称的表述，哀感顽艳，情氛动人。

全诗共分四节，依次铺叙湘夫人因不得与湘君相见的忧愁，思念湘君又不敢吐露的矛盾，想象与湘君会面的美景，最终未能与湘君相见的满腹惆怅等。后世以"二湘"为题材的诗文很多，唐人杜甫、贾至、李贺等均有所作，如杜甫《祠南夕望》云："百丈牵江色，孤舟泛日斜。兴来犹杖屦，目断更云沙。山鬼迷春竹，湘娥倚暮花。湖南清绝地，万古一长嗟。"他将"山鬼"与"湘娥"对举，显然已将湘夫人（或湘君）作为"湘娥"的替身，这是文学形象与民间传说发生叠合的表现。诗人们一方面颂扬娥皇、女英的贞烈事迹，另一方面其营造的悲情意象、缠绵意境又多是对《湘君》《湘夫人》的直接借鉴，两方面结合起来构成了影响后世的"二湘"骚怨传统。唐人李贺《帝子歌》曾一改悲情式的构思，使二湘故事焕发出喜乐的亮彩。其称："洞庭明月一千里，凉风雁啼天在水。九节菖蒲石上死，湘神弹琴迎帝子。山头老桂吹古香，雌龙怨吟寒水光。沙浦走鱼白石郎，闲取真珠掷龙堂。"诗中重新安排了湘神迎见"帝子"亦即湘夫人的场面，前者弹奏琴弦发出美妙的乐声，空气中则弥漫着山头桂树所散发的幽香清韵；他们静听龙吟，闲掷真珠，享受着"逍遥容与"的幸福生活！在千年之后，在"诗鬼"笔下，湘君与湘夫人实现了和解共处！


　　帝子降兮北渚①，目眇眇兮愁予②。嫋嫋兮秋风③，洞庭波兮木叶下。


【注释】

①帝子：湘夫人。上古"子"既可称儿子，又可称女儿。北渚：指靠近洞庭湖北岸的小洲。

②眇眇（miǎo）：瞻望弗及，望眼欲穿之貌。愁予：忧愁。予，通"忬"，《说文·心部》："忬，忧也。"

③嫋嫋（niǎo）：又作"袅袅"，本义柔弱曼长貌，这里指微风徐徐吹拂的样子。

【译文】

　　湘夫人以帝子之尊啊降临洞庭湖北岸的小洲，远寻湘君身影啊望眼欲穿悲痛忧伤。萧瑟的秋风啊徐徐吹拂，洞庭湖波涛涌起啊，树叶纷纷飘落。

白薠兮骋望①，与佳期兮夕张②。鸟萃兮蘋中③，罾何为兮木上④。

**【注释】**

①白薠（fán）：水草名。骋（chěng）望：放眼远望。

②与（yù）：古多训"为"。佳期：男女约会的日期。佳，美，美好。期，会，会合。夕：傍晚，日暮。张：陈设，布置。

③萃（cuì）：聚集，汇集。蘋（pín）：植物名，多年生草本，生浅水中。

④罾（zēng）：用木棍或竹竿做支架的方形渔网，形似伞。鸟当止于木上，而集于水中；罾当施于水中而置于木上，二物所施不得其所，喻心意难达，与《湘君》之"采薜荔兮水中，搴芙蓉兮木末"用意相同。

**【译文】**

在白薠丛中啊放眼远望，为约会的美好时刻啊早已准备停当。但鸟儿怎会聚集在啊水蘋之中，渔网怎会挂在啊树梢之上？

沅有茝兮醴有兰①，思公子兮未敢言②。荒忽兮远望，观流水兮潺湲③。

**【注释】**

①茝（zhǐ）：香草名，即白芷。

②公子：指湘君。未敢言：不敢说出来，指蕴藏在内心而无法倾吐的深情。

③潺湲（chán yuán）：水缓缓流淌的样子。

**【译文】**

沅水生有白芷啊醴水长着兰草，我思念您啊却不敢说出来。我神思迷惘啊向远处眺望，却只见那流水啊缓缓流淌。

麋何食兮庭中<sup>①</sup>？蛟何为兮水裔<sup>②</sup>？朝驰余马兮江皋，夕济兮西澨<sup>③</sup>。闻佳人兮召予<sup>④</sup>，将腾驾兮偕逝<sup>⑤</sup>。

**【注释】**

①麋(mí)：哺乳动物，毛淡褐色，雄的有角，角像鹿，尾像驴，蹄像牛，颈像骆驼，但从整体上来看哪一种动物都不像，故又俗称"四不像"。

②蛟：古代传说中的一种龙。水裔(yì)：水边。

③澨(shì)：水滨。

④佳人：爱人，即湘君。

⑤腾驾：传车马急驰飞奔。腾，传。偕(xié)逝：一同前往。

**【译文】**

麋鹿为什么啊在庭堂上吃草，蛟龙为什么啊被困水边？早晨我纵马啊奔驰在江岸，傍晚我渡过啊西边水滨。一旦听到爱人啊召唤我的声音，我就急驰飞奔啊和他一同高飞远去。

筑室兮水中<sup>①</sup>，葺之兮荷盖<sup>②</sup>。荪壁兮紫坛<sup>③</sup>，匊芳椒兮成堂<sup>④</sup>。桂栋兮兰橑<sup>⑤</sup>，辛夷楣兮药房<sup>⑥</sup>。罔薜荔兮为帷<sup>⑦</sup>，擗蕙櫋兮既张<sup>⑧</sup>。白玉兮为镇<sup>⑨</sup>，疏石兰兮为芳<sup>⑩</sup>。芷葺兮荷屋<sup>⑪</sup>，缭之兮杜衡<sup>⑫</sup>。合百草兮实庭，建芳馨兮庑门<sup>⑬</sup>。九嶷缤兮并迎<sup>⑭</sup>，灵之来兮如云<sup>⑮</sup>。

**【注释】**

①室：古代称堂后为室。

②葺(qì)：用茅草覆盖房屋，亦泛指覆盖。

③荪(sūn)壁：以荪草装饰墙壁。紫坛：用紫贝砌成的中庭的地面，取其坚滑而有光彩。紫，"紫贝"的简称，水产的宝物。

④匞芳椒兮成堂：谓两手掬椒泥以涂堂室。匞，"播"的古字，当为"匊"字形误，即后世"掬"字。芳椒，植物名。椒，实多而香，故名"芳椒"。堂：坛，一种方形土台，这里指祀神之殿堂中的祭坛。

⑤桂栋：桂木作的梁栋。栋，房屋正中最高的大梁。兰橑(lǎo)：用木兰做的椽子，亦作为椽子的美称。橑，搭在栋旁的木条，以承载瓦的重量，又叫椽或榱(cuī)。

⑥辛夷楣(méi)：用辛夷做的房屋的次梁。辛夷，植物名，此指辛夷树或其花。辛夷树属木兰科，落叶乔木，高数丈，木有香气。今多以"辛夷"为木兰的别称。楣，房屋的次梁。药房：以白芷饰房。药，即白芷。房，古人称堂后曰室，室之两旁曰房。

⑦罔：同"网"，绳索交叉编结而成的渔猎用具。这里释为"编结"。薜(bì)荔：植物名，又称木莲。帷：以丝帛制作的环绕四周的遮蔽物。泛指起间隔、遮蔽作用的悬垂的丝帛制品。

⑧擗(pì)：分开，裂开。蕙：蕙草做的隔扇。櫋(mián)，隔扇。

⑨镇：用重物压在上面，向下加重量。亦指压东西的用具。

⑩疏：放置。石兰：香草名，蔓延于山石上，叶如苇而柔韧，亦名石苇。芳：闻一多《楚辞校补》疑为"防"之误。《本草》："防风，一曰屏风。""防"与"屏"音近。上句言"白玉"压席，此句言以石兰为床头的屏风。

⑪芷葺(qì)：以白芷覆盖的屋顶。芷，香草名，即白芷。葺，指加盖。

⑫杜衡：香草名，即杜若，叶似葵，形似马蹄，俗名"马蹄香"。

⑬芳馨(xīn)：犹芳香，也借指香草。庑(wǔ)：堂下周围的走廊、廊屋。

⑭九嶷(yí)：山名，在湖南宁远南。此借指九嶷山诸神。并：共同，

一起。

⑮灵：指扮神的女巫。如云：形容盛多。

【译文】

我们将在水中啊筑起房屋，用荷叶啊来做房顶。以荪草装饰墙壁啊用紫贝来铺地面，用芳椒和泥啊涂抹祭坛。以桂木为栋啊用兰木做橑，用玉兰为次梁啊用白芷装饰侧房。编结薜荔啊做成帷帐，蕙草成隔扇啊放置停当。使用白玉啊压住睡席，放下石兰啊为床前屏风。白芷加盖啊荷叶为屋，周围环绕啊还有杜衡。汇集香草啊装满庭院，门旁廊下啊充满芳香。九嶷山神啊纷纷前来恭贺新宅，众神降临啊齐集如云。

捐余袂兮江中①，遗余褋兮醴浦②。搴汀洲兮杜若③，将以遗兮远者④。时不可兮骤得，聊逍遥兮容与！

【注释】

①袂（mèi）：衣袖。

②褋（dié）：禅衣，即无里之衣，指贴身穿的汗衫之类。醴（lǐ）浦：澧水之滨。此处与《湘君》"捐玦"、"遗佩"之意同。

③搴（qiān）：采摘，折取。汀（tīng）：水之平，引申为水边平地，小洲。杜若：香草名。

④遗（wèi）：赠予。远者：指湘君。

【译文】

我把衣袖啊丢在江水之中，将禅衣啊扔向澧水之滨。我到水边小洲上啊采摘杜若，准备真的再见时送给啊远方爱人。美好时光啊不易碰到，只有暂且漫步啊独自排遣忧伤！

# 大司命

## 【题解】

大司命，旧说多指星宿。《周礼·春官·大宗伯》载："以燎祀司中、司命。"孔颖达疏："《星传》云：三台一名天柱，上台司命，为大尉；中台司中，为司徒；下台司禄，为司空云。司命，文昌宫星者。亦据《星传》云，文昌宫第四曰司命，第五曰司中，天文俱载有司中、司命，故两载之。"又《晋书·天文志》载："三台六星，两两而居，西近文昌二星，曰上台，为司命，主寿。"其对《周礼》又加以申说，赋予其掌握人的寿运的职责。这种引申是可取的，它与本篇中大司命自言"纷总总兮九州，何寿夭兮在予"亦相一致。

值得注意的是，司命之祭并非楚国的专祀。《史记·封禅书》载："长安置祠祝官、女巫。其梁巫，祠天、地、天社、天水、房中、堂上之属；晋巫，祠五帝、东君、云中（君）、司命、巫社、巫（祠）、族人、先炊之属……荆巫，祠堂下、巫先、司命、施糜之属。"可知其他国家亦有司命之祭。这与洪兴祖《楚辞补注》引《礼记·祭法》所称"王立七祀，诸侯立五祀，皆有司命"的说法相合。楚早期虽与周朝分庭抗礼，但到战国中后期，它与中原各国的交往日趋频繁，有可能楚祭司命是受了中原礼俗的影响。

关于大司命与少司命职责的划分，王夫之《楚辞通释》认为："大司命统司人之生死，而少司命则司人子嗣之有无，……大司命、少司命，皆楚俗为之名而祀之。"从《大司命》"高飞兮安翔，乘清气兮御阴阳"、"一阴兮一阳，众莫知兮余所为"、"固人命兮有当，孰离合兮可为"等句，均可看出大司命是掌管人的命数的；而从《少司命》"夫人自有兮美子，荪何以兮愁苦"、"竦长剑兮拥幼艾，荪独宜兮为民正"等句，亦可见出少司命为世人子嗣传承忧虑的情况。因此，王夫之的说法是可信的。

《大司命》、《少司命》的体制安排似与《湘君》、《湘夫人》不同。二司命因其职责不同而得到楚人的分别祭祀,但并不如"二湘"一样同尊共祀;两篇中的互指称谓均限于主巫与二司命之间,而二司命相互间的交流则未见。今人汤炳正等《楚辞今注》认为"大司命"为男性神,"少司命"为女性神,本篇为女巫迎祭男神之辞,下篇乃男巫迎祭女神之辞,有表现男女相慕之意,可参。

广开兮天门,纷吾乘兮玄云①。令飘风兮先驱②,使冻雨兮洒尘③。

**【注释】**

①吾:我,大司命自称,其应出于扮演大司命的主巫之口。玄云:黑云,浓云。一说青云。

②飘风:旋风,暴风。

③冻(dōng)雨:暴雨。洒尘:洒水洗尘,用来清洗道路。

**【译文】**

完全敞开啊天宫大门,我从天门出发啊足下踩踏青云。我让旋风啊在前开路,又令暴雨啊清洗道路灰尘。

君迥翔兮以下①,逾空桑兮从女②。

**【注释】**

①君:指大司命。迥翔:盘旋飞翔。

②空桑:传说中的山名,产琴瑟之材。女(rǔ):通"汝",你,此处当指众巫。

**【译文】**

您在天上盘旋飞翔啊降临下界,越过空桑山啊来到众巫中间。

纷总总兮九州<sup>①</sup>,何寿夭兮在予!

**【注释】**
①九州:古代分中国为九州,此泛指天下,全中国。

**【译文】**
人数众多啊九州的众民,为什么生老病死啊全掌握在我手中!

高飞兮安翔,乘清气兮御阴阳<sup>①</sup>。吾与君兮斋速<sup>②</sup>,导帝之兮九坑<sup>③</sup>。

**【注释】**
①阴阳:阴、阳是我国古代哲学思想中两个相对的基本概念,用它们可以表示一切对立的事物。"御阴阳"和"寿夭在予"为同义语,都是控制人类生死之意。
②吾:主祭者自称。君:指大司命。斋:郭在贻《楚辞解诂》认为是"齐"字之讹,即谨畏虔敬之貌。
③帝:天帝。之:往,至。九坑:九州之山。坑,山脊。

**【译文】**
大司命高高飞起啊从容翱翔,驾乘清明之气啊主宰死生阴阳。我主巫恭敬虔诚啊为您大司命作向导,迎接您来到啊这天帝创造的九州之地。

灵衣兮被被<sup>①</sup>,玉佩兮陆离<sup>②</sup>。壹阴兮壹阳<sup>③</sup>,众莫知兮余所为<sup>④</sup>。

**【注释】**
①灵衣:神灵的衣裳。被被(pī):长大貌。

②玉佩：古人佩挂的玉制装饰品。陆离：有三种说法：一说参差错
　　综的样子；二说光彩绚烂的样子；三说参差绚丽的样子。
③壹阴兮壹阳：犹言或阴或阳，阴代表死亡，阳代表生存。意谓大
　　司命能执掌生死。
④众：指一般世俗的人。余：我，大司命自称。

【译文】

　　云霞之衣啊长长委落，佩带的玉饰啊绚烂错综。生存啊与死亡，世
间人哪知道啊都由我掌握。


　　折疏麻兮瑶华①，将以遗兮离居②。老冉冉兮既极，不寖
近兮愈疏③。


【注释】

①疏麻：传说中的神麻，常折以赠别。瑶华：神麻的花朵。
②离居：巫称即将离去的大司命。
③寖（jìn）：逐渐。

【译文】

　　我折取神麻啊那白玉般的花朵，准备送给啊那即将离去的神灵。
我人已渐渐啊走入暮年，如果再不亲近神灵啊就会日益疏远。


　　乘龙兮辚辚①，高驼兮冲天②。结桂枝兮延伫③，羌愈思
兮愁人④。愁人兮奈何，愿若今兮无亏。固人命兮有当⑤，孰
离合兮可为？


【注释】

①乘龙：乘坐用龙驾驶的车。辚辚（lín）：车行声。

②驼：同"驰"，飞驰。

③延伫(zhù)：长久站立。延，长久。

④羌：句首发语词。

⑤"固人命"以下两句：指人的生命和悲欢离合都操纵在神的手中，只有安于现状，以求神的眷顾。这是神巫祭祀大司命后的感叹之词。固，乃。人命，人的生命、命运。有当，有定数。离合，分离与团圆。这里指人与神的离合。为，做。

**【译文】**

大司命驾乘龙车啊车声辚辚，它飞腾而起啊直入云天。我手执编织好的桂枝啊在原地久久伫立，越来越思念他啊愁心百结。愁心百结啊又能怎样？宁可保持现状啊没有缺损。人的生死啊本来就有定数，面对人神的离合啊谁又能做什么？

# 少司命

**【题解】**

早在先秦时，司命即已入祀，汉唐以来称之为星名，在职责划分上一般称大司命为主宰命运之神，但少司命的界定却较含糊。朱熹《楚辞集注》囿于前说，在《少司命》题解下称："按前篇(指《大司命》)注说有两司命，则彼固为上台，而此则文昌第四星欤？"对章旨的理解并无助益。南宋罗愿《尔雅翼》较早指出少司命的权界，其称："少司命，主人子孙者也。"(见《释草》卷二"蘼芜"条下)就本篇而言，非常恰当。近代以来对少司命的认识日渐清晰。高亨等《楚辞选》认为："少司命神主宰少年儿童们的命运。楚人祭祀时，可能是由男巫扮少司命，而由女巫迎神，相互酬答着歌唱并舞蹈。所以歌辞是一对男女的对话，有人神恋爱的意味。"不管在《少司命》的体制安排上理解有何异同，人们对于她掌管人类子嗣传承的神职方面的认识还是较为一致的。

　　本篇为少司命的祭歌。《少司命》遵循对唱形式，共分五部分：女巫登场告慰少司命接受歆飨，少司命离去时群巫合唱追念，祭终祈愿和述说对少司命的爱戴。从篇章安排上明显可见降神、娱神、颂神、送神的祭祀全过程，其中女巫与少司命浓厚缱绻的情谊贯穿始终，给人淡淡的忧思而不失庄重肃穆。从本篇的形象描写来看，少司命亲切随和，为人类子嗣仗剑辟邪，完全没有大司命不可一世的情态和玄秘。篇中多有对"秋兰"、"绿叶"、"满堂美人"、"临风浩歌"等鲜活景物和美好情事的描写，充满生机和欢悦，与《大司命》篇末的忧虑无助也形成了较大反差。


　　秋兰兮麋芜①，罗生兮堂下②。绿叶兮素枝③，芳菲菲兮袭予④。夫人自有兮美子⑤，荪何以兮愁苦⑥！


【注释】

①麋芜(mí wú)：香草名。麋，通"蘼"，芎䓖(xiōng qióng)幼苗的别称。

②堂下：厅堂阶下，此处指祭堂之下。

③素枝："枝"应作"华"。素华，白色的花。

④予：我，一说"我"为女巫；一说指少司命；又一说认为是饰大司命之巫自称。兹从传统看法，是为群巫自称，与两司命无关。

⑤夫(fú)：那。美子：对他人子女的美称。子，子女。

⑥荪：香草名，这里是对少司命的美称。

【译文】

　　秋兰啊蘼芜，分散生长在啊厅堂台阶下。碧绿的叶子啊白色的花朵，浓郁的芳香啊沁染着我。世间人都会有啊美好的子女，您又为什么啊忧虑担心！

秋兰兮青青①,绿叶兮紫茎。满堂兮美人②,忽独与余兮目成③。人不言兮出不辞,乘回风兮载云旗。悲莫悲兮生别离,乐莫乐兮新相知。

**【注释】**

①青青:通"菁菁(jīng)",草木茂盛的样子。

②美人:与"美子"相应,指出众美好的人。这里应是以参与祭祀的众巫来代指人间的女性。

③余:我,据上下文意,应即少司命。目成:通过眉目传情来结成亲好。此处指少司命与群巫情谊融洽,堂上虽然有众多美好的人,但众巫还是把眼光投向少司命。

**【译文】**

秋兰啊如此繁茂,它有绿叶啊和紫色花茎。厅堂之中啊有众多美好之人,但她们突然看到我啊就以目光传达友好。悄悄降临啊她又总是不辞而行,凭依疾风啊张扬云旗。世上最伤心的事啊莫过于活着的时候分离,最开心的事啊莫过于结交新的知己。

荷衣兮蕙带,儵而来兮忽而逝①。夕宿兮帝郊,君谁须兮云之际②?

**【注释】**

①儵(shū):迅疾。

②君:少司命。须:等待。

**【译文】**

以荷为衣啊腰围蕙带,来去迅速啊转瞬即逝。傍晚在天国郊野啊停歇止宿,您在等待谁啊在那遥远天际?

与女游兮九河<sup>①</sup>，冲风至兮水扬波。与女沐兮咸池<sup>②</sup>，晞女发兮阳之阿<sup>③</sup>。望美人兮未来<sup>④</sup>，临风悦兮浩歌<sup>⑤</sup>。

**【注释】**

①"与女游"以下两句：疑是《河伯》中语，应删去。

②女（rǔ）：通"汝"，你。沐：洗头发。咸池：神话中的天池，日浴之处。

③晞（xī）：干，晒干。阳之阿（ē）：阳谷，乃日出之处。阿，曲隅，指屈曲偏僻之处。

④美人：指少司命。

⑤悦（huǎng）：心神不定，失意的样子。浩歌：大声歌唱。

**【译文】**

我多想与您啊在天河中畅游，但暴风来临啊水中掀起巨浪。多想陪您啊在天池中清洗秀发，到那日出的地方啊把它晒干。不停张望啊您始终未回，失意的我伫立风中啊忍不住以歌解忧。

孔盖兮翠旍<sup>①</sup>，登九天兮抚彗星<sup>②</sup>。竦长剑兮拥幼艾<sup>③</sup>，荪独宜兮为民正<sup>④</sup>。

**【注释】**

①翠旍（jīng）：亦作"翠旌"，用翡翠鸟羽毛制成的旌旗。

②九天：天极高处。古代传说天有九重，故称"九天"。彗星：绕太阳运行的一种星体，后曳长尾，呈云雾状，俗称"扫帚星"。

③竦（sǒng）：执，持。幼艾：泛指少年男女。

④荪（sūn）独宜：即"独荪宜"，只有您才适合。荪，对神的敬称。宜，合适，适宜。民正：人民的命运主宰。

**【译文】**

您以孔雀羽为车盖啊以翡翠羽为旌旗，登上高天啊安抚彗星。您手拿长剑啊保护幼童，只有您才有资格啊成为我们命运的主宰。

# 东　君

**【题解】**

东君是古代神话传说中的日神。因日出东方，故称东君。古书记载多称日神为羲和，称之为"东君"应当是楚国地方风俗。姜亮夫《楚辞通故》"东君"条下称："《周礼》云'大宗伯以实柴祀日月星辰'，则古载日月祀典甚明。《仪礼·觐礼》云'天子乘龙，载大旆，象日月，升龙降龙，出拜日于东门之外，反祀方明，礼日于南门外'。《礼记·玉藻》云'天子玉藻十有二旒，前后邃延，龙卷以祭，玄端朝日于东门之外'。则祭日必于东方行之，盖日出于东，故迎日于东，而其神亦曰东君矣。东君，犹后世东王之意云耳。按《觐礼》拜日东门云云，郑注引《朝事仪》曰'天子冕而执镇圭，帅诸侯而朝日于东郊，所以敬尊之也。'盖皆楚之习也。"

《东君》是中国文学史上第一支太阳礼赞曲，赞颂了太阳神普照万物、惩除邪恶、保佑众生的美好品质，体现了人们对太阳神的无限感激和赞颂之情。作为祭祀太阳神的乐歌，《东君》通篇以祭者和神灵两种口吻交替歌唱，既表现了日神战胜邪恶、为民除害的英雄气概和留恋故居的温柔情怀，又描绘了初民对太阳神的崇敬和对光明的无限渴望。尽管《东君》的祭祀规格不及《东皇太一》，但万众聚集的参祭场面犹有过之。特别是篇末"撰余辔兮高驼翔，杳冥冥兮以东行"的点睛之笔，将前进不止、循行不息的日神形象刻画得极为饱满，令人油然而生崇敬之情。

　　暾将出兮东方<sup>①</sup>,照吾槛兮扶桑<sup>②</sup>。抚余马兮安驱<sup>③</sup>,夜
皎皎兮既明<sup>④</sup>。

**【注释】**

①暾(tūn):形容旭日初升的样子,又可指代太阳。

②吾:主祭者自称。槛(jiàn):栏杆。扶桑:神话中树名。传说日出
　于扶桑之下,拂其树杪而升,因谓为日出处,此亦可代指太阳。

③余:主祭者自称,这里是其代神立言。

④皎皎(jiǎo):同"皎皎",形容明亮的样子。

**【译文】**

　　温暖明亮的太阳啊即将从东方升起,照耀着我门前的栏杆啊光芒
出自扶桑。轻拍胯下的马儿啊缓步徐行,夜色渐渐散去啊即将天亮。

　　驾龙辀兮乘雷<sup>①</sup>,载云旗兮委蛇<sup>②</sup>。长太息兮将上<sup>③</sup>,心
低徊兮顾怀。

**【注释】**

①龙辀(zhōu):即龙驾的车。辀,车辕,这里代指车。乘雷:指车声
　隆隆似雷。

②委蛇(wēi yí):指周围用作旗子的云彩飘动舒卷的样子。

③太息:长声叹息。此为将日神拟人化的描写。

**【译文】**

　　驾着我的龙车啊车声隆隆如雷,云彩为旗高高举起啊飘动舒卷。
我长长地叹息啊即将升起,却又犹豫迟疑啊心中眷念故居。

　　羌声色兮娱人<sup>①</sup>,观者憺兮忘归<sup>②</sup>。

**【注释】**

①羌:楚国方言,发语词。声色:指日出时的奇景。

②憺(dàn):安乐。

**【译文】**

日出景象光辉灿烂啊令人欣喜,观看的人群怡然自得啊留连忘返。

緪瑟兮交鼓①,箫钟兮瑶簴②。鸣篪兮吹竽③,思灵保兮贤姱④。翾飞兮翠曾⑤,展诗兮会舞⑥。应律兮合节,灵之来兮蔽日⑦。

**【注释】**

①緪(gēng)瑟:张紧瑟上的弦。緪,原指粗绳索,此处引申为绷紧、急促的意思。交鼓:古人悬鼓于架,多二人对击,故曰交鼓。

②箫:本指一种竹制管乐器,此处意为敲击。钟:古代乐器,青铜制,悬挂于架上,以槌叩击发音,祭祀或宴飨时用,战斗中亦用以指挥进退。瑶:应为"摇",使动摇。簴(jù):通"虡",悬挂钟磬的木架两侧的立柱。

③篪:通"竾(chí)",一本即作"篪",古代管乐器的一种。竽:古代竹制簧管乐器,与笙相似而略大。

④灵保:神巫。贤姱(kuā):既贤且美。

⑤翾(xuān)飞:飞翔。翠:鸟名。一说"翠曾"应作"卒翾",迅速高飞的意思。曾(zēng):通"翻"。举起翅膀,飞举。

⑥展诗:赋呈或吟唱诗歌。会舞:指合舞,群舞。一说指歌声舞节相配合。

⑦灵:指其他神灵。蔽日:遮蔽日光,极言侍从众多。

**【译文】**

绷紧瑟弦啊对敲乐鼓,敲击铜钟啊震动钟架。吹响横篪啊吹奏竽笙,思念神灵啊他既贤又美。飞翔而下啊如翠鸟展翅高举,神人同唱歌诗啊一齐跳舞。应着音乐旋律啊和着节拍,神灵纷纷前来啊遮天蔽日。

　　青云衣兮白霓裳<sup>①</sup>,举长矢兮射天狼<sup>②</sup>。操余弧兮反沦降<sup>③</sup>,援北斗兮酌桂浆<sup>④</sup>。撰余辔兮高驼翔<sup>⑤</sup>,杳冥冥兮以东行<sup>⑥</sup>。

**【注释】**

①白霓(ní)裳:以白霓为裳(下装)。

②矢:箭,以木或竹制成。天狼:星名,天空中非常明亮的一颗恒星,属于大犬座,古以为主侵略。一说以天狼比喻秦国。

③余:东君自谓。弧(hú):木弓,亦为弓的通称。沦降:坠落,这里指日渐西下。

④北斗:北斗七星,其形似舀酒酒勺,故有此比喻。酌(zhuó):斟酒。桂浆:以桂制成的酒浆,意即美酒。

⑤撰(zhuàn):持,握。余:东君自谓。辔(pèi):缰绳。高驼翔:高驰飞翔。驼,同"驰"。

⑥杳(yǎo):幽深。冥冥(míng):昏暗。

**【译文】**

　　我以青云作衣啊以白虹为下裳,举起手中长箭啊射杀凶残天狼。手持我的木弓啊准备返回西方,端起北斗七星啊让它斟满醇香酒浆。握紧手中马缰啊向上高高飞翔,穿越幽黑长夜啊我将再次奔向东方。

# 河　伯

## 【题解】

河伯，即神话传说中的黄河之神，本来称为河神，战国时始称河伯。河为四渎之一，是尊贵的地祇。关于河伯的神话传说非常多，流传也很广。朱熹《楚辞集注》认为河伯是黄河之神。本书同意朱熹的看法。

关于河伯的"伯"的意义，王逸《楚辞章句》认为："河为四渎长，其位视大夫。屈原亦楚大夫，欲以官相友，故言女也。"汪瑗《楚辞集解》不同意这种看法，他认为："曰伯者，称美之词，如称湘君、东君之类，非如侯伯之伯、爵位等级之称也。同时他还以为黄河不在楚国境内，本着祀不越望的原则，此祭为僭越之举。对此，王夫之《楚辞通释》有所解释："楚昭王有疾，卜曰：河为祟。昭王谓非其境内山川，弗祀焉。昭王能以礼正祀典，故已之，而楚固尝祀之矣。民间亦相蒙僭祭，遥望而祀之，《序》所谓'信鬼而好祠'也。"这种将河伯之祭作为楚地淫祀之一例的说法，得到后世学者的广泛认同，本书亦采取这一观点。

关于河伯神话的流传非常多，最为典型的是"以女童祭河伯"的"河伯娶妇"故事。据此，有人认为《河伯》是屈原咏河伯娶妻之辞。其实《河伯》主要描述祭巫在想象中与河神在九河遨游，继而登昆仑，望极浦，入龙宫，游河渚，最后依依惜别的情景。整个游玩过程体现出的是歌者无拘无束的情怀，语言上也全是君子之交的清淡口气，未见恋爱中人的热情，故而将其理解为众巫于水边祭祀河神，并向其表达亲近友睦的情怀较为合理。篇中部分描写在一定程度上保留了某些古代遗俗，如篇末"子交手兮东行，送美人兮南浦。"朱熹《楚辞集注》云："交手者，古人将别，则相执手，以见不忍相远之意。晋、宋间犹如此也。"可知"南浦"已成为后代送别怀人的惯用之典。《河伯》迷离清婉的意境给后人许多启发，是江淹《恨赋》、《别赋》等"感别赋"的先声。

　　与女游兮九河①，冲风起兮横波。乘水车兮荷盖，驾两龙兮骖螭②。

**【注释】**

①女(rǔ)：通"汝"，你。九河：黄河下游河道的总名。传说禹治河，至兖州，为防止河水流溢，把它分成"徒骇"、"太史"、"马颊"、"覆釜"、"胡苏"、"简"、"洁"、"钩磐"、"鬲津"九道，徒骇在北，为主河道，其余都在东南，成为并行东注的八条支流，相距各大约二百里。

②驾两龙：指河伯以两条龙为自己拉车。骖(cān)：古人用四匹马驾车，辕内两匹为"服"，辕外为"骖"。这里用作动词，驾驭，乘。螭(chī)：古代传说中无角的龙。

**【译文】**

　　和你一起游览啊观赏九河，暴风搅动水流啊生成巨涛。我们以水为车啊荷叶为那车盖，两条神龙驾车啊螭龙在旁。

　　登昆仑兮四望①，心飞扬兮浩荡②。日将暮兮怅忘归③，惟极浦兮寤怀④。

**【注释】**

①昆仑：古代神话传说中山名。

②飞扬：心情舒展，思绪飘飞。浩荡：这里形容意绪放达，无拘无束。

③怅：姜亮夫《屈原赋校注》认为"怅"为"憕"字之讹，即安乐。

④惟：思念。极浦：遥远的水滨。寤(wù)怀：睡不着而怀念，犹言日夜想念。

**【译文】**

登上昆仑神山啊极目四望,我心被这壮阔的水势啊深深激荡。太阳即将落山啊乐不知返,我还思念那遥远水滨啊难以入梦。

鱼鳞屋兮龙堂①,紫贝阙兮朱宫②,灵何为兮水中③?

**【注释】**

①鱼鳞屋:以鱼鳞造屋,取其光彩闪耀。龙堂:以龙鳞装饰之堂。

②紫贝阙(què):以紫贝做宫门。紫贝,也称文贝、砑螺,海中软体动物名。壳圆质洁白,有紫色斑纹,大者至尺许。阙,宫门,城门两侧的高台,中间有道路,台上起楼观。朱宫:亦作"珠宫",意即以珍珠为宫殿,与"贝阙"对应。

③灵:神灵,指河伯。

**【译文】**

以鱼鳞造房啊龙鳞装饰厅堂,紫贝修饰宫门啊珍珠做成宫殿,神灵您为什么啊停留在水中?

乘白鼋兮逐文鱼①。与女游兮河之渚②,流澌纷兮将来下③。

**【注释】**

①鼋(yuán):大鳖,俗称癞头鼋。文鱼:有花纹的鱼,或即鲤鱼。

②渚(zhǔ):小洲,水中的小块陆地。

③澌(sī):解冻时流动的冰。纷:这里形容河水解冻时水势盛大。

**【译文】**

驾乘白色大鼋啊五彩鲤鱼跟随。我和你游玩啊在那河中小洲,冰块纷纷解冻啊顺势奔流向前。

子交手兮东行①,送美人兮南浦②。波滔滔兮来迎,鱼鳞
鳞兮媵予③。

**【注释】**

①子:指河伯。交手:拱手,即告别之意。

②美人:指河伯。浦:水边,河岸。

③鳞鳞(lín):通"粼粼",比次相连,形容众多。媵(yìng):送别。予:

我,主人公自称,似指祭祀河伯的巫者。

**【译文】**

您拱手告别啊要向东而行,我特意送您啊到南方水边。滔滔波浪
啊奔涌来迎,鱼儿众多啊向我道别。

# 山　鬼

**【题解】**

"山鬼"一词较早见于《史记·秦始皇本纪》,其称:"使者从关东夜
过华阴平舒道,有人持璧遮使者曰:'为吾遗滈池君。'因言曰:'今年祖龙
死。'使者问其故,因忽不见,置其璧去。使者奉璧具以闻。始皇默然良
久,曰:'山鬼固不过知一岁事也。'"华阴在今陕西省东部,渭河下游,秦
始置宁秦县,汉代改称华阴县。因其与楚地南北疏隔,此"山鬼"必非彼
"山鬼",而且"山鬼"在秦汉人看来当是无足称道的小神。清人顾成天
认为《九歌》中的"山鬼"乃巫山神女。《文选·别赋》"君结绶兮千里,惜
瑶草之徒芳"句下李善注称:"宋玉《高唐赋》曰:我帝之季女,名曰瑶姬,

未行而亡，封于巫山之台，精魂为草，寔曰灵芝。《山海经》曰：姑瑶之山，帝女死焉，名曰女尸，化为䔄草，其叶胥成，其花黄，其实如兔丝，服者媚于人。"可见"瑶姬"即巫山神女。《高唐赋》中神女形貌及自然环境的描写，与《山鬼》多有相似之处，可见，即使"瑶姬"不是"山鬼"，亦另有山神当之。

　　山鬼的形象历来颇多歧义，综合看有三种：一是清人顾成天"山鬼即是巫山神女瑶姬"说。郭沫若、马茂元、陈子展、聂石樵、金开诚、汤炳正等认同此说；二是洪兴祖、王夫之的"山鬼为山魈"之精怪说；三是明人汪瑗"山鬼即山神"说。汪瑗在《楚辞集解》中云："诸侯得祭其境内山川，则山鬼者固楚人之所得祠者也。但屈子作此，亦借此题以写己之意耳，无关于祀事也。……此题曰山鬼，犹言山神、山灵云耳，奚必夔魍魉魑魅之怪异而后谓之鬼哉？"本书认为山神说可信。《山鬼》祭祀的是位温柔多情而又遗恨绵绵的山中女性精灵，全篇叙述了山鬼与思慕的人相约却未见的哀怨之情。因她温柔婉丽，不以神力凌人，故与其他法力无边而威严逼人的神祇有极大区别。

　　《山鬼》共分三部分，依次叙述她满怀柔情盛装赴约，等待恋人却终未出现的欣喜与忧虑，预知约会成空时不能割舍的怨恨等。整篇始终以山鬼约会过程中的心理为主线来刻画"痴情自古空遗恨"的女子形象，微妙细腻、温柔感人，与恋爱中少女的心理特点甚为合拍。其中景物描写与人物心理的刻画可谓珠联璧合、相得益彰。

　　《山鬼》对后世诗歌创作影响很大。唐代诗人即多将山鬼与巫山神女相比附，创作了一系列的哀婉诗篇。如皇甫冉《巫山峡》"巫峡见巴东，迢迢出半空。云藏神女馆，雨到楚王宫"，尤其值得指出的是，李贺作有《神弦曲》三首，其一有祭祀山鬼的场面，诗云："女巫浇酒云满空，玉炉炭火香咚咚。海神山鬼来座中，纸钱鸣旋风。……终南日色低平湾，神兮长在有无间。神嗔神喜师更颜，送神万骑还青山。"对"山鬼"出没接受祭礼的描写却非常生动，故方南《李长吉诗集批注》称："《神弦》

三首皆学《九歌·山鬼》。"

　　若有人兮山之阿<sup>①</sup>，被薜荔兮带女罗<sup>②</sup>。既含睇兮又宜笑<sup>③</sup>，子慕予兮善窈窕<sup>④</sup>。乘赤豹兮从文狸<sup>⑤</sup>，辛夷车兮结桂旗。被石兰兮带杜衡<sup>⑥</sup>，折芳馨兮遗所思。

**【注释】**

①阿(ē)：山的弯曲处。

②被：同"披"。带：用以约束衣服的狭长或扁平形状的物品，古代多用皮革、金玉、犀角或丝织物制成。此处用作动词。女罗：植物名，即松萝，多附生在松树上，成丝状下垂。或说即菟丝。

③含睇(dì)：含情而视。睇，微微斜视。宜笑：适宜于笑，指笑时很美。

④子：山鬼对所思之人的称呼。予：我，山鬼自称。窈窕(yǎo tiǎo)：娴静、美好的样子。

⑤赤豹：毛呈赤色，有黑色斑点的豹。文狸：毛色有花纹的狸猫。

⑥石兰：香草名。杜衡：即杜若。

**【译文】**

　　隐隐约约有人啊在那山的拐弯处，身披薜荔啊腰间系着松萝。我美目含情啊微笑美好，您爱慕我的姿态啊娴静美好。我驾赤豹出行啊后有花狸跟随，车是辛夷所制啊捆结桂枝为旗。身披石兰为衣啊又再佩带杜若，折取那芳香花草啊送我思慕的人。

　　余处幽篁兮终不见天<sup>①</sup>，路险难兮独后来。表独立兮山之上<sup>②</sup>，云容容兮而在下<sup>③</sup>。杳冥冥兮羌昼晦<sup>④</sup>，东风飘兮神灵雨。留灵修兮憺忘归<sup>⑤</sup>，岁既晏兮孰华予<sup>⑥</sup>。

**【注释】**

①余：山鬼自称。幽篁(huáng)：幽深的竹林。

②表：特出，迥异于众。

③容容：云气浮动的样子。

④杳(yǎo)冥冥：阴暗。羌：发语词。昼晦(huì)：白日光线昏暗。

⑤灵修：对爱人的尊称。憺(dàn)：安乐。

⑥晏(yàn)：晚，迟。华予：使我如花开般美丽。华，使开花。

**【译文】**

　　我住在幽深竹林中啊终日见不到天，道路艰险难走啊使我姗姗来迟。不见思慕的人啊我独立在那山巅，云雾舒卷自如啊在脚下飘荡。天色幽暗无光啊白日如同黑夜，东风迅疾吹过啊雨神为我落雨。想挽留思慕的人啊使他乐而忘返，年华渐渐老去啊谁来使我重现花容。


　　采三秀兮于山间①，石磊磊兮葛蔓蔓②。怨公子兮怅忘归③，君思我兮不得闲。山中人兮芳杜若④，饮石泉兮荫松柏⑤。君思我兮然疑作⑥，雷填填兮雨冥冥⑦，猨啾啾兮又夜鸣⑧。风飒飒兮木萧萧⑨，思公子兮徒离忧。


**【注释】**

①三秀：灵芝草的别名，灵芝一年开花三次，故又称三秀。

②磊磊(lěi)：形容石头众多堆积的样子。葛：多年生草本植物，茎蔓生。蔓蔓：形容葛草蔓延的样子。

③公子：山鬼称所思之人。怅：怨望，失意。

④山中人：山鬼自称。芳杜若：芬芳似杜若，比喻香洁。

⑤荫松柏：以青松翠柏荫蔽，言居处的清幽。

⑥君：山鬼称爱人。然疑：将信将疑，半信半疑。然，肯定，相信，与

“疑”相对。作：兴起，发生。

⑦填填：形容雷声之大。冥冥：阴雨貌。

⑧猨(yuán)：同“猿”，似猕猴。啾啾(jiū)：鸟兽虫的鸣叫声。又：当作“狖(yòu)”，长尾猿。

⑨飒飒(sà)：风声。萧萧：草木摇落声。

**【译文】**

我在山间啊寻采灵芝，山石到处堆积啊藤蔓缠结。怨恨思慕的人儿啊惆怅忘返，或许你也想我啊只是没有空闲。我这山中之人啊如杜若般芬芳，渴饮石间清泉啊居于松柏山林。或许您思念我啊却又半信半疑，雷声隆隆大作啊伴着绵绵阴雨，猿声啾啾而响啊长夜呼唤不停。风声飒飒地吹啊树叶纷纷掉落，思念公子啊徒然叫人忧伤。

# 国　殇

**【题解】**

国殇，指为国事而死的人。从歌词来看，应是指在秦楚战争中牺牲的楚军将士。洪兴祖《楚辞补注》曰：“谓死于国事者。《小尔雅》曰：无主之鬼谓之殇。”汪瑗《楚辞集解》对此加以申说：“《小尔雅》曰：无主之鬼谓之殇。此曰国殇者，谓死于国事者，固人君之所当祭者也。此篇极叙其忠勇节义之志，读之令人足以壮浩然之气，而坚确然之守也。后世《乐府》有《从军行》，其或昉于此乎？汉魏而下，虽多能言之士，何足以逾之。”从年龄角度对“殇”进行明确定义的，始于戴震《屈原赋注》。其称：“殇之义二：男女未冠(二十岁)笄(十五岁)而死者，谓之殇；在外而死者，谓之殇。殇之言伤也。国殇，死国事，则所以别于二者之殇也。歌此以吊之，通篇直赋其事。”由此可知，本篇是楚人对为国牺牲战士的祭歌。

楚国从怀王后期即与秦国频繁交战,但均以失败告终。《国殇》从两军激战的惨烈场面开始描绘,依次刻画了楚国战士的英武传神,同时也以钦佩敬仰之情对壮烈牺牲将士的坚强不屈之战斗精神和战死于沙场的英雄灵魂给予礼赞,以此激励民众,实现退敌保国的愿望。

操吴戈兮被犀甲①,车错毂兮短兵接②。旌蔽日兮敌若云,矢交坠兮士争先。凌余阵兮躐余行③,左骖殪兮右刃伤④。霾两轮兮絷四马⑤,援玉枹兮击鸣鼓⑥。天时坠兮威灵怒,严杀尽兮弃原野⑦。

**【注释】**

①吴戈:兵器名。吴地所产,故称,亦泛指精良的戈。一说指盾。戈,古代主要兵器,青铜制,其突出部分名援,援上下皆刃,用以横击和钩杀。又有石戈、玉戈,多为礼仪用具或明器。被:同"披",披挂,佩带。犀(xī)甲:犀牛皮制的铠甲。犀皮不常有,或用牛皮,亦称犀甲。

②错毂(gǔ):轮毂交错。错,交错。毂,车轮的中心部位,周围与车辐的一端相接,中有圆孔,用以插轴。短兵接:犹言短兵相接。短兵,刀剑等短武器。

③躐(liè):践踏,踩。行(háng):军队的行列。

④左骖(cān):古时用四匹战马牵一辆战车,左右两旁的马叫骖,中间两匹叫服。殪(yì):死亡。刃伤:为刃所伤。一说伤者是车右之辕马。"刃"当为"服"。又一说"刃伤"重文,指创伤,"刃"当为"仞",意为"伤"。三说并录以参。

⑤霾(mái):遮掩,掩埋。絷(zhí):拴住马足。

⑥援玉枹(fú):古时以击鼓指挥军队进击。'枹'一作"桴",鼓槌。

⑦严杀：残酷杀戮。

【译文】

　　手持吴地利戈啊身披犀皮铠甲，战车轮毂交错啊刀光剑影相接。敌军旌旗遮天啊敌人众多如云，流矢坠落如雨啊战士奋战向前。敌军侵犯我军阵地啊冲乱我军队列，左侧骖马已死啊右服也遭重创。深埋车轮啊拴紧马腿，手持鼓槌啊敲起震天战鼓。天道沦丧啊神灵发怒，勇士惨遭杀戮啊抛尸疆场。

　　出不入兮往不反①，平原忽兮路超远②。带长剑兮挟秦弓③，首身离兮心不惩④。诚既勇兮又以武，终刚强兮不可凌。身既死兮神以灵⑤，子魂魄兮为鬼雄⑥。

【注释】

①出不入：指壮士出征，决心以死报国，不打算再进国门，与"往不反"互文见义。反：同"返"，返回。

②忽：恍惚不明的样子。

③挟（xié）：夹持。秦弓：秦地所产良弓。秦地产坚硬的木材，用以为弓，射程较远。

④惩（chéng）：不畏惧。

⑤神以灵：精神成为神灵，指精神不死而永生。

⑥子：对战士亡灵的尊称。魂魄：古人观念中一种能脱离人体而独立存在的神灵，附体则人生，离体则人死。附形之灵为魄，附气之神为魂。鬼雄：鬼中之英雄，用以称誉为国捐躯者。

【译文】

　　当初出征报国啊就没打算活着归来，平野辽阔苍茫啊路途遥远漫长。身佩长剑啊我臂下夹持着秦弓，即使身首异处啊也将无所畏惧。你们实在勇敢啊并且武艺超群，始终刚强不屈啊敌人不可侵凌。如今为国捐躯啊精神不死永生，你们的魂魄啊也是鬼中英雄。

# 礼　魂

## 【题解】

　　洪兴祖《楚辞补注》称："礼，一作祀。"汪瑗《楚辞集解》称："礼，一作祀。或曰：礼魂，谓以礼善终者，俱非是。盖魂犹神也，礼魂者，谓以礼而祭其神也，即章首'成礼'之'礼'字。一作祀者，祀与俗'礼'字相似而讹也。"认为古"礼"字与"祀"形近而致讹误。这是一首送神曲，通用于《九歌》前十篇。古代宗教祭典结束时，都有一个表示欢庆的特定仪式。《礼魂》就是运用于这一仪式的祭祀歌曲。歌中不言所祭者，足证是总结前十篇的终结辞。姜亮夫《楚辞通故》释"礼魂"称："盖魂者气之神也，即神灵之本名，故以之概九神也。按此《九歌》最后之大合乐，盖总概《东君》、《云中君》、《湘君》、《湘夫人》、《大司命》、《少司命》、《河伯》、《山鬼》、《国殇》。九祀作最后之总结，篇首《东皇太一》为迎神曲，与此相合，有叙有结，蔚成套数，故曰《九歌》也。"另外，有称《礼魂》为《国殇》的乱辞（屈复《楚辞新集注》），有称"礼魂"为掌握祭祀神灵礼仪的神祇（何剑熏《楚辞拾沈》）等观点，均可备一说。

　　歌中描写的场面非常隆重热闹，有密集交汇的鼓声、声势浩大的人群、种类繁多的香花、欢快跃动的舞姿，以及浩荡庄重的合唱队伍，组成了一次热烈隆重的送神场面结束仪式。其中有许多地方与《九歌》首篇《东皇太一》遥相呼应，如前者"会鼓"与后者"扬枹拊鼓"，前者"传芭"与后者"灵偃蹇兮姣服"，前者"姱女倡兮容与"与后者"疏缓节兮安歌"、"陈竽瑟兮浩倡"、"五音纷兮繁会"，等等，都可以看出彼此遥相呼应的关系。

　　成礼兮会鼓①,传芭兮代舞②,姱女倡兮容与③。春兰兮秋菊④,长无绝兮终古。

**【注释】**

①成礼:有三解:一说使礼完备;二说指祭祀礼仪结束;三说"成"作"盛","成礼"意为盛大的仪式。会鼓:众鼓齐鸣。如《东君》之"交鼓"。会,会合,聚集。这里指鼓点密集,节奏急疾明快。

②传芭:这里指舞者手执香草,相互传递。芭,指香草。一说"芭"同"葩",即花。代舞:更迭起舞。

③姱(kuā)女:美丽的女子。倡:发声先唱,领唱。

④春兰兮秋菊:春秋二季祭祀用的香花。

**【译文】**

　　祭礼全部完成啊鼓乐合奏共鸣,芳香花草相互传递啊众人依次起舞,美女领唱乐歌啊仪态闲舒从容。春祀奉献兰草啊秋祀祭以晚菊,永远无终无止啊千秋万代相继。

# 天　问

## 【题解】

关于《天问》的创作缘起，说法颇多。较具代表性的有：

第一，"呵壁问天"说。王逸《楚辞章句》曰："《天问》者，屈原之所作也。何不言问天？天尊不可问，故曰天问也。屈原放逐，忧心愁悴，彷徨山泽，经历陵陆。嗟号昊旻，仰天叹息。见楚有先王之庙及公卿祠堂，图画天地山川神灵，琦玮僪佹，及古贤圣怪物行事。周流罢倦，休息其下，仰见图画，因书其壁，何而问之，以渫愤懑，舒泻愁思。楚人哀惜屈原，因共论述，故其文义不次序云尔。"

第二，问天自解说。洪兴祖《楚辞补注》曰："《天问》之作，其旨远矣。盖曰遂古以来，天地事物之忧，不可胜穷。欲付之无言乎？而耳目所接，有感于吾心者，不可以不发也。欲具道其所以然乎？而天地变化，岂思虑智识之所能究哉？天固不可问，聊以寄吾之意耳。楚之兴衰，天邪人邪？吾之用舍，天邪人邪？国无人，莫我知也。知我者其天乎？此《天问》所为作也。"

第三，对远古天文及历史的拷问说。姜亮夫《屈原赋校注》认为"天"可引为一切高远神异不可知之事之总称，"天问"即对自然、人事一切不可知的疑问。林庚《天问论笺》认为《天问》乃古代传说中的一部兴亡史诗。

　　综上，《天问》集中体现了屈原所生活的时代人们对自然社会运行发展规律的探讨，具有强烈的怀疑与批判精神。因此，笔者认为姜、林二先生观点是有道理的。

　　《天问》的独特之处在于它以"问"为主，全篇共三百七十四句，提出一百七十二个问题，涉及天地生成、历史兴衰、神仙鬼怪等问题。既表现了屈原渊博的知识涵养，又体现了他大胆疑古的求知精神。《天问》通过对历朝兴衰的考察，把屈原对历史和楚国的情绪蕴含在追问中，在纵观历史兴衰的同时，强烈地表达了追求自我价值、实现理想的愿望和对楚国及民族发展、人生命运的深切忧虑。全诗气势磅礴，雄壮奇特。

　　《天问》虽然向来以晦涩难懂著称，但仍不乏摹拟的作品，据姜亮夫《楚辞书目五种》及崔富章《楚辞书目五种续编》著录，有晋傅玄《拟天问》、梁江淹《遂古篇》、北齐颜之推《归心篇·释一》、唐杨炯《浑天赋》、柳宗元《天对》、明方孝儒《杂问》、王廷相《答天问》九十五首、陈稚言《天对》六篇、黄道周《续天问》等等。因此，《天问》在文学史上的地位亦极重要。


　　曰：遂古之初①，谁传道之？上下未形②，何由考之？冥昭瞢暗③，谁能极之？冯翼惟像④，何以识之？明明暗暗⑤，惟时何为？阴阳三合⑥，何本何化？圜则九重⑦，孰营度之⑧？惟兹何功⑨，孰初作之？斡维焉系⑩？天极焉加⑪？八柱何当⑫？东南何亏？九天之际⑬，安放安属⑭？隅隈多有⑮，谁知其数？天何所沓⑯？十二焉分⑰？日月安属？列星安陈？出自汤谷⑱，次于蒙汜⑲。自明及晦，所行几里？夜光何德⑳，死则又育㉑？厥利维何㉒，而顾菟在腹㉓？女岐无合㉔，夫焉取九子？伯强何处㉕？惠气安在㉖？何阖而晦㉗？何开而明？角宿未旦㉘，曜灵安藏㉙？

**【注释】**

①遂古:远古。遂,通"邃",遥远。

②上下:代指天地。未形:没有形成固定的样子。

③冥昭瞢(méng)暗:紧承上句,描述当天地未分之时,宇宙空间明暗混沌的状态。冥,昏暗。昭,明亮。瞢,昏暗模糊。

④冯(píng)翼:元气充盈貌。姜亮夫《屈原赋校注》认为"冯翼"声转则为"丰融",即充盈之意。像:指想象中之无形之像,意近《老子》四十一章之"大音希声,大象无形",亦近二十一章"惚兮恍兮,其中有象"之意。

⑤明明暗暗:指一天分昼夜而有明有暗。

⑥三合:"三"同"参",意即交融。可参考《老子》四十二章:"道生一,一生二,二生三,三生万物。"

⑦圜:同"圆",指天体。则:法度。九重:古说天有九重,极言其高。重,层。

⑧营度:量度营造。营,经营。度,度量。

⑨兹:此,指天分九层而言。何功:何等的工程。

⑩斡(guǎn):运转的枢纽。古人认为天体运行是围绕一个轴心进行的。维:指系于轴上的绳索,此处指空间维度。

⑪天极:天之轴心的顶端。加:放置,安放。

⑫八柱:指支持天宇的八根柱子。当:支撑。

⑬九天:天之四面八方。

⑭放:至。属(zhǔ):连接。

⑮隅(yú):角落。隈(wēi):弯曲的地方。

⑯沓(tà):合。

⑰十二:古人认为太阳与月亮在黄道上每年相遇十二次,故将黄道分为十二,以记日月运行之轨迹。后人引申与地之十二分野相对应。

⑱汤(yáng)谷：或作"旸谷"，日出之处。

⑲次：驻扎，止息。蒙汜(sì)：或称"蒙谷"，日落之处。

⑳夜光：月的别名。

㉑死：指月缺而渐没。育：指月没而复圆。

㉒利：黑影。

㉓而顾：犹"而乃"。姜亮夫《屈原赋校注》："顾字当与'而'连续为一词，'而顾'犹言'而乃'。"菟(tù)：有二说：一说即兔。二说"顾菟"连续，或为月兔之名。闻一多《天问疏证》以为即蟾蜍。

㉔女岐：古代传说中的神名。合：婚配。这里有野合之义。

㉕伯强：有五种说法：一为风神名；二为疠鬼；三为水神；四为伯阳，即老子；五为阳气。

㉖惠气：即惠风，和畅的风。一说指彗星，惠，通"彗"。

㉗阖(hé)：闭。晦：暗，指天黑。

㉘角宿：东方星。旦：指日出。

㉙曜(yào)灵：太阳。

## 【译文】

问道：远古始初的情况，是由谁流传下来的？天地没有形成之前的事情，要如何才能探究清楚？天地蒙昧一片，昏明不分，谁能够将它考察明白？宇宙混沌一团，元气充盈，只是想象中得到的虚拟之"像"，要通过什么才能把握到它？天地已分，昼明夜黑，为什么会是这个样子？阴阳交融而诞生万物，以什么为基础，又化育成了什么？天体分为九重，是谁度量过？这样浩大的工程，一开始又是谁干的？使天体围绕轴心旋转的绳索，系在天轴的什么地方？天轴的顶部，又安置在哪里？支持天体的八根巨柱，安放在哪里？东南方的地面为什么塌下去一块？四面八方的天际，分别在什么地方？它们又是如何连接的？天际的角落曲折很多，谁又知道它们确切的数量？天上日月在何处会合？黄道天体又是怎样划分为十二区的？日月是怎样附着在天上而不掉下来？

群星又是如何排列而井然有序？太阳从汤谷出来，歇息在蒙汜。从早晨到傍晚，它走了多少里路？月亮又有什么高尚的德行，可以缺而复圆？它上面的黑色东西是什么？难道是一只蟾蜍在那里面？女岐没有婚配，她怎么能生出九个儿子？风神伯强居住在什么地方？那和畅之风又从哪里吹来？为什么天门闭上就是夜晚，天门打开就是白天？天门没有打开之前，太阳未出之时，阳光又藏在什么地方？

　　不任汩鸿①，师何以尚之②？佥曰何忧③？何不课而行之④？鸱龟曳衔⑤，鲧何听焉⑥？顺欲成功⑦，帝何刑焉？永遏在羽山⑧，夫何三年不施⑨？伯禹愎鲧⑩，夫何以变化？纂就前绪⑪，遂成考功⑫。何续初继业⑬，而厥谋不同⑭？洪泉极深，何以窴之⑮？地方九则⑯，何以坟之⑰？河海应龙⑱，何尽何历⑲？鲧何所营⑳？禹何所成？康回冯怒㉑，墜何故以东南倾㉒？九州安错㉓？川谷何洿㉔？东流不溢，孰知其故？东西南北，其修孰多？南北顺椭㉕，其衍几何㉖？昆仑县圃㉗，其凥安在㉘？增城九重㉙，其高几里？四方之门，其谁从焉？西北辟启，何气通焉？日安不到，烛龙何照㉚？羲和之未扬㉛，若华何光㉜？何所冬暖？何所夏寒？焉有石林㉝？何兽能言？焉有虬龙㉞，负熊以游？雄虺九首㉟，儵忽焉在㊱？何所不死？长人何守㊲？靡蓱九衢㊳，枲华安居㊴？一蛇吞象㊵，厥大何如？黑水玄趾㊶，三危安在㊷？延年不死，寿何所止？鲮鱼何所㊸？魀堆焉处㊹？羿焉彃日㊺？乌焉解羽㊻？

**【注释】**

①汩（gǔ）：治理。鸿：同"洪"，洪水。

②师:众人。尚:推举,推荐。

③佥(qiān):众人。

④课:试验。

⑤鸱(chī)龟:一种神龟。曳(yè)衔:拉扯。

⑥听:音近"圣",谓圣德。

⑦顺欲:按照鲧的意图。

⑧遏(è):幽闭。羽山:神话中的地名,在今江苏赣榆。一说在今山
　东蓬莱。

⑨三年:约数,指多年。施:解脱。

⑩伯禹:即禹。伯为禹之封爵,禹曾受封为夏伯,故称伯禹。愎:通
　"腹",这里指从腹中出来。

⑪纂(zuǎn):继续,继承。

⑫考:死去的父亲。功:事业。

⑬续初:继续鲧的事业。

⑭厥谋:指禹的治水方略。厥,指禹。

⑮窴(tián):同"填",填塞。

⑯方:区分。九则:九品,禹分天下土地为上上、上中、上下、中上、
　中中、中下、下上、下中、下下九等,故曰九则。

⑰坟:区分。

⑱应龙:古代神话传说中有翼能飞的龙。

⑲尽:疑为"画",划的意思。一本此句作"应龙何画,河海何历。"游
　国恩《天问纂义》认为此句当是错简倒乱。

⑳营:惑乱。一说为"营造"。

㉑康回:共工。王逸《楚辞章句》:"康回,共工名也。《淮南子》(按
　见《天文训》)言共工与颛顼争为帝,不得,怒而触不周之山,天维
　绝,地柱折,故东南倾也。"冯(píng)怒:大怒。

㉒墬(dì):同"地"。

㉓九州：传说禹分天下为翼、兖、青、徐、扬、荆、豫、梁、雍九州。详
　　《书·禹贡》。错：通"措"，安置。

㉔洿（wū）：水深。

㉕椭（tuǒ）：狭长。

㉖衍：多余。

㉗昆仑：神话中的神山，在西部。县圃：神话中的山峰，在昆仑
　　山上。

㉘尻（kāo）：即"凥"，本指脊椎尾骨，或指臀部。引申为山之尾麓，
　　山脊尽处。

㉙增城：神话中的地名，在昆仑山上。九重（chóng）：极言高。

㉚烛龙：神名。洪兴祖《楚辞补注》："《山海经》云：'钟山之神，名曰
　　烛阴，视为昼，暝为夜，吹为冬，呼为夏，不饮不食，不喘不息，身
　　长千里，人面蛇身，赤色。'注曰：即烛龙也。"

㉛羲（xī）和：神名。扬：日出。

㉜若华：若木之花。《山海经·大荒北经》："大荒之中，有衡石山、
　　九阴山、洞野之山，上有赤树，青叶赤华，名曰若木。"

㉝石林：石柱之林，为喀斯特地貌中的特有景观，多分布在我国云
　　南、贵州、广西等地。

㉞虬（qiú）龙：龙无角为虬。

㉟虺（huǐ）：毒蛇。

㊱儵（shū）忽：行动迅速。

㊲长人：即长寿之人。一说指身材高大之人。守：一说守卫，一说
　　指操守。姜亮夫《屈原赋校注》："此中长寿之人，更有何操守而
　　能长寿乎？"

㊳靡蓱（píng）：分枝众多的浮萍。九衢（qú）：谓分枝众多。引申为
　　枝叶交叠的样子。

㊴枲（xǐ）华：麻的花。

㊽一蛇吞像：洪兴祖《楚辞补注》："一或作灵"。王逸《楚辞章句》："《山海经》云：南方有灵蛇，吞象，三年然后出其骨。"

㊶黑水：古代神话传说中水名，在昆仑山。一说为怒江。玄趾：疑为"交趾"，古地名，泛指五岭南。

㊷三危：地名，说法有许多，总结起来有四种：一，在甘肃敦煌三危山，此为古三危山（《尚书·禹贡》）。二，在甘肃岷山西南（孙星衍《尚书今古文注疏·尧典》）。三，在西藏。姜亮夫《屈原赋校注》引刘逢禄《尚书古今集解》引《西藏总传》："卫在打箭炉西南，俗称前藏，藏在卫西南，俗称后藏。喀木在卫东南之处，统名三危，即《禹贡》'导黑水至于三危也'。"四，仙山。

㊸鲮（líng）鱼：神话中的一种鱼。

㊹魾（qí）堆：魁堆，大雀。魾，同"魁"。

㊺羿（yì）：此处指尧时善射箭者。彃（bì）：射。

㊻乌：传说日中有乌鸦。解羽：指乌死。王逸《楚辞章句》："淮南言尧时十日并出，草木焦枯，尧命羿仰射十日，中其九日，日中九乌皆死，堕其羽翼。"

**【译文】**

　　鲧不能胜任治水的重任，众人为什么要推举他？他们都对尧说：您有什么好担心的呢，为什么不让他试试再说？鲧到底有什么德行，可以让神龟来帮他治水？按照鲧的想法治水会成功，尧为什么要惩罚他？把他长久地流放在羽山，为什么那么多年不把他释放？大禹从鲧的肚子里生出来，怎么会有这种变化？禹继承了父亲鲧的事业，成就了去世的父亲未竟的丰功。禹继承了鲧的事业，为什么他们治水的思路却一点儿不一样？洪水那么深，禹是用什么东西把它填平的？九州之地分为九块，禹又是用什么标准进行的划分？应龙的尾巴划过哪些地方？江河入海又经过哪里注入大海？鲧被什么迷惑而治水不成？禹又为什么能治水成功？共工怒气冲天，为什么会使大地向东南倾斜？九州如何设置？河谷的水为什么这样深？水向东流，为什么东方永不满溢？东西南北四边哪边距离更长？南北狭长，它能比东西长多少？昆仑山和县圃，它们的边际在哪里？增城高峻，到底有多高？昆仑山上四面八方都有门，谁从那里通过？西北面的门大开，什么风从那里吹过？太阳可有照不到的地方？烛龙照亮了哪里？太阳没有升起之前，若木之花为何能照亮大地？什么地方冬天温暖？什么地方夏天寒冷？什么地方有石林？哪一种兽类能说话？哪里有虯龙，驮着黄熊游来游去？九个头的毒蛇来往迅疾，到底在哪里？什么地方的人能长生不死？那些长命之人有何操守可以如此？分枝极多的浮萍与麻花生在哪里？一条蛇吞下一头大象，它有多大？黑水、交趾、三危在什么地方？延长寿命以求不死，寿数到什么时候会结束？传说中的鲮鱼在哪里？大雀又在哪里？羿为什么要射九日，太阳中的乌鸦又为什么会死？

　　禹之力献功①，降省下土四方②，焉得彼涂山女③，而通之於台桑④？闵妃匹合⑤，厥身是继⑥，胡维嗜不同味⑦，而快鼌饱⑧？启代益作后⑨，卒然离蠥⑩，何启惟忧⑪，而能拘是达⑫？皆归躲篰⑬，而无害厥躬⑭。何后益作革⑮，而禹播降⑯？启棘宾商⑰，《九辩》《九歌》⑱。何勤子屠母⑲，而死分竟地⑳？帝降夷羿㉑，革孽夏民㉒。胡躲夫河伯㉓，而妻彼雒嫔㉔？冯珧利决㉕，封豨是躲㉖。何献蒸肉之膏㉗，而后帝不若㉘？浞娶纯狐㉙，眩妻爰谋㉚。何羿之躲革㉛，而交吞揆之㉜？阻穷西征㉝，岩何越焉㉞？化为黄熊㉟，巫何活焉？咸播秬黍㊱，莆藋是营㊲。何由并投㊳，而鲧疾修盈㊴？白蜺婴茀㊵，胡为此堂㊶？安得夫良药㊷，不能固臧㊸？天式从横㊹，阳离爰死。大鸟何鸣㊺，夫焉丧厥体？萍号起雨㊻，何以兴之？撰体协胁㊼，鹿何膺之㊽？鼇戴山抃㊾，何以安之？释舟陵行<sup>㊿</sup>,何以迁之? 惟浇在户<sup>㊿</sup>,何求于嫂? 何少康逐犬<sup>㊿</sup>,而颠陨厥首<sup>㊿</sup>? 女歧缝裳<sup>㊿</sup>,而馆同爰止<sup>㊿</sup>,何颠易厥首<sup>㊿</sup>,而亲以逢殆<sup>㊿</sup>? 汤谋易旅<sup>㊿</sup>,何以厚之? 覆舟斟寻<sup>㊿</sup>,何道取之? 桀伐蒙山<sup>㊿</sup>,何所得焉? 妺嬉何肆<sup>㊿</sup>,汤何殛焉<sup>㊿</sup>? 舜闵在家<sup>㊿</sup>,父何以鳏<sup>㊿</sup>? 尧不姚告<sup>㊿</sup>,二女何亲<sup>㊿</sup>? 厥萌在初<sup>㊿</sup>,何所亿焉? 璜台十成<sup>㊿</sup>,谁所极焉? 登立为帝,孰道尚之? 女娲有体<sup>㊿</sup>,孰制匠之? 舜服厥弟<sup>㊿</sup>,终然为害。何肆犬体<sup>㊿</sup>,而厥身不危败<sup>㊿</sup>? 吴获迄古<sup>㊿</sup>,南岳是止<sup>㊿</sup>。孰期去斯<sup>㊿</sup>,得两男子<sup>㊿</sup>? 缘鹄饰玉<sup>㊿</sup>,后帝是飨<sup>㊿</sup>。何承谋夏桀<sup>㊿</sup>,终以灭丧? 帝乃降观<sup>㊿</sup>,下逢伊挚<sup>㊿</sup>。何条放致罚<sup>㊿</sup>,而黎服大说<sup>㊿</sup>?

**【注释】**

①力:勤勉。功:指治理水灾,平定九州。

②降省:到下面视察。

③龠(tú)山:即"涂山",其地不可确指。王逸《楚辞章句》:"言禹治水,道娶龠山氏女也,而通夫妇之道于台桑之地。"

④通:相会。台桑:地名,其地不可确考。

⑤闵(mǐn):爱怜。匹合:婚配。

⑥厥身:指禹。继:继承,即指生启之事。

⑦胡维:为何。维,朱熹《楚辞集注》本作"为"。嗜:爱好。姜亮夫《屈原赋校注》认为"嗜不同味"之"不"字,误衍,可从。

⑧快:满足。鼂(zhāo):同"朝",指时间很短。饱:满足。

⑨启:禹之子,夏朝国王,中国历史上由"禅让制"变为"世袭制"的第一人。益:禹贤臣,是禹选定的继承人。后:君王。

⑩卒(cù):同"猝",突然。离:遭受。蠥(niè):忧患,灾难。

⑪惟:遭受。

⑫拘:拘囚,囚禁。达:逃脱。

⑬躲箮(jú):此处指交战。躲,一作"射"。箮,一作"鞠",射箭声。

⑭厥躬:指启。

⑮作:通"祚",国祚,国家运命福祉。革:变革,指启代益为王。

⑯播降:繁荣昌盛。

⑰棘:急切。宾:祭祀。商:"帝"之误字。

⑱《九辩》、《九歌》:均为古乐曲名,传说是启所作。

⑲勤子:贤子,指启。屠母:传说启母涂山氏化为石,石破而生启,故曰屠母。

⑳死:通"尸",尸体。竟地:满地,到处都是。

㉑夷羿,指羿,上古羿有多人,此处指有穷氏羿,夏太康、少康时人。

㉒革:革除。孽(niè):祸患。夏民:夏朝之民,或泛指民众。

㉓河伯:即黄河水神。一说河伯为古诸侯。王夫之《楚辞通释》:"河伯,古诸侯,同河祀者。羿射杀河伯,而夺其妻有雒氏。"

㉔雒嫔(luò pín):上古神话中的雒水女神。

㉕冯(píng):持。珧(yáo):本指小蚌,其壳可以镶嵌于弓上。这里指良弓。利:精良。决:通"玦",钩弦工具。

㉖封豨(xī):大野猪。历史传说中羿有多人,尧时之羿有射封豨事,屈原或混杂之。

㉗蒸肉:祭肉。膏:祭肉的膏脂。

㉘后帝:天帝。若:通"诺",赞许,保佑。

㉙浞(zhuó):指寒浞,传说为羿之相,后杀羿。纯狐:羿之妻。或云即嫦娥。

㉚眩(xuàn)妻:善于迷惑人的妻子,指纯狐。爰(yuán):于是。

㉛躲革:羿善射,传说可射透七层兽皮。

㉜吞:消灭。揆(kuí):消灭。

㉝西征:指鲧被放逐到东方海滨的羽山,曾向神巫众多的西方行进求救。

㉞岩:险峰,这里指前往羽山。

㉟黄熊:指鲧。《左传·昭公七年》:"昔尧殛鲧于羽山,其神化为黄熊。以入于羽渊,实为夏郊,三代祀之。"

㊱秬(jù)黍:黑米。

㊲莔蘆(huán):皆水草名。菅:耕种。

㊳并投:一起流放,指鲧与共工等人一起被流放。一说鲧与妻修己一同被流放。

㊴疾:罪恶。修盈:谓罪恶深重。修,长。盈,满。

㊵白蜺(ní):白色的虹。婴:本指装饰品,这里释为"环绕"。茀(fú):云雾。

㊶堂:有四种说法:一指屈原"呵壁问天"时的祠堂;二指崔文子学仙的堂室;三指后羿藏药之室;四将"堂"视为形容词解为"盛"。

㊷良药:指不死之药。

㊸固臧(cáng):妥善保管。固,稳妥。臧,同"藏",保存。

㊹天式:自然法则。从(zòng)横:即"纵横",意即阴阳消长、生生死死。

㊺大鸟:王子侨所化之鸟。王逸《楚辞章句》:"言崔文子取王子侨之尸,置之室中,覆之以弊筐,须臾则化为大鸟而鸣,开而视之,翻飞而去。文子焉能亡子侨之身乎?言仙人不可杀也。"

㊻蓱(píng):雨神。号:号令。

㊼撰:通"巽",柔顺。协:合顺。

㊽鹿:指风神飞廉。膺(yīng):响应。

㊾鳌(áo):传说中的大龟。戴:背负,驮。抃(biàn):拍浮,游动,此指大龟伸足游动。

㊿释:放置。陵:本义是大土山,这里指陆地。

○51 浇(ào):古史传说中的大力士,夏少康时人,寒浞之子。

○52 少康:夏朝国王,夏后相之子。

○53 颠陨:坠落,此指浇被杀。厥首:指浇的首级。

○54 女歧:亦即女艾。闻一多《天问疏证》:"案,'女歧'当从《左传》作
'女艾。'"按见《左传·哀公元年》:"(少康)使女艾谍浇,使季杼
诱豷,遂灭过戈,复禹之绩。"姜亮夫《屈原赋校注》:"艾在泰韵,
歧在支韵,古支泰相转而又同声,故歧得为艾也。"缝裳:据《左
传·哀公元年》的记载,则女歧(艾)是夏少康为报父(夏后相)为
浇所杀之仇,以及复兴夏王朝而派到浇身边去的间谍一类人物,
目的在于以女色使浇惑乱,从而伺机杀之。"缝裳"意即缝衣裳,
当是女歧(艾)与浇的亲密行为之一。

○55 馆同:即"同馆",同房。爰:与,一起。止:止宿,居住。

○56 易:换,此处指砍错了。王逸《楚辞章句》:"言少康夜袭得女歧
头,以为浇,因断之,故言易首。"厥首:指女艾的头。

○57 亲:指女艾。逢殆(dài):遭祸,指被杀。

○58 汤:为"康"之误,当指少康。此处所问当为少康中兴之事。易:
治理,整顿。旅:军队,部下。

○59 斟(zhēn)寻:古国名,与夏同为姒姓,地在今河南巩县西南。

○60 桀(jié):夏代最后一位君王。蒙山:古国名。一说指山民山。

○61 妺嬉(mò xǐ):夏桀之妃。何肆:姜亮夫《屈原赋校注》:"'何肆'之
'何',当读与'何有与我'之'何',训为不。"不肆,意即不恣纵。

○62 殛(jí):惩罚。

○63 闵:妻室。

○64 父:"夫"之误字。姜亮夫《屈原赋校注》:"'父何以鳏',父字讹,
当为夫字。'夫何以',《天问》句例。"鳏(guān):同"鳏",男子年
长而无妻。

○65 姚告:即告姚。姚,王逸《楚辞章句》:"舜姓也。"此处指舜之

父母。

66二女:指尧的两个女儿娥皇、女英。亲:结亲。

67萌:通"民"。

68璜(huáng)台:用玉装饰的高台。汤炳正《楚辞今注》认为即指舜登基之台。十成:十层,极言其高。

69女娲(wā):神女名。

70弟:指舜弟象。

71犬体:这里是对舜弟象的贬称,言其行径悖谬不法有类于犬。

72危败:指舜弟象行事悖逆,一再谋害舜,却未被追究。

73获:得到。一说认为"吴获"为人名。迄(qì)古:从远古时开始,意为国运长久。

74南岳:泛指南方地区。止:留下居住。

75去:一作"夫"。姜亮夫《屈原赋校注》:"应作夫,夫、去形近而误。夫在句中作于字解。"斯:这样,指代"吴获迄古,南岳是止"这一情况。

76两男子:王逸《楚辞章句》认为指太伯、仲雍。

77缘鹄(hú)饰玉:此句指伊尹借助烹调食物供汤享用之际接近汤,向他陈说治国之道。缘、饰,义近,皆装饰之义。鹄、玉,皆鼎上作装饰用的花纹与器物。

78后帝:指汤。飨(xiǎng):赏识。

79承谋:指伊尹接受汤的旨意,假意事奉桀,实则探听夏之虚实,图谋灭之。

80帝:指汤。降观:四处巡察。

81伊挚:即伊尹。高初名臣,为商朝理政安民五十余载,治国有方,权倾朝野。

82条放:指夏桀被流放到鸣条之事。致罚:受到上天的惩罚。

83黎服:天下众民。服,古代行政区划单位。说:同"悦"。喜悦。

**【译文】**

　　大禹勤劳地治理水患,巡查四方。他怎么遇到那个涂山国的女子,和她相爱并私会在台桑的? 大禹和那位姑娘成就婚配,他因此有了后代。为什么他们相隔很远,族姓相同,本不该通婚却很快能被彼此吸引,以求一时之欢? 启想取代益成为君王,突然遭到了麻烦。为什么启虽遭难,却能从拘禁中逃脱? 益与启两个部族交战,箭如雨下,而启却没有受到伤害。为什么益的统治权被夺去,而禹的后代却能繁荣昌盛? 启急切地向上帝祭祀并得到了《九辩》和《九歌》。为什么这样贤良勤勉的儿子却会害死自己的母亲,让母亲的尸骨散落遍地? 天帝降生了羿,让他为夏民除去祸害,他为什么要射瞎河伯,又娶了河伯的妻子雒水女神? 他拿着强弓利器,射杀了大野猪。为什么他献给上帝肥美的祭肉,上帝却不保佑他? 寒浞娶走了羿的妻子,那个善于迷惑人的妻子与浞合谋。为什么羿力大善射,却被他们设计消灭了? 鲧化为黄熊,向西方进发,他怎样越过那高峻的山岩? 鲧的身体已经化为黄熊,神巫又怎能把他救活? 鲧辛勤地耕作,把田地都种上了黑粟,铲除了杂草。为什么他却与共工等人一起被流放? 难道他真的罪无可赦? 嫦娥佩戴着精美的服饰,她为何要打扮得如此美丽? 她从哪里得到了那不死良药,并把它妥善保管在月宫里面? 天地之间阴阳消长、生生死死,阳气离开就会死亡。王子侨死了之后怎么会变成大鸟,还会发出鸣叫? 他是怎样失去了原有的身体? 萍翳发出号令就能下雨,雨又是怎样兴起的? 风神性情温顺,它怎么能响应兴云起雨的事情? 海中的大龟顶着大山四脚划动,又怎能让大山安稳下来? 将船放在陆地上,怎样才能移动它? 大力士浇在家,为什么还要求助于他的嫂子? 少康驱驰猎犬打猎,为什么能将浇的首级砍下? 女艾为浇缝衣裳,并同他一起住宿,为什么少康却砍下女艾的头,亲信之人反而遭殃? 少康谋划大兴军事,他靠什么使自己的力量增强? 那浇曾经倾覆了斟寻国的战船,少康用什么手段取胜了他? 夏桀讨伐蒙山,他得到了什么? 妹嬉本人并不十分放纵,为何汤要将她惩罚？舜在家有妻室,为何却称他为鳏夫？尧不告诉舜的父母,又怎能将两个女儿嫁给他？舜当初为民的时候,他怎能料到会有今日登基之事？玉饰的高台,又有谁可以登上？舜被立为君王,是谁引导他上台？女娲躯体变化无穷,又是谁造就了她？舜恭顺地对待他的弟弟象,却终于酿成祸患。为什么象极端地放肆,却没有败亡？吴国立国于南方,国运长久。谁能料到会这样,难道只因为出了泰伯、仲雍这两个贤良男子？伊尹用精美的器具烹制美味的羹肴进献给汤,因而得到了赏识。为什么他要假装为夏桀谋划,使夏桀败亡？汤巡视四方,遇到了伊尹。他在鸣条战胜了夏桀,并将其放逐,为何百姓却非常喜悦？

　　简狄在台①,喾何宜②？玄鸟致贻③,女何喜④？该秉季德⑤,厥父是臧。胡终弊于有扈⑥,牧夫牛羊？干协时舞⑦,何以怀之⑧？平胁曼肤⑨,何以肥之？有扈牧竖⑩,云何而逢？击床先出⑪,其命何从？恒秉季德⑫,焉得夫朴牛⑬？何往营班禄⑭,不但还来⑮？昏微遵迹⑯,有狄不宁⑰。何繁鸟萃棘⑱,负子肆情⑲？眩弟并淫⑳,危害厥兄。何变化以作诈㉑,后嗣而逢长？成汤东巡,有莘爰极㉒。何乞彼小臣㉓,而吉妃是得㉔？水滨之木,得彼小子㉕。夫何恶之,媵有莘之妇㉖？汤出重泉㉗,夫何罪尤㉘？不胜心伐帝㉙,夫谁使挑之？

【注释】

①简狄:帝喾的妃子。

②喾(kù):传说中的古帝王名。宜:祭祀。姜亮夫《屈原赋校注》作"祭祀求福"解,可从。

③玄鸟:黑色的鸟,指燕。致贻(yí):送礼。王逸《楚辞章句》:"贻,遗也。言简狄侍帝喾于台上,有飞燕坠遗其卵,喜而吞之,因生

契也。"

④喜：一作"嘉"，意即受孕而生子。

⑤该：即殷侯亥。季：王亥之父，殷侯冥。

⑥弊：困厄。《山海经·大荒东经》："王亥托于有易，河伯仆牛。有
　　易杀王亥，取仆牛。"有扈（hù）：王国维《殷卜辞中所见先公先王
　　考》认为即"有易"，"易"与"扈"金文形近。

⑦干：盾。协：和合。时舞：指万舞，古代一种大型乐舞。

⑧怀：挑逗，引诱。

⑨平胁：指体形俊美。曼肤：皮肤细腻。姜亮夫《屈原赋校注》认为
　　此句形容有易之女形体曼泽之状。

⑩有扈：即有易。姜亮夫《屈原赋校注》："按有扈即上文有易，……
　　此有易指王亥所淫之女。"牧竖：指王亥。

⑪击床：姜亮夫《屈原赋校注》认为指有易氏杀亥事。先出：依《山
　　海经》说，王亥已被杀，则"击床先出"之"先"，当为误字，以意校
　　之，或"不"、"未"之属也。

⑫恒：即殷侯王恒，王亥之弟。

⑬朴牛：即服牛，可驾车的大牛。王国维《殷卜辞中所见先公先王
　　考》："服牛者，即《大荒东经》之仆牛，古服、仆同音也。"

⑭营：经营。班禄：颁布爵禄。

⑮但：空。一说疑为"得"之误。

⑯昏微：指殷侯上甲微。迹：道路。

⑰有狄：即有易。不宁：不安宁。

⑱繁鸟萃棘：喻荒淫事。姜亮夫《校注》认为此句或指上甲微晚年
　　的荒淫之行。

⑲负：姜亮夫推测本为"嫄"字，亦即"妇"。"妇子"或即劫夺儿媳为
　　己妻之丑行。

⑳眩（xuàn）：惑乱，荒唐。

㉑变化：指改变帝位继承顺序。作诈：行为奸诈。

㉒有莘(shēn)：古国名。

㉓乞：讨，要。小臣：指伊尹。

㉔吉妃：美好的姑娘。得：娶到。

㉕小子：指伊尹。

㉖媵(yìng)：陪嫁，指汤娶有莘氏女为妻，有莘氏以伊尹为陪嫁。

㉗重泉：地名。《史记·夏本纪》记夏桀召汤并囚之于夏台，后又将其释放。重泉，大约是夏台之所在。

㉘尤：过失。

㉙胜心：压住怒气。帝：指夏桀。

**【译文】**

简狄住在高台之上，帝喾为什么要祭祀求福？燕子给简狄送来了礼物，她为什么会怀孕有子？亥继承了他父亲季的美德，并得到了嘉奖。为什么会最终被困于有易氏，为人牧牛放羊？亥拿起盾，跳起万舞，他用什么来诱惑有易氏的姑娘？姑娘肌体丰满，皮肤细腻，是什么让她如此丰美？他们一个是有易氏的美女，一个是低贱的牧人，为什么会碰到一起？有易氏要杀亥，他在事发之前尚未走出家门，他的命运会有怎样的结局？恒也继承了父亲季的美德，他怎样得到那驾车的大牛？他为什么要去有易氏颁布爵禄？目的没有达到他为什么就回来了？上甲微遵循父祖的美德，有易氏从此不得安宁。为什么他晚年竟会荒淫无度，放纵情欲？荒唐昏乱的弟弟和哥哥一起淫乱，最后谋害了他的兄长。为什么坏人篡夺王位，行为狡诈，却能子孙昌盛？成汤在东方巡视，到了有莘国。他为什么想要小臣伊尹，却得到了美丽的新娘？在水边的树木中，伊尹降生。有莘氏为什么厌恶他，让他做有莘氏姑娘的陪嫁？汤因何种罪过被囚禁在重泉，后来才被释放？汤压抑不住胸中的怒火，讨伐夏桀，这又是谁唆使的？

会鼂争盟①，何践吾期②？苍鸟群飞③，孰使萃之？到击
纣躬④，叔旦不嘉⑤。何亲揆发足⑥，周之命以咨嗟⑦？授殷
天下，其位安施？反成乃亡⑧，其罪伊何？争遣伐器⑨，何以
行之？并驱击翼，何以将之？昭后成游⑩，南土爰底⑪。厥利
惟何，逢彼白雉⑫？穆王巧梅⑬？夫何为周流？环理天下⑭，
夫何索求？妖夫曳衒⑮，何号于市？周幽谁诛，焉得夫褒
姒⑯？天命反侧，何罚何佑？齐桓九会⑰，卒然身杀⑱。彼王
纣之躬⑲，孰使乱惑？何恶辅弼⑳，谗谄是服㉑？比干何逆㉒，
而抑沉之？雷开阿顺㉓，而赐封之？何圣人之一德，卒其异
方㉔？梅伯受醢㉕，箕子详狂㉖。稷维元子㉗，帝何竺之㉘？投
之於冰上，鸟何燠之㉙？何冯弓挟矢㉚，殊能将之？既惊帝切
激㉛，何逢长之㉜？伯昌号衰㉝，秉鞭作牧㉞。何令彻彼岐
社㉟，命有殷国？迁藏就岐，何能依？殷有惑妇，何所讥？受
赐兹醢㊱，西伯上告。何亲就上帝罚㊲，殷之命以不救？师望
在肆㊳，昌何识㊴？鼓刀扬声，后何喜？武发杀殷㊵，何所
悒㊶？载尸集战㊷，何所急？伯林雉经㊸，维其何故？何感天
抑墜㊹，夫谁畏惧？皇天集命㊺，惟何戒之？受礼天下㊻，又
使至代之㊼？初汤臣挚㊽，后兹承辅。何卒官汤㊾，尊食宗
绪㊿？勋阖梦生㉛，少离散亡。何壮武厉，能流厥严？彭铿斟
雉㉜，帝何飨㉝？受寿永多㉞，夫何久长？中央共牧㉟，后何
怒？蜂蛾微命㊱，力何固？惊女采薇㊲，鹿何祐㊳？北至回
水㊴，萃何喜㊵？兄有噬犬㊶，弟何欲㊷？易之以百两㊸，卒
无禄㊹。

**【注释】**

①会鼌(zhāo)：即"朝会"。争盟：一本作"请盟"，即宣誓于神。

②践：履行。吾期：武王定下的日期。吾，同"武"。

③苍鸟：比喻跟从武王伐纣的将士。

④到：一作"列"，分解。朱熹《楚辞集注》："《史记》言：武王至纣死所，射之三发，以黄钺斩其头，悬之太白之旗，此所谓列击纣躬也。"躬：身体。

⑤叔旦：即周公旦。不嘉：不赞许。

⑥揆(kuí)：谋划。发：指周武王姬发。足：当作"定"，这里是"使安定"之意。姜亮夫《屈原赋校注》认为"足"当为"定"之形误，且应在下句。

⑦咨嗟(zī jiē)：叹息。

⑧反：一本作"及"，指殷有天下而又失去了它。

⑨伐器：作战的器具，指军队。

⑩昭后：指周昭王。成：同"盛"，盛大。

⑪南土：荆楚地区。底：止，至。此指周昭王南征楚国不还之事。

⑫白雉(zhì)：白色的野鸡。

⑬穆王：昭王之子。巧梅：善于驾车。梅，通"枚"，马鞭。一说通"挴"，贪。

⑭环理：周游。

⑮妖夫：妖人。曳衒(xuàn)：当为"曳衒"，犹言"相将"。一说"衒"为"卖"的意思。为"衒"之形误。

⑯褒姒(bāo sì)：周幽王妃。

⑰九会：指齐桓公九会诸侯，以尊周室。

⑱身杀：身死。王逸《楚辞章句》："言齐桓公任管仲，九合诸侯，一匡天下；任竖刁易牙，子孙相杀，虫流出户。"

⑲躬：身躯。

⑳辅弼：忠诚的大臣。

㉑谗谄：指谄邪小人。服：任用。

㉒比干：纣王之叔，劝告纣为善去恶，纣王剖其心而杀之。逆：触犯。

㉓雷开：纣时奸佞之人。阿(ē)：阿谀奉承。一作"何"。姜亮夫《屈原赋校注》："作阿非是，此与上句何逆为相对而相反之问，若为阿，则为陈述语矣。"

㉔卒：最后，最终。方：方式。

㉕梅伯：纣时诸侯。醢(hǎi)：肉酱，此处意为砍成肉酱。

㉖箕(jī)子：纣王叔父。详(yáng)狂：装疯。详，通"佯"。据《史记·殷本纪》，纣王杀比干后，箕子惧而佯狂，为奴。

㉗稷(jì)：周人始祖，姜嫄之子。元子：嫡长子。

㉘帝：指帝喾。竺(zhú)：厚。或指"竺"为"毒"。

㉙燠(yù)：焐热，温暖。即《史记·周本纪》所载帝喾将稷"弃渠中冰上，飞鸟以其翼覆荐之"一事。

㉚冯(píng)弓：拿着弓。冯，同"凭"，持。

㉛惊帝：惊动上帝。《诗·大雅·生民》记稷生"上帝不宁"。"帝"有三说。一说指上帝。二说指纣。三说为高辛氏，即帝喾。切激：强烈。

㉜逢长：繁荣昌盛。长，一说文王所受封西伯或西长一职。

㉝伯昌：周文王姬昌。衰：衰世。

㉞秉鞭：执政。牧：古代地方长官。牧，"牧师"的简称，见《周礼·夏官》，是我国古代管理牧区的官吏，后引申为地方长官。

㉟彻：放弃，毁弃。岐社：岐地是周氏族祭祀之所。

㊱受：纣王名。兹：子，指纣杀文王子伯邑考，烹以为羹，赐文王食。

㊲亲：指纣。就：受到，遭受。

㊳师望：即太公吕望。肆：店铺。

㊴昌：文王姬昌。
㊵武发：指周武王姬发。殷：指纣王。
㊶悒(yì)：忿恨。
㊷尸：灵位。集战：会战。
㊸伯林：指纣。林，《尔雅·释诂》："君也。"雉(zhì)经：上吊自杀。
㊹墬(dì)：地。
㊺集命：集天命于一身。
㊻礼：同"理"，治理。
㊼至：后来之人。
㊽臣挚：以挚为臣，挚是伊尹名。
㊾官汤：指伊尹辅佐汤。
㊿尊食：指伊尹死后配祀汤。宗绪：宗庙。
(51)勋：有功绩。阖(hé)：吴王阖闾。梦生：吴王寿梦之孙。
(52)彭铿(kēng)：彭祖。斟(zhēn)雉：善于调制雉(野鸡)羹。
(53)帝：天帝。一说帝尧。飨(xiǎng)：享用。
(54)受寿永多：寿命很长。据说彭祖寿七百六十七岁。
(55)中央：指周王朝。共牧：共同管理。《史记·周本纪》记厉王暴虐，周人将其流放，由周公、召公共执国政。
(56)蜂蛾：指百姓民众。
(57)惊女采薇：指伯夷、叔齐二人不食周粟，采薇为食，从而惊动女子。
(58)鹿何祐：为何得到神鹿的庇祐、帮助。闻一多《楚辞校补》："《琱玉集感应篇》引《列士传》曰：伯夷兄弟遂绝食(薇)，七日，天遣白鹿乳之。此即所谓'鹿何祐'也。"
(59)回水：首阳山处河曲之中，故以曲水代之。
(60)萃：停止，歇宿。
(61)兄：指秦景公伯车。噬(shì)犬：咬人的狗。

⑥弟：子铖，秦景公弟。

⑥易：交换。两：同"辆"，用于车辆。

⑥无禄：丧失爵禄。

## 【译文】

诸侯聚集在一起结盟宣誓，他们如何履行周武王定下的约期？苍鹰一样勇敢的将士，谁把他们招集在一起？武王砍断纣王的躯体，周公并不赞同。他亲自为武王谋划，安定周室，却为何要叹息？上帝把天下交给殷朝，帝位为什么又会转移？先让殷室成功后又让他们灭亡，他们犯了什么罪过？诸侯派出军队，是通过什么指挥的？将士们并驾齐驱，攻击敌军两翼，是谁带领的？昭王进行盛大的游历，到了南方。他到底要贪图什么？难道仅仅是为了寻找那白色的野鸡？穆王心巧善驾，他为什么要周游四方？在国中四处行走，他又有什么追求？妖人相携沿街兜售，他们为什么要到大街上高声叫卖？周幽王要诛灭谁？他怎么得到那个褒姒的？天命反复，它会惩罚谁？又会保佑谁？齐桓公为安定周室，九次大会诸侯，为什么最终却那样身死。那个纣王，是谁使他变得如此昏乱？他为什么厌恶忠心辅佐他的大臣，而任用那些谗佞小人？比干到底哪里冒犯了纣王而被压制？雷开怎样阿谀依顺纣王，为什么会得到封赏？为什么圣人的美德都差不多，而他们最终的结局却不相同？梅伯被砍成肉酱，箕子装疯卖傻。后稷是帝喾的嫡长子，帝喾为什么那么讨厌他？他把稷丢弃在寒冰之上，大鸟为什么会用羽翼去温暖稷？稷善务农，又是什么特殊本领使他能操弓执箭？既然他强烈地惊动了上帝，为何他的子孙反而繁荣昌盛？西伯姬昌在乱世中发号施令，成为地方的霸主。武王姬发为什么放弃了岐地的宗社，却能承受天命占有殷室的天下？周太王携带宝藏迁到岐地，他如何能让部族跟随他？纣王身边有个惑乱的妲己，还能进谏什么？纣王把文王的儿子做成肉羹赐给文王，文王向上天告状。为什么纣王得到上天的处罚，而殷王室却难以挽救？太公吕望栖身在市井小店，姬昌为什么会认识他？

太公操刀割肉,西伯听了为什么会高兴? 武王姬发击杀纣王,他为什么如此忿恨? 他用车载着父亲的灵位,聚集将士就出征,又为什么这么急切? 纣王自缢而死,这是什么缘故? 他为什么要向上天呼告? 难道他还有所畏惧? 上天把天命赐予殷王室,为什么又会有后人去讨伐? 纣王治理天下,又为什么让人取代他? 当初汤以伊尹为臣子,伊尹承担辅佐的任务。他为什么能成了汤的宰相并配祀商汤,接受献祭? 功绩赫赫的阖闾是吴王寿梦的孙子,从小就遭遇流亡的命运。为什么长大后勇武威猛,他的声威四处流播? 彭祖调制好的雉羹,天帝为什么喜欢享用? 他的寿命极长,为什么能够拥有如此高寿? 为什么召、周二人共理国政,厉王发怒是为了什么? 百姓身份微贱,他们的力量为何如此强大? 伯夷、叔齐采薇为食物惊动了妇人,受到了讥讽,神鹿为何要庇佑他们? 他们北行到了首阳山,为什么会那样高兴? 秦景公有条猛犬,他弟弟为什么想要拥有? 他想用一百辆车来交换它,却最终丢失了性命。

　　薄暮雷电,归何忧①? 厥严不奉②,帝何求③? 伏匿穴处④,爰何云? 荆勋作师⑤,夫何长? 悟过改更,我又何言? 吴光争国⑥,久余是胜⑦。何环穿自闾社丘陵⑧,爰出子文? 吾告堵敖以不长⑨。何试上自予⑩,忠名弥彰?

**【注释】**

①归何忧:回去有何担忧。此句有五种理解:一指屈原当时"问天"时之事。二指舜时之事。三指周公时之事。四指孔甲时之事。五指楚灵王时之事。

②厥:其,这里指楚国。不奉:不能保持。楚先败于吴,后败于秦,故云"不奉"。

③帝何求:即何求于帝,求天帝有什么用。帝,天帝。

④伏匿(nì)：潜伏，潜藏。穴处：住在山洞里，亦即身处山林荒野的意思。

⑤荆勋：楚国勋旧贵族。作师：犹"兴师"。毛晋本作"荆勋徇师"。

⑥光：吴王阖闾名。争国：吴楚相争。

⑦久余是胜：即"久胜余"。久，长久。余，我们，亦即楚国。

⑧"何环"以下两句：当从洪兴祖、朱熹校语作"何环闾穿社，以及丘陵？是淫是荡，爰出子文？"环，绕。闾，乡里。穿，穿过。社，古代地方基层行政单位，泛言之，即里社、村落。及，至，到。丘、陵，皆指土山。是，指代前面的"闾社丘陵"，"是淫是荡"，即"淫荡于是"。爰，于是。出，生出。子文：春秋时期楚国令尹，成王时人，有贤明之名。据《左传·宣公四年》记载，其父伯比居鄀（即勋，《左传·桓公十一年》杜预注曰："在江夏云杜县东南。"则当在今湖北京山西北）国时，与鄀国国君之女私通，遂生子文。此处所问当指此事。

⑨堵敖：名熊艰，楚文王子，继位五年为其弟成王熊恽所杀。

⑩试上：弑君。自予：自立为君。

**【译文】**

傍晚时分电闪雷鸣，回去又有什么可担心的呢？国家的尊严不保，祈求上帝又有什么用处？我幽居在洞穴中，面对此景又能说些什么？楚国不断地大举兴兵，这样国运怎能长久？如果君王能改过自新，我又何必再说什么？吴王阖闾与我国相争，多年来一直战胜我们。子文的父母穿过村子到了山丘，做出苟且淫秽的勾当，又怎么会生出贤明的子文？我说堵敖不会长久。为何成王弑兄自立，他的忠诚名声更加显著？

# 九　章

**【题解】**

所谓"九章"，是屈原创作的九篇作品的合称，这九篇作品是：《惜诵》、《涉江》、《哀郢》、《抽思》、《怀沙》、《思美人》、《惜往日》、《橘颂》、《悲回风》(依今本王逸《楚辞章句》所排次序)。

这九篇作品在其早期流传过程中大约是以单篇形式出现的。《九章》这个总题是后人编辑、整理屈原作品时加上的。司马迁《史记·屈原贾生列传》是现存文献资料中最早提及《九章》中单篇作品的，其曰："乃作《怀沙》之赋"，又曰："余读《离骚》、《天问》、《招魂》、《哀郢》，悲其志。"随之，《汉书·扬雄传》亦曰："(扬雄)又旁《惜诵》以下至《怀沙》一卷，名曰《畔牢愁》。"可见，西汉时这组作品是以单篇形式流传的。这组作品至迟当在西汉后已被编辑到一起，以一个整体的面貌出现，并加上了《九章》这个总题了。从现存文献资料来看，最早提到《九章》这一名称的是刘向。他在《九叹·忧苦》中说："叹《离骚》以扬意兮，犹未殚于《九章》。"此外，宣帝时人王褒作有《九怀》，由九篇作品构成一组，形成一个整体，颇似模拟《九章》体制，可见，《九章》有可能在宣帝或宣帝之前的某一时期便已被编纂在一起了。姜亮夫《楚辞通故·书篇部》说："然则辑录而名定之者为谁？虽不可确考，而其必后于屈原而前于王褒、刘向之徒。当景、武之前，诸贵盛在朝，能为楚辞者，有贾谊、刘安、枚乘、邹阳、司马相如、朱买臣、严助；而汉廷乐府亦多楚声（当时贾谊、刘安实为楚辞大家，谊所为《惜誓》，俨同《九章》，《鹏鸟》则方物《卜居》，安为《离骚传》，文辞美备）；度当时传屈子之作者必甚多。则辑《惜诵》等篇为一卷者，虽不必即贾、刘、司马、朱、严之徒，而亦必为不甚远之专家为之。淮南王聚天下文学之士，大为专书，又曾受诏为《离骚传》，且朝受诏而食时上，自必早有辑定之本，故能迅捷至此。安后虽不得其死，而其侍从文学之士，亦多在朝者，则《九章》之辑，盖必成于淮南幕府无疑。"这种观点是非常具有启发意义的。

关于《九章》这一标题的含义，一般认为"九"乃实指，即指其所包含的九篇作品而言，与有着古代乐曲背景的《九歌》《九辩》不同；"章"则是篇章的意思，其本义是指乐曲的结束部分。《说文·音部》云："章，乐竟为一章。从音，从十。十，数之终也。"也可指乐曲结构的一个组成部分，引申则可指诗、文的一篇。因此，所谓"九章"意即九篇文章。不过，王逸《楚辞章句》对"章"字却有着不同理解，其曰："屈原放于江南之野，思君念国，忧心罔极，故复作《九章》。章者，著也，明也。言己所陈忠信之道，甚著明也。"王逸联系着屈原"思君念国，忧心罔极"、"陈忠信之道"的创作动机与背景，对"章"字作出了"明也"、"著也"的解释，应该说，这种观点有刻意求深之嫌。

关于《九章》的创作时地，历代观点大致可以分为两大类。

其一认为《九章》所有作品都创作于顷襄王时，当时屈原被流放于江南之野。就现存史料来看，最早提出这种说法的是班固。他在《离骚赞序》中说："至于襄王，复用谗言，逐屈原。在野又作《九章赋》以风谏，卒不见纳。"王逸《楚辞章句》也说："屈原放于江南之野，思君念国，忧心罔极，故复作《九章》。"这大约是汉人流行观点。嗣后，洪兴祖（《楚辞补注》）、王夫之（《楚辞通释》）、清人刘梦鹏（《屈子章句》）、今人汤炳正（《屈赋新探·九章时地管见》、《楚辞今注》）等，亦主襄王说。其中，汤炳正根据1957年出土于安徽省寿县城郊邱家花园的先秦楚国文物"鄂君启金节"上所记载的当时楚国水陆交通路线,对屈原行踪作了新的探索,较有新意。

其二认为《九章》各篇非作于一时一地。一般认为此种说法肇始于朱熹。他在《楚辞集注》中说:"屈原既放,思君念国,随事感触,辄形于声。后人辑之,得其九章,合为一卷,非必出于一时之言也。"关于具体篇章的创作时间,前人各有论述。晚明黄文焕《楚辞听直》开始指出,《思美人》、《抽思》两篇是屈原在怀王时作于汉北。清初林云铭《楚辞灯》进一步指出,《惜诵》、《思美人》、《抽思》都是屈原作于怀王时,其中《惜诵》最早,《思美人》、《抽思》则稍后作于汉北,其余六篇作于襄王朝放于江南之时,其先后次序为:一《涉江》;二《橘颂》;三《悲回风》;四《惜往日》;五《哀郢》;六绝命词《怀沙》。稍后蒋骥《山带阁注楚辞》在林云铭观点的基础上作了进一步的发展与修正,认为:"《九章》杂作于怀襄之世。其迁逐固不皆在江南,即顷襄迁之江南,而往来行吟,亦非一处。……《思美人》、《抽思》,乃怀王斥之汉北所为。《涉江》、《哀郢》六篇,方是顷襄时作于江南者,……《惜诵》当作于《离骚》之前,……《思美人》宜在《抽思》之后,……《九章》当首《惜诵》,次《抽思》,次《思美人》,次《哀郢》,次《涉江》,次《怀沙》,次《悲回风》,终《惜往日》。惟《橘颂》无可附,……"林、蒋二人的观点对后人的研究颇有影响。

关于《九章》创作时地与次序问题,由于历代众说纷纭,具体可参看本书各单篇题解。本书认为,目前看来较为稳妥的创作次序应当是:《惜诵》最早,当为与《离骚》同时的作品;其次是《抽思》、《思美人》,当时屈原谪居汉北,其中《抽思》相对早于《思美人》;其次是《涉江》、《哀郢》,是顷襄王时屈原被放流于江南的作品;其次是《悲回风》、《怀沙》、《惜往日》,是屈原自沉汨罗前不久的作品,其中《惜往日》是屈原绝命辞。另外,《橘颂》作于何时不易判断,或是屈原早年作品。

# 惜　诵

## 【题解】

本篇因篇首"惜诵以致愍兮"而得名。这是沿袭了《诗经》中常用的标题方式,此外如《思美人》、《惜往日》、《悲回风》也是以篇首若干字而标题。

关于"惜诵"二字,主要有以下三种解释。一,贪忠信之道而论之。王逸《楚辞章句》说:"惜,贪也。诵,论也。……言己贪忠信之道,可以安君。论之于心,诵之于口,至于身以疲病,而不能忘。"二,爱怜君主而陈言。洪兴祖《楚辞补注》说:"惜诵者,惜其君而诵之也。"三,痛惜过去而进谏。林云铭《楚辞灯》说:"惜,痛也。即《惜往日》之惜。不在位而犹进谏,比之朦诵,故曰诵。"此篇与《离骚》意旨相近,当是受谗被疏之后的作品。"惜诵"合起来解释,就是以痛惜的心情来称述自己因直言进谏而遭谗被疏之事。正如姜亮夫《屈原赋校注》所说:"《周语》有瞍赋矇诵之制,盖古之谏官也。古巫史实掌谏纳之事,屈子为怀王左徒,左徒乃宗官之长,入则图议国事,出则应对诸侯,其职实与汉之太常宗正相类,故得自比于古之瞍矇也。"

关于本篇的写作时期,历来有两种意见,一种认为作于怀王时期,一种认为作于顷襄王时期。大部分学者同意第一种意见。从作品内容看,本篇不如《离骚》那么沉痛,也看不出已遭放逐的景象。汪瑗《楚辞集解》认为:"大抵此篇作于谗人交构,楚王造怒之际,故多危惧之词,然尚未遭放逐也。"这一说法比较符合实际情况。至于具体的作时,蒋骥《山带阁注楚辞》认为作于"初失位"时,亦即怀王十六年(前313)前后,林云铭《楚辞灯》则认为作于怀王十七年,姜亮夫《屈原赋校注》认为是"其三十岁初放时之作",陆侃如《屈原评传》认为作于怀王二十四年。从当时的时代背景看来,怀王十六年是楚国政治的转折点,这一年以后,楚国国势江河日下,屈原也遭谗被疏。所以,本篇作于怀王十六七年是有可能的。

《惜诵》是《九章》的第一篇,作者叙述了自己在政治上遭受打击的始末和自己对待现实的态度,基本内容与《离骚》前半篇大致相似,故有"小离骚"之称。

惜诵以致愍兮①,发愤以抒情。所作忠而言之兮②,指苍天以为正③。令五帝以枻中兮④,戒六神与向服⑤。俾山川以备御兮⑥,命咎繇使听直⑦。

【注释】

①愍(mǐn):忧伤。

②所作:当作"所非","假如不是"的意思。

③正:通"证",证明。

④五帝:古代神话传说中的五位神祇。东方太皞,南方炎帝,西方少昊,北方颛顼,中央黄帝。枻(xī)中:意即依照法律条文来判断是非。枻,即折、析,分判、明辨。中,刑书、律书、法律条文。

⑤六神:即六宗之神,古代神话传说中的六位神祇,其说不一,主要有以下几种说法:一指四时、寒暑、日、月、星、水旱之神。二指星、辰、风伯、雨师、司中、司命。三指日、月、星辰、太山、河、海。向:对证,对质。服:事理,事实。

⑥俾(bǐ):使。山川:指山川之神。备御:即准备侍御之人以陪审。御,侍从,侍御。

⑦咎繇(gāo yáo):即"皋陶",相传是虞舜时执掌刑狱法律的大臣。听直:听审诉讼,裁判曲直对错。

【译文】

哀惜进谏表达忧伤啊,发泄愤懑抒写衷情。发誓忠心陈说心声啊,手指苍天为我作证。令五方天神为我剖白啊，命六宗之神为我证明。让山川神祇来做陪审啊，命法官皋陶辨明对错。

　　竭忠诚以事君兮，反离群而赘肬①。忘儇媚以背众兮②，待明君其知之。言与行其可迹兮，情与貌其不变。故相臣莫若君兮③，所以证之不远。吾谊先君而后身兮④，羌众人之所仇⑤。专惟君而无他兮⑥，又众兆之所雠⑦。壹心而不豫兮，羌不可保也。疾亲君而无他兮⑧，有招祸之道也。

**【注释】**

①离群：指离开群体，为众人所不容。赘肬（zhuì yóu）：多余的肉瘤。

②儇（xuān）：聪慧，狡黠，有机巧。

③相（xiàng）：审察，察看。

④谊：即"宜"、"义"，这里是"应当"的意思。凡品质、行为符合人世间道德标准、社会利益，便是合适、适宜的，就可称为"义"。

⑤羌：句首发语词，楚地方言。

⑥惟：思念，牵挂。

⑦兆：众人。雠（chóu）：仇恨，怨恨。

⑧疾：急切，极力。

**【译文】**

　　竭尽忠诚服事君王啊，却为众所不容反成多余。不懂谄媚违背众意啊，等待有明君了解我心。言行一致有据可寻啊，内心与外貌成为不变。所以没有谁比君王更清楚臣子啊，他的取证都亲身得来不须远求。我应先顾君王后及自身啊，却成为众人怨恨的对象。一心忠君不作他想啊，又招来众人怨恨。心思专一从不犹豫啊，竟导致自身难以保全。

急切亲近君王并无它念啊，竟成招致祸殃的根源。

　　思君其莫我忠兮，忽忘身之贱贫①。事君而不贰兮，迷不知宠之门②。忠何罪以遇罚兮，亦非余心之所志③。行不群以巅越兮④，又众兆之所咍⑤。纷逢尤以离谤兮⑥，謇不可释⑦。情沉抑而不达兮⑧，又蔽而莫之白。心郁邑余侘傺兮⑨，又莫察余之中情⑩。固烦言不可结诒兮⑪，愿陈志而无路。退静默而莫余知兮，进号呼又莫吾闻。申侘傺之烦惑兮⑫，中闷瞀之忳忳⑬。

【注释】

①忽：忽略，忘记。贱贫：这里大约是指遭怀王疏远而失去尊官厚禄的情况。

②迷：迷惑。宠之门：得到君王宠幸的门户、途径。

③志：通"知"，知道，明白。

④不群：与众人不同，不合群。巅越：坠落，跌落。

⑤咍（hāi）：嘲笑，嗤笑。

⑥逢尤：即遭到罪责。尤，罪过，罪责。离谤：即遭到毁谤。离，遭。

⑦謇（jiǎn）：句首发语词。释：解释，解说。

⑧沉抑：指愁闷的情绪沉积、压抑在心底的样子。

⑨郁邑：形容忧郁愁闷的样子。侘傺（chà chì）：形容因失意而惆怅，于是彷徨徘徊的样子。

⑩中情：泛指为内心情感，专指则为内心忠信之情。

⑪烦言：指要说的话众多而烦冗、杂乱。诒（yí）：赠送。

⑫申：重累，重复。烦惑：形容心里烦乱、迷惑的样子。

⑬闷瞀（mào）：形容内心烦乱的样子。闷，烦闷。瞀，迷乱。忳忳

（tún）：形容忧愁的样子。

**【译文】**

　　思念君王有谁比我更忠贞啊，忘记了自己出身贫贱。服事君王忠心不二啊，迷茫不知邀宠之法。忠诚有何罪以至遭到责罚啊，其中的缘由也不是我能明白的。行为与众不同因而栽了跟头啊，又被众人嘲弄嗤笑。那么多次受罪责遭毁谤啊，却没办法解释表白。情绪压抑无法畅快表达啊，又遭壅蔽无处澄清。忧郁愁闷失意彷徨啊，又无人明了我的衷情。本来心里的话就杂乱冗多无法总结在一起给别人说啊，想要陈述心志却没有途径。如果隐退沉默便无人了解我啊，如果奔进呼喊却又无人肯听。心中失意，烦乱迷惑啊，内里苦闷，忧虑重重。

　　昔余梦登天兮，魂中道而无杭①。吾使厉神占之兮②，曰有志极而无旁③。终危独以离异兮④，曰君可思而不可恃⑤。故众口其铄金兮⑥，初若是而逢殆⑦。惩于羹者而吹齑兮⑧，何不变此志也？欲释阶而登天兮，犹有曩之态也⑨。众骇遽以离心兮⑩，又何以为此伴也⑪？同极而异路兮，又何以为此援也？晋申生之孝子兮⑫，父信谗而不好⑬。行婞直而不豫兮⑭，鲧功用而不就⑮。

**【注释】**

①中道：半路。杭：渡过。

②厉神：主杀罚的神灵，或又能执占卜之事。

③曰：这里是厉神占卜后把结果告诉求卜者屈原。志极：心志很
　　高，志存高远。旁：辅佐，帮助。

④危独：指处境危险而孤立无援。离异：与他人不同而分离，各走
　　各的路。

⑤曰君可思而不可恃：从这里到"鲧功用而不就"是厉神占卜后根据兆象显示而劝告屈原的话。

⑥铄(shuò)：销熔，熔化。

⑦初若是：这里指"恃君"而言。初，当初，以前。若是，像这样。殆(dài)：危险，险境。

⑧羹：古代用肉和菜调和五味做成的带汁的食物，这里指热羹。齑(jī)：一种被切细的酱菜，属凉菜。

⑨曩(nǎng)：以前。

⑩骇遽(jù)：惊惶，畏惧。离心：这里指与己心分离、不合。

⑪伴："伴"与下句之"援"都是攀援、求援的意思。

⑫申生：春秋时晋献公太子。献公宠爱骊姬，骊姬欲立己子奚齐为太子，因而向献公进谗言，说申生有杀父之心，于是献公追捕申生，申生乃被逼自杀。

⑬好(hào)：喜爱，喜欢。

⑭婞(xìng)直：刚愎，刚直。豫：安乐，宽和，从容不迫。

⑮鲧(gǔn)：古代传说是禹的父亲，夏族的首领。

## 【译文】

以前我梦见自己登上天庭啊，魂魄走到半路却无路向前。我让厉神算上一卦啊，他说："你志存高远，却没有同伴。""最终会陷入险境众叛亲离吗？"他说："君王可以思慕，但不可以依靠。所以众口一词说坏话能熔化金子啊，当初你依靠君王却因此遭遇了祸患。有过被热羹烫过的教训见到凉菜也要吹一吹啊，为何你却不改变忠直的志向？想要把梯子撇在一边去登天啊，你仍然还是以前那副模样。众人惊惶畏惧，跟你离心离德啊，又怎能同他们结队同行？都想获得君王的任用却追求不同啊，又怎能让他们出手相帮？晋国申生那样的孝子啊，父亲也会听信谗言而不喜欢。行为刚直而不和顺啊，鲧的功业因此没有完成。"

吾闻作忠以造怨兮,忽谓之过言①。九折臂而成医兮②,吾至今而知其信然。矰弋机而在上兮③,罻罗张而在下④。设张辟以娱君兮⑤,愿侧身而无所⑥。欲儃佪以干傺兮⑦,恐重患而离尤⑧。欲高飞而远集兮,君罔谓汝何之⑨。欲横奔而失路兮⑩,坚志而不忍。背膺牉以交痛兮⑪,心郁结而纡轸⑫。梼木兰以矫蕙兮⑬,鬻申椒以为粮⑭。播江离与滋菊兮⑮,愿春日以为糗芳⑯。恐情质之不信兮,故重著以自明⑰。矫兹媚以私处兮⑱,愿曾思而远身⑲。

**【注释】**

①忽:忽略,忽视。过言:被过分夸大的话,言过其实。

②九折臂而成医:指多次遭受被折断手臂一类的打击、祸殃,于是不断积累经验,改良药方,从而成为好的医生。九,虚数,多次。

③矰弋(zēng yì):用来射鸟的短箭。机:安装并发射。

④罻(wèi)罗:用来捕鸟的网。罻,捕鸟小网。

⑤张辟:用来捕猎鸟兽的工具,一说为罗网,一说为弓弩。

⑥愿侧身而无所:意即想要蛰伏、躲藏而没有地方。侧,伏着身子,蛰伏。

⑦儃(chán)佪:徘徊不前。干傺(gān chì):求得仕进。

⑧重(chóng):增加。离:遭遇。尤:罪过,罪责。

⑨罔(wǎng):得无,莫非,该不会。之:往,到……去。

⑩横奔而失路:肆意狂奔,从而迷失正道。

⑪膺(yīng):胸。牉(pàn):分开。

⑫郁结:形容心中忧郁的情思缠结积聚的样子。纡(yū):弯曲,萦回。轸(zhěn):痛。

⑬梼(dǎo):通"捣",春。木兰:一种落叶小乔木或灌木,早春先叶

开花,花大,外面紫色,内面近白色,微香。娇(jiǎo):糅合,混合。蕙:香草名。

⑭糳(zuò):这里是舂,从而使之精细的意思。申椒:香草名。

⑮江离:香草名。滋:栽种,种植。

⑯糗(qiǔ)芳:芳香的干粮。糗,干粮。芳,形容其气味的芳香,因为这儿的"糗"是用香草做成的。

⑰重(chóng):反复,一再。著:表明,申述。

⑱娇(jiǎo):举。媚:美好的东西。

⑲曾(céng):重复,再三。远身:远远地离开,以躲避祸害。

## 【译文】

　　我听说做忠臣会招来怨恨啊,心里却不以为意,认为是夸大其词。多次折断胳臂自然成为良医啊,我现在才明白确实如此。短箭装好对着天上啊,罗网就在地面张设起来。设置机关取悦君王啊,想要躲藏却没有地方。徘徊不定想要求得仕进啊,又怕增加罪责忧患更深。想要远走高飞另觅他处啊,君王该不会说你要去哪里?想要肆意狂奔不循正道啊,但又意志坚定不忍变心。后背前胸如裂开一般疼痛难忍啊,心里忧思纠结愁苦不堪。捣碎木兰再拌上蕙草啊,磨细申椒来做点心。种上江离栽上菊花啊,希望春天能做成芳香的干粮。担心内心本性无人相信啊,所以要反复陈说表明自身。标举美德我将隐退独处啊,希望深思熟虑后全身远祸。

# 涉　江

## 【题解】

　　《涉江》为顷襄王时期,屈原远放江南时,为记叙征程和抒写怨愤而作。本篇记述了他渡过大江,溯沅水而上达溆浦一带,幽然独处于深山的旅程,也穿插了在行程中及到达目的地后的所思所感。洪兴祖《楚辞补注》说:"此章言己佩服殊异,抗志高远,国无人知之者,徘徊江之上,叹小人在位,而君子遇害也。"汪瑗《楚辞集解》说:"此篇言己行义之高洁,哀浊世而莫我知也。欲将渡湘沅,入林之密,入山之深,宁甘愁苦以终穷,而终不能变心以从俗,故以《涉江》名之。"这是对本篇内容与题旨的较好概括。

关于本篇的创作时地,清人蒋骥在《山带阁注楚辞》中认为:"皆顷襄时放于江南所作。然《哀郢》发郢而至陵阳,皆自西徂东。《涉江》从鄂渚入溆浦,乃自东北往西南,当在既放陵阳之后。"其说较为合理。

本篇的特色是用一大段纪行文字,描写了沅水流域的山川景物,如钱钟书《管锥编·楚辞洪兴祖补注一八则·九章(一)写景》所说,"开后世诗文写景法门"。这段文字抓住带有特征性的景物,寥寥数语勾勒,便高度概括地写出深山密林险峻幽邃的景象,而这一景象又恰到好处地映衬烘托了作者寂寞悲怆的心情。这一段文字成为后世山水景物描写及山水诗的滥觞。此外,本篇纪行兼抒情的写法也对后世颇有影响,清人胡文英《屈骚指掌》说:"《涉江篇》,由今湖北至湖南途中所作,若后人述征纪行之作也。"汉赋中即颇有类似作品,例如刘歆《遂初赋》、班彪《北征赋》、蔡邕《述行赋》等。

余幼好此奇服兮,年既老而不衰①。带长铗之陆离兮②,冠切云之崔嵬③。被明月兮珮宝璐④。世溷浊而莫余知兮⑤,吾方高驰而不顾。驾青虬兮骖白螭⑥,吾与重华游兮瑶之圃⑦。登昆仑兮食玉英⑧,与天地兮同寿,与日月兮同光。哀南夷之莫吾知兮⑨,旦余济乎江湘。

【注释】

①衰:衰退,懈怠。

②长铗(jiá)：长剑。陆离：形容其所佩带宝剑之长。

③冠(guàn)：本指帽子，这里释为"戴"。切云：一种很高的帽子。崔嵬(wéi)：形容高的样子。

④被(pī)：穿在身上或披在身上的意思。明月：一种夜间能发光的宝珠。珮：犹"佩"，佩带。璐(lù)：玉。

⑤溷(hùn)：混乱。

⑥虬(qiú)：一种有角的龙。骖(cān)：本义指一车驾三马。又特指驾车时服马两边的马。这里指驾驭车两旁的白螭。螭(chī)：一种无角的龙。

⑦重(chóng)华：古史传说中的五帝之一舜的名号。瑶：美玉。圃(pǔ)：这里的"瑶之圃"或即《离骚》之"县圃"，是神话传说中天帝及众神居住的地方。

⑧昆仑：古代神话传说中西方神山的名称。英：花。

⑨南夷：当时楚国江南一带的土著民族。

**【译文】**

我从小便爱好这身奇特装束啊，如今进入暮年却仍兴致不减。我腰间佩带长长宝剑啊，头戴高高发冠。身上饰有明月珠啊，美玉佩带在我的腰间。人世污浊无人了解我啊，我正自高飞驰骋不再留恋人间。驾着那有角青龙啊配上无角白龙，我和重华大神一起游览啊在那天上的玄圃。登上昆仑山啊品尝那美玉一般的花朵，要和天地啊有一样的寿命，要和日月啊同样灿烂光辉。哀痛的是南方夷族无人了解我啊，清早我便要渡过湘水，去到江南。

　　乘鄂渚而反顾兮①，欸秋冬之绪风②。步余马兮山皋③，邸余车兮方林④。乘舲船余上沅兮⑤，齐吴榜以击汰⑥。船容与而不进兮⑦，淹回水而疑滞⑧。朝发枉陼兮⑨，夕宿辰阳⑩。苟余心其端直兮，虽僻远之何伤。

**【注释】**

①鄂渚(è zhǔ)：地名，在今湖北鄂州。

②欸(āi)：感叹，叹息。绪风：大风。

③步：使行走。皋：水泽，引申为水边之地。

④邸(dǐ)：停留。方林：面积广大的树林。

⑤舲(líng)船：有窗子的船。上：这里是沿沅水逆流而上的意思。

⑥吴榜：船桨。一作"大棹"。汰(tài)：水波。

⑦容与：徘徊不前的样子。

⑧淹：停留，滞留。回水：江中急流回旋而形成的涡流，即漩涡。凝
　(níng)滞：即"凝滞"，停滞不前。

⑨枉陼(zhǔ)：地名，沅水中的一个河湾，在辰阳以东，沅水下游，今
　属湖南常德。

⑩辰阳：地名，汉有辰阳县，见《汉书·地理志》，属武陵郡，在今湖
　南辰溪。

**【译文】**

　　登上鄂渚回头远望啊，慨叹秋冬时节大风凄寒。让我的马儿啊在山边泽畔，将我的车子啊停靠在大片林边。乘坐舲船我沿沅水上溯啊，众人一起举桨划开水波。船儿徘徊不往前走啊，在急流漩涡中停滞不前。早晨从枉陼开始出发啊，晚上就留宿在那辰阳。假如我的心正直无偏啊，流放之地即使偏远又有什么可伤感的？


　　入溆浦余儃佪兮①，迷不知吾所如。深林杳以冥冥兮②，猿狖之所居③。山峻高以蔽日兮，下幽晦以多雨。霰雪纷其无垠兮④，云霏霏而承宇⑤。哀吾生之无乐兮，幽独处乎山中。吾不能变心而从俗兮，固将愁苦而终穷。

**【注释】**

①溆(xù)浦:地名,在今湖南溆浦一带,或因溆水而得名,因其在溆水之滨的缘故。僔(chán)伫:徘徊不前。

②杳(yǎo)以冥冥:意即幽深晦暗。"杳"与"冥"意义相近,都是幽暗、昏暗的意思。

③猨(yuán):一种猕猴。狖(yòu):猿猴的一种。

④霰(xiàn):小雪珠。垠(yín):边际,涯岸。

⑤霏霏(fēi):这里形容云气很盛的样子。承宇:指山中云气旺盛而与屋檐相承接。宇,屋檐。

**【译文】**

进入溆浦我却徘徊犹豫啊,心中迷惑不知去往何方。幽深的树林昏暗阴沉啊,这是那猿猴栖居的所在。山势高峻陡峭遮住太阳啊,山下幽深晦暗阴雨绵绵。雪珠雪花纷纷扬扬无边无际啊,云层浓重与屋檐相连。哀痛我这一生缺少欢乐啊,孤苦寂寞独居在山中。我不能改变志节去随波逐流啊,理所当然会忧愁苦闷困穷终生。


接舆髡首兮①,桑扈赢行②。忠不必用兮,贤不必以③。伍子逢殃兮④,比干菹醢⑤。与前世而皆然兮,吾又何怨乎今之人! 余将董道而不豫兮⑥,固将重昏而终身!


**【注释】**

①接舆:春秋时楚国人,佯狂避世。髡(kūn)首:剃去头发。

②桑扈(hù):古代隐士。赢(luǒ)行:意即裸体而行。赢,同"裸"。

③以:用。

④伍子:即伍子胥,春秋末吴国大夫,名员(yún),字子胥。曾辅佐吴王阖闾攻破楚国。继事吴王夫差,力谏灭越国,夫差不纳。后遭太宰伯嚭诬陷,被逼自杀。

⑤比干：殷末纣王的叔伯父。菹醢（zū hǎi）：肉酱，这里指剁成肉酱。菹、醢，均有肉、肉酱的意思。

⑥董：正。豫：犹豫。

【译文】

接舆剃去头发佯狂避世啊，隐士桑扈裸体而行。忠臣不一定能得到任用啊，贤人未必能发挥才能。伍子胥遭遇祸患啊，比干被剁成肉酱。整个前代都是这样啊，我又何必怨恨如今的君王！我将正道而行不再犹豫啊，本就准备在重重昏暗中度过一生！

乱曰①：鸾鸟凤皇②，日以远兮。燕雀乌鹊③，巢堂坛兮④。露申辛夷⑤，死林薄兮⑥。腥臊并御⑦，芳不得薄兮⑧。阴阳易位⑨，时不当兮。怀信侘傺⑩，忽乎吾将行兮！

【注释】

①乱：乐曲的最后一章叫乱。古时诗乐不分，故诗文中最后总括全篇要旨的一段文字也被称作乱。

②鸾（luán）鸟凤皇：古人心目中神异的鸟类，这里比喻贤能之士。

③燕雀乌鹊：都是普通常见鸟类，这里比喻谗佞小人。

④巢：鸟窝，这里是搭窝的意思。堂：古时天子以及诸侯议政、祭祀的朝堂、庙堂。坛：用土筑起的高台。

⑤露申：一种香草。辛夷：一种香草。

⑥薄（bó）：草木丛生的地方。

⑦腥臊：恶臭秽浊的气味，这里比喻奸邪小人。御：进用。

⑧薄：靠近，接近。

⑨阴阳易位：这里比喻当时社会忠奸不辨，是非不分，从而使君子贤士失位，奸邪小人得志。

⑩怀信：怀抱忠贞诚信之心。侘傺（chà chì）：惆怅失意的样子。

**【译文】**

乱辞称：鸾鸟凤凰，一天天地远去啊。燕雀乌鹊，却在庙堂上公然筑巢安居啊。露申辛夷，在草木丛中干枯死去啊。腥臊恶臭都能得到君王的取用啊，芳香的花草却无法靠近他的身边。阴阳颠倒，生不逢时啊。怀抱忠信却失意彷徨啊，我怅然迷惘，还是远行吧！

# 哀　郢

**【题解】**

　　郢是楚国都城的名称，地在今湖北江陵纪南城。《说文·邑部》："郢，故楚都，在南郡江陵北十里。"《汉书·地理志》："江陵，故楚郢都，楚文王自丹阳徙此。"《水经注·沔水》："江陵西北有纪南城，楚文王自丹阳徙此，平王城之，班固言楚之郢都也。""哀郢"即对郢都的思念与哀痛。

　　关于本篇的创作背景，自从汪瑗《楚辞集解》指出与顷襄王二十一年秦将白起攻破郢都，楚乃东北退保陈城这一重大事件有关后，后代颇有学者承袭其说，而林云铭、蒋骥、屈复等认为，本篇是屈原在被放九年（恐非实数，或是多年的意思）后回忆初放时情景而作，篇中"忽若去不信兮，至今九年而不复"的词句可为证。如是，则存在这样一些疑问：屈原是否有可能在秦军破郢后多年，情绪稍见平稳从而进入创作状态呢？连如此沉重打击都能忍受的人如何能作出自沉殉国的激烈而非常人所能为的举动？且屈原对于宗国感情极其深厚，秦军拔郢对其来说不啻国破家亡，对其情绪必是深重刺激，其也势必作出激烈反应，但何以篇中情感仅有凄恻低徊、缠绵惆怅？秦军拔郢时屈原年事已颇高，其是否能够在家破国亡、颠沛流离中再苦熬九年光阴？因此，本书认为清人戴震的观点，对我们理解《哀郢》的创作背景，更具启发性。戴震《屈原赋

注·音义下》认为："屈原东迁，疑即当顷襄元年，秦发兵出武关攻楚，大
败楚军，取析十五城而去。时怀王辱于秦，兵败地丧，民散相失，故有
'皇天不纯命'之语。"据《史记·楚世家》记载："顷襄王横元年，秦要怀
王不可得地，楚立王以应秦。秦昭王怒，发兵出武关攻楚，大败楚军，斩
首五万，取析十五城而去。"戴说未必即是不刊之论，但实可从。襄王即
位初的这场战役规模颇大，且发生在楚国政局动荡之时，自会对楚国上
下造成不小的震撼与恐慌，民众因而避祸往东逃难，造成局面混乱，离
散相失，也并不奇怪；而襄王即位，子兰为令尹，屈原势必遭打击排挤，
或则其即于此国难临头的多事之秋被放流而离开郢都，出居陵阳（依蒋
骥《山带阁注楚辞》说），并在居陵阳九年后回忆初放时事而创作本篇，
也是极有可能的。在本篇中屈原记叙了其离开郢都后东行至陵阳这一
路上的行程，抒发了其对宗国、对郢都的刻骨思念之情。

　　皇天之不纯命兮①，何百姓之震愆②？民离散而相失
兮③，方仲春而东迁④。去故乡而就远兮，遵江夏以流亡⑤。
出国门而轸怀兮⑥，甲之鼂吾以行⑦。

**【注释】**

①皇天：天在古人思想观念里占有至高无上的主宰神地位，以"皇"
　修饰之是古人对天的尊称。皇，美大。

②百姓：指楚国的贵族。震愆(qiān)：震恐，惊恐。

③民：普通民众。

④仲春：阴历二月。

⑤遵：沿着。江夏：长江和夏水。江即长江。夏指夏水，夏水是古
　水名，由长江分流而出，注入汉水，今已堙没。

⑥国：这里是国都、京城的意思。轸(zhěn)：痛，哀痛。

⑦甲：甲日。古以十天干记日。鼂(zhāo)：通"朝"，早晨。

## 【译文】

天命反覆无常啊,为何让宗亲贵戚们惊恐万端? 民众流离,亲人失散啊,在这仲春二月向东逃难。离开故土,去向远方啊,沿着江水夏水一路流亡。出了郢都城门便痛切地思念啊,甲日的早晨我启程上路。


发郢都而去闾兮①,荒忽其焉极②? 楫齐扬以容与兮③,哀见君而不再得。望长楸而太息兮④,涕淫淫其若霰⑤。过夏首而西浮兮⑥,顾龙门而不见⑦。心婵媛而伤怀兮⑧,眇不知其所蹠⑨。顺风波以从流兮,焉洋洋而为客⑩。凌阳侯之氾滥兮⑪,忽翱翔之焉薄⑫。心絓结而不解兮⑬,思蹇产而不释⑭。将运舟而下浮兮⑮,上洞庭而下江⑯。去终古之所居兮⑰,今逍遥而来东⑱。羌灵魂之欲归兮⑲,何须臾而忘反⑳。背夏浦而西思兮㉑,哀故都之日远。登大坟以远望兮㉒,聊以舒吾忧心。哀州土之平乐兮㉓,悲江介之遗风㉔。当陵阳之焉至兮㉕,淼南渡之焉如㉖? 曾不知夏之为丘兮㉗,孰两东门之可芜㉘?


## 【注释】

①闾(lú):本义是里巷的大门,也可用来指称居民区。这里当是指楚国贵族"昭"、"屈"、"景"三氏聚居之所在,即"三闾"。

②荒忽:神思恍惚的样子。

③楫(jí):船桨。容与:形容船徘徊不进的样子。

④长楸(qiū):即高大的梓树。太息:长声叹息。

⑤淫淫:这里形容眼泪流而不止的样子。霰(xiàn):小雪珠。

⑥夏首:夏水从长江分流而出的地方。西浮:从西面顺水漂流。一说"西浮"为"疾浮"。

⑦龙门:郢都的东城门。

⑧婵媛:眷恋,牵挂。

⑨眇(miǎo):远。蹠(zhí):踩,踏,落脚。

⑩焉:于是。洋洋:这里形容飘泊不定的样子。

⑪凌:乘,凌驾。阳侯:传说中司波浪的神,这里指其所掀起的波浪。氾滥:这里形容大水漫流的样子。

⑫忽:快速地。薄:停留,止息。

⑬绖(guà)结:这里形容内心情感郁结牵缠而愁苦烦闷的样子。

⑭蹇(jiǎn)产:形容情思屈曲而无法舒展的样子。

⑮下浮:顺着江流而向下游漂浮。

⑯上洞庭而下江:这里指船行至洞庭湖汇入长江之处时的情形,若船南向驶入洞庭湖则逆流而上,以入沅湘水系,若东向沿长江行驶则顺流而下。

⑰终古之所居:楚国历代先祖自古以来居住的地方,即郢都。

⑱逍遥:飘荡,流落。

⑲羌:楚地方言,句首发语词。

⑳须臾(yú):顷刻,片刻。

㉑夏浦:即夏口,今汉口。西思:这里是思念西方郢都的意思。

㉒坟:江中岛屿沙洲。

㉓州土:荆楚大地。平乐:土地平坦富饶,人民安居乐业。

㉔介:间。一说是边上、侧畔的意思。遗风:楚先人世代遗传下来的美好风习。

㉕当:到,抵达。陵阳:地名,《汉书·地理志》载丹扬郡陵阳县,在今安徽青阳南。

㉖淼(miǎo):水面阔大无边的样子。南渡:指往南渡过大江而登岸抵达陵阳。

㉗夏:高大的房屋。丘:丘墟,废墟。

㉘两东门："两"疑有误，或为"网"字，考量计较的意思。东门即郢
都东城门，亦即上面提到的"龙门"。

【译文】

　　从郢都出发离开故土啊，神思恍惚不知该去向何方？桨一齐划动，
船却徘徊不前啊，哀痛的是不能再见到君王。看那故国乔木我长声叹
息啊，眼泪如同雪珠一样流淌。船过夏浦向东漂荡啊，回头看那郢都龙
门已踪影难觅。心里牵挂不舍充满哀伤啊，前路邈远不知在何方落脚？
顺风而行，随着流水啊，于是飘泊无依，流寓他乡。乘着水神掀起的巨
浪啊，如鸟儿一般飞起却不知落在何方？心乱如麻难以解开啊，情思郁
结无法舒怀。将要驾船顺流而下啊，上溯是洞庭下流是长江。离开先
人世代居住的土地啊，而今飘泊流落来到东方。灵魂它想要回归故土
啊，何尝有片刻忘记还乡？离开夏口思念郢都啊，哀伤距故都日渐遥
远。登上沙洲纵目远眺啊，姑且舒散我忧愁的心情。哀怜荆楚大地曾
富饶安乐啊，悲伤的是江上故俗遗风。抵达陵阳后该往哪里去啊，南渡
浩淼大江后又将去何处？不知高大的宫殿楼台是否已成为丘墟啊，谁
能料到郢都东门是否化为荒芜？

　　心不怡之长久兮，忧与愁其相接。惟郢路之辽远兮，江
与夏之不可涉。忽若不信兮①，至今九年而不复。惨郁郁而
不通兮②，蹇侘傺而含戚③。外承欢之汋约兮④，谌荏弱而难
持⑤。忠湛湛而愿进兮⑥，妒被离而鄣之⑦。尧舜之抗行
兮⑧，瞭杳杳而薄天⑨。众谗人之嫉妒兮，被以不慈之伪
名⑩。憎愠怆之修美兮⑪，好夫人之忼慨⑫。众踥蹀而日进
兮⑬，美超远而逾迈⑭。

**【注释】**

①忽：迷惘，恍惚。不信：当作"去不信"。去，离开。信，两天，这里形容时间很短。

②惨：忧愁。郁郁：形容忧愁的样子。不通：这里指心情忧愁烦闷、郁结不畅。

③蹇（jiǎn）：句首发语词。侘傺（chà chì）：惆怅失意的样子。

④汋（chuò）约：本指柔美的样子，这里形容小人诏媚的样子。

⑤谌（chén）：确实，实在。荏（rěn）：弱，软弱。

⑥湛湛（zhàn）：厚重。

⑦被离：分离，离散。鄣：壅蔽，阻塞。

⑧抗：高，高尚。

⑨瞭：明。杳杳（yǎo）：高远的样子。薄：迫近，靠近。

⑩被（pī）：加。不慈：不爱自己的儿子，指尧舜禅让天下于他人而不传给自己的儿子。伪名：与事实不符的名声。

⑪愠怆（yùn lǔn）：大约是形容怨思蕴积于心的样子，当是就忠贞君子而言。

⑫夫（fú）人：这里指谗佞小人。忼（kāng）慨：即"慷慨"，形容情绪激昂奋发的样子。

⑬众：这里指表面上故作慷慨之态的谗佞小人。踥蹀（qiè dié）：形容行走的样子。

⑭美：忠贤君子。超：远。逾：跃进，行进。迈：远走高飞。

**【译文】**

　　心中长久不快啊，忧和愁绵绵不绝。想到回郢都的路那么遥远啊，江水夏水已难以渡过。恍惚中仿佛刚刚离开故土啊，到如今已有九年未曾回去。心情忧郁愁闷不畅啊，惆怅失落一腔凄楚。小人们表面上奉承君王，一副媚态啊，实际上软弱不堪，难以辅国。忠厚之士愿有所作为啊，谗妒小人却从中阻挠。圣王尧舜德行高尚啊，他明智高远直逼苍穹。谗佞小人心怀嫉妒啊,给他加上不慈爱的恶名。君王嫌恶正直忠贤的君子啊,却喜爱那故作慷慨姿态的伪善小人。众多谗佞小人竞相奔走,日益得势啊,忠臣贤士被日益疏远,却远走高飞。

乱曰:曼余目以流观兮<sup>①</sup>,冀壹反之何时? 鸟飞反故乡兮<sup>②</sup>,狐死必首丘。信非吾罪而弃逐兮,何日夜而忘之?

**【注释】**

①曼:本义是引而使长,这里指张大双眼。流观:四处观看。

②"鸟飞"以下两句:这是当时流行的成语。鸟飞虽远,终将返回故乡;狐狸死时,头必朝向其所出生的山丘。比喻对故土深厚而炽热的爱恋情怀。

**【译文】**

乱辞称:睁大我的眼睛环顾周围啊,盼望什么时候能回去一次? 鸟儿远飞终究要返回故林啊,狐狸死时头必朝着故土山丘。实在不是我有罪过啊而被流放,何尝有一日一夜忘怀故都?

# 抽　思

**【题解】**

"抽思"取自少歌部分首句"与美人之抽思兮"中的二字。蒋骥《山带阁注楚辞》以为:"抽,拔也。抽思,犹言剖露其心思,即指上陈之耿著言。"即剖陈心迹、将心中郁结的情思抒发出来的意思。

关于本篇的创作时地,由于王逸《楚辞章句》笼统地认为《九章》诸篇都是作于顷襄王在位期间,屈原被放逐于江南之野的时候,所以长期以来人们都沿袭《抽思》作于顷襄王时、江南之野的说法,如汪瑗《楚辞集解》、王夫之《楚辞通释》即持这种说法。清人林云铭则提出本篇是屈原在怀王时作于汉北,他在《楚辞灯》中说:"屈子置身汉北,无所考据。刘向《新序》止云怀王放之于外,并未有汉北字样。即《史记》亦但云疏绌不复在位,其作《离骚》虽有放流等语,亦未有汉北字样。今读是篇,明明道出汉北不能南归一大段,则当年怀王之迁原于远,疑在此地,比前尤加疏耳,但未尝羁其身如顷襄之放于江南也。"蒋骥《山带阁注楚辞》也同意这一观点,其认为:"此篇盖原怀王时斥居汉北所作也。他在《楚辞余论》中又提出:"《骚经》当作于《惜诵》之后,《抽思》、《思美人》之先。"其说大致可信,今人也大体遵遁林、蒋二人的说法。

　　《抽思》表达屈原被怀王疏远而蛰居汉北时,仍忧心国事,思念郢都,意欲回归的拳拳之情,以及心系怀王,而心境无由上达的愁苦。

　　本篇的特色首先在于独特的篇章结构:除"乱曰"外,又有"少歌曰"、"倡曰"。跟"乱曰"一样,它们本来也是音乐组织形式的术语,这里则用来表示文章的篇章结构。由此构成本篇的二元结构,即"倡曰"之前部分与"倡曰"之后部分。之前部分以"少歌"作小结,倡辞则自成一段,最后以"乱辞"总结。

　　本篇的另一特色是出色的心理刻划,尤其是"倡辞"中"望孟夏之短夜兮"到"魂识路之营营"一段的离魂、魂游描写。作者以梦境中灵魂出窍,回返郢都的瑰奇想象,抒发了自己对于宗国、故乡的强烈怀念与刻骨依恋。这种魂游描写影响后人颇深。沈约《别范安成诗》"梦中不识路,何以慰相思",杜甫《梦李白》二首之一"恐非平生魂,路远不可测。魂来枫林青,魂返关塞黑",都可以看到其影子。

　　心郁郁之忧思兮①,独永叹乎增伤。思蹇产之不释兮②,曼遭夜之方长。悲秋风之动容兮③,何回极之浮浮④。数惟荪之多怒兮⑤,伤余心之忧忧。愿摇起而横奔兮⑥,览民尤以自镇。结微情以陈词兮，矫以遗夫美人⑦。

**【注释】**

①郁郁：忧愁的样子。

②蹇(jiǎn)产：情思屈曲而不得舒展的样子，即忧思郁结之义。

③动容：意即动摇。容，即"搈"，动。

④回极：回旋的天极。浮浮：变动不定的样子。

⑤数(shuò)：多次，频频。惟：思。苏：一种香草，这里用来比喻君王。

⑥摇起：迅速地起身、跃起。横奔：大步流星地疾急奔跑。

⑦矫：举起。美人：这里代指怀王。

**【译文】**

　　心中忧愁思绪烦乱啊，独自长叹又增感伤。情思郁结不能化解啊，漫漫长夜睡意全无。悲叹秋风猛烈撼动外物啊，何以竟使回旋的天极也变动不定？多次想起君王屡屡发怒啊，使我心伤忧苦无边。我愿疾起大步狂奔啊，看到百姓动辄得罪又静下心来。总结幽隐情思来陈词啊，面向君王表白心意。

　　昔君与我诚言兮①，曰黄昏以为期②。羌中道而回畔兮③，反既有此他志。侨吾以其美好兮④，览余以其修姱⑤。与余言而不信兮⑥，盖为余而造怒⑦。愿承间而自察兮⑧，心震悼而不敢⑨。悲夷犹而冀进兮⑩，心怛伤之憺憺⑪。

**【注释】**

①诚言："诚"当作"成"。成言即已约定的言语。成，定。

②黄昏：日落的时候，古代于此时举行昏礼（即今婚礼）。屈原作品

多以男女关系比喻君臣关系。

③羌：楚地方言，句首发语词。回畔：改道，改路。

④忔(jiāo)：同"骄"，骄傲，矜夸。

⑤览：向他人展示。修姱(kuā)：美好。

⑥不信：不守信用，不可靠，即言而无信。

⑦盖(hé)：通"盍"。何，为什么。造怒：发怒，生气。

⑧间(jiàn)：间隙，机会。自察：自我表白。

⑨震悼：内心惊恐、震恐的样子。

⑩夷犹：犹豫。进：进言。

⑪怛(dá)：痛苦，忧伤。憺憺(dàn)：因忧惧惊恐而心情动荡不安的样子。

**【译文】**

从前君王和我曾约定啊，说好相会在黄昏时分。半路上他却改了主意啊，转身而去有了别的想法。向我矜夸他的美好啊，对我展示他的才能。跟我说好的话不算数啊，为什么还对我怒气冲冲？我希望寻找机会表白自己啊，心里又惊惧不敢随意行动。悲伤犹豫盼望能进言啊，心中痛苦忧愁难安。

兹历情以陈辞兮①，荪详聋而不闻②。固切人之不媚兮③，众果以我为患④。初吾所陈之耿著兮⑤，岂至今其庸亡⑥？何毒药之謇謇兮⑦，愿荪美之可完⑧。望三五以为像兮⑨，指彭咸以为仪⑩。夫何极而不至兮，故远闻而难亏⑪。善不由外来兮，名不可以虚作。孰无施而有报兮，孰不实而有获？

**【注释】**

①兹历：当作"历兹"。历，陈列，列举。兹，此。

②详（yáng）：通"佯"，假装。

③切（qiè）：正直，恳切。媚：谄媚，讨好。

④众：这里指跟屈原对立，专以谄媚君王为能事的谗佞小人。

⑤耿著：光明，明白。

⑥庸：乃。亡：忘。

⑦何毒药之謇謇兮：当作"何独乐斯之謇謇兮"。謇謇，形容忠贞切
　　直的样子。

⑧完：当作"光"，发扬光大。

⑨三五：三指三王，即禹、汤、周文王；五指春秋五霸。一说指三皇
　　五帝。像：法式，榜样。

⑩彭咸：传说是殷商时的贤人。仪：法式。

⑪闻：名声，声誉。亏：缺失，消歇。

【译文】

　　列数心事来陈辞啊，君王却假装耳聋听不见。本来正直的人就不
会阿谀谄媚啊，一众小人果然把我当作祸患。当初我所陈说的话明明
白白啊，难道如今竟全都忘却？为什么总是这样忠贞耿直啊，是希望君
王美德能发扬光大。仰慕三王五霸以他们为榜样啊，指着古贤彭咸以
他为楷模。假若如此，还有什么终极不能达到啊，从此声名远播将会永
远流芳。善心不会自外产生啊，名声不会凭空出现。谁能不给予便有
回报啊，谁能不播种就有收获？


　　少歌曰①：与美人抽怨兮②，并日夜而无正③。恬吾以其
美好兮④，敖朕辞而不听⑤。


【注释】

①少歌：即《荀子·赋篇·佹诗》的"小歌"，是古代乐章结构的组成
　　部分，对前一部分内容起小结、收束的作用。

②怨：朱熹《楚辞集注》本作"思"。

③并日夜：即夜以继日，日夜不分。并，合。无正：无从论证、评断是非。

④恔（jiāo）：同"骄"，骄傲，骄矜。

⑤敖（ào）：同"傲"。

**【译文】**

少歌说：跟君王剖白心迹啊，夜以继日却得不到评判。向我夸耀他的美好啊，傲慢地将我的言语抛在一边。

倡曰①：有鸟自南兮②，来集汉北③。好姱佳丽兮，牉独处此异域④。既茕独而不群兮⑤，又无良媒在其侧⑥。道卓远而日忘兮⑦，愿自申而不得。望北山而流涕兮⑧，临流水而太息。望孟夏之短夜兮⑨，何晦明之若岁⑩！惟郢路之辽远兮，魂一夕而九逝⑪。曾不知路之曲直兮，南指月与列星⑫。愿径逝而未得兮⑬，魂识路之营营⑭。何灵魂之信直兮，人之心不与吾心同！理弱而媒不通兮⑮，尚不知余之从容⑯。

**【注释】**

①倡：同"唱"，古代乐章的结构组织形式之一，作用是发端启唱。

②鸟：屈原自喻为鸟。南：这里指郢都。

③汉北：汉水以北的地方，屈原当时被迁于此。

④牉（pàn）：分离，离别。异域：他乡，这里指汉北迁所。

⑤茕（qióng）：孤独。

⑥良媒：好的媒人，这里指能够为作者和怀王之间沟通关系的人。

⑦卓：同"逴（chuō）"，远。日忘：这里指被怀王一天天地淡忘。

⑧北山：当是郢都附近的山，或谓即郢都纪南城北的纪山。

⑨孟夏：阴历四月，初夏时节。

⑩晦明之若岁：形容度日如年，难以入眠。晦明，由夜至曙。晦，昏
　暗，黑夜。明，白昼。

⑪一夕而九逝：是说灵魂在一夜之内多次前往郢都，表达了对郢都
　的刻骨思念。夕，晚上。逝，去，往。

⑫南指月与列星：这里是说在由汉北往南去往郢都的路上，靠着月
　亮与群星来辨认方向。

⑬径逝：一直前往，返回郢都。

⑭识（zhì）：辨认。营营：形容来回走动的样子。

⑮理：媒人，媒介。

⑯从容：举动，行为。

**【译文】**

　　倡说：有只鸟儿从南边来啊，飞来栖息在汉北。容貌美好清丽动人
啊，却独在异乡离群而居。既已孤身一个不能合群啊，又没好的媒人在
旁扶持。道路遥远日渐被人遗忘啊，想要自己陈说却没有机会。望着
北山落泪啊，对着流水叹息。初夏夜晚本来短暂啊，为何度日如年却难
以入眠？想起回郢都的路途那么遥远啊，灵魂一夜之间多次前往。不
知那道路是曲是直啊，只好靠着星月指认南去的方向。多想一直前往
到达郢都却不被君王接纳啊，只有灵魂辨认那来往的路途。为何灵魂
那么忠信正直啊，别人的心思和我却不一样！信使孱弱，没媒人通路子
啊，还有谁知道我的言行思想。

　　乱曰：长濑湍流①，泝江潭兮②。狂顾南行③，聊以娱心
兮。轸石崴嵬④，蹇吾愿兮⑤。超回志度⑥，行隐进兮⑦。低
佪夷犹，宿北姑兮⑧。烦冤瞀容⑨，实沛徂兮⑩。愁叹苦神⑪，
灵遥思兮。路远处幽，又无行媒兮。道思作颂⑫，聊以自救

兮。忧心不遂,斯言谁告兮。

**【注释】**

①濑(lài):沙石滩上的水流。湍(tuān):急流。

②泝(sù):逆流而上。潭:水深的地方。

③狂顾:心神迷乱而左右顾盼。南行:向着南方郢都的方向而行。

④轸(zhěn):通"畛",田间道路。崴嵬(wēi wéi):形容石头高低不平的样子。

⑤蹇(jiǎn):通"謇",使……艰难。

⑥超回:徘徊。志度:通"跮踱",意即踯躅,徘徊不前。

⑦隐进:指一点点慢慢前进。

⑧北姑:大约是汉北一带的地名。

⑨烦冤:形容心中忧愁烦闷的样子。瞀(mào)容:当为"瞀俗",心情烦乱不安。瞀,乱。容,通"俗",不安。

⑩沛徂(cú):即颠沛困苦地行进。徂,去往。

⑪苦神:伤神,损伤精神。

⑫道:通"导",表达,表述。颂:即指本文。

**【译文】**

乱辞说:长长的沙石滩上流水湍急,沿着深潭逆流而上啊。心神迷乱顾盼南行,聊且抚慰我的心伤啊。路上石头高低不平,让我回家的路途艰难啊。徘徊踯躅,慢慢前行啊。迟疑犹豫,停歇在北姑啊。愁闷烦乱,走得实在艰辛啊。忧愁叹息,黯然神伤,灵魂仍在思念故乡啊。路途遥远,居处幽僻,又没人为我通报啊。表达忧思写下歌词,姑且自我解脱啊。忧郁心绪不得舒畅,这些话该向谁倾诉啊!

# 怀　沙

## 【题解】

关于"怀沙"的含义,大致有两种说法。一种说法认为"沙"是"沙石"的意思,所谓"怀沙"意即怀抱沙石而自沉。这种说法在汉至宋间颇为流行。东方朔《七谏·沉江》已有"怀沙砾以自沉兮,不忍见君之蔽壅"的诗句。司马迁《史记·屈原贾生列传》说:"于是怀石,遂自沉汨罗以死。"蔡邕《吊屈原文》曰:"顾抱石其何补?"郭璞《江赋》曰:"悲灵均之任石。"《后汉书·逸民列传》:"与夫委体渊沙,鸣弦揆日者,不其远乎。"李贤注:"谓屈原怀沙砾而自沉也。"洪兴祖《楚辞补注》、朱熹《楚辞集注》等也持这一观点。另一种说法认为"沙"指"长沙",所谓"怀沙"即沙念长沙。明代汪瑗在《楚辞集解》中认为:"世传屈原自投汨罗而死,汨罗在今长沙府。……怀者,感也。沙指长沙。题《怀沙》云者,犹《哀郢》之类也。"李陈玉《楚辞笺注》、钱澄之《庄屈合诂》也认为"沙"指"长沙"而言,是地名。蒋骥《山带阁注楚辞》则进一步指出:"《怀沙》之名,与《哀郢》、《涉江》同义。沙本地名,《遁甲经》:'沙土之祇,云阳氏之墟。'《路史》纪云阳氏、神农氏,皆宇于沙,即今长沙之地,汨罗所在也。曰怀沙者,盖寓怀其地,欲往而就死焉耳。……长沙为楚东南之会,去郢未远,固与荒徼绝异,且熊绎始封,实在于此,原既放逐,不敢北越大江,而归死先王故居,则亦首邱之意,所以惓惓有怀也。"今人游国恩、姜亮夫、马茂元等也同意"怀沙"为怀念长沙。此说或优于"怀抱沙石"之旧说,但亦未必完全正确。

关于本篇创作时间,学者们基本都认为是屈原自沉前不久,主要问题在于其是否为屈原绝命辞。由于《七谏》与《史记》均提出屈原"怀沙砾以自沉"的说法,后世如洪兴祖、黄文焕、林云铭、屈复等都认为《怀沙》即屈原绝命辞。朱熹《楚辞辩证》对此提出质疑,他说:"《骚经》、《渔父》、《怀沙》,虽有彭咸、江鱼、死不可让之说,然犹未有决然之计也,是以其词虽切而犹未失其常度。……至《惜往日》、《悲回风》,则其身已临沅湘之渊而命在晷刻矣。"蒋骥《山带阁注楚辞》也认为:"虽为近死之音,然纡而未郁,直而未激,犹当在《悲回风》、《惜往日》之前,岂可遽以为绝笔欤?"今则颇有学者以为屈原绝笔为《惜往日》,两说并录以参。

　　诗篇虽未必是屈原的绝命辞,但距其投水而死理应不远。本篇一方面重申自己虽然屡受打击挫折,却始终不改高洁的志节;另一方面将批判的矛头指向楚国昏乱颠倒的政治与社会,述说谗佞当道,国君昏愦,"人心不可谓"的深深绝望和将死前的愤激和悲哀。全诗言辞激切,情调哀惨。

　　滔滔孟夏兮①,草木莽莽②。伤怀永哀兮,汩徂南土③。眴兮杳杳④,孔静幽默⑤。郁结纡轸兮⑥,离慜而长鞠⑦。抚情效志兮,冤屈而自抑。

**【注释】**

①滔滔:这里形容夏季暑热之气旺盛的样子。孟夏:阴历四月,初夏时节。

②莽莽:这里形容草木茂盛的样子。

③汩(yù):快速地行走。徂:去,往。

④眴(xuàn):看。杳杳:昏暗,幽深。

⑤孔:很,甚。幽:幽深,深沉。默:寂静无声。

⑥郁结:形容心中忧郁的情思缠结积聚的样子。纡轸(yū zhěn):形容内心情感扭曲而伤痛的样子。

⑦慜(mǐn):哀痛,悲哀。鞠(jū):困苦。

**【译文】**

暖洋洋的四月初夏啊，草木茂盛葱郁。心情伤感，哀思绵长啊，匆匆又往南迁。眼前景象昏暗幽深啊，静谧幽深万籁悄然。愁绪纠结，内心痛苦啊，遭受悲哀，困苦无边。抚慰忧伤，考量心志啊，暗自压抑内心沉冤。

刓方以为圜兮①，常度未替。易初本迪兮②，君子所鄙。章画志墨兮③，前图未改。内厚质正兮，大人所盛④。

**【注释】**

①刓（wán）：削，剜刻。圜（yuán）：同"圆"，圆形。
②本迪：常道，本来的路径。
③画：规划，计划。墨：即绳墨，木工画直线用的工具。
④大人：有三种说法：一指君子。二指居高位之人。三指有圣德之人。

**【译文】**

把方的削成圆的啊，正常的法度不能废弃！改变本心更替常道啊，这向来为君子所鄙薄。彰显原则标举准绳啊，前人的法度不曾更改。内心敦厚品格方正啊，大人君子盛赞不已。

巧倕不斵兮①，孰察其拨正②。玄文处幽兮，矇瞍谓之不章③。离娄微睇兮④，瞽以为无明⑤。变白以为黑兮，倒上以为下。凤皇在笯兮⑥，鸡鹜翔舞⑦。同糅玉石兮⑧，一概而相量⑨。夫惟党人鄙固兮，羌不知余之所臧⑩。任重载盛兮，陷滞而不济。怀瑾握瑜兮⑪，穷不知所示。邑犬之群吠兮⑫，吠所怪也。非俊疑杰兮⑬，固庸态也。文质疏内兮⑭，众不知余之异采。材朴委积兮<sup>⑮</sup>,莫知余之所有。

**【注释】**

①倕(chuí):传说是虞舜时能工巧匠的名字。斲(zhuó):砍,削。

②察:知道,了解。拔:弯曲。

③矇瞍(méng sǒu):瞎子。

④离娄:古代传说中视力超强的人。睇(dì):眼睛微眯着看。

⑤瞽(gǔ):瞎子。

⑥笯(nú):笼子。

⑦鹜(wù):鸭。

⑧糅(róu):错杂,混杂。玉石:指君子和小人。玉,比喻德行端正的
　君子。石,比喻谗佞小人。

⑨一概而相量:用一个度量衡标尺来衡量的意思,比喻善恶不分。
　概,古代称量米粟等时用来刮平斗斛的木板,这里引申为标准、
　尺度。量(liáng):衡量。

⑩臧(cáng):指自己所具备的美好品质。

⑪瑾(jǐn):美玉。

⑫邑:城镇,城市,人口聚居的地方。

⑬非俊疑杰:非,毁谤,诋毁。俊、杰,都是指才能出众、智识过人
　的人。

⑭文质:外在和本质。文指外表。质指本质。疏:疏阔,阔略,没有
　太多繁文缛节。内(nè):木讷,不善言辞。

⑮材朴:可以使用的木材、木料,这里比喻人的才干。委积:堆积。

**【译文】**

　　巧匠倕如果不砍不削啊,谁会知道是曲是直?黑色花纹隐在暗处
啊,瞎子也说它不明显。离娄眯着眼睛看啊,盲人认为他没眼力。把白
变成黑啊,把上下颠倒过来。凤凰被关进笼子啊,鸡鸭却肆意飞舞。美

玉顽石掺杂在一起啊，用一个标尺衡量它们。结党营私之徒卑鄙顽固啊，不知我内蕴的美好。负担太重装载过多啊，陷没停滞难达目标。怀抱美玉，手握宝石啊，身处困境，不知向谁展示。城里的狗一起狂叫啊，对着它们眼中怪异的人事叫嚣。毁谤俊才，猜忌贤才啊，本来就是庸人的常貌。外表质朴秉性木讷啊，众人不知我出众的文采。栋梁之材堆积一旁啊，我的才能无人知晓。

　　重仁袭义兮①，谨厚以为丰。重华不可遌兮②，孰知余之从容③！古固有不并兮④，岂知其何故？汤禹久远兮，邈而不可慕⑤。

【注释】

①重（chóng）：积累，重叠。袭：重累，重叠。

②遌（è）：遇。

③从容：行为，举动。

④不并：指圣君与贤臣不生在一个时代。

⑤邈（miǎo）：远。慕：仰慕，思念。

【译文】

积累宽仁培养忠义啊，谨慎敦厚充实自身。圣王重华不能与他相遇啊，有谁能了解我的言行举动？明君贤臣自古就不常生在一个时代啊，怎知其中的原因？汤禹距今如此久远啊，时代太早让人无从表达思慕之情。

　　惩连改忿兮①，抑心而自强。离愍而不迁兮②，愿志之有像③。进路北次兮，日昧昧其将暮④。舒忧娱哀兮⑤，限之以大故⑥。

**【注释】**

①惩:止住。连:当从《史记·屈原贾生列传》作"违",恨的意思。

②愍(mǐn):同"憨",祸难。

③像:法则,榜样。

④昧昧:形容昏暗的样子。

⑤舒忧娱哀:舒散、发泄忧愁,使悲哀的情绪快乐起来。

⑥限:限度,期限。大故:死亡。

**【译文】**

克制心中怨恨改掉自己的愤怒啊,平抑心情自我勉励。饱受哀愁却不变心啊,希望志节有所依归。向北进发暂且停歇啊,天色昏暗已到黄昏。舒散忧愁排遣悲哀啊,期限已到死亡将临。

乱曰:浩浩沅湘,分流汩兮①。修路幽蔽,道远忽兮②。怀质抱情,独无匹兮。伯乐既没③,骥焉程兮④。万民之生,各有所错兮⑤。定心广志,余何畏惧兮?曾伤爰哀⑥,永叹喟兮⑦。世溷浊莫吾知,人心不可谓兮。知死不可让,愿勿爱兮。明告君子,吾将以为类兮⑧。

**【注释】**

①汩(gǔ):水流湍急的样子。

②忽:荒忽,茫茫,辽远阔大的样子。

③伯乐:古代传说中善于识别、挑选马匹的人。没(mò):通"殁",死亡。

④骥:好马,良马。程:衡量,测量。

⑤错:安置。

⑥曾:重累。爰:哀伤不止。

⑦喟(kuì)：叹息。

⑧类：法则,标准,榜样。

【译文】

乱辞说：沅湘之水阔大,湍急向前奔流啊。长路幽深昏暗,辽远苍茫无际啊。内心修美品格坚贞,无可匹敌啊。伯乐已死,好马又该怎样衡量啊。万民降生,各有自己的命运啊。安心骋志,我还有什么好畏惧啊。满腹哀伤无休无止,叹息长久不绝啊。世间混浊无人理解,我对人心已无话可说啊。知道死亡不可避免,宁愿不再爱惜自己啊。明白地告诉大人君子,我将以此作为法则啊。

# 思美人

【题解】

"思美人"由篇首语"思美人兮,擥涕而伫眙"而来,所谓"美人",有"怀王"或"襄王"之说,后人多认同王逸《楚辞章句》的"怀王"说。"思美人",如王逸所说"言己忧思,念怀王也"的意思。《思美人》抒发了思念君王,却得不到表白心志的机会、无法接受变节以从俗邀宠的郁怨,也坚定了始终执守高洁人格与美政理想、宁死不变节的信念。

本篇的创作时地,多沿袭王逸的流放江南时的说法。至清代林云铭《楚辞灯》则提出："与江南之野所作无涉。"屈复《楚辞新集注》也指出："此亦迁汉北时作也。"近代沈德鸿、姜亮夫、陈子展等人也认为此篇是屈原于怀王时作于汉北,兹从后说。

本篇在创作上的特色在于"依诗取兴,引类譬喻"手法的运用。其以"思美人"名篇,"美人"便是用来指称"怀王"。屈原作品往往喜欢用男女爱情关系来比喻君臣关系,本篇即是一例。除"美人"喻外,本篇还大量运用了"香草"喻。全文下半部分诗人沿着江水、夏水散心消忧时所采摘的"芳芷"、"宿莽"等，都可视为他心目中美好德行、理想人格的象征，这同时可以在《离骚》等作品中得到印证。

　　思美人兮，擥涕而伫眙①。媒绝路阻兮②，言不可结而诒③。蹇蹇之烦冤兮④，陷滞而不发⑤。申旦以舒中情兮⑥，志沉菀而莫达⑦。愿寄言于浮云兮，遇丰隆而不将⑧。因归鸟而致辞兮，羌宿高而难当⑨。

【注释】

①擥（lǎn）涕：擦干、收起眼泪。擥，同"揽"。伫眙（zhù chì）：久久站立，注视前方。

②媒绝：指自己孤单一人，无人为自己和君王沟通。绝，断绝。路阻：这里比喻自己和君王之间存在隔阂，无法互相了解、沟通。

③诒（yí）：赠送。

④蹇蹇（jiǎn）：形容情绪滞塞、郁结而不通畅的样子。烦冤：形容心情烦乱而郁积不得发泄的样子。

⑤陷滞而不发：指愁闷烦乱的情绪郁积于内，无法发泄舒散。

⑥申旦：由夜至曙，通宵达旦。中情：屈原作品习语，即内心情感。

⑦沉菀（yùn）：形容心思郁积而不通的样子。

⑧丰隆：古代神话传说中云神的名号。不将：不听从命令。

⑨羌：楚地方言，句首发语词。宿：当作"迅"，即速度快。当：遇到。

【译文】

　　思念我那美人啊，擦干眼泪久久伫立，望眼欲穿。媒人断绝了消息，路途多有险阻啊，有话对君王说却言不成句。烦闷愁苦郁积我胸中啊，陷滞停留却难以舒泄。由夜至曙我想要抒怀啊，心思缠结却又无法传达。愿把话儿托付给浮云啊，碰上云神不听我言。想靠归鸟为我传辞啊,它迅疾高飞,转瞬不见。

　　高辛之灵盛兮①,遭玄鸟而致诒②。欲变节以从俗兮,愧易初而屈志。独历年而离愍兮③,羌冯心犹未化④。宁隐闵而寿考兮⑤,何变易之可为! 知前辙之不遂兮⑥,未改此度。车既覆而马颠兮,蹇独怀此异路⑦。勒骐骥而更驾兮⑧,造父为我操之⑨。迁逡次而勿驱兮⑩,聊假日以须时。指嶓冢之西隈兮⑪,与纁黄以为期⑫。

**【注释】**

①高辛:五帝之一"帝喾"的名号。灵盛:神灵旺盛充沛。

②玄鸟:燕。致诒:传送礼物。诒,礼物。

③离愍(mǐn):遭遇忧愁。

④冯(píng):愤怒,愤懑。

⑤隐闵:隐忍,沉默不言。寿考:终身。

⑥前辙:前面、未来的道路。遂:通达,顺利。

⑦蹇(jiǎn):通"謇",句首发语词。异路:与世俗之人不同的道路。

⑧勒:本义是套在马首上的笼头,这里释为驾驭、控御。骐骥:一种骏马的名称。

⑨造父:周穆王时人,以善于驾车著称。操:执辔驾车。

⑩迁:迁延不进的样子。逡(qūn)次:徘徊不前的样子。

⑪嶓冢(bō zhǒng):山名。大约是蜿蜒于陕甘交界处的山脉名称,汉水的发源处。隈(wēi):山崖。

⑫纁(xūn)黄:日落、黄昏的时候。

**【译文】**

古帝高辛神灵多么荣盛啊,遇上玄鸟为他传送礼物。想要改变志节追随流俗啊，我又以改变节操委屈心志为愧。常年独自经受忧痛熬煎啊，一腔怨懑依旧不能化解。宁愿隐忍不言了此穷苦一生啊，又怎能改辙变节呢？明知前方道路艰难不通啊，却不更改这种处世原则。车已颠覆，马已颓倒啊，这路与众不同却仍是我的选择。勒住骏马，重套车驾啊，造父为我执辔驾驭。要他慢慢前行且莫纵马疾驰啊，姑且偷闲一番等待时机。指着嶓冢山的西面山崖啊，约好黄昏时分在那里相见。

　　开春发岁兮，白日出之悠悠。吾将荡志而愉乐兮①，遵江夏以娱忧②。掔大薄之芳茞兮③，搴长洲之宿莽④。惜吾不及古人兮⑤，吾谁与玩此芳草？解萹薄与杂菜兮⑥，备以为交佩⑦。佩缤纷以缭转兮，遂萎绝而离异。吾且儃佪以娱忧兮⑧，观南人之变态⑨。窃快在中心兮，扬厥凭而不竢⑩。芳与臭其杂糅兮，羌芳华自中出⑪。纷郁郁其远承兮⑫，满内而外扬。情与质信可保兮⑬，羌居蔽而闻章。

### 【注释】

①荡志：放纵情思，开怀。荡，放荡，放纵。

②娱忧：排解忧愁。

③掔：持取，摘取。薄：草木丛生的地方。茞（zhǐ）：香草名，或即白芷。

④搴：拔取。长洲：即形状长而大的沙洲。洲，沙洲，岛屿。宿莽：一种越冬生长的草本植物，或即卷葹草。

⑤不及古人：未能和古代的圣贤君子同处一个时代。

⑥萹（biān）薄：丛生的萹蓄。萹，萹蓄，一名萹竹。蓼科，一年生平卧草本植物。薄，丛生的杂草。

⑦交佩：两两相交的佩饰物。

⑧僤(chán)佪：徘徊不前的样子。

⑨南人：郢都以南之人。变态：不正常的情态。

⑩凭：愤懑，愤怒。竢(sì)：等待。

⑪羌：句首发语词，楚地方言。芳华：即芬芳的花朵。华，同"花"。
　自中出：从里面凸显出来。

⑫纷：疑当作"芬"，芳香之气。郁郁：这里形容香气浓郁的样子。
　远承：指香气向远处飘散。"承"即"烝"，气味向外飘扬发散。

⑬情：指人的外在感情。质：指人的内在本体的特质、特征，即
　本质。

## 【译文】

　　春天到来新年开始啊，白天的时间越来越长。我将敞开心扉寻找
快乐啊，沿着江水、夏水消解忧愁。摘下丛林里芬芳的苣草啊，拔取大
沙洲上生长的宿莽。可惜我没能生在古代先贤的时代啊，如今与谁一
起玩赏这些芳香的花草？采折丛生的萹蓄杂菜啊，备作左右相交的佩
饰。它们缤纷繁盛缭绕周身啊，最终却枯萎凋落，被扔在一旁。我且徘
徊闲行消愁解闷啊，瞧瞧这些南人不正常的情态。一丝快意暗自浮上
心头啊，舒散愤懑不必再有所期待。虽然芳香、浊臭混杂在一处啊，花
朵的芬芳依旧难以掩盖。浓郁香气远远飘散啊，充盈于内自然会发散
于外。我的心志若能真的保持啊，居处虽然蔽塞，也能名声显扬。


　　令薜荔以为理兮①，惮举趾而缘木。因芙蓉而为媒兮，
惮褰裳而濡足②。登高吾不说兮③，入下吾不能。固朕形之
不服兮，然容与而狐疑④。广遂前画兮⑤，未改此度也。命则
处幽⑥，吾将罢兮⑦，愿及白日之未暮⑧。独茕茕而南行兮⑨，
思彭咸之故也。

**【注释】**

①薜荔：香草名，一种缠绕着树木生长的藤本植物。理：媒人，媒介。

②搴（qiān）：通"褰"，提起。濡（rú）：沾湿，浸湿。

③说：通"悦"，喜爱，喜欢。

④容与：形容徘徊不前的样子。

⑤遂：道路。画：分布。

⑥处幽：居处于幽暗僻远的地方，这里指被疏遭逐而出居汉北荒凉之地。

⑦罷：同"罢"，即休止，作罢。一通"疲"，指疲乏，疲劳。

⑧白日之未暮：比喻尚有时日，要抓紧时间，及时有所作为。

⑨茕茕（qióng）：形容孤独的样子。

**【译文】**

　　命令薜荔去做信使啊，却恐怕如同抬脚攀援树木。依靠芙蓉去做媒人啊，却担心提起裤子将双脚弄湿。向高处攀爬我不喜欢啊，往低处行走我也不愿。本来是我的形貌不适应当世啊，我却仍然犹豫不决徘徊踯躅。广阔道路向前方延伸啊，我却仍然不改一贯法度。命中注定居于幽僻之地，我将就此停止下来啊，但仍愿趁年轻有所作为。独自一人往南行走啊，这是思念彭咸的缘故。

# 惜往日

**【题解】**

　　本篇亦以篇首三字为题。

　　关于本篇的真伪，历来颇多争议。南宋时人魏了翁《鹤山渠阳经外杂钞》因篇中提到伍子胥，怀疑本篇及《悲回风》为伪作。明人许学夷

《诗源辨体》和清人曾国藩《求阙斋读书录》亦因作品语气而致疑。清人吴汝纶《古文辞类纂评点》以《怀沙》为屈原绝笔，又因文词浅显而疑本篇非屈原所作。今人陆侃如、冯沅君《中国诗史》、刘永济《屈赋通笺》、谭介甫《屈赋新编》、胡念贻《屈原作品的真伪及其年代》均对本篇是否屈作提出疑问，但所举理由说服力不够，故无法令人信从。

本篇是屈原临终前的作品，学者们大多没有异议，但是否为绝笔，则有不同看法。林云铭《楚辞灯》以《怀沙》为绝笔，王夫之《通释》以《悲回风》为绝笔，但也颇有人认为本篇为屈原绝笔，如蒋骥《山带阁注楚辞》、夏大霖《屈骚心印》、陆侃如《屈原评传》、郭沫若《屈原研究》、游国恩《楚辞论文集》、姜亮夫《楚辞今绎讲录》等。细绎文义，篇中说："宁溘死而流亡兮，恐祸殃之有再，不毕辞而赴渊兮，惜壅君而不识。"则亦可以本篇为绝命词。

关于本篇内容，姜亮夫《屈原赋校注》说："言己初见信任，楚几于治。而怀王不知君子小人之情，以忠为邪，以谮为信，贞臣无辜，遂以见逐。然楚君昏暗，任私无法，而秦方朝夕以谋东略，则国亡无日，义恐再辱，遂欲赴渊，又惧无益君国，徒死无用，遂剀切以陈，思以牖启昏暗；然法度已隳，罔可救药，故毕辞赴渊以成其忠爱之忱矣！"其说颇为允当。而钱澄之在《庄屈合诂》中进一步引申说"《惜往日》者，思往日之王之见任而使造为宪令也。始曰'明法度之嫌疑'，终曰'背法度而心治'，原一生学术在此矣。楚能卒用之，必且大治；而为上官所谗，中废其事，为可惜也。原之惜，非惜己身不见用，惜己功之不成也。"此见解甚为精辟。

惜往日之曾信兮[①]，受命诏以昭诗[②]。奉先功以照下兮[③]，明法度之嫌疑[④]。国富强而法立兮，属贞臣而日娭[⑤]。秘密事之载心兮[⑥]，虽过失犹弗治。心纯庞而不泄兮[⑦]，遭谗人而嫉之。君含怒而待臣兮[⑧]，不清澈其然否。蔽晦君之聪明兮⑨，虚惑误又以欺⑩。弗参验以考实兮⑪，远迁臣而弗思。信谗谀之溷浊兮，盛气志而过之。何贞臣之无罪兮，被离谤而见尤⑫。惭光景之诚信兮⑬，身幽隐而备之⑭。

**【注释】**

①往日：这里指屈原青壮年时被怀王信任并重用的那一段时期。

②命诏：君王发布的命令或文告。昭：明。诗：当从朱熹本作"时"，时世。

③先功：指楚国前代君王的功业、业绩。功，指对国而言的事功、功绩。照下：昭示下民。

④法度：指国家的章程、法令、制度。嫌疑：指法度中不明确或有疑难的地方。

⑤属（zhǔ）：托付。娱（xī）：游乐，嬉戏。

⑥秘密：即"黾勉"，勤勉，勤恳。

⑦庬（máng）：敦厚，厚道。不泄：出言谨慎，不随便乱说话。泄，泄漏。

⑧君含怒而待臣：《史记·屈原贾生列传》："怀王使屈原造为宪令，屈平属草稿未定。上官大夫见而欲夺之，屈平不与。因谗之曰：'王使屈平为令，众莫不知，每一令出，平伐其功，曰以为非我莫能为也。'王怒而疏屈平。"大约即指此事。

⑨蔽晦：遮蔽、蒙蔽从而使之昏暗不明。聪明：聪就听觉而言，明就视觉而言，所谓"耳聪目明"，即视听感官敏锐的意思。引申则指判断、辨别是非善恶的能力。

⑩虚：空虚不实，假而伪。惑：使……疑惑。误：使……行为举动颠倒错讹。

⑪参：参互比较。考实：考察、考核事真相。

⑫被：蒙受。离：当从洪兴祖及朱熹本作"謧"，诽谤。尤：罪过，

⑬景（yǐng）：同"影"。

⑭幽隐：这里形容其居所的偏僻荒凉。备：具备。

**【译文】**

　　痛惜年轻时曾受信任啊，传达君王的诏令昭明时世。承袭先王的功业昭示下民啊，辨明法度决断疑难。国家富强法度建立啊，国政托付忠臣而君王轻松游乐。勤于国事时刻在心啊，即使有过失也没有治罪。心性敦厚而不随便说话啊，竟遭谗佞小人妒嫉。君王满含怒火对待臣下啊，不去澄清其中对错是非。小人蒙蔽了君王耳目啊，用假话误导君王又欺骗了他。君王不去比较核查事情的真相啊，远远把我放逐不加考虑。君王听信谗言奉承的话啊，对我怒气冲冲大加责备。为何忠臣本无罪过啊，却遭到诽谤承受罪过？惭愧的是日月光影真实无伪啊，身处僻远之地也得蒙其光辉。


　　临沅湘之玄渊兮①，遂自忍而沉流？卒没身而绝名兮，惜壅君之不昭②。君无度而弗察兮③，使芳草为薮幽④。焉舒情而抽信兮，恬死亡而不聊⑤。独鄣壅而蔽隐兮⑥，使贞臣为无由。


**【注释】**

①玄渊：水呈黑色的深渊。

②壅（yōng）君：被壅蔽、蒙蔽的君王。

③度：法度，客观的衡量标准。

④薮（sǒu）幽：水泽幽暗的地方。

⑤恬：安适，安静。聊：苟且偷生。

⑥鄣壅：阻塞，阻隔。鄣，同"障"。壅，义近"障"，又写作"雍"。

## 【译文】

走近沅湘这深渊啊,就此忍心自沉江流? 最终身死名声磨灭啊,痛惜君王被蒙蔽而不觉悟。君王没有原则不能明察啊,把香草丢弃在深暗水沼。该如何打开心扉、展示诚信啊,安静地死亡,我决不苟且偷生。只因有着重重阻碍啊,令忠贞的臣子无从接近君王。

闻百里之为虏兮①,伊尹烹于庖厨②。吕望屠于朝歌兮③,宁戚歌而饭牛④。不逢汤武与桓缪兮,世孰云而知之? 吴信谗而弗味兮⑤,子胥死而后忧⑥。介子忠而立枯兮⑦,文君寤而追求⑧。封介山而为之禁兮⑨,报大德之优游⑩。思久故之亲身兮,因缟素而哭之⑪。

## 【注释】

①百里:即百里奚,春秋时人。初为虞国大夫,晋献公灭虞时被俘,后作为陪嫁媵臣入秦国。后又亡秦入楚,为楚人所执。时秦穆公闻其贤能,遣人至楚,以五张羊皮赎得其身,用为大夫,故又称之为"五羖(gǔ)大夫。"

②伊尹:商初成汤的大臣,名挚,尹是官名,因其母居伊水,故称伊尹。庖(páo)厨:厨房。庖厨烹饪之事古代视为下贱者所为。

③吕望:即俗称所谓姜太公、姜子牙。其佐周文、武王,乃灭商功臣,后封于齐,为齐国始祖,其族世代为姬周姻亲。朝(zhāo)歌:古地名,殷纣时国都,在今河南淇县。

④宁戚:春秋时卫人,曾至齐国国都经商,喂牛而歌,为齐桓公所闻,桓公认为他是贤人,遂任用其为大夫。

⑤吴:这里指吴王夫差。

⑥子胥:即伍子胥。后忧:指日后的亡国之忧。

⑦介子:介子推。春秋时晋国人,曾跟随晋文公重耳在外流亡十九年,文公归国继位后,介子推携母隐于绵上山中。立枯:抱着树而被烧死。

⑧文君:晋文公,晋献公子,大戎女所生,姬姓,名重耳,"春秋五霸"之一。寤(wù):觉醒,醒悟。

⑨介山:古代山名。因介子推而得名,在今山西介休。禁:禁止民众上介山砍柴打猎,因为晋文公将介山作为介子推的封地。

⑩优游:形容德行至高至大。

⑪缟(gǎo)素:本义是白色的织物,这里指白色的丧服。

【译文】

听说百里奚做过俘虏啊,伊尹在厨房里烹制过食物。吕望在朝歌做过屠夫啊,宁戚边唱歌边喂过牛。若非遇到商汤、周武王、齐桓公、秦穆公啊,世上谁会说知道他们的好处? 夫差听信谗言不加思量啊,伍子胥死后国家败亡。介子推忠于晋文公却被烧死啊,晋文公醒悟后立刻去访求。将介山作为他的封地禁止樵猎啊,来报答他的仁厚大德。怀念他是多年亲密的故人啊,穿上白色丧服痛哭泪流。

或忠信而死节兮,或讹谩而不疑①。弗省察而按实兮②,听谗人之虚词。芳与泽其杂糅兮③,孰申旦而别之④? 何芳草之早夭兮⑤,微霜降而下戒。谅聪不明而蔽壅兮⑥,使谗谀而日得。

【注释】

①讹谩(tuó mán):欺骗,诈伪。

②省(xǐng):检察,审察。按:考察。

③泽:当为"臭"字之误。

④申旦：意即日复一日。申，重复。旦，天亮。

⑤殀（yāo）：夭折，死亡。

⑥谅：确实，的确。聪不明：即听觉不敏锐，引申就是偏听偏信，不辨是非忠奸。

**【译文】**

有人忠贞诚信却为节操而死啊，有人欺诈虚伪却没有人怀疑。不审察验证核对事实啊，却听信小人的不实之言。芳香腐臭混杂一处啊，谁能日复一日来加以辨析？为什么芳草过早夭亡啊，寒霜从天而降，给以警示。实在是君王偏听偏信受到蒙蔽啊，才使谗谀之徒日益得势。

自前世之嫉贤兮，谓蕙若其不可佩①。妒佳冶之芬芳兮，嫫母姣而自好②。虽有西施之美容兮③，谗妒入以自代。愿陈情以白行兮④，得罪过之不意。情冤见之日明兮⑤，如列宿之错置⑥。

**【注释】**

①蕙若：两种香草的名称。

②嫫（mó）母：传说是黄帝的妃子，貌丑。后世作为丑女的代名词。这里比喻奸邪小人。姣：容貌美丽。

③西施：春秋时越国人，以貌美著称，越人将其献于吴王夫差，令夫差荒淫不理政事，后卒亡吴国。

④白行：表白、说明自己的所作所为。

⑤情冤：指是非曲直。情，真情，真实。冤，冤枉，委屈。见（xiàn）：同"现"，表现，显现。日明：一天天地变得明白起来。

⑥列宿：排列在天幕上的众多星宿。错：通"措"，放置，安放。

**【译文】**

自古以来小人嫉贤妒能啊，都说芬芳的蕙草、杜若不可佩带。妒忌佳人芳美衆人啊，丑妇嫫母却自认为美丽而装出媚态。即使有西施那样的美艳容貌啊，谗妒小人也要钻进来取代。希望陈述衷情，表白所为啊，却无意之间招致罪过。事实与冤屈终究会得到澄清啊，就像天上星宿般排列有序。

乘骐骥而驰骋兮，无辔衔而自载①；乘氾淛以下流兮②，无舟楫而自备。背法度而心治兮③，辟与此其无异④。宁溘死而流亡兮⑤，恐祸殃之有再。不毕辞而赴渊兮，惜壅君之不识。

**【注释】**

①辔(pèi)：马缰绳。衔：马嚼子。
②氾淛(fàn fú)：筏子。
③心治：依着一己的私心去治理。
④辟：通"譬"，譬如，好像。
⑤溘(kè)：忽然，快速。流亡：随流水而去。

**【译文】**

骑上骏马我自由驰骋啊，没有缰绳和衔铁自行驾驭。乘着筏子顺流而下啊，却无船桨而要自己准备。背离法度自行治理啊，这跟以上情形没有两样。宁愿突然死去随流水飘逝啊，只怕再一次遭受祸殃。不把话说完便投赴深渊啊，痛惜君王被蒙蔽却一无所知。

# 橘　颂

## 【题解】

橘是一种常绿小乔木或灌木，枝有刺，花呈黄白色，果扁球形，熟时呈橙黄色或淡黄红色，果皮疏松，瓤肉易于分离，产于我国南方。颂一则为动词，是称赞、歌颂、赞美的意思；一则为文体的名称，即《诗经》所谓"风"、"雅"、"颂"之颂。所谓"橘颂"，洪兴祖《楚辞补注》说："美橘之有是德，故曰颂。"意即对橘的美好品德的称颂赞美。

关于本篇创作时地，王逸以为《橘颂》当是屈原晚年流放江南时的作品，这从王逸释"南国"为"江南"即可见出。明人汪瑗《楚辞集解》则怀疑"此篇乃平日所作，未必放逐之后之所作者也。"清人陈本礼《屈辞精义》则进一步指出："其曰'受命不迁'，是言禀受天赋之命，非被放之命也；其曰'嗟尔幼志'，'年岁虽少'，明明自道，盖早年童冠时作也。"认为《橘颂》是屈原青年时代的作品。今人林庚、胡念贻、陈子展等赞同此说。其中，陈子展在《楚辞直解》中推测《橘颂》可能是屈原担任三闾大夫一职时的作品。本书倾向于"早期说"。

本篇以细腻生动的笔触从橘树外形开始描绘，全景观照、细节刻画、内外结合、总分交汇，在有限的篇幅内腾挪变化，成功地塑造了橘树的美丽外表。随后由外转向里，将橘树绰约风姿比拟为坚守操守、保持公正无私品格的君子，挖掘其超乎寻常的品性：独立不迁、深固难移、遗世独立、闭心自慎、柔德无私。创设出咏橘述志，描物喻人的圆融诗境。

《橘颂》是我国文学史上第一首文人咏物诗，开后世咏物诗的先河。曹丕在《典论·论文》中说："如（王）粲之《初征》、《登楼》、《槐赋》、《征思》，（徐）幹之《玄猿》、《漏卮》、《圆扇》、《橘赋》，虽张、蔡不过也。"这说明从东汉中后期以来咏物赋创作大兴之后，"橘"已成为文人关注的题材之一。虽然徐幹《橘赋》已佚，无法目睹全貌，但我们有理由推断其中必有《橘颂》的流风余韵。晋人郭璞在《山海经·中山经图赞》中更是对《橘柚》为诗题大加赞誉说:"厥苞橘柚,奇者维甘。朱实金鲜,叶蒨翠蓝。灵均是咏,以为美谈。"

　　后皇嘉树①,橘徕服兮②。受命不迁③,生南国兮④。深固难徙,更壹志兮。绿叶素荣⑤,纷其可喜兮⑥。曾枝剡棘⑦,圆果抟兮⑧。青黄杂糅⑨,文章烂兮⑩。精色内白⑪,类可任兮⑫。纷缊宜修⑬,姱而不丑兮⑭。

**【注释】**

①后:后土。后土是古人对土地的尊称,大地在古人心目中地位极为崇高,是具有神性、神格的事物。

②徕(lái):来。服:习惯,适应。

③迁:迁移,迁徙。橘是南方特有的植物,所以说"不迁"。

④南国:泛释之为南方之义。在屈原的时代南方即楚国之地。

⑤素:白。荣:花。

⑥纷:这里形容橘树花叶茂盛的样子。

⑦曾:层层叠叠。剡(yǎn):尖,锐利。棘:刺。

⑧抟(tuán):圆。

⑨青黄:橘的果实未成熟时外皮呈青色,成熟时则呈黄色。杂糅:各种不同的东西混杂在一起,这里指青、黄两色交织、混杂。

⑩文章:文采,错综华美的色彩或花纹。文,同"纹"。章,文采。烂:色彩鲜明灿烂。

⑪精色:指橘实外表皮色明亮。内白:指橘实内部瓤肉色泽洁白。

⑫类可任兮:如同肩负重任的君子。当依洪兴祖、朱熹等校语作"类任道兮"。类,似、好像。任,承担,担任,肩负。

⑬纷缊（yūn）：纷繁茂盛，是针对橘树枝、叶、花、果各个方面而言
　　的。宜修：修饰得宜，恰到好处。

⑭姱（kuā）：美好。

**【译文】**

　　后土皇天的美好橘树，它生来适应这片土地啊。禀承天地之命决
不外迁，扎根生长在南方大地啊。根深牢固难以迁移，更加具有专一的
心志啊。绿色的叶子白色的花朵，缤纷茂盛惹人喜爱啊。层叠的树枝
尖锐的利刺，圆圆的果实簇聚成团啊。青黄两色混杂在一起，色泽文采
多么美丽啊。外表鲜丽，内在纯洁，如同肩负重任的君子啊。风姿美
盛，修饰得宜，美丽没有一点瑕疵啊。

　　嗟尔幼志①，有以异兮。独立不迁，岂不可喜兮？深固
难徙，廓其无求兮②。苏世独立，横而不流兮③。闭心自
慎④，不终失过兮⑤。秉德无私，参天地兮⑥。愿岁并谢⑦，与
长友兮。淑离不淫⑧，梗其有理兮。年岁虽少，可师长兮。
行比伯夷⑨，置以为像兮⑩。

**【注释】**

①嗟（jiē）：表示感叹语气的虚词。

②廓：广大，空阔。这里指橘树的心境、品格的阔大，申言之即超脱
　　旷达的意思。

③横：充满。不流：不随波逐流、媚俗从众、与世沉浮。

④闭心：将心灵关闭，如此则能排除外界的诱惑与干扰，保持自身
　　内心世界的纯净。

⑤不终失过：当作"终不失过"，即始终不犯错误。

⑥参：三。这里指与天地相配，合而成三。

⑦谢:离去,这里指岁月流逝。

⑧淑离:鲜明美好的样子。

⑨伯夷:商代末年孤竹国国君的长子,因与弟叔齐互相谦让王位而双双去国弃位,来到周国。后谏阻周武王伐纣,武王不纳其言,遂双双逃隐于首阳山,耻食周粟而饿死在山里。

⑩置:建立,树立。像:法式,榜样。

**【译文】**

惊叹你从小志向便与众不同啊。巍然独立而不变更,怎能不令人欢喜啊。根深蒂固难以移动,胸襟开阔无所欲求啊。清醒卓立在人间浊世,志节充盈,决不随波逐流啊。闭敛心扉,摒除物扰,保持审慎,始终不犯过错啊。秉持道德,公正无私,和天地同在啊。愿与岁月一起流逝,和你长久相伴永远为友啊。心灵美好而不淫乱,坚强正直而有条理啊。年纪虽小,可为人师啊。高洁德行与伯夷比肩,把你作为榜样来学习啊。

# 悲回风

**【题解】**

本篇以篇首三字为题。

《悲回风》也存在真伪之争。南宋人魏了翁《鹤山渠阳经外杂钞》以本篇风格不似屈原而类似宋玉、景差之作,因此怀疑为伪作;明人许学夷《诗源辨体》以语气不似屈原而质疑;清人吴汝纶《古文辞类纂点勘记》以本篇文字太奇而疑为伪作;今人陈钟凡《楚辞各篇作者考》等也从各个角度出发,认为本篇非屈原作。但这些理由都不足以构成对本篇为屈原作品的认定。

关于本篇的写作时间,主要有四种意见:第一,陆侃如《屈原评传》

认为是怀王十六年放逐汉北时作。第二,林云铭《楚辞灯》、夏大霖《屈骚心印》、郭沫若《屈原研究》等认为是襄王六、七年间作品。第三,蒋骥《山带阁注楚辞》认为是屈原自沉汨罗前一年秋天的作品。第四,王夫之《楚辞通释》、王闿运《楚辞释》认为是自沉时所作的绝笔。以上诸说以蒋说最为近似。因为从篇中所流露的感情来看,可判定是在自沉汨罗前不久。

关于本篇的内容题旨,汪瑗《楚辞集解》说:"此篇因秋夜愁不能寐,感回风之起,凋伤万物,而兰独芳,有似乎古之君子遭乱世而不变其志者,遂托为远游访古之辞,以发泄其愤懑之情。然而遍游天地之间,愈求而愈远,其同志者,终不可得一遇焉,故心思之沉抑而竟不能已也。"概括较为允当。

《悲回风》没有叙事成分,全篇为诗人内心的独白。由诗人见"回风之摇蕙"的观物之感,联想到美好事物因遭受暴力摧残而毁灭,内心感情沉郁,意境迷离,充满了悲伤的气氛和绝望的情绪。关于这一点,姜亮夫《屈原赋校注》说:"全章皆以思理惑,不知所释为主;而最为萦惑者,则是非善恶,本不相容,而又实不能显别;因而心伤,作为伤心之诗。诗中描绘心思,出入内外远近不同之情,上下左右前后之态,而仍不知所止,悲感与思理相挟持,而遂思入眇茫,从彭咸之所居。既至天上,忽又感烟雨之终不可永久浮游上天,遂思追踪介子、伯夷。既申徒之死而无益,又自迴惑不解。大体情辞苦,惶惑不安。"评述精确。

悲回风之摇蕙兮①,心冤结而内伤②。物有微而陨性兮③,声有隐而先倡④。夫何彭咸之造思兮⑤,暨志介而不忘⑥!万变其情岂可盖兮,孰虚伪之可长!鸟兽鸣以号群兮,草苴比而不芳⑦。鱼葺鳞以自别兮⑧,蛟龙隐其文章。故荼荠不同亩兮⑨,兰茝幽而独芳。惟佳人之永都兮⑩,更统世而自贶⑪。眇远志之所及兮⑫，怜浮云之相羊⑬。介眇志之所惑兮，窃赋诗之所明。

**【注释】**

①回风：疾风，旋风。蕙：一种香草。

②冤结：形容心情忧伤、愁闷的样子。伤：悲伤，哀痛。

③物：这里指蕙而言。陨（yǔn）：陨落，凋丧。性：生命，性命。

④声：这里指风声。隐：这里指风声藏匿无形。倡：起始，先导。

⑤造思：树立的思想。造，制造，造就。

⑥暨（jì）：与，和。介：坚固，坚定，坚贞。

⑦苴（chá）：枯草。比：合在一起。

⑧葺（qì）：整理，修饰。

⑨荼（tú）：苦菜。荠（jì）：一种味甘的野菜。

⑩惟：思念。佳人：这里或是屈原自谓。佳，美好。都：美好。

⑪更：经历，经过。统世：经过几世几代，历时久远。贶（kuàng）：给与，赐与。

⑫眇（miǎo）：远。及：至，到达。

⑬相羊：形容飘浮、游荡、没有凭依的样子。

**【译文】**

　　悲悯疾风摇落蕙草啊，内心忧伤愁思郁结。蕙草微小而丧失了性命啊，风声隐匿无形却能发出声响。为什么彭咸树立的思想啊，和他那坚定志节让我无法忘怀？情态万变，怎能掩盖内心的真实啊，虚伪的事物哪会绵延久长？鸟兽鸣叫招呼同类啊，荣草、枯草不能一起散发芳香。鱼儿修饰鳞片显示其与众不同啊，蛟龙则将身上文采隐藏。所以苦菜和甘荠不能在同一块田里生长啊，兰花芷草在幽僻之地独自散发芬芳。想起君子永远那么美好啊，经历几世几代却自求多福。志向远大与天比高啊，怜惜浮云游荡无依。我志向远大坚定让世人迷惑啊，暗自写作诗篇表明心志。

惟佳人之独怀兮[①]，折若椒以自处[②]。曾歔欷之嗟嗟兮[③]，独隐伏而思虑。涕泣交而凄凄兮[④]，思不眠以至曙。终长夜之曼曼兮，掩此哀而不去。寤从容以周流兮，聊逍遥以自恃[⑤]。伤太息之愍怜兮[⑥]，气於邑而不可止[⑦]。纠思心以为纕兮[⑧]，编愁苦以为膺[⑨]。折若木以蔽光兮[⑩]，随飘风之所仍[⑪]。存髣髴而不见兮[⑫]，心踊跃其若汤[⑬]。抚珮衽以案志兮[⑭]，超惘惘而遂行[⑮]。岁曶曶其若颓兮[⑯]，时亦冉冉而将至[⑰]。蘅薠槁而节离兮[⑱]，芳以歇而不比[⑲]。怜思心之不可惩兮，证此言之不可聊。宁逝死而流亡兮[⑳]，不忍为此之常愁。孤子吟而抆泪兮[㉑]，放子出而不还。孰能思而不隐兮，照彭咸之所闻。

**【注释】**

①惟：思念，想念。独怀：独特的胸襟、怀抱。怀，胸怀，襟怀。

②若：杜若，一种香草的名称。椒：一种芳香的植物，或即花椒。

③曾（céng）：重累。歔欷（xū xī）：哭泣，哽咽。嗟嗟（juē）：不断叹息。

④凄凄：形容悲伤的样子。

⑤逍遥：遨游嬉戏以自适其心怀。恃：怙恃，依赖，依靠。

⑥愍（mǐn）怜：怜悯。

⑦於邑（wū yì）：呜咽，哽咽。

⑧纠（jiū）：编结，缠扎。纕（xiāng）：佩带。

⑨膺：大约是紧贴前胸的衣物。

⑩若木：古代神话传说中的神木。

⑪飘风：疾风，旋风。仍：跟从，跟随。

⑫髣髴（fǎng fú）：仿佛，好像。

⑬踊跃：跳动，跳跃。汤：热水。

⑭珮：玉佩，一种玉制的装饰品。衽（rèn）：衣襟。案：抑制。

⑮超惘惘（wǎng）：惆怅，怅惘。

⑯曶曶（hū）：即"忽忽"，这里形容时间流逝的样子，有迫促、迅疾的含义。颓：下坠，流逝，过去。

⑰时：这里指老年，老境。冉冉：形容渐渐前进的样子。

⑱蘩（fán）：一种水草的名称。蘅（héng）：一种香草的名称，即杜蘅。槁（gǎo）：枯。节离：枝节脱落、断开。

⑲不比：即不再茂盛，不再显得生机勃勃。比，茂盛。

⑳宁逝死而流亡兮：当作"宁溘死而流亡兮"。这是屈赋成句，又见于《离骚》、《惜往日》等。

㉑吟：叹息。抆（wěn）：擦拭。

## 【译文】

想那美人有独特的胸襟啊，采折杜若芸椒独自居住。哭泣不止，频频叹息啊，独自隐居，思索考虑。涕泪交流如此悲伤啊，沉思无眠直到天亮。熬过这漫漫长夜啊，压抑心头哀愁却萦绕不去。醒来后优游四处观览啊，姑且畅怀自我娱乐。伤感长叹实在可怜啊，气息哽咽无法抑止。缠扎忧心作为佩带啊，编结愁苦作为心衣。折下若木遮蔽阳光啊，随着疾风任意飘摇。仿佛存在的一切已经模糊不见啊，心如沸水猛烈悸动。抚摸玉佩、衣襟来抑制情绪啊，在惆怅迷惘中起身前行。岁月流逝匆匆过去啊，时光冉冉人生也将渐入老境。白蘩、杜蘅已然枯落啊，芳香消散生机全无。可怜思念君国的心绪无法悔改啊，证明克制忧愁的话靠不住。宁愿快点死去而随流水飘逝啊，不能忍受这没完没了的愁苦。独自叹息，擦拭泪水啊，被放逐的人一去不返。谁能想到这些不忧伤啊，我明白了彭咸的传说的真假。

登石峦以远望兮①，路眇眇之默默②。入景响之无应兮③，闻省想而不可得④。愁郁郁之无快兮，居戚戚而不可解⑤。心靰羁而不形兮⑥，气缭转而自缔⑦。穆眇眇之无垠兮⑧，莽芒芒之无仪⑨。声有隐而相感兮，物有纯而不可为⑩。藐蔓蔓之不可量兮⑪，缥绵绵之不可纡⑫。愁悄悄之常悲兮⑬，翩冥冥之不可娱⑭。凌大波而流风兮⑮，托彭咸之所居。

**【注释】**

①峦：小而锐峭的山。一说指形状狭长的山。

②眇眇（miǎo）：遥远的样子。默默：寂静的样子。

③景：同"影"，阴影。

④闻省想：耳听目视心想。闻，听。省，看，审视。想，心想，思考。

⑤居：疑为"思"之误。戚戚：忧愁、愁苦的样子。

⑥靰（jī）羁：靰，马嚼子，马缰绳。羁，马络头，马笼头。靰和羁都是控御马匹的用具，这里引申作束缚解。形：当作"开"，排解，开释。

⑦缭转：纠缠、缠绕，无法排解的样子。缔：缠结在一起而无法解开。

⑧穆：深远，幽微。垠：边际，涯岸。

⑨莽：苍莽，广大。芒芒：空间广阔的样子。仪：景象，容仪，仪貌。

⑩纯：精纯，粹美。不可为：有无能为力，无可奈何的含义。

⑪藐：通"邈"，远。蔓蔓：与"漫漫"声义相同，漫长、久远的样子。量（liáng）：计算，度量。

⑫缥（piāo）绵绵：细微绵长的样子。纡：弯曲，萦绕。

⑬悄悄（qiǎo）：忧愁的样子。

⑭翩：快速地飞。冥冥：形容飞得又高又远的样子。

⑮凌：乘。流：跟随，跟从。

**【译文】**

登上小山眺望远方啊，路途遥遥寂静无声。进入空旷阴影万籁俱静啊，耳听目视心想都已徒然。忧愁苦闷心不快乐啊，思绪忧苦愁郁不解。内心纠缠不得排解啊，气息郁结不能发散。四周幽远无垠无际啊，莽莽苍苍茫茫无边。仿佛有幽微的声音在相互感应啊，纯洁美好的事物却无奈陨殁。思绪悠远不能测量啊，细微绵长而无法绕回。忧愁满怀常自悲苦啊，远走高飞也无欢娱。乘着滚滚波浪随风飘逝啊，投身于彭咸所在的深渊。


　　上高岩之峭岸兮①，处雌蜺之标颠②。据青冥而摅虹兮③，遂儵忽而扪天④。吸湛露之浮源兮⑤，漱凝霜之雰雰⑥。依风穴以自息兮⑦，忽倾寤以婵媛⑧。冯昆仑以瞰雾兮⑨，隐岷山以清江⑩。惮涌湍之礚礚兮⑪，听波声之汹汹⑫。纷容容之无经兮⑬，罔芒芒之无纪⑭。轧洋洋之无从兮⑮，驰委移之焉止⑯。漂翻翻其上下兮⑰，翼遥遥其左右⑱。氾潏潏其前后兮⑲，伴张弛之信期⑳。观炎气之相仍兮㉑，窥烟液之所积㉒。悲霜雪之俱下兮，听潮水之相击。借光景以往来兮㉓，施黄棘之枉策㉔。求介子之所存兮㉕，见伯夷之放迹㉖。心调度而弗去兮，刻著志之无适㉗。


**【注释】**

①岸：这里指山崖的侧畔，即崖壁。

②雌蜺(ní)：古人称彩虹色彩较暗淡的外环部分为蜺，因其暗淡，则属阴、属雌，所以叫做雌蜺。与之相对，彩虹色彩较明亮的内环

部分则叫做虹,其属阳、属雄,所以又叫雄虹。标颠:顶端,最高处。

③青冥:青天,天空。摅(shū):舒展。

④儵(shū)忽:迅疾,快速。扪(mén):抚摸。

⑤湛:浓重,浓厚。浮源:疑本作"浮浮",形容露水浓重的样子。

⑥雰雰(fēn):形容霜雪缤纷的样子。这里当是就霜而言。

⑦风穴:古代神话传说中的一个洞穴,是产生风的地方。

⑧倾寤:全都明白了。倾,全,都。寤,领悟,明白。婵媛:伤感,悲伤。

⑨冯(píng):凭依,依靠。瞰(kàn):俯视。

⑩隐:凭依,依靠。岐山:即岷山。清江:看清江流的面貌。一说作"清澈的江水"解。

⑪礚礚(kē):本指石头发出的声音。这里当指水石相激而发出的声音。

⑫洶洶(xiōng):波浪澎湃相击发出的声音。

⑬容容:形容变动不居、纷乱的样子。无经:没有法度,缺乏条理。

⑭罔(wǎng):怅惘,惆怅。芒芒:这里形容迷乱的样子。纪:头绪。

⑮洋洋:彷徨而不知何去何从的样子。

⑯委移(wēi yí):同"逶迤",曲折前行的样子。

⑰漂:漂浮,飞动。翻翻:形容上下翻飞、不安定的样子。

⑱翼:飞动。遥遥:摇摆。

⑲氾(fàn):氾滥。潏潏(yù):形容水流奔涌而出的样子。

⑳张弛:这里指潮水的涨落。弛,同"弛"。信期:潮水涨落是有一定的时间、期限的,仿佛信守约定一般,所以叫做"信期"。

㉑炎:通"焰",火焰。仍:跟从,跟随。

㉒烟:指云。液:指雨。

㉓光景:这里是时日、岁月的意思。景,同"影"。

㉔黄棘：是一种带刺植物的名称。枉：弯曲。策：鞭子，马鞭。

㉕介子：即介子推。所存：即所在，指介子推生前居住过的地方。

㉖放：为放逐。一说作远、故旧解。

㉗刻著志：下定决心，打定主意。刻，刻镂，铭刻。著，附着而不
　分离。

**【译文】**

　　登上高高山岩陡峭崖壁啊，处在彩虹的最高点。倚靠苍穹，舒展一
道虹彩啊，于是刹那间抚摸到青天。吸吮浓厚的露水啊，含漱着飞落的
凝霜。凭依风穴自停歇啊，忽然领悟一切的奥秘，不禁忧思伤感。倚
靠昆仑俯瞰云雾啊，凭依岷山看清江流湍急。激流冲击岩石发出骇人
响声啊，听到波浪汹涌涛声震天。心里纷乱没个条理啊，情思芜杂缺乏
头绪。要止住彷徨却不知如何下手啊，悲愁纠缠，何处才是终点？心绪
漂荡上下翻飞啊，高高飞起徬徨不定。如同氾滥水流前后涌动啊，伴随
着潮水涨落的固定约期。看那火焰与烟气相随而生啊，窥见云雨聚积
显现。悲伤那霜雪一齐降下啊，听取那潮水击荡的巨响。借时间的光
影驰骋往来啊，用那黄棘制成的弯曲神鞭来驾驭。访求介子推生前的
居所啊，去看伯夷远遁的高山。心中思量，不能释怀啊，下定决心，决不
离开。


　　曰①：吾怨往昔之所冀兮，悼来者之愁愁②。浮江淮而入
海兮，从子胥而自适③。望大河之洲渚兮④，悲申徒之抗
迹⑤。骤谏君而不听兮⑥，重任石之何益⑦。心絓结而不解
兮⑧，思蹇产而不释⑨。


**【注释】**

①曰：这里的"曰"的作用类似"乱曰"，用来总结全篇。

②愁愁(tì)：形容忧虑、恐惧、不安的样子。

③自适：意即自求适意，自适己志。适，安适，逸乐。

④洲：水中的陆地。渚：水中的小块陆地。

⑤申徒：指申徒狄。传说其谏君不听，不容于世，于是投水自尽。

　　其年代则说法不一。抗：高，高尚。

⑥骤：屡次。

⑦任：背负。一说为抱。

⑧绖(guà)结：心中郁结。

⑨蹇(jiǎn)产：思绪郁结，不顺畅。

**【译文】**

　　乱辞说：我哀怨以前所抱的期望啊，悲悼未来感到忧惧不安。顺着江淮漂流入海啊，追随伍子胥以求心安。望着大河中的洲渚啊，为申徒狄的高尚行为而伤感。屡次向君王进谏却不被接受啊，抱石投水又有何益处？心绪纠结难以解脱啊，思理不畅无法释怀。

# 远　游

**【题解】**

　　本篇作者问题存在争议，大致可分为两种观点，即屈原创作说与汉人拟作说。第一种屈原创作说以王逸为代表，后世如朱熹、陈第、陆时雍、王夫之、林云铭、胡文英等人均受其影响，应该说这也是由汉至清绵亘千年的主流看法。第二种汉人拟作说，属晚起的一派，以清人胡濬源、吴汝纶等人为代表。如胡濬源《楚辞新注求确》认为：“《远游》一篇，犹是《离骚》后半篇，而文气不及《离骚》深厚真实，疑汉人所拟。”近人廖平又进一步指出《远游》与“相如《大人赋》如出一手，大同小异”（《楚辞讲义》），这引发后来疑古论者将《远游》归为司马相如所作的倾向。第二种看法注意到了《远游》与屈原其他作品的显著不同，但放大这些差异并将其作为汉人拟作或伪作的论据则显得不妥。对后一种说法反拨较有力的应属陈子展《楚辞直解》、姜亮夫《屈原赋校注》、姜昆武与徐汉澍《远游真伪辨》（《文学遗产》一九八一年第三期）等。姜昆武及徐汉澍从屈原全部作品出发，从《远游》的文风、文法与其他作品的统一性角度进行论述，最终将《远游》确定为屈原作品，洵为定论。

　　关于本篇的创作主旨，一般认为是屈原流放之后抒发忧懑之情而作，如朱熹《楚辞集注》称：“屈原既放，悲叹之余，眇观宇宙，陋世俗之卑狭，悼年寿之不长，于是作为此篇。”但也有称此篇为屈原殉身寓言的，如屈复《楚辞新集注》称:"《远游》,寓言也。自沉汨罗,即是远游。远游之乐,即是自沉之乐。"此论深刻,发人深省。

关于《远游》的创作时间,王逸认为是受谗后,朱熹也认为是放逐期间,汪瑗认为在遭谗前,王夫之认为是怀王时,林云铭说是在江南时,今人陈子展以为是"屈子初放汉北"时,姜亮夫先生认为作于晚年,"可能是在《怀沙》之前,屈原写好《远游》后怀沙而死",本书认同姜亮夫先生之论。

《远游》在内容上分为两部分:一是描写诗人神游天上,感受超离世风恶浊后的由衷快乐;二是从"重曰"开始到篇末,写诗人养生炼形,充满了道家的出世思想。特别是篇中所描绘的想象活动,是诗人精神与灵魂在天上漫游或虚幻的朦胧梦想,表达了对卑污世俗的谴责和对纯真世界的追求,开后世"游仙诗"之先河。

《远游》在文学史上对后世影响较大,最显著的例子莫过于对司马相如《大人赋》的影响。洪兴祖引《大人赋》相关语例补注《远游》的地方有十一处之多,难怪其评价说:"司马相如作《大人赋》,宏放高妙,读者有凌云之意。然其语多出于此。至其妙处,相如莫能识也。"另外,《远游》开创了后世游仙诗创作的先河,洪兴祖称"古乐府有《远游》篇,出于此",是很有道理的。像以《游仙诗》十四首闻名的郭璞,他在诗中写道:"逸翮思拂宵,迅足羡远游"(其五)、"六龙安可顿,运流有代谢"(其四)、"蓐收清西陆,朱羲将由白"(其八)、"登仙抚龙驷,迅驾乘奔雷。鳞裳逐电曜,云盖随风回。手顿羲和辔,足蹈闾阖开,东海犹蹄涔,昆仑若蚁堆。逍遥冥茫中,俯视令人哀。"(其九),我们可以明显看到里面闪烁着《远游》的影子。总之,《远游》在屈原作品中虽争议较大,但其固有的魅力和价值却不容忽视。

悲时俗之迫阨兮[1],愿轻举而远游[2]。质菲薄而无因兮[3],焉托乘而上浮[4]。遭沉浊而污秽兮[5],独郁结其谁语!

夜耿耿而不寐兮⑥,魂茕茕而至曙⑦。

**【注释】**

①迫阨(è):困阻灾难。迫,胁迫,逼迫。阨,阻塞,困厄。

②轻举:升,登仙。

③质:素质,禀性。菲薄:鄙陋,指德才等,常用为自谦之词。

④托乘:指攀附仙人之车乘,比喻得人援引。

⑤沉浊:污浊,多喻指风俗败坏的时世。

⑥耿耿:烦躁不安,心事重重。

⑦茕茕(qióng):孤独的样子。

**【译文】**

悲伤时俗使人困厄啊,真想飞升登仙去远处周游。禀性鄙陋又没机缘啊,怎能攀附仙车上天周游? 生逢浑浊尘世充满污秽啊,心中郁闷向谁倾诉? 夜里心事重重反侧难以入睡啊,孤单独守直到天明。

惟天地之无穷兮,哀人生之长勤①。往者余弗及兮②,来者吾不闻。步徙倚而遥思兮③,怊惝悗而乖怀④。意荒忽而流荡兮⑤,心愁悽而增悲。神儵忽而不反兮⑥,形枯槁而独留。内惟省以端操兮⑦,求正气之所由⑧。漠虚静以恬愉兮⑨,澹无为而自得⑩。

**【注释】**

①勤:艰辛,愁苦。

②往者:过去的人事。

③徙倚:徘徊不定,逡巡。

④怊(chāo):惆怅,失意。惝悗(chǎng huǎng):惆怅,失意,伤感。

乖：背离，违背。

⑤荒忽：恍惚，神思不定。流荡：心神不定，无所依托。

⑥儵（shū）忽：形容迅速的样子。反：通"返"，回归，回返。

⑦惟省（xǐng）：思索，审察。

⑧所由：所由来的途径和方法。

⑨漠：清静淡泊。虚静：清虚恬静。

⑩澹（dàn）：恬淡，淡泊。无为：道家主张清静虚无，顺应自然，称为"无为"。

**【译文】**

想到天地无穷无尽啊，哀叹人生愁苦艰辛。过去的我没能赶上啊，未来的我也无法闻知。我徘徊不定而思绪邈远啊，惆怅失意而违背初衷。意绪恍惚而心神不定啊，心中愁苦而悲伤日深。我的灵魂忽然远去而不复返啊，只留下枯槁的肉身。内心审察以端正我的操守啊，寻求天地正气从何而生。我清虚恬静以安然自乐啊，淡泊无为而怡然自得。

　　闻赤松之清尘兮①，愿承风乎遗则②。贵真人之休德兮③，美往世之登仙。与化去而不见兮④，名声著而日延。奇傅说之托辰星兮⑤，羡韩众之得一⑥。形穆穆以浸远兮⑦，离人群而遁逸⑧。因气变而遂曾举兮⑨，忽神奔而鬼怪⑩。时髣髴以遥见兮⑪，精晈晈以往来⑫。绝氛埃而淑尤兮⑬，终不返其故都。免众患而不惧兮，世莫知其所如。

**【注释】**

①赤松：即赤松子，相传为上古时神仙。清尘：比喻清静无为的境界。

②遗则：前代留下来的法则。

③真人:道家称存养本性或修真得道的人,亦泛称"成仙"之人。休德:美德。

④化:变化,转化。这里有改变形体固有状态,羽化升仙,与天地造化共往来的意思。

⑤傅说(yuè):殷高宗武丁的贤相,传说他死后,精魂乘星上天。辰星:星宿名,此指二十八宿中的房星,位于东方天幕。

⑥韩众:古代传说中的仙人。得一:道家术语,即得道,"一"即"道"。

⑦穆穆:宁静,静默。浸:渐渐。

⑧遁逸:隐逸,避世隐居。

⑨曾(zēng)举:高举,向上高高飞升。

⑩神奔而鬼怪:形容神出鬼没的样子。

⑪髣髴(fǎng fú):同"仿佛",好像,类似。

⑫精:精灵,灵魂。皎皎(jiǎo):明亮的样子。

⑬氛埃:污浊之气,秽浊之物。淑尤:到达奇异的境界。

**【译文】**

　　听说赤松子无为自得高风超俗啊,我愿禀承他的遗则风范。崇尚得道之人的美德啊,美慕古人能得道升天。形体虽然物化消失不见啊,名声却显著而流传。惊奇傅说死后能乘星上天啊,美慕韩众得道成仙。形体寂静而渐渐远去啊,离开人群而避世隐逸。凭借精气的变化而高飞天上啊,飘飘忽忽就像神鬼出没。仿佛远远看见啊,精灵闪闪正来来往往。超越浊世到达奇异的境界啊,不再返回故国。摆脱群小再无所畏惧啊,世人都不知道我的去处。


　　恐天时之代序兮①,耀灵晔而西征②。微霜降而下沦兮,悼芳草之先零。聊仿佯而逍遥兮③,永历年而无成。谁可与玩斯遗芳兮,晨向风而舒情。高阳邈以远兮,余将焉所程。

【注释】

①天时：天道运行的规律，亦指时序。代序：时序相代。

②耀灵：太阳的别称，亦喻指帝王。晔(yè)：闪闪发光。

③仿佯(páng yáng)：同"彷徉"，彷徨，徜徉，徘徊。

【译文】

担心岁月流逝啊，太阳闪闪发光向西下行。薄薄的秋霜降下而沉沦啊，伤悼香草最先凋零。我姑且徘徊聊以散心啊，年复一年却事业无成。谁能和我同赏这残留的芳草啊？清晨迎着清风舒怀心情。古帝高阳离我已太邈远啊，我将如何承继他的风轨？

重曰①：春秋忽其不淹兮，奚久留此故居②？轩辕不可攀援兮③，吾将从王乔而娱戏④！餐六气而饮沆瀣兮⑤，漱正阳而含朝霞⑥。保神明之清澄兮，精气入而麤秽除⑦。顺凯风以从游兮⑧，至南巢而壹息⑨。见王子而宿之兮，审壹气之和德。⑩

【注释】

①重：表示动作行为的重复，相当于"再"、"又"、"重新"。这里应该是乐章歌节的名称，如同"乱曰"、"少歌曰"、"倡曰"之类。

②奚(xī)：为何，为什么。

③轩辕：古代帝王黄帝的名字，传说姓公孙，居于轩辕之丘，故名曰轩辕。曾战胜炎帝于阪泉，战胜蚩尤于涿鹿，诸侯尊为天子。后人以之为中华民族的始祖。

④王乔：传说中的仙人，传说是周灵王太子晋，即王子乔。

⑤六气：大约是指朝旦之气（朝霞）、日中之气（正阳）、日没之气（飞泉）、夜半之气（沆瀣）、天之气、地之气。沆瀣（hàng xiè）：夜间的水气、露水，或谓是仙人所饮。

⑥漱：吮吸，饮。正阳：日中之气。

⑦麤（cū）秽：粗浊污秽之气。

⑧凯风：和暖的风，指南风。

⑨南巢：南方古国名。壹息：稍稍歇息一下。

⑩壹气：元气，纯一不杂之气。和德：大约指一种高妙的修养境界。汪瑗《楚辞集解》："和德，言正气之中和也。"

【译文】

又说：春去秋来光阴不停留啊，又何必长久滞留此故地？圣君轩辕不可攀附相援啊，我将跟随王子乔嬉戏游赏。吞食天地六气而啜饮清露啊，吸着正阳之气含着朝霞的芬芳。保持精神心灵清明澄澈啊，把精气吸入把浊气排弃。我乘着南风到处游历啊，到了南巢国稍作休息。看见王子乔我且停下脚步啊，向他询问成仙之道。


曰：道可受兮①，不可传②；其小无内兮，其大无垠；无滑而魂兮③，彼将自然④；壹气孔神兮⑤，于中夜存；虚以待之兮，无为之先；庶类以成兮⑥，此德之门。


【注释】

①受：心领神会。

②传：说，描述，用语言表达。

③滑（gǔ）：乱。而：你。

④彼：即上面的"魂"。自然：天然，非人为。

⑤孔：甚，很。

⑥庶类：万物，万类。

**【译文】**

　　王子乔说："道"只可以心领神会啊，却无法口说言传；它小到不能再分啊，大到没有边缘；不要搅乱你的神魂啊，它自然而然地就会出现；这一元之气非常神秘啊，往往在半夜寂静之时留存；请虚心安静等待着它啊，不要先有接物的心愿；万物都是这样生成啊，这就是得道的法门。


　　闻至贵而遂徂兮①，忽乎吾将行。仍羽人于丹丘兮②，留不死之旧乡。朝濯发于汤谷兮③，夕晞余身兮九阳④。吸飞泉之微液兮⑤，怀琬琰之华英⑥。玉色頩以脕颜兮⑦，精醇粹而始壮⑧。质销铄以汋约兮⑨，神要眇以淫放⑩。嘉南州之炎德兮⑪，丽桂树之冬荣⑫。山萧条而无兽兮，野寂漠其无人⑬。载营魄而登霞兮⑭，掩浮云而上征⑮。命天阍其开关兮⑯，排阊阖而望予⑰。召丰隆使先导兮⑱，问大微之所居⑲。集重阳入帝宫兮⑳，造旬始而观清都。㉑


**【注释】**

①至贵：非常珍贵，即要言妙道。徂：往，去。

②仍：因，就此。羽人：神话传说中的仙人。丹丘：传说中神仙所居之地，或谓其地昼夜常明。

③濯（zhuó）：洗。汤（yáng）谷：即旸谷，古代神话传说中日出之处。

④晞（xī）：晒干，曝晒。九阳：古时传说旸谷有扶桑树，上枝有一个太阳，下枝有九个太阳，十个太阳轮流值班一天。

⑤飞泉：谷名，即飞谷，在昆仑西南。微液：微，细微，精细。液，

汁液。

⑥琬琰(wǎn yǎn)：泛指美玉。华英：这里指玉的精华。

⑦颒(pīng)：面色光润。睕(wàn)：有光泽，美好。

⑧醇粹：精纯不杂，纯粹完美。

⑨质：这里指凡庸、世俗的形体、形质。销铄(shuò)：消亡，熔化。汋(chuò)约：绰约，姿态柔媚。

⑩要眇(miào)：精深微妙。淫放：这里形容精神充沛旺盛。

⑪南州：泛指南方地区。炎德：火德。阴阳家将东、西、南、北、中分属五行，南方属火，故称。

⑫丽：与"嘉"互文见义，都是"赞美"的意思。

⑬寂漠：同"寂寞"。

⑭营魄：魂魄。

⑮掩：遮没，遮蔽。这里指被云气缭绕覆盖。上征：向上飞升。

⑯天阍(hūn)：天帝的守门人。关：本指门闩。《说文·门部》："关，以木横持门户也。"这里指门。

⑰阊阖(chāng hé)：神话传说中的天门。

⑱丰隆：古代神话中的雷神，后多作雷的代称。一说云神。

⑲大微：亦作"太微"，古代星名，神话传说中天庭之所在。

⑳重阳：指天。

㉑旬始：星名。清都：神话传说中天帝居住的宫阙。

**【译文】**

听了至理妙言就想前往啊，匆匆忙忙我就起程。跟随仙人到达丹丘仙境啊，停留在神仙的不死之乡。早晨在汤谷洗洗头发啊，傍晚在九阳之中晒干我的全身。吸饮昆仑飞泉的美液啊，怀抱美玉的精华。我的面色如玉光泽鲜润啊，精神纯美气息渐强。凡胎脱尽而显得柔美啊，神气幽远而精神充沛。赞美南国气候温暖啊，赞美桂树冬天也吐芬芳。山林萧条没有野兽啊，原野寂静不见人踪。载着魂魄登上彩霞啊，拥披着浮云而飞升。我叫帝宫门神打开天门啊,他推开大门朝我打量。我招来丰隆作我的先导啊,访问天庭太微星所在的地方。升上九天进帝宫游览啊,造访旬始星参观天庭清都。

朝发轫于太仪兮①,夕始临乎于微闾②。屯余车之万乘兮,纷溶与而并驰③。驾八龙之婉婉兮,载云旗之逶蛇④。建雄虹之采旄兮⑤,五色杂而炫燿⑥。服偃蹇以低昂兮⑦,骖连蜷以骄骜⑧。骑胶葛以杂乱兮⑨,斑漫衍而方行⑩。撰余辔而正策兮,吾将过乎句芒⑪。历太皓以右转兮⑫,前飞廉以启路⑬。阳杲杲其未光兮⑭,凌天地以径度。风伯为余先驱兮,氛埃辟而清凉。凤皇翼其承旗兮⑮,遇蓐收乎西皇⑯。擥慧星以为旍兮⑰,举斗柄以为麾⑱。叛陆离其上下兮⑲,游惊雾之流波。时暧瞹其晼莽兮⑳,召玄武而奔属㉑。后文昌使掌行兮㉒,选署众神以并毂㉓。路曼曼其修远兮,徐弭节而高厉㉔。左雨师使径侍兮,右雷公以为卫。欲度世以忘归兮㉕,意恣睢以担挢㉖。内欣欣而自美兮,聊媮娱以自乐㉗。涉青云以汎滥游兮㉘,忽临睨夫旧乡㉙。仆夫怀余心悲兮,边马顾而不行。思旧故以想像兮㉚,长太息而掩涕。汜容与而遐举兮㉛,聊抑志而自弭。指炎神而直驰兮㉜,吾将往乎南疑㉝。

**【注释】**

①发轫(rèn):拿掉支住车轮的木头,使车前进。借指出发、起程。
　太仪:天帝的宫廷。

②于微闾:神话传说中的山名,在东北方,盛产美玉,即所谓"医巫闾",也叫"微母闾"。

③溶与：即"容与"，迟缓不进。

④逶蛇（wēi yí）：同"逶迤"，形容车旗迎风飘扬的样子。

⑤雄虹：古人认为彩虹由两部分组成，外侧较鲜艳的部分称为虹，属雄性；内侧较暗较少光彩的部分称为霓，属雌性。采旄（máo）：用旄牛尾装饰的彩旗。

⑥炫燿：闪耀，光彩夺目。燿，同"耀"。

⑦服：古代一车驾四马，居中的两匹称服。偃蹇（jiǎn）：形容马匹高大矫健。低昂：起伏，这里就马奔跑时的状况与姿态而言。

⑧骖（cān）：驾车时位于两边的马。连蜷：这里形容骖马矫健、健美。骄骜：纵恣奔驰。

⑨骑：指车马。胶葛：交错纷乱的样子。

⑩斑：这里形容车骑排列得缤纷盛多而显得错杂的样子。漫衍：绵延伸展的样子。方行：并行，一齐前行。方，合并，并在一起。

⑪句（gōu）芒：古代神话传说中的主木之官。又为木神名。

⑫太皓：即"太暤"，传说中古帝名。

⑬飞廉：风神。启路：开路。

⑭杲杲（gǎo）：明亮。

⑮旂（qí）：古代画有两龙并在竿头悬铃的旗。

⑯蓐（rù）收：古代神话传说中的西方神名，司秋。西皇：古代神话传说中西方的尊神。

⑰旌（jīng）：亦作"旍"，古代用牦牛尾以及五彩羽饰竿头的旗子。

⑱斗柄：北斗柄。指北斗的第五至第七星，即玉衡、开泰、摇光。北斗，第一至第四星像斗，第五至第七像柄。麾（huī）：古代用以指挥军队的旗帜，后又成为宫廷演奏音乐时的指挥工具。

⑲叛：纷繁。

⑳暧曃（ài dài）：昏暗不明的样子。曭（tǎng）莽：晦暗朦胧的样子。

㉑玄武：古代神话传说中的北方之神，其形为龟，或龟蛇合体。奔

属(zhǔ)：追随，跟随。

㉒文昌：星座名，共六星，在斗魁之前，形成半月形状。亦指星神。
　　掌行：带领从行的队伍，犹领队。

㉓选署：选择，部署安排。并毂(gǔ)：车辆并行。毂，车轮中心的圆
　　木，周围与车辐的一端相接，中有圆孔，可以插轴。

㉔弭节：驻节，停车。高厉：上升，高高腾起。

㉕度世：犹“出世”，即超脱尘世为仙。

㉖恣睢(zì suī)：放任自得的样子。担挢(jiē jiāo)：高举。

㉗媮(yú)：同“愉”，乐。

㉘涉：徒步过河。汎滥游：四处漫游。

㉙临睨(nì)：俯视，察看。

㉚想像：想见其形象，即思念、缅怀、回忆的意思。

㉛遐举：远行，飞行。

㉜炎神：南方火神祝融。

㉝南疑：即九疑山，山在南方，故称。王逸《楚辞章句》：“过衡山而
　　观九疑也。”

**【译文】**

早晨从天宫出发啊，傍晚到达医巫闾山。万辆马车聚集一处啊，从
容安详并驾向前。驾着八匹神骏迤逦而行啊，载着云旗飘扬飞动。竖
起插着旄头绘有颜色鲜艳的雄虹的彩旗啊，五色缤纷光彩夺目。居中
的马高大矫健俯仰自然啊，两边的马健壮而纵恣奔驰。车马参差交错
杂乱啊，队列绵绵不绝并行向前。我抓紧缰绳握好马鞭啊，将经过那东
方木神句芒。经过东帝太皞再向右转啊，让风伯飞廉在前开路。明亮
的太阳尚未放射光芒啊，超越天地径直向前。风伯为我做车队的先驱
啊，扫荡尘埃迎来清凉。凤凰的彩翼连接着云旗啊，在西帝那里遇见金
神蓐收。摘下彗星充当旌旗啊，举起斗柄用以指挥。五色斑斓上下闪
耀啊，在云海波涛中漫游流连。天色渐暗四周朦胧啊，我叫来玄武跟随

相伴。让文昌在车后为我掌管行程啊,安排众神并驾前行。前方道路多么漫长遥远啊,我掌控车节缓缓驰向云天。左边让雨师相伴随侍啊,右边让雷公保驾扈从。想超脱尘世而忘却归去啊,放纵心志而高飞远举。我心中喜乐自认为美好啊,所以姑且娱戏以自乐。飞越层云漫游四面八方啊,忽然俯瞰到故乡田原。车夫感怀我心悲伤啊,车驾两侧的马也频频回望不肯向前。思念故友想见到他们啊,我长长叹息涕泪滂沱。从容泛游而逍遥远去啊,聊且抑制情感而自我宽慰。追寻南方火神径直奔驰啊,我将前往九疑山。

　　　览方外之荒忽兮①,沛罔象而自浮②。祝融戒而还衡兮③,腾告鸾鸟迎宓妃④。张《咸池》奏《承云》兮⑤,二女御《九韶》歌⑥。使湘灵鼓瑟兮⑦,令海若舞冯夷⑧。玄螭虫象并出进兮⑨,形蟉虬而逶蛇⑩。雌蜺便娟以增挠兮⑪,鸾鸟轩翥而翔飞⑫。音乐博衍无终极兮⑬,焉乃逝以俳佪。舒并节以驰骛兮⑭,逴绝垠乎寒门⑮。轶迅风于清源兮⑯,从颛顼乎增冰⑰。历玄冥以邪径兮⑱,乘间维以反顾⑲。召黔嬴而见之兮⑳,为余先乎平路。经营四荒兮㉑,周流六漠㉒。上至列缺兮㉓,降望大壑㉔。下峥嵘而无地兮㉕,上寥廓而无天。视倏忽而无见兮㉖,听惝怳而无闻㉗。超无为以至清兮,与泰初而为邻㉘。

**【注释】**

①荒忽:形容朦胧恍惚的样子。
②沛(pèi):形容水流动的样子。罔(wǎng)象:本指水怪或水神名。此处引申指水势盛大。
③祝融:神名,帝喾时的火官,后尊为火神,命曰祝融,亦以为火或火灾的代称。还衡:回车。衡,车辕前木,此指代车。

④腾告:传告。宓(fú)妃:神话传说中的洛水女神。

⑤《咸池》:古乐曲名。相传为尧乐。一说为黄帝之乐,尧增修沿
　用。一说为舜乐。《承云》:传说为黄帝乐曲。或曰是颛顼时
　乐曲。

⑥二女:这里指尧之二女,即娥皇、女英。御:侍奉弹奏,吹奏。《九
　韶》:亦作"九磬"、"九招",舜时乐曲名。

⑦湘灵:古代神话传说中的湘水之神。

⑧海若:古代神话传说中的海神。冯(píng)夷:古代神话传说中的
　河神,即河伯。

⑨玄螭(chī):玄,黑色。螭是龙一类的神物。虫象:一种水中生物,
　大约颇有灵异之处。

⑩蟉虬(liú qiú):屈曲盘绕的样子。逶蛇:又写作"委蛇"、"逶迤"
　等,形容蜿蜒曲折的样子。与上面"蟉虬"意义相近。

⑪便(pián)娟:轻盈美好。挠:缠绕。

⑫轩輖(zhù):高飞。

⑬音乐:古代音、乐有别。《礼记·乐记》:"音之起,由人心生也。
　人心之动,物使之然也,感于物而动,故形于声。声相应,故生
　变,变成方谓之音。比音而乐之,及干戚、羽旄,谓之乐。"博衍:
　这里形容乐声博大广远、舒展绵延的样子。

⑭并节:两两相并的马鞭。驰骛(wù):疾驰,快跑。

⑮逴(chuō):远。绝垠:极远的地方。寒门:古代神话传说中北方
　极寒冷的地方。

⑯轶(yì):本义是后车超前车。引申为超越。迅风:疾风。清源:指
　北极寒风的源头,传说中的八风之府。

⑰颛顼(zhuān xū):上古帝王名,"五帝"之一,号高阳氏。增冰:层
　层积累的冰雪,乃北方严寒景象。

⑱玄冥:北方水神。邪径:斜路,弯路。

⑲间维：指天地之间。古称天有六间，地有四维，故称。

⑳黔羸(qián yíng)：造化之神。

㉑经营：周遍往来。四荒：四方荒远之地。

㉒周流：遍游，四处游观。六漠：犹"六幕"、"六合"，指天地四方。

㉓列缺：亦作"列缺"，指高空中闪电所显现的空隙。

㉔大壑(hè)：大海。

㉕峥嵘：深远，深邃。

㉖儵(shū)忽：这里形容看不清楚。儵，同"倏"。

㉗惝怳(chǎng huǎng)：这里形容听起来模糊不清。

㉘泰初：道家指天地未分之前的混沌元气，后亦指天地形成前的时期。

【译文】

　　遥览世外浩渺无垠啊，我仿佛在汪洋大海里上下浮游。火神祝融劝告我掉转车头啊，我传告鸾鸟去迎接宓妃。张设《咸池》之乐，演奏《承云》之曲啊，娥皇、女英奏起《九韶》之歌。让湘水之神敲奏瑟乐啊，让海神与河神共同跳舞。黑龙与水怪一起戏乐啊，形体屈曲婉转自如。彩虹轻盈层层环绕啊，青鸾神鸟高翔飞舞。音乐宏博没有终止啊，我于是远去周游徘徊。放松缰绳任马狂奔啊，远到天边北极的冰寒之地。超越急风来到清气之源啊，跟随颛顼到达冰天雪地之所。通过水神的崎岖小路啊，在天地之间顾盼不已。召唤造化之神前来相见啊，叫他为我先行铺平道路。我往来四方荒凉之地啊，周游六合广漠之境。向上直触闪电之至高空隙啊，向下俯瞰大海之至深。下面高远深邃不见大地啊，上面辽阔空远不见苍天。模模糊糊什么也看不见啊，恍恍惚惚什么也听不清。超越无为清静的境界啊，和太初原始结伴为邻。

# 卜 居

## 【题解】

"卜",问卜;"居",居处。卜居即"谓所以自处之方"(蒋骥《山带阁注楚辞》)的意思。古人以占卜决疑,"卜居"就是说通过占卜,来解决自己"何去何从"的疑惑,即该采取怎样的态度来对待社会现实。

关于本篇的作者至今多有争议,王逸说:"《卜居》者,屈原之所作也。屈原履忠贞之性,而见嫉妒。念谗佞之臣,承君顺非,而蒙富贵。已执忠直,而身放弃,心迷意惑,不知所为。乃往至太卜之家,稽问神明,决之蓍龟,卜已居世何所宜行,冀闻异策,以定嫌疑。故曰《卜居》也。"这段话很好地解释了作者及题义,历代无异辞。至清人崔述乃认为是"假托成文",此说在学术界一直颇有争议。近现代一些楚辞研究者,如郭沫若、游国恩、陆侃如等人均认同"伪作说",以致许多文学史都将《卜居》、《渔父》排除在屈赋之外。但陈子展《楚辞直解》将"伪作说"的各种理由一一驳斥推翻,辩之甚详。姜亮夫、汤炳正、蒋天枢等人亦持赞同看法。本书认为在没有新材料出现来"证伪"之前,仍当以传统说法为是。

本篇采用散文笔法叙述,通篇一连提出十几个问题来卜问处世方式,表达了屈原对黑暗现实的激愤和抗争、对美善的坚持和对丑恶的弃绝,以及对人生态度的选择及选择之后的痛苦心情。事实上,屈原并无待决之疑,他的选择取舍,早已通过问话一目了然。最后郑詹尹的回答也极富哲理警策:"夫尺有所短,寸有所长,物有所不足,智有所不明,"这是对屈原的开导、安慰,让其顺应自然,于顺应中找方法,于自然中觅出路。这种问答体常为后人称颂,被视为后世辞赋杂文宾主问答体的滥觞。

　　屈原既放,三年不得复见。竭知尽忠①,而蔽鄣于谗②。心烦虑乱,不知所从。往见太卜郑詹尹曰③:"余有所疑,愿因先生决之④。"詹尹乃端策拂龟⑤,曰:"君将何以教之⑥?"屈原曰:"吾宁悃悃款款朴以忠乎⑦? 将送往劳来斯无穷乎⑧? 宁诛锄草茅以力耕乎? 将游大人以成名乎? 宁正言不讳以危身乎? 将从俗富贵以媮生乎⑨? 宁超然高举以保真乎⑩? 将哫訾栗斯⑪,喔咿儒儿以事妇人乎⑫? 宁廉洁正直以自清乎? 将突梯滑稽⑬,如脂如韦⑭,以洁楹乎⑮? 宁昂昂若千里之驹乎? 将氾氾若水中之凫乎⑯,与波上下,偷以全吾躯乎? 宁与骐骥亢轭乎⑰? 将随驽马之迹乎? 宁与黄鹄比翼乎⑱? 将与鸡鹜争食乎⑲? 此孰吉孰凶? 何去何从? 世溷浊而不清,蝉翼为重,千钧为轻⑳;黄钟毁弃㉑,瓦釜雷鸣㉒;谗人高张㉓,贤士无名。吁嗟默默兮㉔,谁知吾之廉贞!"詹尹乃释策而谢,曰:"夫尺有所短,寸有所长,物有所不足,智有所不明,数有所不逮㉕,神有所不通。用君之心,行君之意,龟策诚不能知事㉖。"

【注释】
　　①知:同"智",智慧,才干。

②蔽鄣:遮蔽,阻挠。蔽,雍塞,蒙蔽。鄣,通"障",阻塞。

③太卜:古代官名,周时属春官,为卜官之长。郑詹尹:太卜的姓名。一说郑,表示郑国,或即是姓;詹,即"占",占卜、占筮的意思;尹,官名。

④因:通过,凭借,依靠。决:分辨,判断。

⑤端:摆放整齐。策:古代卜筮用的蓍草。龟:龟甲,古代用作占卜之具。

⑥教:告诉。

⑦宁:宁可,宁愿,愿意,想做。悃悃(kǔn)款款:忠诚勤勉的样子。朴:本性,本质。

⑧送往:送别去者。劳来:慰问、劝勉归服的人。来,归服,此指归服的人。

⑨媮(tōu)生:苟且求活,无所作为地生活。

⑩超然:形容远走高飞、遗世独立的样子。高举:远离尘嚣,这里指退隐山林。

⑪呫訾(zú zī):阿谀奉承。栗斯:献媚之态。

⑫喔咿(wō yī):献媚强笑的样子。儒儿:强颜欢笑的样子。

⑬突梯滑(gǔ)稽:委婉从顺,圆滑随俗。

⑭韦:本指熟牛皮,此处意为"柔软"。

⑮楹(yíng):厅堂的前柱。

⑯氾氾:飘浮、浮行的样子。亦作"汎汎"。凫(fú):野鸭。乎:一本无"乎"字,当从之。

⑰亢轭(kàng è):齐驱并驾。

⑱黄鹄(hú):鸟名,这里喻指高才贤士。

⑲鸡鹜(wù):鸡和鸭,这里喻指小人或平庸的人。

⑳千钧:代表最重的东西。古制三十斤为一钧。

㉑黄钟:古乐中十二律之一,是最响最宏大的声调。这里指声调合

于黄钟律的大钟。

㉒瓦釜：陶制的锅，这里代表鄙俗音乐。

㉓高张：居高位而嚣张跋扈。

㉔吁嗟（xū jiē）：感慨，叹息。默默：形容无话可说的样子。

㉕不逮：比不上，不及。

㉖知事：一作"知此事"，当从之。

## 【译文】

屈原已经遭到放逐，三年没有再见到楚王。他竭尽智慧与忠诚，却因小人的谗言而受到冤蔽。心中烦闷，思虑烦乱，不知应该怎么办。就去拜访太卜郑詹尹，屈原说："我心里有所疑虑，特请教先生帮我决断。"詹尹就摆好占卜用的蓍草，拂拭灵龟，说："不知您想说什么事？"屈原说："我应该诚实勤恳、朴实忠厚呢，还是无休无止地应酬、周旋？我是应该锄草铲田过此一生，还是游说权贵求取功名？应该忠言直谏奋不顾身，还是追求富贵苟且偷生？应该超然世外保持真性，还是像取媚妇人一样奴颜婢膝？应该廉洁正直洁身自处，还是圆滑世故，如油脂滑腻，似熟牛皮柔能缠柱？应该气宇轩昂像矫健的千里马，还是浮游不定像水中的野鸭为保全性命而随波逐流？应该与骏马并驾齐驱，还是跟劣马亦步亦趋？应该与黄鹄比翼齐飞，还是和鸡鸭一道争食？这些事哪个吉利，哪个凶险？哪样不能做，哪样可以干？这世道浑浊，是非不清，薄薄的蝉翼被认为很重，千钧之物却被认为太轻；音响宏亮的黄钟被毁坏抛弃，鄙俗的瓦釜却作乐器雷鸣震天；谗佞小人嚣张跋扈，贤能之士则默默无名。不说了吧，谁了解我的廉洁忠贞！"詹尹于是放下筹策辞谢，说："一尺有嫌它太短之处，一寸有觉其太长之时，万物都有不足之处，智者也有不懂的地方，卦数有时会推算不到，神灵的法力也有所不至。就随您的心意而为，龟卜蓍占实在不能料知此事。"

# 渔 父

　　关于本篇作者,王逸曰:"《渔父》者,屈原之所作也。屈原放逐,在江湘之间,忧愁叹吟,仪容变易。而渔父避世隐身,钓鱼江滨,欣然自乐。时遇屈原川泽之域,怪而问之,遂相应答。楚人思念屈原,因叙其辞以相传焉。"后人基本采用屈原所作之说,如朱熹《楚辞集注》称:"《渔父》者,屈原之所作也。渔父盖亦当时遁隐之士。或曰亦原之设词耳。"蒋骥《山带阁注楚辞》称:"或云此亦原之寓言。然太史公采入本传,则未必非实录也。"因此传统说法并不怀疑屈原创作的真实性。清代崔述较早提出本篇为伪作,姜亮夫《屈原赋校注》予以驳斥说:"至近世崔述以庾信《枯树赋》以称桓大司马,谢惠连《雪赋》之称相如,刃以定《渔父》、《卜居》之称,屈原为假托成文。假托成文,固亦《庄子》寓言之例,而尤以为辞赋家之常事;……史公非可以伪托欺者也,何以尚录之本传?又沧浪之歌明载乎《孟子》,其为江汉民间流行之曲,能假为《渔父》之文者,未必不读《孟子》,而渔父之歌之可供采择者亦至多,托伪者乃不之采,而取孺子所歌,大义与上文了不相属,又未必为渔者至高之境界,此不为当时直录所历,不计巧拙,亦将无以解于此疑。"所辨甚明,故本书亦从旧说,以之为屈原所作。

　　《渔父》是篇思想性和可读性很强的优美辞篇。因屈原遭楚王放逐，心情沮丧、形容枯槁，在漫步江畔、且歌且行之际，遇到渔父。渔父见屈原憔悴不堪，便向屈原发出两个疑问：一问其身份，二问其如此落魄的原因，由此引出屈原的答话。通过屈原与渔父的问答，揭示了屈原的处世态度，表现了他洁身自好，不与世俗同流合污的节操以及不惜舍生取义的精神。而渔父是位主张"与世推移"、高蹈遁世、游戏人生的隐者，明王夫之云："江汉之间，古多高蹈之士，隐于耕钓，若接舆、庄周之流，皆以全身远害为道，渔父盖其类也。"（《楚辞通释》）他随俗俯仰、与时浮沉的处世思想与屈原形成强烈的对比：一方面是屈原面对黑暗现实执著坚守自己清白高洁的人格精神和宁可抛弃珍贵的生命也决不与污秽尘俗同流合污的决心；一方面是渔父看透尘世纷扰而恬淡自安，随性自适，寄情于自然，乐天知命的隐者劝诫。全诗在对比中进行问答，简短而凝练地塑造出两种对立的人生态度和处世哲学。

　　有意思的是，后人对《渔父》的推崇一般都撇开了"三闾大夫"的洁身自好的人格理想，却偏偏钟情于过着萧散自由生活的"渔父"。如洪兴祖《楚辞补注》说："《卜居》、《渔父》，皆假设问答以寄意耳，而太史公《屈原传》、刘向《新序》、嵇康《高士传》或采《楚词》、《庄子》渔父之言以为实录，非也。"姑不论洪氏以来以为《渔父》非实录的观点如何，他的这一段评价倒反映出《卜居》、《渔父》对汉魏以来文人的影响。像晋人王胡之在《与庾安西笺》中要求宽政说："百姓投一纶、下一筌者，皆夺其渔器。不输十疋，则不得放。不知漆园吏何得持竿不顾，渔父鼓枻而歌沧浪也。"（《全晋文》卷二〇）从中可以看出他们对"渔父"生活方式的向往。至如唐宋以来，歌咏"渔父"的诗文则更多。如北宋范仲淹有《出守桐庐道中》诗云："笑解尘缨处，沧浪无限清。"南宋严羽自名诗话为《沧浪诗话》，且在开篇《诗辨》中称学会作诗前"先须熟读楚辞，朝夕讽咏以为之本"，足以看出屈骚对其的影响。另外，《渔父》对七言诗的发轫及发展也有一定影响。明徐祯卿《谈艺录》即称："七言始起，咸曰柏梁。然宁戚扣牛，已肇《南山》之篇矣。其为则也，声长字纵，易以成文。故蕴气雕词,与五言略异。要而论之:《沧浪》擅其奇,《柏梁》宏其质,《四愁》坠其隽,《燕歌》开其靡。"其虽仅指《沧浪》数句,但它却是《渔父》整篇必不可少的一部分,故亦可以说《渔父》是七言诗嬗变过程中必不可缺的一环。

　　屈原既放,游于江潭,行吟泽畔,颜色憔悴①,形容枯槁②。渔父见而问之曰③:"子非三闾大夫与④?何故至于斯?"屈原曰:"举世皆浊我独清⑤,众人皆醉我独醒⑥,是以见放。"渔父曰:"圣人不凝滞于物⑦,而能与世推移。世人皆浊,何不淈其泥而扬其波⑧?众人皆醉,何不餔其糟而歠其醨⑨?何故深思高举⑩,自令放为?"屈原曰:"吾闻之:新沐者必弹冠⑪,新浴者必振衣⑫。安能以身之察察⑬,受物之汶汶者乎⑭?宁赴湘流,葬于江鱼之腹中。安能以皓皓之白,而蒙世俗之尘埃乎?"渔父莞尔而笑⑮,鼓枻而去⑯。

**【注释】**

①颜色:面容,脸色,气色。

②形容:形态,容貌。枯槁:这里是形容清瘦的样子。

③渔父(fǔ):打渔的老人。父,对老年男子的尊称。这里的渔父是
　　隐士的化身。

④三闾大夫:楚国官职名,掌管教育楚国王族屈、景、昭三姓宗族
　　子弟。

⑤举世皆浊我独清:浊、清,指品德行为而言。汪瑗《楚辞集解》:
　　"清,比己之洁,而浊比世之秽也。"王夫之《楚辞通释》:"没于宠
　　利曰浊。"

⑥众人皆醉我独醒:醉、醒,指对楚国形势的认识而言。蒋骥《山带

阁注楚辞》："昧于危亡曰醉。"蒋天枢《楚辞校释》："醒,已虽处沉昏之世,仍有所灼见。"

⑦凝滞:拘泥,固执。

⑧淈(gǔ):搅混,扰乱。

⑨餔(bū)其糟:本义指吃酒糟,比喻为屈志从俗,随波逐流。《说文·米部》："糟,酒滓也。"歠(chuò)其醨(lí):本义指饮薄酒,比喻为随波逐流,从俗浮沉。歠,饮,喝。醨,通"䣩",薄酒。

⑩深思:思虑很深,即"独醒"。高举:高出流俗,即"独清"。

⑪沐:洗头。《说文·水部》："沐,濯发也。"弹(tán)冠:弹去冠上的灰尘,整冠。

⑫浴:洗澡。振衣:抖衣去灰尘。

⑬察察:清洁,洁白的样子。

⑭汶汶(mén):玷辱、污浊的样子。

⑮莞(wǎn)尔:形容微笑的样子。

⑯鼓枻(yì):亦作"鼓栧",划桨泛舟。

【译文】

屈原被流放以后,在江边游荡独行,他一边行走一边吟哦,面容憔悴,模样枯瘦。有位打渔的老人看见他,便问道:"您不是三闾大夫吗?为什么会沦落到这步田地?"屈原答道:"世上的人都混浊,只有我清白;大家都醉了,只有我清醒着,因此被放逐。"渔父问:"有圣德的人不被事物所束缚,而能随着世道一起变化推进。既然世上的人都混浊,你何不搅混泥水,扬起浊波?既然大家都醉了,你何不吃酒糟,喝薄酒?为什么要思虑深远,行为高尚,使自己被放逐?"屈原说:"我曾听到古人说:刚洗过头的人一定要弹弹帽子上的灰尘,刚洗好澡的人一定要整理一下衣服。怎能让清白无比的身体,沾染上污秽不堪的外物?我宁愿跳入湘江,葬身鱼腹。怎能让洁白纯净之身,蒙上世俗的尘泥?"渔父听了,微微一笑,摇起船桨动身离去。

歌曰："沧浪之水清兮<sup>①</sup>，可以濯吾缨；沧浪之水浊兮，可以濯吾足。"遂去，不复与言。

**【注释】**

①"沧浪之水清兮"以下四句：以上渔父所唱的《沧浪歌》，亦名《孺子歌》，又见于《孟子·离娄上》，可能是流传于江湘一带的古歌谣。沧浪，古水名。有汉水、汉水之别流、汉水之下流、夏水诸说。濯（zhuó）：洗涤。缨：系冠的带子，以二组系于冠，结在颔下。

**【译文】**

唱道："沧浪之水清又清啊，可以洗我的帽缨；沧浪之水浊又浊啊，可以洗我的双脚。"渔父于是远去，不再和屈原说话。

# 九　辩

【题解】

　　本篇为宋玉的代表作。宋玉,楚人,生卒年代不详,关于他的生平行状,《史记·屈原贾生列传》说:"屈原既死之后,楚有宋玉、唐勒、景差之徒者,皆好辞而以赋见称。然皆祖屈原之从容辞令,终莫敢直谏。"其他如《韩诗外传》卷七"第十七章"、《新序·杂事》等零星记载了他与楚襄王的一些事迹,看来他有类似文学侍臣一样的身份,余不可考。据《离骚》、《天问》、《山海经·大荒西经》的说法,《九辩》与《九歌》一样,也是夏启从天上带来的乐曲,实为古乐曲名,宋玉是借用其名而自铸新词。"九辩"是"九阕"或"九遍"的意思,是指由若干乐章组合而成的一种曲调。自王逸以下,一般认为《九辩》是宋玉哀怜其师屈原而代为作词,这未免有些牵强。

　　《九辩》是继《离骚》之后又一首自叙性长篇抒情诗。作品以衰败的楚国社会现实为背景,通过叙经历、叹遭际、抒情志,以悲秋、思君为主题,表现了诗人忧国、忠君的高尚节操,从中反映出的社会状况及个人忧思具有很强的时代感和民族性。

　　《九辩》开篇即把萧瑟的秋景与贫士的遭际联系起来加以细致描摹,接着反复抒写悲秋的原因,将个人不能为世所用的孤独感与绵长不尽的悲哀倾注其间。诗人清醒地认识到楚国君臣的腐败无能,他不愿顺从世俗,丢弃自己的人格与尊严,为不受世俗污染,诗人欲远走高飞,然而,现实社会中,秋天仍然草木凋落,贫士依旧难为世用。通过现实与想象的强烈对比,把悲秋主题渲染得淋漓尽致,给读者带来悲怆的情感冲击。

《九辩》是宋玉的代表作,全诗各章既各有宗旨,又彼此关联,整体结构精美。其中秋景的描绘历来脍炙人口,成为后世学习典范。如汉武帝《秋风辞》、曹植《秋思赋》、曹《燕歌行》等无不从"萧瑟兮草木摇落而变衰,憭慄兮若在远行,登山临水兮送将归,泬寥兮天高而气清"中汲取语源和灵感。当然,《九辩》中还有很多屈骚的影子,这反映出宋玉对屈原作品的借鉴和模仿。如"圜凿而方枘兮,吾固知其锟铻而难入"句,即从《离骚》"不量凿而正枘兮"及"何方圜之能周兮"两句发展而来;又"尧舜之抗行兮,瞭冥冥而薄天。何险巇之嫉妒兮,被以不慈之伪名"亦明显化自《哀郢》"尧舜之抗行兮,瞭杳杳而薄天。众谗人之嫉妒兮,被以不慈之伪名";又"憎愠之修美兮,好夫人之慷慨。众踥蹀而日进兮,美超远而逾迈"与《哀郢》相比,除"慷"作"忼"外,竟四句全同。这些均说明《九辩》与屈骚是一脉相承,乃至水乳交融的。


悲哉秋之为气也!萧瑟兮草木摇落而变衰①,憭慄兮若在远行②,登山临水兮送将归,泬寥兮天高而气清③,寂寥兮收潦而水清④,憯悽增欷兮薄寒之中人⑤,怆怳懭悢兮⑥,去故而就新,坎廪兮贫士失职而志不平⑦,廓落兮羁旅而无友生⑧。惆怅兮而私自怜。燕翩翩其辞归兮⑨,蝉寂漠而无声⑩。雁廱廱而南游兮⑪,鹍鸡啁哳而悲鸣⑫。独申旦而不寐兮,哀蟋蟀之宵征⑬。时亹亹而过中兮⑭,蹇淹留而无成⑮。

**【注释】**

①萧瑟:草木被秋风吹拂所发出的声音。

②憭慄(liáo lì):亦作"憭栗",形容凄凉的样子。

③沈寥(xuè liáo):亦作"沈漻"、"沈寥",形容晴朗空旷,天高气清的样子。

④宋廖(jì liáo):清澄平静的样子。宋,即"寂"。潦(lǎo):雨水,积水。

⑤憯(cǎn)悽:悲痛,感伤。欷(xī):叹息。薄寒:秋天轻微的寒气。中(zhòng):侵袭,伤害。

⑥怆怳(chuàng huǎng):失意悲伤。忼悢(kuǎng lǎng):失意怅惘。

⑦坎廪(lǐn):坎坷不平,这里指困顿,不得志。

⑧廓(kuò)落:空虚孤寂。羁旅:作客异乡。羁,寄居在外。旅,旅行者。友生:友人,朋友。生,语缀,无实义。

⑨翩翩:飞行轻快的样子。

⑩宋(jì)漠:同"寂寞"。静默无声的意思。

⑪廱廱(yōng):这里指雁鸣声。

⑫鹍(kūn):鹍鸡,古代指像鹤的一种鸟。啁哳(zhāo zhā):形容声音烦杂而细碎。

⑬宵征:夜行。

⑭亹亹(wěi):行进不停的样子。过中:过了中年,趋于老境。

⑮蹇(jiǎn):发语词。淹留:滞留,久留。

**【译文】**

悲凉啊秋天! 大地萧瑟啊草木在凋零陨落而衰黄,心中凄凉啊好像人在远行,又像登山临水送人踏上归程,空旷清朗啊天宇高远空气清爽,平静清澈啊积水消退水流澄清,凄凉叹息啊微寒袭人,恍惚惆怅啊离乡背井前往新地,世途坎坷啊贫士丢官心中不平,空虚孤独啊流落在外没有亲朋。失意悲伤啊自我怜悯。燕子翩翩辞北归南啊,寒蝉静寂没有声音。大雁鸣叫着向南飞翔啊,鹍鸡不住地啾啾悲鸣。独自通宵达旦难以入眠啊,蟋蟀的彻夜哀鸣勾起了我的悲伤。时光流逝已过了半生啊,仍然滞留在外而一事无成。

悲忧穷戚兮独处廓①,有美一人兮心不绎②。去乡离家兮徕远客③,超逍遥兮今焉薄④?专思君兮不可化,君不知兮可奈何!蓄怨兮积思,心烦儋兮忘食事⑤。愿一见兮道余意,君之心兮与余异。车既驾兮朅而归⑥,不得见兮心伤悲。倚结轸兮长太息⑦,涕潺湲兮下沾轼⑧。忼慨绝兮不得⑨,中瞀乱兮迷惑⑩。私自怜兮何极,心怦怦兮谅直⑪。

**【注释】**

①穷戚:困顿。戚,通"促",迫促,局促。廓:空旷辽廓,这里指空虚寂寞的地方。

②绎(yì):通"怿",喜悦。

③徕(lái):字同"来",一本即作"来"。

④超:远。逍遥:这里指漂泊无依。

⑤烦儋(dàn):烦闷忧愁。

⑥朅(qiè):离去。

⑦结轸(líng):车栏,古代车箱的前、左、右三面,用木条一横一竖交叉结成许多方格,形似窗棂。

⑧涕:眼泪。潺湲(chán yuán):本指水流不断的样子,这里形容泪流不断。轼:古代设在车箱前供立乘者凭扶的横木。

⑨忼慨(kāng kǎi):激昂,愤激。

⑩瞀(mào)乱:昏乱,烦乱。

⑪怦怦(pēng):心急的样子。

**【译文】**

悲愁困顿啊独处空寂大地,有一位美人啊心中郁结。远离家乡啊身为异客,漂泊无依啊去哪里?一心思念君王啊不可改变,君王不知道啊该怎么办?蓄满哀怨啊积满思虑,心中烦闷啊饭都不想吃。但愿见一面啊诉说我的心意,君王的心思啊却和我迥异。驾好马车啊驶去又返回,不得见君王啊伤悲郁悒。倚靠着车栏啊长长叹息,泪水涟涟啊沾湿车前的横木。愤激不平想决绝啊又做不到,心中烦乱啊心惑神迷。独自哀怜啊何时终了,忧心如焚啊诚实正直。

　　皇天平分四时兮①,窃独悲此廪秋②。白露既下百草兮,奄离披此梧楸③。去白日之昭昭兮,袭长夜之悠悠。离芳蔼之方壮兮④,余萎约而悲愁⑤。秋既先戒以白露兮,冬又申之以严霜。收恢台之孟夏兮⑥,然欲傺而沉藏⑦。叶菸邑而无色兮⑧,枝烦挐而交横⑨;颜淫溢而将罢兮⑩,柯彷佛而萎黄⑪;薠榛惨之可哀兮⑫,形销铄而瘀伤⑬。惟其纷糅而将落兮⑭,恨其失时而无当⑮。擥騑辔而下节兮⑯,聊逍遥以相佯⑰。岁忽忽而遒尽兮⑱,恐余寿之弗将。悼余生之不时兮,逢此世之俇攘⑲。澹容与而独倚兮⑳,蟋蟀鸣此西堂。心怵惕而震荡兮㉑,何所忧之多方!卬明月而太息兮㉒,步列星而极明㉓。

**【注释】**

①皇天:对天及天神的尊称。

②窃(qiè):私下,私自。多用作谦词。廪秋:犹言寒秋。廪,通“凛”,寒冷。

③奄(yǎn):快速。离披:形容树叶凋零,树枝扶疏的样子。梧

楸（qiū）：梧桐与楸树。二木皆逢秋而早凋。

④芳蔼：芳香而繁盛。

⑤萎约：萎靡而穷困。

⑥恢台：亦作"恢炱"，"恢胎"，形容旺盛、广大的样子。

⑦然：与"焉"同，用为句首发端词。欿傺（kǎn chì）：停止，敛藏。

⑧菸（yū）邑：因枯萎而呈黯淡之色。

⑨烦挐（rú）：牵缠，纷乱。

⑩颜：形貌。淫溢：形容体貌枯槁瘦弱的样子。罢（pí）：疲劳，衰弱。

⑪柯：草木的枝茎。彷佛：亦作"仿佛"，犹模糊，指颜色不鲜明。

⑫萷（shāo）：树梢。椮椮（xiāo sēn）：形容树木光秃秃的样子。

⑬销铄：销毁，摧残。瘀（yū）伤：气血郁积成病。瘀，血液凝积。

⑭惟：思，想。纷糅：众多而杂乱。这里指枯枝败草相杂。

⑮恨：遗憾，痛惜。当（dāng）：值，遇到。

⑯擥：抓住。骈（fēi）辔：指马缰。骈，驾在车辕两旁的马。辔，缰绳。下节：停鞭，使马徐行。

⑰相佯：亦作"相羊"、"相徉"，徘徊，盘桓。

⑱忽忽：形容时光流逝之快。遒（qiú）尽：迫近于尽头，终了。遒，迫近。

⑲怔（kuāng）攘：纷乱不安的样子。

⑳澹（dàn）：恬淡，淡泊。容与：闲散的样子。倚：凭靠。

㉑怵（chù）惕：亦作"怵惕"，戒惧，惊惧。震荡：心神不定。

㉒卬（yǎng）：同"仰"，仰望，抬头向上。

㉓步：行走。列星：罗布天空，定时出现的恒星。

**【译文】**

　　皇天平分一年为四季啊，我独为这寒秋黯然悲伤。秋天的露水已经降落在百草上啊，衰黄的树叶瞬间飘离梧楸枝头。离别光明的白日啊，继之以漫漫的长夜。告别了壮年的繁茂芬芳啊，衰老困窘令我悲入愁肠。秋天先用白露来警示啊,冬天又加上层层寒霜。收尽了盛夏草木繁茂的景象啊,万物的生机都深深隐藏。叶子枯萎没有光彩啊,枝条纷乱杂错无章;色泽黯淡将要凋零啊,枝干枯朽已然干黄;树梢光秃秃令人悲怆啊,外形颓败似乎内有瘀伤。想到草木错杂将凋零啊,怅恨错失了美好时光。抓住缰绳停鞭徐行啊,姑且逍遥徘徊游荡。岁月匆匆流逝待尽啊,恐怕我的寿命也难以久长。伤感我生不逢时啊,遭逢这世道纷乱不宁。淡漠闲散独自靠立啊,听见蟋蟀在西堂哀鸣。内心忧惧而心神不定啊,为何百感交集如此忧伤!仰望明月长长叹息啊,徘徊在星光下直到天明。

　　窃悲夫蕙华之曾敷兮①,纷旖旎乎都房②。何曾华之无实兮,从风雨而飞飏③。以为君独服此蕙兮,羌无以异于众芳。闵奇思之不通兮④,将去君而高翔。心闵怜之惨悽兮,愿一见而有明。重无怨而生离兮⑤,中结轸而增伤⑥。岂不郁陶而思君兮⑦?君之门以九重⑧。猛犬狺狺而迎吠兮⑨,关梁闭而不通⑩。皇天淫溢而秋霖兮⑪,后土何时而得漧⑫!块独守此无泽兮⑬,仰浮云而永叹。

**【注释】**

①蕙华:蕙草的花。华,同"花"。曾(céng):通"层",重叠。敷:展布,开放。

②旖旎(yǐ nǐ):盛多美好的样子。都:广大,美盛。

③飞飏(yáng):飘扬,飘荡。

④闵:哀伤,怜念。后多作"悯"。

⑤重:深深思考。无怨:言行无可埋怨,即无罪。生离:被生生隔离,指被弃逐。

⑥结轸(zhěn)：形容内心忧思缠结，悲愁不已的样子。

⑦郁陶：形容忧思积聚的样子。

⑧九重：旧说天子之门有九重，此极言其深邃难进。洪兴祖《楚辞补注》："天子九门，谓关门、远郊门、近郊门、城门、皋门、库门、雉门、应门、路门也。"

⑨猎猎(yín)：犬吠声。

⑩关：本义为门闩，这里引申作"关塞"解。

⑪淫溢：过度，这里指久雨连绵。秋霖：秋日的淫雨。

⑫后土：本指土神，这里泛指土地，泥土。漧(gān)：同"乾"，干燥。

⑬块：孤独。无泽：荒芜的水泽。无，或为"芜"的借字。

【译文】

　　暗自悲叹那层叠开放的蕙花啊，繁盛娇美布满华美的宫殿。为何花朵累累却没有结果啊，随着风雨四处飘扬。原以为君王独爱佩带这蕙花啊，谁知在他眼里与众花没什么不同。伤心出众的谋略不能通达于君王啊，我将要离开君王远走他方。内心多么忧愁凄凉啊，希望见君王一面倾诉衷肠。念自己无罪却要被弃逐啊，内心郁结沉痛更加悲伤。哪能不忧思郁结思念君王啊？怎奈君门幽深重重关防。守门的猛犬迎面狂叫啊，关塞和桥梁都闭塞不通。上天降下连绵秋雨啊，大地何时才能干燥！独守在这荒芜的沼泽啊，仰望浮云长声哀叹。

　　何时俗之工巧兮，背绳墨而改错①！却骐骥而不乘兮②，策驽骀而取路③。当世岂无骐骥兮，诚莫之能善御。见执辔者非其人兮，故駶跳而远去④。凫雁皆唼夫梁藻兮⑤，凤愈飘翔而高举⑥。圜凿而方枘兮⑦，吾固知其鉏铻而难入⑧。众鸟皆有所登栖兮，凤独遑遑而无所集⑨。愿衔枚而无言兮⑩，尝被君之渥洽⑪。太公九十乃显荣兮⑫，诚未遇其匹合。谓骐骥兮安归？谓凤皇兮安栖？变古易俗兮世衰，今之相者兮举肥⑬。骐骥伏匿而不见兮，凤皇高飞而不下。鸟兽犹知怀德兮，何云贤士之不处⑭？骥不骤进而求服兮⑮，凤亦不贪诿而妄食⑯。君弃远而不察兮，虽愿忠其焉得？欲寂漠而绝端兮，窃不敢忘初之厚德。独悲愁其伤人兮，冯郁郁其何极⑰！霜露惨悽而交下兮，心尚殽其弗济⑱。霰雪雰糅其增加兮⑲，乃知遭命之将至。愿徼幸而有待兮⑳，泊莽莽与壄草同死㉑。愿自往而径游兮，路壅绝而不通㉒。欲循道而平驱兮，又未知其所从。然中路而迷惑兮，自压桉而学诵㉓。性愚陋以褊浅兮㉔，信未达乎从容㉕。

**【注释】**

①绳墨：本指木工画直线时用的墨斗、墨线，这里比喻规矩、法度。

②骐骥：骏马，这里比喻贤士。

③策：本义指马鞭，这里是驾驭、驱使的意思。驽骀（nú tāi）：劣马，喻庸人。

④騔（jú）跳：跳跃。

⑤凫雁：野鸭与大雁，有时单指大雁或野鸭。唼（shà）：水鸟或鱼吃食。梁：粟米。藻：植物名，指藻类植物，含叶绿素和其他辅助色素的低等植物。

⑥高举：高飞远去。这里有小人居位，贤者遁世的含义。

⑦圜：同"圆"。凿：榫眼，插孔。枘（ruì）：榫头。

⑧鉏铻（jǔ yǔ）：亦作"鉏吾"，互相抵触，格格不入。

⑨遑遑：匆忙，往来不定。这里形容凤凰无处可栖而不安的样子。集：鸟栖止于树。

⑩衔枚：原指横枚衔于口中，以防喧哗或叫喊。这里谓闭口不言。

枚,形如筷子,两端有带,可系于颈上。

⑪被:蒙受,受到。渥(wò)洽:深厚的恩泽。

⑫太公:即太公望吕尚。

⑬相(xiàng):看,观察。举肥:相马只选肥壮,这里讽刺当政者只根据表面现象来挑选人才。

⑭处(chǔ):留,留下。

⑮骤进:疾速前进。服:驾车。

⑯倭(wèi):喂养。妄:胡乱,随便。

⑰冯:通"凭",愤懑。

⑱幸:同"幸",希望。济:成功。

⑲霰(xiàn):雪珠。雰(fēn):雨雪纷飞的样子。糅:混杂。

⑳徼(jiǎo)幸:希望获得意外成功或由于偶然的原因而得到成功或免去灾害。徼,通"侥"。

㉑泊(bó):留止,止息。莽莽:草类茂盛的样子。墅:同"野"。

㉒壅(yōng)绝:阻塞,断绝。

㉓压:克制,按捺。桉(àn):通"按",克制。学诵:学习写宜于读诵的韵文。

㉔褊(biǎn)浅:心地、见识等狭隘短浅。褊,原指衣服狭小,后泛称小。

㉕达:通晓,明白。从容:举动,行为。

【译文】

为什么时下风气是善于投机取巧啊,违背法度且改变正常的举措!拒绝骏马不去骑乘啊,却鞭赶劣马去上路。当世难道真的没有骏马啊,实在是没有人能好好驾御。看见拿缰绳的人不合适啊,骏马就会扬蹄飞奔而去。野鸭、大雁吞食着粟米水藻啊,凤凰则更加飘然高举。圆榫孔配上方榫头啊,我本来就知道两者相抵触而难以插入。群鸟都有了栖身之所啊,只有凤凰难寻安身之处。我本想闭口不语啊,但又难忘曾受君王深厚恩泽。姜太公九十岁才得显贵荣耀啊,实在是之前没遇上明主。良马啊归宿在哪里? 凤凰啊栖息在何处? 改变古风旧俗啊世道衰微,如今的相马人啊只看马的膘肥。骏马都藏匿起来不出现啊,凤凰都高高飞翔不落凡尘。鸟兽尚知道怀恩报德啊,怎能说贤士不肯留于仕途? 骏马不会为了求进用而甘愿驾车啊,凤凰也不会贪图喂饲而乱吃。君王远弃贤士不能明察啊,贤士虽愿效忠又怎么能够? 想自甘寂寞断绝对君王的眷恋之情啊,私下里又不敢忘记当初的恩德。独自悲愁多么伤人啊,满腔愤懑哪有终极! 霜露齐降悲惨又凄清啊,心中还希望它们的破坏不会成功。雪珠雪花纷杂越下越大啊,才知道厄运即将要降临。想心存着侥幸再等待啊,却将与无边野草一同枯败。想径自前行畅游一番啊,道路阻塞断绝不能通行。想遵循大道平稳地驱驰啊,却又不知道何去何从。走到半路内心迷惑啊,只好克制情感作歌吟诵。本性愚笨孤陋而又狭隘肤浅啊,实在不知道如何行事。

　　窃美申包胥之气盛兮①,恐时世之不固。何时俗之工巧兮? 灭规矩而改凿②。独耿介而不随兮,愿慕先圣之遗教。处浊世而显荣兮③,非余心之所乐。与其无义而有名兮,宁穷处而守高④。食不媮而为饱兮⑤,衣不苟而为温⑥。窃慕诗人之遗风兮⑦,愿托志乎素餐⑧。蹇充倔而无端兮⑨,泊莽莽而无垠⑩。无衣裘以御冬兮,恐溘死不得见乎阳春⑪。

**【注释】**

　①窃美:私下、暗自赞美。美,称赞,赞美。申包胥:春秋时楚国大夫。公元前506年冬天,吴国伐楚,占领郢都,楚昭王逃到随国。申包胥到秦国请派救兵,在宫廷上痛哭七昼夜,终于感动秦哀公出兵救楚,使昭王复国。

②规矩：画圆形和方形的工具，比喻法度。凿：当作"错"。错，通"措"，措施，法度。

③显荣：显赫荣耀，多指仕宦而言。

④穷处(chǔ)：穷，处境艰难、困窘。处，居。高：清高，高尚。

⑤媮(tōu)：苟且，怠惰。

⑥苟：随便，马虎，不审慎。

⑦诗人：指前代的先贤圣哲们。遗风：前代或前人遗留下来的风教。

⑧素餐：本指无功受禄，不劳而食，这里指俭朴的饮食。

⑨蹇：通"謇"，句首发语词。充倔：断绝阻塞。

⑩泊莽莽：无边无际。

⑪溘(kè)：突然。

【译文】

　　暗自赞美申包胥志气高扬啊，恐怕时世和那时不同。为什么时下风气是善于投机取巧呢？要毁弃规矩改变法度。我光明正直不随波逐流啊，愿取法前代圣贤的遗范。身在浑浊的世界而得到显贵荣耀啊，决不是我心中所乐意的事。与其没有道义而徒有虚名啊，宁愿身居困穷境地而保持操守。不能为饱腹而苟且求食啊，不能为穿暖而苟且索衣。暗自追慕诗人的遗风啊，在粗茶淡饭中磨砺志节。媒理断绝无路可走啊，就像荒野没有边际。没有皮袄来抵御寒冬啊，怕会突然死去看不见春日。

　　靓杪秋之遥夜兮①，心缭悷而有哀②。春秋逴逴而日高兮③，然惆怅而自悲④。四时递来而卒岁兮⑤，阴阳不可与俪偕⑥。白日晼晚其将入兮⑦，明月销铄而减毁⑧。岁忽忽而遒尽兮⑨，老冉冉而愈弛⑩。心摇悦而日幸兮⑪，然怊怅而无冀⑫。中慒恻之悽怆兮⑬，长太息而增欷⑭。年洋洋以日往兮⑮，老嵺廓而无处⑯。事亹亹而觊进兮⑰，蹇淹留而踌躇。

**【注释】**

①靓(jìng)：通"静"，平和。杪(miǎo)秋：晚秋。杪，本义是树枝尽头，多指年月或季节的末尾。

②缭悷(lì)：亦作"缭戾"，形容忧思萦绕缠结的样子。

③春秋：代指时间，这里指年纪、年龄。逴逴(chuō)：愈走愈远的样子。高：这里指时光流逝，一天天地老去。

④然：与"焉"同，用为句首发语词。

⑤递(dì)：同"遞"，交替，轮流。

⑥俪(lì)偕：偕同，在一起。

⑦晼(wǎn)：太阳偏西，日将暮。

⑧销铄(shuò)：亏缺，消损。

⑨遒(qiú)尽：迫近于尽头，终了。

⑩弛：同"驰"，本义指放松弓弦，这里指放松，松弛。

⑪摇悦：喜悦，犹心旌摇荡。夵：同"幸"。

⑫怊(chāo)怅：犹"惆怅"。

⑬慒(cǎn)恻：悲痛。悽怆：凄惨悲伤。

⑭欷(xī)：悲伤地叹息。

⑮洋洋：形容岁月匆匆流逝的样子。

⑯嵺(liáo)廓：同"寥廓"，空虚，空阔。

⑰亹亹(wěi)：勤勉不倦的样子。觊(jì)：希望，企图。

**【译文】**

寂静的暮秋长夜啊，心里缠结着无限悲愁。岁月如流年事渐高啊，令人惆怅自感悲凉。四季交替一年将尽啊，冬夏不同不能同时出现。太阳昏暗将要西下啊，月亮亏缺而消损。一年匆匆将要过完啊，老境渐至而身心释然放纵自己。心旌摇荡天天抱着侥幸的想法啊,但最终布满忧虑失去希望。心中惨痛凄然欲绝啊,声声长叹增加悲伤。时光匆匆一天天流逝啊,老来倍感空虚无处托身。不断勤勉企图进取啊,滞留不前徒自彷徨。

何氾滥之浮云兮①,猋壅蔽此明月②! 忠昭昭而愿见兮③,然霠曀而莫达④。愿皓日之显行兮⑤,云蒙蒙而蔽之⑥。窃不自聊而愿忠兮⑦,或黕点而污之⑧。尧舜之抗行兮⑨,瞭冥冥而薄天⑩。何险巇之嫉妒兮⑪,被以不慈之伪名⑫? 彼日月之照明兮,尚黯黮而有瑕⑬。何况一国之事兮,亦多端而胶加⑭。

**【注释】**

①氾:亦作"汛滥"、"泛滥",这里形容浮云层层涌现。

②猋(biāo):本为犬奔貌、群犬奔貌,引申为疾进貌。

③见:同"现",显现,显露,剖白心迹。

④霠(yīn):同"阴",乌云蔽日。曀(yì):天阴而有风,天色阴暗。

⑤皓日:明亮的太阳,比喻君主。显行:光耀地运行。显,光明。

⑥蒙蒙:形容幽暗、模糊不清的样子。

⑦聊:同"料",考虑,估量。

⑧黕(dǎn)点:污垢。

⑨抗行:高尚的行为。

⑩瞭(liǎo):明亮。冥冥:深远。薄:逼近,靠近。

⑪险巇(xī):亦作"险戏",崎岖险恶,这里指奸险小人。

⑫被(pī):加在身上。

⑬黯黮(àn dǎn):昏暗不明。瑕:斑点,瑕疵。

⑭胶（jiāo）加：乖戾，缠绕无绪。

## 【译文】

为什么浮云漫天涌现啊，迅速飘动遮蔽了明月！忠心耿耿愿剖白心迹啊，但乌云蔽日难以如愿。希望太阳光明显耀地运行啊，迷蒙的云气却把它遮罩。奋不顾身只想着效忠啊，有人却无端诽谤把我污蔑。唐尧和虞舜的高尚德行啊，光辉明亮直上云天。为什么险恶小人如此嫉妒啊，使他们蒙受不慈的冤名？太阳和月亮光辉朗照啊，尚且有昏暗出现斑点之时。何况一个国家的政事啊，更是头绪纷繁、杂乱无绪。


被荷裯之晏晏兮①，然潢洋而不可带②。既骄美而伐武兮③，负左右之耿介④。憎愠惀之修美兮⑤，好夫人之慷慨⑥。众踥蹀而日进兮⑦，美超远而逾迈⑧。农夫辍耕而容与兮，恐田野之芜秽⑨。事绵绵而多私兮⑩，窃悼后之危败。世雷同而炫曜兮⑪，何毁誉之昧昧⑫！今修饰而窥镜兮⑬，后尚可以窜藏⑭。愿寄言夫流星兮，羌儵忽而难当⑮。卒壅蔽此浮云兮，下暗漠而无光。尧舜皆有所举任兮，故高枕而自适。谅无怨于天下兮，心焉取此怵惕⑯？乘骐骥之浏浏兮⑰，驭安用夫强策⑱？谅城郭之不足恃兮⑲，虽重介之何益⑳？遭翼翼而无终兮㉑，忳惽惽而愁约㉒。生天地之若过兮㉓，功不成而无效。愿沉滞而不见兮㉔，尚欲布名乎天下㉕。然潢洋而不遇兮㉖，直怐愁而自苦㉗。莽洋洋而无极兮㉘，忽翱翔之焉薄？国有骥而不知乘兮，焉皇皇而更索㉙？宁戚讴于车下兮㉚，桓公闻而知之。无伯乐之善相兮㉛，今谁使乎誉之。罔流涕以聊虑兮㉜，惟著意而得之㉝。纷纯纯之愿忠兮㉞，妒被离而鄣之㉟。

**【注释】**

①荷：植物名，即莲，多年生水生宿根草本，夏天开花，色淡红或白，有清香，供观赏。裯(dāo)：袛裯，贴身短衣。晏晏(yàn)：漂亮轻柔的样子。

②潢洋：这里形容衣服宽大、宽松的样子。

③骄美：自负有美德。伐：自我夸耀。

④负：依恃，凭借。左右：近臣，侍从。耿介：这里指近臣的貌似雄武。

⑤愠惀(yùn lún)：心有所蕴积而不善表达。

⑥夫人：那些小人。夫，发语词。慷慨：巧言令色，能说会道。

⑦踥蹀(qiè dié)：奔走，小步趋进。

⑧美：有美德的人。超远：引身远去。逾(yú)迈：亦作"踰迈"，过去，消逝。

⑨芜秽：荒芜，指土地因缺少整治而杂草丛生。

⑩绵绵：形容长而细小，且连续不绝的样子。

⑪雷同：这里比喻世人随声附和、众口一词。炫曜(yào)：夸耀，吹捧。

⑫昧昧：昏暗，模糊不清，这里指是非不明。

⑬修饰：梳妆打扮，这里指整顿国家事务。

⑭窜(cuàn)藏：隐匿，潜藏，这里指逃过危险，谨慎自保。窜，伏匿，隐藏。

⑮羌：句首发语词。当：值，遇到。

⑯怵惕：亦作"怵愁"，戒惧，惊惧。

⑰椉：同"乘"，坐驾。浏浏：本义指水流清澈。这里形容马匹如水流动一般奔跑，即行云流水，顺畅无阻的意思。

⑱驭(yù)：驾驭车马。策：驱赶骡马役畜的鞭棒。

⑲城郭：亦作"城廓"，城墙。城，指内城的墙。郭，指外城的墙。

⑳重介：厚重的铠甲。

㉑邅（zhān）：难行不进。翼翼：恭敬谨慎的样子。

㉒忳（tún）：忧郁，愁闷。惛惛（hūn）：精神昏愦，神志不清。愁约：悲愁困苦。

㉓若过：若白驹过隙，形容时间过得快。

㉔沉滞：沉抑埋没，不得伸展。

㉕布名：扬名。天下：古时多指中国范围内的全部土地。

㉖潢洋：形容无所遇合的样子。

㉗恂愗（kòu mào）：亦作"恂瞀"，愚昧，愚钝。

㉘莽洋洋：形容荒野辽阔的样子。

㉙皇皇：即"惶惶"，形容惶惑、迷惑的样子。

㉚宁戚：春秋卫人，齐大夫。讴：清唱，唱歌。

㉛伯乐：春秋时人，善于相马。

㉜罔：同"惘"，忧愁，怅惘。聊虑：深思。

㉝著（zhuó）意：集中注意力，用心。

㉞纯纯：形容忠诚、诚挚的样子。

㉟被离：通"披离"，纷乱的样子。鄣（zhàng）：同"障"，阻隔，遮掩。

## 【译文】

披上荷叶短衣漂亮而轻柔啊，但是太过宽松不能束腰带。自我夸耀美德和武功啊，依恃貌似雄武的近臣。嫌弃不善表达的忠诚之士啊，喜欢小人的巧言令色。群小竞相钻营愈来愈腾达啊，贤士孤傲脱俗愈来愈疏远。农夫停止耕作放任闲散啊，恐怕田地将要荒芜。事情琐细又充满私欲啊，暗自担心国家以后会败亡。世人随声附和相互夸耀啊，好坏不分是非不明！如今修饰容貌照照镜子啊，今后还能够逃过危险。想托流星传语君王啊，但它飞掠迅速难以追遇上。终于被浮云遮蔽啊，世间暗淡没有光亮。唐尧虞舜都能选拔任用贤士啊，所以高枕无忧从容安逸。确实不受天下人埋怨啊，心中哪来忧惧不安？乘着骏马畅快地奔驰啊，驾驭之道岂在马鞭的劲悍？内城外郭实在不足依恃啊，即使盔甲再厚重又有什么用？谨慎前行看不到结果啊，忧郁烦闷穷愁潦倒。生于天地之间若白驹过隙啊，功业无成没有结果。想要埋没于人群无所表现啊，又想在世间声名远播。然而世事茫茫很难知遇贤君啊，只是愚钝不堪自讨苦吃。荒野辽阔没有边际啊，飘忽飞翔在哪停宿？国家的骏马却不知道驾乘啊，为什么糊里糊涂另外索求？宁戚在牛车下唱歌啊，齐桓公听了便知道他才能出众。没有伯乐相马的好本领啊，如今谁能使骏马被称扬？怅惘流泪姑且思量啊，用心访求才能得贤士。满怀热忱愿效忠君王啊，却被形形色色的嫉妒所阻碍。

　　愿赐不肖之躯而别离兮①，放游志乎云中。袭精气之抟抟兮②，骛诸神之湛湛③。骖白霓之习习兮④，历群灵之丰丰⑤。左朱雀之茇茇兮⑥，右苍龙之躣躣⑦。属雷师之阗阗兮⑧，通飞廉之衙衙⑨。前轻辌之锵锵兮⑩，后辎乘之从从⑪。载云旗之委蛇兮，扈屯骑之容容⑫。计专专之不可化兮，愿遂推而为臧⑬。赖皇天之厚德兮，还及君之无恙⑭。

**【注释】**

①不肖：自谦之称。

②精气：阴阳精灵之气，古谓天地间万物皆秉之以生。抟抟(tuán)：形容凝聚如团的样子。抟，聚集。

③骛(wù)：追求，追逐。湛湛：聚集在一起的样子。

④霓：处于彩虹外侧色泽较暗淡的部分。习习：形容频频飞动的样子。

⑤群灵：群神，指众多星宿之神。丰丰：众多。

⑥朱雀：星宿名，二十八宿中南方七宿的总称。茇茇(pèi)：形容飞

　　翔的样子。

⑦苍龙：星宿名，二十八宿中东方七宿的总称。躍躍（qú）：蜿蜒而
　　行的样子。

⑧属（zhǔ）：联接，跟着。阗阗（tián）：形容声音洪大，这里指雷声
　　而言。

⑨通：当作"道"，开路、引导。衙衙（yú）：行走的样子。

⑩轾（zhì）：车顶前倾的样子。辌（liáng）：古代的卧车。锵锵：形容
　　金石撞击发出的洪亮清越的声音，这里指车铃声。

⑪辎（zī）乘：辎重车辆。辎，古代有帷盖的载重车。乘，同"乘"，后
　　亦泛指车辆。从从：车铃声。

⑫扈（hù）：随从，护卫，多指随侍帝王。屯骑（jì）：聚集车骑。屯，聚
　　集。容容：形容车驾侍卫众多，场面盛大的样子。

⑬臧（zāng）：善，好。

⑭无恙：没有忧患烦恼，幸福安康。恙，传说中的一种啮虫，人们以
　　之为祸患，所以"恙"有忧患、祸患义。

## 【译文】

　　请赐我远去啊，我将纵情于江湖云水之中。乘着天地的一团团精
气啊，去追随一群群的神灵。驾着飞动的白虹啊，穿过闪烁的繁星。左
边的朱雀翩翩飞舞啊，右边的苍龙蜿蜒前行。雷师跟着咚咚敲鼓啊，风
伯在前习习开路。前有卧车锵锵作响啊，后有辎车隆隆轰鸣。载着云
旗首尾绵延啊，随从车骑聚集蜂拥。我心专一不可改变啊，但愿能推广
成为善行。仰仗上天的深厚恩德啊，保佑楚国君王无灾无病。

# 招　魂

【题解】

　　《招魂》的作者及招魂的对象是历来颇有争议的问题,归纳起来主要有两种观点。第一种认为《招魂》为宋玉招屈原而作。王逸《楚辞章句》说:"《招魂》者,宋玉之所作也。招者,召也。以手曰招,以言曰召。魂者,身之精也。宋玉怜哀屈原忠而斥弃,愁懑山泽,魂魄放佚,厥命将落,故作《招魂》,欲以复其精神,延其年寿,外陈四方之恶,内崇楚国之美,以讽谏怀王,冀其觉悟而还之也。"梁代萧统编《文选》所收《招魂》题宋玉作,知其亦沿用王逸之说。唐人李善、李周翰、宋人朱熹、明人陈第、陆时雍、周拱辰,以及清人王夫之,均赞同王逸的说法。第二种认为是屈原自招而作,或屈原招楚怀王之魂而作。两种说法的共同之处,在于都认为《招魂》为屈原作,其最早史证为司马迁《史记·屈原列传》中"余读《离骚》、《天问》、《招魂》、《哀郢》,悲其志"的记载。

　　第一种说法因王逸《楚辞章句》、萧统《文选》、朱熹《楚辞集注》、王夫之《楚辞通释》等的支持,对后世影响甚大。但就本篇内容而言,亦有扞格难通之处,如写宫室之美、侍女之众、舞宴之丰、狩猎之盛,如以怀王当之,似更妥帖;而且,乱词中有对狩猎中误惊灵兽青兕,隐喻国运亡征的描写,则似作于怀王系因于秦,甚至客死于秦之后。因此,本书更倾向于屈原招怀王说。它应是屈原任三闾大夫期间所写最后一篇职务作品。

　　"招魂"原本只是一种巫术仪式，在屈原手中则将它吸收、改造成了一种独特的叙述手法。它对天地四方罪恶艰危的诅咒及对故园闾里舒适惬意的赞美形成了强大的艺术张力；结束曲中又将对被招魂者的深切同情升华为对国家民族前景的忧虑。刘勰《文心雕龙·祝盟》说："若夫楚辞《招魂》，可谓祝辞之组丽也。"梁启超称《招魂》"实全部《楚辞》中最酣恣、最深刻之作"（《楚辞要籍解题及其读法》），实不为过。

　　《招魂》"凄入肝脾，哀感顽艳"（繁钦《与魏文帝笺》），被后人誉为楚辞中仅次于《离骚》的优秀作品。它对后世文学的影响也是显而易见的。其铺陈的手法、铺张扬厉的风格对汉代及以后的辞赋乃至诗文创作有着深远影响。此外，其具体的艺术手法与文学主题也对后世创作有着较大影响。如对宫室、女乐、歌舞、游猎等的描写表现便在汉赋中广而大之，得到长足发展。更重要的是《招魂》中所体现出的深重的忧患意识得到了后世文人的共鸣。梁元帝萧绎在《玄览赋》中写道："鼓洪涛于万里，曾未动于汨罗。……见旧楚之凄凉，试极目乎千里。何春心之可伤，其旧渚宫也。"又在《登江州百花亭怀荆楚》一诗中写道："极目才千里，何由望楚津。"从中即可看出《招魂》乱辞的影响。

　　朕幼清以廉洁兮①，身服义而未沫②。主此盛德兮③，牵于俗而芜秽④。上无所考此盛德兮，长离殃而愁苦。帝告巫阳曰⑤："有人在下⑥，我欲辅之⑦。魂魄离散⑧，汝筮予之⑨！"巫阳对曰："掌梦⑩。上帝其难从。""若必筮予之⑪，恐后之谢，不能复用巫阳焉。"

**【注释】**

　　①朕：我。廉洁：行为正派、高洁无私。廉，本义指堂室边缘，后引

申为正直端方。

②服：践行，履行。沬(mèi)：昏暗不明。

③主：固守，秉持。盛德：充实、充盛的德行。

④牵：牵制，拖累。芜秽：借喻污浊混乱的现实环境。芜，指田地中
　　野草丛生。秽，杂草。

⑤帝：天帝。巫阳：叫做阳的神巫，古神话中的神医。

⑥有人：此指杰出人才。在下：在下界，人间。

⑦辅：原意指附于车辐中心的圆木，起加固作用，后引申为辅佐，
　　祐助。

⑧魂魄：魂即独立于人身体之外存在的精神。魄，古人认为是依附
　　肉体存在的精神。

⑨筮(shì)：用筮草占卜。予：给予，这里是使魂魄返还其身的意思。

⑩掌梦：专管解梦之官。掌，本指手心，引申为主管。

⑪若：你，指巫阳。这里是天帝对巫阳称"若"。

**【译文】**

　　我自小就高洁无私啊，亲身践行道义而未昏暗不明。固守这种充
盛的德行啊，却受制于流俗，埋没于污浊的现实。上天不能明察这种大
德呀，令我长久遭受祸患而愁思终日。天帝诏告巫阳说："有位贤人在
下界，我打算帮助他。他的魂魄就要飘散，你可以用占卜的方式为他还
魂！"巫阳回答道："这是解梦官的事，天帝你的命令我难以遵从。""你必
须卜筮还魂给他，晚了它们就要消散，那时再用你巫阳也无济于事了。"


　　乃下招曰：魂兮归来！去君之恒干①，何为四方些②？舍
君之乐处，而离彼不祥些！魂兮归来！东方不可以托些。
长人千仞③，惟魂是索些。十日代出，流金铄石些④。彼皆习
之，魂往必释些。归来兮！不可以托些。魂兮归来！南方

不可以止些。雕题黑齿⑤,得人肉以祀,以其骨为醢些⑥。蝮蛇蓁蓁⑦,封狐千里些⑧。雄虺九首⑨,往来儵忽,吞人以益其心些。归来兮! 不可以久淫些⑩。魂兮归来! 西方之害,流沙千里些。旋入雷渊⑪,靡散而不可止些⑫。幸而得脱,其外旷宇些⑬。赤蚁若象⑭,玄蜂若壶些⑮。五谷不生⑯,藂菅是食些⑰。其土烂人,求水无所得些。彷徉无所倚,广大无所极些。归来兮! 恐自遗贼些。魂兮归来! 北方不可以止些。增冰峨峨⑱,飞雪千里些。归来兮! 不可以久些。魂兮归来! 君无上天些。虎豹九关,啄害下人些⑲。一夫九首,拔木九千些。豺狼从目⑳,往来侁侁些㉑;悬人以娭㉒,投之深渊些。致命于帝㉓,然后得瞑些㉔。归来! 往恐危身些。魂兮归来! 君无下此幽都些㉕。土伯九约㉖,其角鳖鳖些㉗。敦脄血拇㉘,逐人駓駓些㉙。参目虎首㉚,其身若牛些。此皆甘人㉛,归来! 恐自遗灾些。魂兮归来! 入修门些㉜。工祝招君㉝,背行先些㉞。秦篝齐缕㉟,郑绵络些。招具该备,永啸呼些。魂兮归来! 反故居些㊱。

**【注释】**

①去:离开。恒干:这里指魂魄平常所寄托的躯体、躯壳。恒,常。干,躯干,躯体。

②四方:去四方,为古代祭礼仪式。些(suò):楚语中常用的语末助词,类同“兮”、“焉”、“矣”等。

③长人:神话传说中东方的巨人族。仞(rèn):为古制长度单位,周制八尺,汉制七尺,东汉末为五尺六寸。

④金:古代金属通称。铄(shuò):高温销熔。

⑤雕题:此指南方蛮夷国度。雕,描画。题,额头。在额头上描画
　　花纹图案是南方民族的习俗。黑齿:东南、华南一带民族有将牙
　　齿染黑的风习。

⑥醢(hǎi):得人肉以祀,以其骨为醢,大约是一种杀人以祭祀的风
　　俗。醢,肉酱。

⑦蓁蓁(zhēn):形容聚集、众多的样子。

⑧封狐:大狐。

⑨虺(huǐ):蛇。

⑩淫:淹留。

⑪旋(xuàn):旋转,卷入。雷渊:古水名。

⑫靡(mí)散:像粉末那样被碾碎。

⑬旷宇:空无一人的荒野。旷,空阔,广大。宇,荒野。

⑭蚁:红色蚂蚁。

⑮玄蜂:即土蜂,体黑,较木蜂略大,土中作巢,呈圆壶形。

⑯五谷:古指五种谷物,后泛指一切谷物。

⑰藂(cóng):同"丛",草木丛生的样子。菅(jiān):又称菅草、苞子
　　草,茎可编绳,织幔覆盖房顶。

⑱增冰:层积高累的冰块或冰山。增,通"层",厚积貌。峨峨:形容
　　高耸的样子。

⑲啄害:咬害,吞噬。啄,本指鸟用喙取食,此泛指一般动物的咬食
　　动作。

⑳从目:眼睛竖长。从,通"纵"。

㉑优优(shēn):众多的样子。

㉒娭(xī):同"嬉",玩弄,戏弄。

㉓致命:复命。致,传达,回复。帝:天帝。

㉔瞑(míng):假寐,小睡。

㉕幽都:古指北方极地,日落于此,物象昏暗,故称。幽,昏暗。都,

城邑。

㉖土伯:土地神。伯,古指地方长官,此指神名。九约:形容土伯身
　上插满矛戟,杀气腾腾。约,即"𦏾",矛。

㉗觺觺(yí):形容尖利的样子。

㉘敦脄(méi):厚实的脊背。拇:大拇指。

㉙駓駓(pī):形容疾行的样子。

㉚参(sān)目:三只眼。参,通"三"。

㉛甘人:以人为美味,食人之义。甘,美味。

㉜修门:高大城门,此指楚郢都城门。

㉝工祝:即"巫祝",巫祝都是主持祭祀仪式的人。巫以乐舞降神娱
　神,祝则主要负责诵读祷词。工,巫。

㉞背行先:巫者背向前方,面向魂灵,倒退而行,来为魂作导引。

㉟"秦篝(gōu)"以下两句:篝、缕、绵络(luò),都是招魂时所用器具。
　篝,竹笼。缕,丝线。绵络,丝絮之类织物,编缀于竿头,作为招
　魂的灵幡。

㊱反:同"返",回归,回返。

## 【译文】

巫阳于是下界招魂说:灵魂啊回来! 为什么离开躯体四处游荡?
离弃你的乐土,却遭受那些灾殃! 灵魂啊回来! 不能到东方安身啊。
巨人族高达千仞,专门索要魂灵啊。十个太阳交替出现,金属石块全能
销熔啊。它们都习惯了高温,灵魂一到必然离散啊。回来吧! 那里不
能落脚啊。灵魂啊回来! 不能在南方停留。土著们在额头刺青,涂黑
牙齿,以人牲祭,用人骨作肉酱啊。毒蛇丛聚,巨狐驰骋千里啊。九头
雄蛇转瞬来去,吃人满足它们的贪欲啊。回来吧! 不要长时间逗留啊。
灵魂啊回来! 西方险恶,有方圆千里的流沙啊。裹挟流入雷渊便会被
碾成碎末,千万不能逗留啊。即使侥幸逃脱,外面是人迹罕至的荒野
啊。红蚁如象一般庞大,土蜂鼓腹与葫芦相仿啊。各种谷物不能生长,

它们只能以丛生的菅草为食啊。这里的地温能将人蒸烂，水源到处找寻不到啊。徘徊游荡无所凭依，广阔辽远走不到尽头啊。回来吧！恐怕你招来祸害啊！灵魂啊回来！不能在北方停留啊！冰山高耸，雪花飘飞弥漫千里啊。回来吧！不要再耽搁了啊。灵魂啊回来！不要登上天去啊！虎豹把守九座关口，吞噬伤害下界的人啊。有怪物长着九个脑袋，一口气拔掉树木九千啊。豺狼眼睛倒竖，群来群往片刻不停啊；将人悬挂起来戏弄，然后投到深渊里去啊。它们向天帝复命，之后才能小睡一会儿啊。回来吧！去了恐怕危及生命啊！灵魂啊回来！不要北上到日没的幽暗之处啊。土神剑戟森森，头角锐利啊。厚厚的脊背，血淋淋的手爪，急速地追着人们乱跑啊。他有虎头三眼，身体像牛一样啊。这些都以人为美味，回来吧！恐怕要自受其害啊！灵魂啊回来！从郢都国门进入啊。巫祝为你招魂，他背对前方，倒走为你作先导啊。秦地竹笼，齐地丝线，用郑国丝絮做成的灵幡啊。招魂的器具一应全备，再就是长声叫喊啊。灵魂啊回来！回到你的故园啊！

　　天地四方，多贼奸些①。像设君室②，静闲安些。高堂邃宇③，槛层轩些④。层台累榭⑤，临高山些。网户朱缀，刻方连些⑥。冬有突厦⑦，夏室寒些。川谷径复⑧，流潺湲些⑨。光风转蕙⑩，氾崇兰些⑪。经堂入奥⑫，朱尘筵些⑬。砥室翠翘⑭，挂曲琼些⑮。翡翠珠被⑯，烂齐光些。蒻阿拂壁⑰，罗帱张些⑱。纂组绮缟⑲，结琦璜些⑳。室中之观，多珍怪些。兰膏明烛㉑，华容备些㉒。二八侍宿㉓，射递代些㉔。九侯淑女㉕，多迅众些㉖。盛鬋不同制㉗，实满宫些。容态好比㉘，顺弥代些。弱颜固植㉙，謇其有意些㉚。姱容修态㉛，絙洞房些㉜。蛾眉曼睩㉝，目腾光些。靡颜腻理㉞，遗视矊些㉟。离榭修幕㊱，侍君之闲些。翡帷翠帐，饰高堂些。红壁沙版㊲，玄玉梁些<sup>㊳</sup>。仰观刻桷<sup>㊴</sup>,画龙蛇些。坐堂伏槛,临曲池些<sup>㊵</sup>。芙蓉始发,杂芰荷些<sup>㊶</sup>。紫茎屏风<sup>㊷</sup>,文缘波些<sup>㊸</sup>。文异豹饰<sup>㊹</sup>,侍陂陁些<sup>㊺</sup>。轩辌既低<sup>㊻</sup>,步骑罗些。兰薄户树<sup>㊼</sup>,琼木篱些。魂兮归来!何远为些?

**【注释】**

①贼奸:危害,险恶,即上文所陈说的害人、怖人之物。

②像:楚地旧俗,人死后设其遗像于室中供拜祀。

③邃(suì):深邃的房屋。邃,深。宇,房屋。

④槛(jiàn):栏杆。层:多重。轩:楼板,建筑物的上层结构部分。

⑤层台:多层的高台。台,四方而高的建筑物。累榭:累,重叠。榭,台上起建的高屋。

⑥方连:即方正形状叠和相连,是一种装饰图案。

⑦突(yào):同"窔",深邃。厦,高大的堂屋。

⑧径复:径或为"往"之误,往复即水流曲折、回环往复的意思。

⑨潺湲(chán yuán):水流动的样子。

⑩光风:晴朗的日子里,风吹动蕙草,令其翻动,其叶子在日光映照下显得闪闪发光,所以叫光风。转:摇动。

⑪氾:摇动。崇:通"丛"。

⑫奥:室内西南角,指屋子深处。

⑬尘:遮隔尘土的幕布。筵(yán):竹席。

⑭砥(dǐ)室:平整的屋室,有如砥石、磨刀石一般。翠翘:翠鸟羽毛,作装饰用。翠,鸟名,即青羽雀。翘,鸟尾的长羽毛。

⑮曲琼:弯曲之玉,即玉钩。用来挂衣物。

⑯翡翠:鸟名,嘴长而直,生活在水边,以鱼虾为食,羽毛有蓝、绿、赤、棕等色,可做装饰品。

⑰蒻(ruò):一种蒲草,可以制席。这里即指蒲席。阿(ē):细缯,一

种织物。拂(fú)：这里指把蒻阿铺在壁上。

⑱罗：绮罗，丝织物。帱(chóu)：帐子。

⑲纂(zuǎn)组：都是丝带。纂，赤色带子。绮缟(qǐ gǎo)：都是丝织物。绮，素地织纹起花的丝织物，织采为文称绵，织素为文称绮。缟，白绢。

⑳琦璜(qí huáng)：都是玉器。琦，美玉。璜，半圆形玉璧。

㉑兰膏明烛：用兰草来熬制油脂，以此来做成蜡烛。膏，一种油脂。

㉒华容：这里或是形容灯具上饰纹的华美。

㉓二八：一说即二列，古代乐舞表演以八人为一列，二八即女乐十六人。一说即十六岁。

㉔射(xī)：通"夕"，夜晚。

㉕九侯：殷代诸侯，纣以姬昌(周文王)、九侯、鄂侯为三公，九侯有美女送给纣，纣不喜欢，把她杀掉，并把九侯剁成肉酱。

㉖多迅众：盛多貌。

㉗盛鬋(jiǎn)：鬓发盛美。鬋，鬓。制：发型样式。

㉘好比：美丽温柔。比，温柔和顺，易于亲近。

㉙弱颜固植：外表柔弱，内心坚贞。

㉚謇(jiǎn)：楚地方言，发语词。

㉛姱(kuā)容修态：姱容，美好的容貌。姱，美好。修态，美好的仪态。修，本义修饰，引申则为美好义。

㉜絙(gèng)：通"亘"，连续周遍，此处指美丽的侍女罗列、周遍于房室之内。洞房：深邃的内室。

㉝蛾眉：女子细长而好看的眉毛。蛾，形容眉毛细长如蚕蛾的样子。睩(lù)：目明貌。

㉞靡(mǐ)：细密。理：肌理。

㉟遗视：目光停留。遗，停留。矊(mián)：远视貌。

㊱离榭：离宫别馆。修幕：长大的帷幕。

㊲红壁：用红色垩土粉刷墙壁。沙版：以丹砂涂饰隔板。沙，通"砂"，即丹砂。版，堂宇间的隔版。

㊳玄玉梁：玄玉梁即用黑玉装饰的屋梁。玄，黑色。梁，屋梁。

㊴桷（jué）：椽子。

㊵曲池：堂前因地建池，形制曲回，故称。

㊶芰（jì）：菱，俗称菱角。

㊷屏风：水葵，又称凫葵，一种水生植物。

㊸文缘波：紫茎屏风的纹理随着水波上下摇曳浮动。

㊹文异豹饰：侍从们以豹皮为服饰，其纹彩颇为奇异。

㊺陂陁（bēi tuó）：山坡水岸高低不平处。陂，泽畔障水之岸。陁，倾斜貌。

㊻轩辌（liáng）：轩，一种曲辕有幡的车，为卿大夫及诸侯夫人所乘。辌，卧车。低：停止，停下。

㊼薄：形容草木丛生的样子。

## 【译文】

天地上下，四面八方，多是狡诈害人的东西啊。你的遗像摆在中堂，显得如此宁谧安详啊。堂室高大，屋宇深广，回廊曲合，围栏绵延啊。台榭层叠，依山而建，自然居高临下啊。房门漆红网状文饰，其间刻镂连方图案啊。冬天房屋深幽宽敞，夏天内室清凉怡人啊。溪流注入低谷动荡往复，水声淙淙动听啊。晴风吹动蕙草闪闪发光，又使兰丛摇摆不定啊。由正屋进入内室，里面有红色隔尘的竹席啊。室壁平整饰以翠羽，又有玉钩悬挂衣物啊。衾被内充鸟羽镶有珠玉，光辉灿烂夺目啊。蒲席、细绨蒙着墙面，绮帐设置其间啊。红白绶带、素洁的绮缟，缀结起美玉、圆璧啊。内室中的陈设，多是世所罕见啊。兰花混制的蜡烛通彻明亮，富丽堂皇的景象无以复加啊。妙龄女子服侍起宿，看厌就让其轮值更换啊。她们如同九侯献送的美女，多得不可胜数啊。髲发浓密发型各异，充满栋宇宫室啊。容貌仪态娇媚柔婉，和顺可人举世无双啊。柔心弱骨而坚贞不渝,她们都意态缠绵啊。美丽面容姿态闲雅,连绵不绝充满房屋啊。美丽眉宇曼妙相视,秋波神光腾越荡漾啊。红颜光洁肌理细腻,凝视远方久久不移啊。别馆长幕,庭院深深,在你悠闲时倾心服侍啊。饰有翠羽的帷帐,挂满高大的厅堂啊。朱砂漆遍墙壁、隔版,屋梁嵌有黑色的美玉啊。抬头观望刻花的椽子,上面有龙蛇雕绘满眼啊。坐在中堂凭栏远望,目下正是庭院曲池啊。莲花初开,芰荷接天,碧色无穷啊。水葵紫色茎株,其纹理随波映漾啊。侍从们的服装绘有奇纹、带有云豹的绘饰,在岸边等待侍候啊。轻便的轩车、卧车停下,徒步、乘马的随从纷陈罗聚啊。丛生的兰花在门外种植,以玉树作为篱障啊。灵魂啊回来! 为什么要去危险的远方啊?

室家遂宗<sup>①</sup>,食多方些。稻粢穱麦<sup>②</sup>,挐黄粱些<sup>③</sup>。大苦醎酸<sup>④</sup>,辛甘行些<sup>⑤</sup>。肥牛之腱,臑若芳些<sup>⑥</sup>。和酸若苦,陈吴羹些。胹鳖炮羔<sup>⑦</sup>,有柘浆些<sup>⑧</sup>。鹄酸臇凫<sup>⑨</sup>,煎鸿鸧些<sup>⑩</sup>。露鸡臛蠵<sup>⑪</sup>,厉而不爽些<sup>⑫</sup>。粔籹蜜饵<sup>⑬</sup>,有餦餭些<sup>⑭</sup>。瑶浆蜜勺<sup>⑮</sup>,实羽觞些<sup>⑯</sup>。挫糟冻饮<sup>⑰</sup>,酎清凉些<sup>⑱</sup>。华酌既陈<sup>⑲</sup>,有琼浆些<sup>⑳</sup>。归来反故室,敬而无妨些。肴羞未通<sup>㉑</sup>,女乐罗些。陈钟按鼓<sup>㉒</sup>,造新歌些。《涉江》、《采菱》,发《扬荷》些<sup>㉓</sup>。美人既醉,朱颜酡些<sup>㉔</sup>。娭光眇视<sup>㉕</sup>,目曾波些<sup>㉖</sup>。被文服纤<sup>㉗</sup>,丽而不奇些<sup>㉘</sup>。长发曼鬋,艳陆离些<sup>㉙</sup>。二八齐容<sup>㉚</sup>,起郑舞些<sup>㉛</sup>。衽若交竿<sup>㉜</sup>,抚案下些<sup>㉝</sup>。竽瑟狂会<sup>㉞</sup>,搷鸣鼓些<sup>㉟</sup>。宫庭震惊<sup>㊱</sup>,发《激楚》些<sup>㊲</sup>。吴歈蔡讴<sup>㊳</sup>,奏大吕些<sup>㊴</sup>。士女杂坐,乱而不分些。放陈组缨<sup>㊵</sup>,班其相纷些。郑卫妖玩<sup>㊶</sup>,来杂陈些。《激楚》之结<sup>㊷</sup>,独秀先些。菎蔽象棋<sup>㊸</sup>,有六簙些<sup>㊹</sup>。分曹并进<sup>㊺</sup>,遒相迫些<sup>㊻</sup>。成枭而牟<sup>㊼</sup>,呼五白

些<sup>㊽</sup>。晋制犀比<sup>㊾</sup>，费白日些。铿钟摇簴<sup>㊿</sup>，揳梓瑟些<sup>㊿</sup>。娱酒不废，沉日夜些。兰膏明烛，华镫错些<sup>㊿</sup>。结撰至思<sup>㊿</sup>，兰芳假些<sup>㊿</sup>。人有所极，同心赋些<sup>㊿</sup>。酎饮尽欢，乐先故些。魂兮归来！反故居些。

**【注释】**

①室家：家人及宗族。遂宗：闾里宗族。

②粢(zī)：稷，粟米。穱(zhuō)：早熟的麦子。

③挐(rú)：杂糅。

④大苦：特别苦的味道。

⑤行：味道调和组成。

⑥臑(ěr)：通"胹"，形容熟烂的样子。若：而。

⑦胹(ěr)：煮。炮(páo)：烧烤。羔：小羊。

⑧柘(zhè)浆：蔗浆，糖浆。柘，通"蔗"。

⑨鹄：天鹅，似雁而大，颈长，羽毛纯白，能高飞。酸：用酸的调料熟制鹄肉。臇(juǎn)凫：用少量汁水烹制凫肉。臇，少汁。凫，野鸭。

⑩鸿：大雁。鸧(cāng)：一种鸟类，大如鹤，青苍色或灰色。

⑪露鸡：露天生长的鸡。臛蠵(huò xī)：把大龟做成羹汤。臛，肉羹。蠵，大龟。

⑫厉：味道浓烈。爽：败坏、变质或口感差。

⑬粔籹(jù nǔ)：搓面成细条，组之成束，扭作环形，油炸，今称馓子。蜜饵(ěr)：掺和蜂蜜制成的糕饼。饵，糕饼。

⑭餦餭(zhāng huáng)：饴糖之类的食品。

⑮瑶浆：指美酒。瑶，美玉。蜜勺：甜酒。勺，通"酌"，引申为酒。

⑯羽觞(shāng)：刻有鸟雀羽纹的酒杯。觞，酒杯。

⑰挫糟：挤压清除酒糟。挫，挤压。糟，酒糟，带有渣滓的酒。冻

饮：冷饮。

⑱酎(zhòu)：经过多次反复酿成的美酒。

⑲华酌：华美的酒斗。酌，盛酒的容器，酒斗。

⑳琼浆：像红色美玉颜色的仙汁。琼，红色的玉。

㉑肴：酒肉之类的荤菜。羞：同"馐"，美味。通：这里是菜上齐的意思。

㉒按：击打。

㉓发：歌唱，演奏。《扬荷》：与《涉江》、《采菱》皆为楚乐。

㉔酡(tuó)：饮酒微醉，面颊红润。

㉕娭(xī)光：目光、眼神俏皮的意思。娭，嬉戏。眇视：微视，偷看。

㉖曾波：眼波频送、眉目多情的意思。曾，通"层"。

㉗被文服纤：被、服都是穿的意思。文，有花纹的丝织衣物，纤，轻薄细软的丝织衣物。

㉘奇(jī)：单一，单调。

㉙陆离：形容美艳的样子。

㉚二八：十六人，将十六位舞者分列两厢，奏乐起舞。

㉛郑舞：郑地舞蹈。郑，古国名，本为西周王畿内之地，周宣王封季弟友于此。其后郑武公迁居东都畿内，都新郑，即春秋时郑国，战国时为韩所灭。

㉜交竿：颇难解，兹录数解，以备参考：第一，"竿"通"干"，即盾牌。何剑熏《楚辞拾沈》认为交竿即交干，也即起舞时，彼此飞袿交接如盾牌并举。第二，"竿"当作"筭"，即籌子。王泗原《楚辞校释》："或当作筭，则'袿若'谓舞人袿袖皆随旋转而顺向；'交竿'谓舞人首饰交接皆整齐。"第三，"袿若交竿"犹言舞者襟袖上的皱纹有如竹竿相交。第四，"竿"作羽毛解。姜亮夫《楚辞通故·文物部》："袿若疑为策若之误，言舞容委蛇柔弱也；竿当指舞者所持之羽，即《陈风·宛邱》所谓'无冬无夏，值其鹭羽'之羽。"

㉝抚：循依。案下：按节奏徐缓前行。案，即"按"，按照节拍。

㉞竽瑟：竽，管乐器名。瑟，弦乐器名。狂：猛烈。

㉟摱（tián）：击打，敲击。

㊱宫：堂屋，房室。庭：堂前之地。

㊲激楚：古代楚国乐曲名，或是取声音高亢凄清之意。

㊳吴歈（yú）：吴地歌曲。吴，古国名，可参《史记·吴太伯世家》。歈，歌曲。蔡讴：蔡地歌曲。蔡，周时国名，周武王弟叔度封蔡，可参《史记·管蔡世家》。讴，歌唱，歌曲。

㊴大吕：古代乐律律调名。据《汉书·律历志》：古乐按音的高低分十二律，阴阳各六，六阳律称律，六阴律称吕，第四阴律为大吕。

㊵放陈：放，解开。陈，陈列。组：丝带。缨：系在颔下固定帽子的绳子。

㊶卫：古国名，周武王弟康叔封地，可参《史记·卫康叔世家》。妖玩：妖，艳丽。玩，供玩赏的什物或人。

㊷结：发髻，特指《激楚》之舞者特异的发式。

㊸茛蔽（kūn bì）：一种竹制的赌具。茛，通"箟"，竹名。蔽，通"箆"。象棋：以象牙制作的棋子。棋，古时博弈用的器物。

㊹六簙（bó）：古代簙戏的一种。因为簙箸有六根，棋子双方各六枚，故俗称六簙。簙，同"博"。

㊺分曹：两两对局。曹，偶。

㊻遒（qiú）：急迫。

㊼枭：本指猫头鹰，此指簙戏采名。枭，通"骁"。博弈中棋子先期到达者称"骁棋"，亦"成枭"之义。牟：同"侔"，相等，即势均力敌。

㊽五白：五枚竹片内侧向上，此法用于两方均"成枭"后决定谁最后胜出。

㊾晋：古国名，周成王封弟叔虞于唐，叔虞子燮父改国号为晋。参

《史记·晋世家》。犀比:将犀牛角集中作赌具的加工原料。犀,犀牛角。比,集中。

(50)铿钟:击钟。铿,撞击。簴(jù):支持簨的两根立柱。古代悬钟、磬、鼓的木架,其横木谓之簨,簨旁所立二柱谓之簴。字又作"虡"。

(51)揳(jiá):弹奏。梓(zǐ)瑟:梓木制成的瑟。梓,树名,木质轻,易割,古常用作琴瑟及棺椁的木料。

(52)错:这里指灯上错镂雕饰的花纹。

(53)结撰(zhuàn):构思写作。至思:穷思竭虑。

(54)假:至,到来。

(55)赋:诵读,带有一定的韵律节奏。

**【译文】**

闾里宗族聚集一处,饮食丰盛花色众多啊。稻谷稷麦,杂糅着黄灿灿的粟米啊。苦、咸、酸味道纯正,加以甜、辣两味调和相成啊。肥牛的肌腱,煮熟后香味扑鼻啊。调剂酸、苦,将吴地风味的肉羹摆出啊。笼蒸龟鳖烧烤羊羔,一并浇上糖浆啊。风干天鹅和野鸭,烹煮大雁和鸧鹄啊。晾制风鸡煎煮龟羹,味道浓烈而不变质败坏啊。油炸馓子蜜蘸糕饼,还有糖饴食品啊。琼浆玉酿蜜制甜酒,倒满雕刻羽纹的酒杯啊。抉剔糟粕将酒冷却,美酒甘醇清冽啊。摆好华美的酒器,里面盛满晶莹透亮的酒浆啊。回到以前居住的地方,众人毕恭毕敬毫无违碍啊。佳肴、珍馐尚未上齐,歌妓舞乐列队侍候啊。敲起钟来打起鼓,演奏新制的歌曲啊。《涉江》、《采菱》奏响,《扬荷》一曲清扬啊。美人醉酒后,双颊更加红润啊。俏皮的目光偷偷微视,秋波频送眉目传情啊。身着文饰斑斓轻缓的绢素,雍容华贵而纷繁富丽啊。鬓发修长,风采华艳,令人目眩神迷啊。十六名艺妓容仪一致,跳起郑舞翩翩高举啊。舞动的衣襟飞起交叠,依循节奏徐缓行进啊。吹竽鼓瑟强烈交织,击打鼓面铿铿作响啊。满堂瞠目惊骇,只因《激楚》高奏啊。吴歌蔡曲合声共唱,弹奏大吕这一宏大的调式啊。男男女女混坐一起,打破礼防不分彼此啊。系冠丝带散开放下,低垂纷乱难解难分啊。郑卫两地奇美珍玩,随意弄来摆放一地啊。《激楚》舞姬发髻特异,奇特秀美独一无二啊。菎蔽和象牙棋子,还有博弈的六簙啊。两两对局齐头并进,厉声催促分毫不让啊。双方骁棋功力悉敌,喧哗一片高呼五白啊。晋地的犀角赌具聚集一处,旷日持久欲罢不能啊。钟声铿铿磬鸣悠扬,弹起梓木制做的琴瑟啊。饮酒欢娱不肯中止,夜以继日沉迷不返啊。兰花膏油浇制成通透的蜡烛,华丽的灯具错彩镂金啊。精心构思殚思竭虑,以芳洁兰花借喻斯人啊。众人竭尽才智,一心一意颂扬赞美啊。欢饮醉酒不留遗憾,娱乐祖先,宴会故旧啊。灵魂啊回来! 回到你的故居啊。

　　乱曰:献岁发春兮①,汩吾南征②,菉蘋齐叶兮白芷生③。路贯庐江兮左长薄④,倚沼畦瀛兮遥望博⑤。青骊结驷兮齐千乘⑥,悬火延起兮玄颜烝⑦。步及骤处兮诱骋先⑧,抑骛若通兮引车右还⑨。与王趋梦兮课后先⑩,君王亲发兮惮青兕⑪,朱明承夜兮时不可以淹⑫。皋兰被径兮斯路渐⑬。湛湛江水兮上有枫⑭,目极千里兮伤春心。魂兮归来哀江南⑮!

**【注释】**

①献岁:岁星又增一躔度,新的一年开始了。献,进。岁,岁星,即木星,其十二年运行一周天,称为一纪。发春:春天来临。

②汩(yù):急速貌。

③菉(lù)蘋:菉,草名,又称王刍,可制黄色染料。蘋,植物名,又称田字草,生浅水,叶有长柄,夏秋开小白花。齐叶:指叶子长齐。

④庐江:在今湖北宜城县一带。长薄:高大浓密的树林。薄,丛生植被。

⑤倚：站立。沼：水池，水泽。畦：成块的田。瀛（yíng）：池沼，水泽。博：广大平整。

⑥骊（lí）：黑色的马。结驷：一车四马谓之驷，结驷即车乘相连。齐千乘：众多马车一齐进发。齐，一齐，一同。乘，四马驾一车为乘。

⑦悬火：夜间打猎而点起火把。延起：光焰四射，连成一片。玄颜：黑暗的天色。玄，黑色，此指玄天，即天空。颜，色。烝（zhēng）：光热上腾。

⑧步，徐行。骤，奔跑。处，歇止。诱，引导，导路。

⑨抑骛：或进或止。抑，停止。骛，快跑。若：顺畅。

⑩梦：云梦，这里泛指楚王狩猎区。课：考核，比较。

⑪发：射箭。惮：通"殚"，杀死。兕（sì）：兽名。

⑫朱明：太阳。承：接续。淹：停留。

⑬皋兰：水边兰草。渐：掩盖，淹没。

⑭湛湛（zhàn）：形容江水平稳深广的样子。枫：树名，枫叶似白杨，叶圆而分角，秋时呈红色，可分泌树脂，有香味。

⑮江南：长江以南楚国土地。

## 【译文】

乱辞称：一年复始春意发萌啊，我将匆匆南下，王刍、青萍叶刚长齐啊，白芷刚好欣欣向荣。征途要通过庐江啊，我的左边是高大浓密的树林，站在池塘田界之间啊，远远眺望楚地广袤无边。黑色骏马以骊驾连结啊，齐整阵容多达千乘，高挂夜灯火光蔓延啊，蒸腾的火气照亮黑色的天空。或徐行，或追逐，或奔驰，或歇止啊，向导们一马当先，指挥进退通畅自如啊，向右掉转车头胜利而还。我与先王在云梦狩猎啊，考课猎物多少与追猎中的表现。国君御驾亲狩啊，射杀了贞祥的青兕，太阳破晓而出啊，不能够再作盘桓。水边的兰草布满小路啊，这条路芜没不见。清澈的江水啊，高处还有红枫，纵目千里一望无垠啊，充满春愁的心低落伤感。魂魄啊归来！为如今的江南楚地而哀叹！

# 大　招

【题解】

《大招》的作者以及招谁之魂，尚没有定论。关于其作者大致有四种说法：

一是认为屈原或景差所作。王逸《楚辞章句》云：“《大招》者，屈原之所作也。或曰景差，疑不能明也。屈原放流九年，忧思烦乱，精神越散，与形离别，恐命将终，所行不遂，故愤然大招其魂。盛称楚国之乐，崇怀襄之德，以比三王，能任用贤，公卿明察，能荐举人，宜辅佐之，以兴至治，因此风谏，达己之志也。”

二是认为景差所作。朱熹《楚辞集注》云：“《大招》不知何人所作，或曰屈原，或曰景差，自王逸时已不能明矣。其谓原作者，则曰词义高古，非原莫及。其不谓然者，则曰《汉志》定著原赋之二十五篇，今自《骚经》以至《渔父》，已充其目矣。其谓景差则绝无左验，是以读书者往往疑之。然今以宋玉大小言赋考之，则凡差语，皆平淡醇古，意亦深靖间退，不为词人墨客浮夸艳逸之态，然后乃知此篇决为差作无疑也。”周拱辰、王夫之同意这种说法。

三是确认为屈原所作。林云铭《楚辞灯》：“《大招》一篇，王逸既谓屈原所作，又以或言景差为疑，尚未决其为差作也。……玉与差皆原之徒，若招其师之魂，何以见差之招当为大，玉之招当为小乎？后人守其说而不敢变,相沿至今,反添出许多强解,附会穿凿,把灵均绝世奇文,埋没殆尽,殊可叹也。

四是认为乃秦汉之际摹拟之作。今人梁启超、游国恩、刘永济等持此观点。朱季海《楚辞解故》认为是淮南王刘安或其门客所作。

至于招谁之魂,则主要有两种观点,一为招屈原之魂;二为招怀王之魂。

关于本篇的作者,自东汉王逸以来已不能定,这是因为文献不足征的缘故。但从本篇铺陈描写的名物、制度及场景来看,其所招之魂的身份当非帝王诸侯莫属,这一点跟《招魂》颇为类似,故而或即招"怀王"之魂。

尽管《大招》的文章主旨一直聚讼纷纭,但它与《招魂》并称"二招"而独具特色。从内容上看,《大招》没有叙文与乱辞,全文皆为招魂辞。与《招魂》所招对象应为同一人。据史料记载,怀王被骗入秦国后,在顷襄王三年(前296)卒于秦,后归葬于楚国,这中间有相当长一段时间。因此,怀王死讯传到楚国时,楚国应在国内举行招魂仪式,以招其魂归国不离散。到归葬时,则又举行更隆重的国葬仪式,因而须有二篇招魂辞,这或许正是《招魂》与《大招》的来历。《大招》在内容上可分两部分:一是极力渲染四方的种种凶险怪异,二是着意烘托楚国故居之美,最后又大力称颂楚国任人唯贤、政治清明、国势强盛等,以诱使灵魂返回楚国。


青春受谢①,白日昭只②。春气奋发,万物遽只③。冥凌浃行④,魂无逃只。魂魄归来!无远遥只。


**【注释】**

①青:在上古人的观念中,是把东方、春季、青色、草木联系在一起的。这里的青春即春天、春季的意思。谢,去,离去。

②昭:光明,灿烂。只:语气词。如同《招魂》之"些"字。

③遽(jù):竞相,争相。

④冥:幽冥,幽暗。这里或指北方之神玄冥。凌:驰骋。浹(jiā):遍,周遍。

**【译文】**

冬去春来,阳光多么明媚灿烂啊。春的气息喷薄而出,世间万物竞相生长啊。幽冥之神遍行于天地之间,魂你不要逃啊。魂魄归来,不要远远离开啊!

魂乎归来! 无东无西,无南无北只。东有大海,溺水浟浟只①。螭龙并流②,上下悠悠只③。雾雨淫淫④,白皓胶只⑤。魂乎无东! 汤谷寂只⑥。魂乎无南! 南有炎火千里,蝮蛇蜒只⑦。山林险隘,虎豹蜿只⑧。鰅鳙短狐⑨,王虺骞只⑩。魂乎无南! 蜮伤躬只⑪。魂乎无西! 西方流沙,漭洋洋只⑫。豕首纵目⑬,被发鬤只⑭。长爪踞牙⑮,诶笑狂只⑯。魂乎无西! 多害伤只。魂乎无北! 北有寒山,逴龙赩只⑰。代水不可涉⑱,深不可测只。天白颢颢⑲,寒凝凝只。魂乎无往! 盈北极只⑳。

**【注释】**

①溺水:这里指水很深,容易使人沉没于其中。浟浟(yóu):形容水流迅疾的样子。

②螭(chī):传说中一种没有角的龙。

③悠悠:形容游动、行走的样子。

④淫淫:形容连绵不断的样子。

⑤皓胶:形容烟雨濛濛,天地间白茫茫一片的样子。

⑥汤（yáng）谷：古代神话传说中的日出之地。

⑦蝮（fù）蛇：大蛇。蜒（yán）：形容长的样子。

⑧蜿（wān）：形容行走的样子。

⑨鲕鳙（yú yóng）：神话传说中一种鱼的名称。短狐：神话传说中一
　　种能含沙射人的动物。王逸《楚辞章句》："短狐，鬼蜮也。"

⑩王虺（huǐ）：大蛇。搴（qiān）：抬头，昂首。

⑪蜮（yù）：即短狐。躬：身体。

⑫漭（mǎng）洋洋：这里形容流沙广大、无边无际的样子。

⑬豕（shǐ）首：猪头。纵：竖。

⑭被：同"披"。鬤（ráng）：形容毛发蓬乱的样子。

⑮踞（jù）牙：锋利的牙齿。踞，通"锯"。

⑯诶（xī）笑：嬉笑，这里似指让人感到厌恶的狰狞的笑。

⑰逴（chuō）龙：当为古代神话传说中的"烛龙"，是居于北方的神
　　祇。赩（xì）：赤色。据《山海经》，则烛龙神体呈"赤色"。

⑱代水：水名，大约是古代传说中的北方大河。

⑲颢颢（hào）：白茫茫。

⑳北极：北方至极至远之地，严寒之所在。

【译文】

　　魂啊归来！不要往东，不要往西，不要往南，不要往北啊。东面有
浩瀚海洋，水深流急啊。螭龙随着水流，上下游动啊。烟雾雨水绵绵不
绝，天地间白茫茫一片啊。魂啊不要往东！日出之地的汤谷死一般寂
静啊。魂啊不要往南！南面有火焰千里，巨大的蝮蛇长得吓人啊。山
林险峻狭隘，虎豹横行啊。又有怪鱼鲕鳙和含沙射人的短狐，大蛇昂着
头啊。魂啊不要往南！鬼蜮短狐会伤害你的身体啊。魂啊不要往西！
西方有流沙，无边无际啊。那里的怪物长着猪的脑袋，眼睛竖长，披头
散发，乱蓬蓬啊。长长的爪子，利齿如锯，发出狞笑，十分颠狂啊。魂啊
不要往西！那里有太多害人之物。魂啊不要往北！北方有寒冷的山

岭,烛龙神遍体通红啊。又有代水无法渡过,它的水深得无从测知啊。天空一片白茫茫,寒气冻结了大地啊。魂啊不要前往! 整个北极都是冰天雪地啊。

魂魄归来,闲以静只。自恣荆楚①,安以定只。逞志究欲②,心意安只。穷身永乐,年寿延只。魂乎归来! 乐不可言只。

**【注释】**

①恣(zì):无拘束,任凭。

②逞:快意,称心。究:穷尽。

**【译文】**

魂魄归来,这里闲适又安静啊。在荆楚大地上自在遨游,是多么安定啊。合你心意,穷尽你的喜好,一切如愿,心情可以安适畅快啊。终身长乐,延年益寿啊。魂那归来! 这儿的快乐妙不可言啊。

五谷六仞①,设菰粱只②。鼎臑盈望③,和致芳只④。内鸧鸽鹄⑤,味豺羹只⑥。魂乎归来! 恣所尝只。鲜蠵甘鸡⑦,和楚酪只⑧。醢豚苦狗⑨,脍苴蒪只⑩。吴酸蒿蒌⑪,不沾薄只⑫。魂兮归来! 恣所择只。炙鸹烝凫⑬,煔鹑陈只⑭。煎鰿臛雀⑮,遽爽存只⑯。魂乎归来! 丽以先只⑰。四酎并孰⑱,不涩嗌只⑲。清馨冻歆⑳,不歠役只㉑。吴醴白蘖㉒,和楚沥只㉓。魂乎归来! 不遽惕只㉔。

**【注释】**

①仞:长度单位,古代以七尺或八尺为一仞。

②菰(gū)粱:菰米,可煮食。菰,茭笋,又名"蒋",多年生水生宿根
　　草本植物。

③鼎:古代烹煮用的器物,多用青铜制成,圆形三足两耳,也有方形
　　四足的。臑(rú):熟烂。

④和致芳:调和五味,以使其芳香。

⑤内:通"肭(nà)",肥美。鸧(cāng):一种形似雁与鹤,青黑色的鸟。
　　鹄:天鹅。

⑥味:调和味道。豺:兽名,俗称豺狗,犬科动物,形似狼,较瘦小,
　　吠声如犬。

⑦蠵(xī):大龟。

⑧酪(lào):乳浆。

⑨醢(hǎi):肉酱。豚(tún):小猪。苦:用胆调和肉酱以使苦。

⑩脍(kuài):细切。苴蒪(jū pò):襄荷,姜科,多年生草本植物,根状
　　茎淡黄色,有辛辣味。

⑪吴酸:吴地人调和酸咸,腌制菜肴。吴,吴地,吴地人。蒿蒌(hāo
　　lóu):两种草本植物的名称。王逸《楚辞章句》:"蒿,蘩草也。蒌,
　　香草也。"

⑫不沾薄:即味道不浓不淡。沾,多汁。薄,无味。

⑬炙(zhì):烤肉。鸹(guā):鸟名。《说文·鸟部》:"鸹,麋鸹也。"
　　烝:同"蒸",用火烘烤使熟。凫:野鸭。

⑭粘(qián):把肉浸在锅里,即煮肉。鹑:鸟名,即鹌鹑。

⑮鲭(jì):鲫鱼。臛(huò):不加菜,全用汤煮,做成肉羹。

⑯遽爽:极其爽口。

⑰丽:美,美味。

⑱四酎(zhòu):四重酿之醇酒。

⑲歰(sè):即"涩",滞涩,不顺滑。这里是使喉咙感到苦涩、不顺滑
　　的意思。嗌(ài):咽喉。

⑳清馨：这里是形容酒的气味清洌芳香的样子。冻歈（yǐn）：冰镇后
　　饮之。歈，即"饮"，一本即作"饮"。

㉑歠（chuò）：饮，喝。役：卑贱之人。

㉒醴（lǐ）：一宿熟的甜酒。糵（niè）：做酒的曲。

㉓沥（lì）：清酒。

㉔遽（jù）：恐惧。惕：警惕，戒惧。

【译文】

　　这里的五谷高高堆积，还摆设着菰米饭啊。大鼎里煮熟的食物满眼都是，调和滋味使它散发芳香啊。肥美的鸧、鸽子、天鹅，调和着豺肉做的羹汤啊。魂啊归来！任随心意来品尝啊。新鲜的大龟，可口的肥鸡，调和了楚地的乳酪啊。乳猪做成的肉酱，胆汁浸渍的狗肉，再切点蘘荷放在里面啊。吴人腌制的蒿菜蒌芽，不浓不淡，味道正好啊。魂啊归来！随你心意来挑取啊。烤鸹鸟，蒸野鸭，煮了鹌鹑来摆开啊。煎鲫鱼，煮雀肉，味道极佳，让你口齿留香啊。魂啊归来！众多美味已经摆放上来啊。四重酿造的美酒都熟了，喝起来不滞涩喉咙啊。气味清洌芳香，适合冰镇后再饮，不是奴仆有福享用的啊。吴地的甜米酒，白酒曲酿造，掺上楚产的清酒啊。魂啊归来！不要害怕，不要有戒惧之心啊。


　　代秦郑卫①，鸣竽张只②。伏戏《驾辩》③，楚《劳商》只。讴和《扬阿》④，赵箫倡只⑤。魂乎归来！定空桑只⑥。二八接舞⑦，投诗赋只。叩钟调磬⑧，娱人乱只⑨。四上竞气⑩，极声变只⑪。魂乎归来！听歌譔只⑫。朱唇皓齿，嫭以姱只⑬。比德好闲⑭，习以都只⑮。丰肉微骨，调以娱只⑯。魂乎归来！安以舒只。嫮目宜笑⑰，娥眉曼只⑱。容则秀雅⑲，稚朱颜只⑳。魂乎归来！静以安只。姱修滂浩㉑，丽以佳只。曾

颊倚耳㉒,曲眉规只。滂心绰态㉓,姣丽施只㉔。小腰秀颈,若鲜卑只㉕。魂乎归来!思怨移只㉖。易中利心㉗,以动作只。粉白黛黑㉘,施芳泽只㉙。长袂拂面,善留客只。魂乎归来!以娱昔只㉚。青色直眉㉛,美目婳只㉜。靥辅奇牙㉝,宜笑嘕只㉞。丰肉微骨,体便娟只㉟。魂乎归来!恣所便只。

**【注释】**

①代秦郑卫:古国名,这里是指四国的音乐。

②竽:一种管乐器的名称。张:音乐奏起。

③伏戏:即古代神话传说中的神王"伏羲"。《驾辩》:古曲名。

④讴:清唱。《扬阿》:古代楚地歌曲名,即《阳阿》。

⑤箫:一种管乐器。《说文·竹部》:"箫,参差管乐,象凤之翼。"倡:领唱,这里指先行奏乐。

⑥定:调整琴弦,定下音位。空桑:瑟名。一说地名。

⑦二八:十六个舞女,即舞女以八人为一列,二列共十六人。

⑧叩钟调磬(qìng):钟、磬,两种打击乐器的名称。

⑨乱:欢快。

⑩四上:指乐曲结构的四个组成部分。竞气:指乐曲中四个环节的乐声依次强于前面环节。

⑪极声变:穷极乐音的曲折变化。

⑫讄(zhuàn):陈述,表达。

⑬嫭(hù)以姱:嫭、姱,都是美丽、美好的意思。

⑭比:相同。好闲:仪态美好、娴静。

⑮习:熟悉礼节。都:仪容美好、高雅。

⑯调:性情和顺。

⑰嫮(hù):同"嫭",美好,这里用来形容眼睛。

⑱蛾眉：女子细长而好看的眉毛。蛾，形容眉毛细长如蚕蛾的
　　样子。

⑲容：仪容，容态。则：举止，行为。

⑳稺（zhì）：字又作"稚"，幼小。

㉑姱修：美好，淑丽。滂浩：一本作"修广婉心"，当从之。"婉心"，
　　性情柔顺的意思。

㉒曾：重累，层叠，这里指面颊丰满。颊：脸的两侧。倚耳：耳向后
　　贴，不外张。

㉓滂心：心胸阔大。绰态：姿态柔美绰约。

㉔施：呈现。

㉕鲜卑：一种束在腰间的带子。

㉖思怨移：消除、忘怀忧怨的情思。移，去除。

㉗易中利心：易中，内心机敏，反应快。"利心"与"易中"意义相近。
　　中、心，指内心而言。易，轻易，不坚实。

㉘粉：化妆涂脸用的脂粉。黛：青黑色的颜料，古代女子用以画眉。

㉙芳泽：香膏，也是化妆用物品。

㉚昔：通"夕"，一本即作"夕"，夜晚。

㉛青色：青黑色，这里当指蛾眉的颜色。

㉜嫇（mián）：形容眼睛美的样子，这里有眼波流眄动人，显得聪慧
　　狡黠的意思。

㉝靥（yè）辅：又作"黶䩉"，脸颊上的酒窝。奇牙：奇而好的牙。奇，
　　殊异美好。

㉞嘕（xiān）：笑的样子。

㉟便（pián）娟：形容体态轻盈美丽的样子。

## 【译文】

　　这里有代、秦、郑、卫四地的音乐，吹起竽管，音乐奏起啊。有伏羲
氏的《驾辩》，还有楚曲《劳商》啊。一齐清唱起《扬阿》之歌，由赵地箫乐

来领唱啊。魂啊归来！为空桑之瑟调弦审音啊。十六个佳人一个接一个起舞，配合着诗赋雅乐的节拍啊。敲起钟，调好磬，演奏到歌曲末章，人们欢快无比啊。四个乐章依次演奏，叠相强进，音声变化无穷啊。魂啊归来！来聆听曲中之意啊。美人们唇红齿白，俏丽无比啊。才德不相上下，仪态美好娴静，习于礼节且又秀美高雅啊。肌肤丰腴，骨相纤秀，性情温顺，让人快乐啊。魂啊归来！你会感到安乐舒心啊。她们那漂亮的眼睛含着笑意，蚕蛾般的眉毛细又长啊。仪容举止秀美娴雅，红润的脸庞是如此娇嫩啊。魂啊归来！你会觉得宁静又安逸啊。她们容貌美丽，性情柔顺，真称得上是旷世之美啊。面颊丰满，两耳巧致，弯弯的眉毛如圆规画成啊。心胸阔大，姿态绰约，姣好美丽显现无遗啊。腰肢细小，脖子秀美，就像鲜卑带子束着一样啊。魂啊归来！你会忘怀那幽怨的情思啊。她们心思敏捷聪慧，从动作中表现出来啊。白的脂粉，黑的眉黛，再擦上香膏啊。长长的袖子轻轻擦过脸庞，善于殷勤待客，让人留连忘返啊。魂啊归来！晚上在这儿娱乐吧。黑而直的眉毛刚健婀娜，漂亮的眼睛流波动人啊。腮上有酒窝，牙齿奇又好，一笑嫣然，妩媚动人啊。身形丰满，骨节小巧，体态轻盈秀美啊。魂啊归来！随你喜好，任意行事啊。

　　夏屋广大①，沙堂秀只②。南房小坛③，观绝霤只④。曲屋步壛⑤，宜扰畜只⑥。腾驾步游，猎春囿只⑦。琼毂错衡⑧，英华假只⑨。菎兰桂树⑩，郁弥路只⑪。魂乎归来！恣志虑只。孔雀盈园，畜鸾皇只⑫。鹍鸿群晨⑬，杂鹜鸧只⑭。鸿鹄代游⑮，曼鹔鹴只⑯。魂乎归来！凤凰翔只。

【注释】

①夏屋：高大的屋子。

②沙堂:用丹砂涂饰成红色的殿堂。沙,丹砂,又称朱砂,是一种红
　　色的矿物。

③房:堂屋两侧的房间。坛:这里当指庭院,是游观憩息的场所。

④观:官门外高台上的望楼,可作观看眺望用。霤(liù):屋檐。

⑤曲屋:阁道,亦即长廊,因其上修建了类似屋顶的东西,且又回环
　　曲折,所以叫曲屋。步壛(yán):长廊。

⑥扰:驯养。畜:家养之兽。

⑦囿(yòu):畜养禽兽的园林,有围墙,汉以后称"苑"。

⑧琼:美玉。毂(gǔ):车轮中心的圆木,周围与车辐的一端相接,中
　　有圆孔,可以插轴。错:错综华美的文饰。衡:车辕上的横木。

⑨英华:华美。假:大,盛大。一说通"嘏"(gǔ)。

⑩茝(zhǐ):香草名。

⑪郁:树木丛生,茂盛。

⑫鸾:古代传说中的一种神鸟。皇:通"凰",古代传说中的鸟王,雄
　　的叫"凤",雌的叫"凰"。

⑬鹍(kūn):鹍鸡。群晨:清晨时分一起飞翔鸣叫。

⑭鹙(qiū)鸧:一种水鸟,头顶无毛,性凶猛贪恶。

⑮代:更替,轮流,这里有来来往往的意思。

⑯曼:绵长,延续。这里形容鹔鹴群飞,连绵不绝的样子。鹔鹴(sù
　　shuāng):一种神鸟的名称。

**【译文】**

　　这里的房屋又宽又大,丹砂涂饰的殿堂真是壮美啊。朝南的偏屋,
小巧的庭院,楼观屋檐下有承水沟槽啊。回环曲折的阁道,长长的走
廊,适宜驯养鸟兽啊。驰骋车驾外出漫游,春日时分在园林中打猎啊。
美玉般的车轴,错金镂彩的辕上横木,真是盛大华美啊。茝草、兰草和
桂树,路边到处都是啊。魂啊归来! 顺随你的心意,任你游玩啊。孔雀
满园子都是,还养着鸾鸟凤凰啊。鹍鸡鸿雁清晨时分一起飞翔鸣叫,还

混杂着秃鹙的声音啊。鸿鹄来来往往,嬉戏游乐,鹅鶋群飞,连绵不绝啊。魂啊归来! 神鸟凤凰在飞翔啊。

　　曼泽怡面①,血气盛只。永宜厥身,保寿命只。室家盈廷②,爵禄盛只③。魂乎归来! 居室定只。接径千里④,出若云只⑤。三圭重侯⑥,听类神只⑦。察笃夭隐⑧,孤寡存只⑨。魂兮归来! 正始昆只⑩。田邑千畛⑪,人阜昌只⑫。美冒众流⑬,德泽章只。先威后文,善美明只。魂乎归来! 赏罚当只。名声若日,照四海只⑭。德誉配天,万民理只。北至幽陵⑮,南交阯只⑯。西薄羊肠⑰,东穷海只。魂乎归来! 尚贤士只。发政献行⑱,禁苛暴只。举杰压陛⑲,诛讥罢只⑳。直赢在位㉑,近禹麾只㉒。豪杰执政㉓,流泽施只。魂乎来归! 国家为只。雄雄赫赫㉔,天德明只㉕。三公穆穆㉖,登降堂只㉗。诸侯毕极,立九卿只㉘。昭质既设㉙,大侯张只㉚。执弓挟矢,揖辞让只㉛。魂乎来归! 尚三王只㉜。

【注释】

①曼泽:形容面色丰润、润泽的样子。怡:和颜悦色。

②室家:宗族。

③爵:官位,爵位。禄:俸禄,即官员的收入。

④接径:道路相交接,四通八达。千里:方圆千余里,泛指疆域广袤。

⑤出若云:这里指出行时护卫侍从众多。

⑥三圭:圭是古玉器名,长条形,上圆下方,古代贵族以之作为朝聘、祭祀、丧祭时的礼器。重侯:指子爵和男爵。

⑦听类神:听讼断狱精审,类似于神明。听,听审诉讼。即《九章·

惜诵》"听直"之"听"。

⑧笃:通"督",察。夭:年幼而死,短命。隐:处境困苦。

⑨孤:本指幼而无父,引申为孤独之义。寡:本指老而无夫,引申为孤独义。存:抚恤,慰问。

⑩始昆:先后。昆,后。

⑪畛(zhěn):田间的道路。

⑫阜昌:形容人口众多。

⑬美:美善之行,美政。冒:覆盖,这里有溥及众生的意思。

⑭四海:偏远地区,蛮荒之地。

⑮幽陵:地名,即幽州,地在今河北北部、辽宁一带。

⑯交阯(zhǐ):地名,在今两广及越南北部一带。

⑰羊肠:西方山名。

⑱献行:百官向上进其治状。

⑲压陛:能人贤士布满朝堂廷阶。陛,殿堂前的台阶。

⑳诛:谴责并黜退。讥:受人讥刺指责。罢:能力有限,不堪大任的庸人。

㉑直赢:正直之人。赢,直。

㉒近禹麾:亲附、听从圣明君主禹的指挥。

㉓豪:卓越的人物。

㉔雄雄赫赫:形容声势、声威盛大的样子。

㉕天德:德行堪与天相配,故曰"天德"。

㉖三公:古代辅佐君王的最高的三个官职。一种说法是太师、太傅、太保;另一种说法是司空、司马、司徒。穆穆:平和恭敬。

㉗登降堂:出入朝堂、殿堂。

㉘九卿:九个中央国家机关的长官。

㉙昭质:箭靶的中心。

㉚大侯:射箭时所立之布,类似于箭靶。

㉛揖（yī）：拱手行礼。

㉜三王：指夏禹、商汤、周文王。

**【译文】**

　　肤色润泽，面色和悦，气血旺盛啊。身心永远安适康健，长保寿命啊。宗族成员布满朝廷，官爵、俸禄丰盛啊。魂啊归来！住所已经安排定了啊。道路四通八达，绵延千里，出行时护卫侍从聚集如云啊。朝廷大员、君王股肱，听审狱讼，明察秋毫，有如神明啊。察知了解夭折的儿童与处境困窘者的情况，安抚慰问孤儿寡妇啊。魂啊归来！来确定施行仁政时次序的先后啊。楚国的乡野城邑间道路上千条，人口繁盛众多啊。美政教化溥及芸芸众生，明德恩泽彰明显著啊。先用严政，后施仁政，这样就能既善且美又光明正大啊。魂啊归来！楚国赏罚得当啊。名声好比太阳一般，光辉照耀四海啊。功德、荣誉与天相媲美，天下百姓都得到治理啊。北边到幽陵，南边到交趾啊。西边迫近羊肠山，东边直抵大海啊。魂啊归来！楚国尊崇贤士啊。君王向下发布政令，百官向上呈递治状，禁绝苛刻凶暴啊。任用能人智士，布满朝堂廷阶，斥责、黜退无能的庸人啊。正直之人进用居官，听从圣明君主的指挥啊。才华出众者掌管政权，恩泽遍及民间啊。魂啊归来！国家得到治理了啊。声威雄壮，德行清明，上比苍天啊。三公平和恭敬，进出朝堂啊。诸侯都来致敬，设立九卿职位啊。箭靶已经摆好，大布靶也已张设啊。拿着弓，持着箭，拱手行礼，互相推辞谦让啊。魂啊归来！崇尚先贤，取法三王啊。

# 惜　誓

**【题解】**

　　本篇作者存在争议。即使王逸《楚辞章句》亦不能作出明确判断，他说："《惜誓》者，不知谁所作也，或曰贾谊，疑不能明也。"后人由此形成两种观点：一、本篇为贾谊所作；二、本篇非贾谊所作，乃他人所为，至于究竟出于何人手笔，则人言言殊。北宋晁补之认为："《惜誓》弘深，亦类原辞，或以为贾谊作，盖近之。"（《鸡肋集·离骚新序中》）他对本篇作者持谨慎态度。之后，沈作喆《寓简》、朱熹《楚辞集注》、王夫之《楚辞通释》明确把著作权判给了贾谊。与上述相对，认为本篇非贾谊所作的有明谢榛（《四溟诗话》）、清胡濬源（《楚辞新注求确》）、郑知同（《楚辞考辨》）、王耕心（《贾子次诂》）、张纶言（《林泉随笔》）、近人徐英（《楚辞札记》）、今人王泗源（《楚辞校释》）、郑文（《楚辞我见·读〈惜誓〉》）、马积高（《赋史》）、赵逵夫（《论〈惜誓〉的作者与作时》）等。两派所持理由，大抵皆非积极论据，其中胶柱鼓瑟、龃龉难通之处亦复不少，未免繁琐，此处不辨。检《汉书·艺文志》"阴阳家"著录《五曹官制》五篇，班固注曰："汉制，似贾谊所条。"班注或为刘歆《七略》旧文，可见汉人对于贾谊名下著作存疑者非止本篇一篇。对于本篇的作者问题，在没有确凿证据发现前，不妨持阙疑态度。

　　标题"惜誓"的含义同样存在争议。对于"惜"字的解释大体无异议,作"痛悼"、"痛惜"解。争议在于"誓"字。王逸《楚辞章句》认为"誓者,信也,约也。言哀惜怀王,与己信约,而复背之也",姜亮夫《楚辞通故》承袭此说;王夫之《楚辞通释》认为"《惜誓》者,惜屈子之誓死,而不知变计也",此说有增字为训之嫌,今人赵浩如《楚辞译注》袭之,认为"誓是誓死不迁,表示以身殉志的意思";刘熙载《艺概·赋概》认为"惜者,惜己不遇于时,发乎情也;誓者,誓己不改所守,止乎礼义也";郑知同《楚辞考辨》认为"所谓'惜誓'者,惜己不见用而誓将去也";今人徐仁甫《楚辞别解》则另辟蹊径,认为"誓借为逝,惜年华如逝水也",汤炳正等《楚辞今注》承袭此说,李大明《汉楚辞学史》并对此作了进一步的举例论证。比较五说,当以徐说为优。

　　本篇虽然存在较多争议,但就文本本身来说,却不失为是一篇较优秀的拟骚作品,在《楚辞》所收汉人作品中,后人对本篇的评价仅次于《招隐士》。全篇以大量笔墨铺叙屈原出楚时盛大的场面和仪式,接写他誓死远浊世的意志,通过具体形象描绘和对世俗黑暗的剖析,突显了作者为屈原之死而痛惜的心情。


　　惜余年老而日衰兮①,岁忽忽而不反②。登苍天而高举兮③,历众山而日远。观江河之纡曲兮④,离四海之沾濡⑤。攀北极而一息兮,吸沆瀣以充虚⑥。飞朱鸟使先驱兮⑦,驾太一之象舆⑧。苍龙蚴虬于左骖兮⑨,白虎骋而为右騑⑩。建日月以为盖兮⑪,载玉女于后车⑫。驰骛于杳冥之中兮,休息乎崑岺之墟⑬。乐穷极而不厌兮,愿从容乎神明。涉丹水而驰骋兮⑭,右大夏之遗风⑮。黄鹄之一举兮⑯,知山川之纡曲。再举兮,睹天地之圜方⑰。临中国之众人兮⑱,托回飙乎尚羊⑲。乃至少原之壄兮⑳,赤松王乔皆在旁㉑。二子拥瑟而调均兮㉒,余因称乎清商㉓。澹然而自乐兮㉔,吸众气而翱翔<sup>㉕</sup>。念我长生而久仙兮,不如反余之故乡。

**【注释】**

①惜:哀伤,悲叹。

②忽忽:为南楚方言习用语,形容岁月很快流逝。反:通"返",返回,形容时间一去不再来。

③高举:离开尘世,高飞。举,飞。

④观:观察。这里指从高处往下俯瞰。纡(yū)曲:形容弯弯曲曲的样子。

⑤离:通"罹",遭受,遭遇。沾濡(rú):沾湿。

⑥沆瀣(hàng xiè):北方夜间露气。充虚:充实身体之空虚。虚,空,这里也可指老庄所崇尚的清净无欲的内心境界。

⑦飞:使动用法,使朱鸟在前飞翔以导路。朱鸟:一种神鸟,又为南方七宿之合称。

⑧太一:星名,在紫微宫。象舆:用象牙装饰的车。

⑨苍龙:青龙。东方七宿(角、亢、氐、房、心、尾、箕)之合称。蚴虬(yǒu qiú):龙形屈曲之貌。左骖:车驾左边的马。

⑩白虎:西方七宿奎、娄、胃、昴、毕、觜、参之合称。右騑(fēi):车驾右边的马。

⑪建:树立,设立。盖:车盖,这里指饰有日月之形的华盖。

⑫玉女:天上神女。

⑬崑崙:即昆仑山。神话传说中的神山。

⑭丹水:神话传说中水名,即赤水,出昆仑西南。

⑮右:指丹水西北。面朝南方,右则为西。大夏:大约是神话传说中的地名。

⑯黄鹄:黄一作"鸿",黄鹄即鸿鹄。此句以黄鹄喻指主人公。

⑰圜(yuán)方:天圆地方,代指天地。

⑱中国：华夏诸国。

⑲回飙（biāo）：旋风。尚羊：游荡，徜徉。

⑳少原：仙人所居之地。王逸《楚辞章句》："少原之墅，仙人所居。"
　墅：通"野"。

㉑赤松：古代神话传说中的仙人。王乔：古代神话传说中的仙人。

㉒调均（yùn）：调理弦音。调，调弄，拔弄。均，调音之器。

㉓称：弹奏。清商：曲调名称。

㉔澹然：平淡宁静，谓清静无人打扰。

㉕众气：即阴、阳、风、雨、晦、明六气。

【译文】

　　哀伤我年事已高、日渐衰老啊，岁月一去不返。远离尘嚣飞升上天啊，飞越群山离故国越来越远。俯瞰下界江河弯曲纵横啊，衣服都被四海风波沾湿。登上北极休息一下啊，吸北方清和之气以充实身体之空虚。使朱雀神鸟为我开路啊，乘坐象牙雕饰的车子。弯曲盘绕的青龙伴随左侧啊，右边是驰骋纵横的白虎。车上以日月为盖啊，车后载着天宫神女。在幽暗之处奋勇驰骋啊，在昆仑之巅休养生息。如此极乐仍不令我满足啊，还希望与神明逍遥游乐。渡过赤水驰骋向前啊，看到大夏仙境的美好遗风。鸿鹄轻轻一飞啊，就看见曲折的山河。它再振翅高飞啊，便望见整个天下。从天上俯瞰华夏诸民啊，我乘着旋风四处漫游。来到仙人所居之处啊，见到赤松子和王乔。他们拿起乐器开始调理弦音啊，我来弹奏清商曲调。我感到宁静而愉快啊，吸食六气，自由飞翔。虽可长久做神仙啊，却不如回到自己的故乡。


　　黄鹄后时而寄处兮①，鸥枭群而制之。神龙失水而陆居兮②，为蝼蚁之所裁③。夫黄鹄神龙犹如此兮，况贤者之逢乱世哉④！寿冉冉而日衰兮⑤，固儃回而不息⑥。俗流从而不止兮⑦，众枉聚而矫直⑧。或偷合而苟进兮⑨，或隐居而深藏⑩。苦称量之不审兮⑪，同权概而就衡⑫。或推迻而苟容兮⑬，或直言之谔谔⑭。伤诚是之不察兮⑮，并纫茅丝以为索⑯。方世俗之幽昏兮⑰，眩白黑之美恶⑱。放山渊之龟玉兮⑲，相与贵夫砾石。梅伯数谏而至醢兮⑳，来革顺志而用国㉑。悲仁人之尽节兮㉒，反为小人之所贼㉓。比干忠谏而剖心兮㉔，箕子被发而佯狂㉕。水背流而源竭兮㉖，木去根而不长。非重躯以虑难兮㉗，惜伤身之无功㉘。

**【注释】**

①后时：错过时机。寄处：这里指栖息山林。

②神龙：传说中可以兴风唤雨的水中灵物。陆居：神龙到了陆地上，神异全失，喻指贤者失势。

③蝼（lóu）蚁：此处喻指小人。王逸《楚辞章句》："蝼，蝼蛄也，蚁，蚍蜉也。"蝼蛄，昆虫纲，直翅目，蝼蛄科。裁：这里是欺凌、压迫的意思。

④乱世：指贤愚不分、忠奸不辨、政治混乱的局面。

⑤寿：年寿，生命。冉冉：渐渐，形容年华日渐老去。

⑥儃（chán）回：运转。

⑦俗流：庸俗的、随波逐流的世人们。

⑧众枉：众多邪曲小人。矫直：改直为曲。

⑨偷合：互相勾结，苟且取容。偷，通"媮"。合，即同流合污之意。苟进：以不正当手段谋求进升。苟，随便，苟且。进，晋升。

⑩深藏：不出世，不参与政事。

⑪称量：衡量。这里指辨别贤愚、忠奸。审：辨别，详察。

⑫权概：与称量相对应的用来称重和计量的器具。衡：本指秤杆，或秤，这里引申指尺度。

⑬推迻(yí)：与世推移，随波逐流。苟容：苟且见容于世，即苟且偷生。

⑭谔谔(è)：形容直言的样子。

⑮诚是：忠诚与正义。不察：这里指不辨真伪是非。

⑯纫(rèn)茅丝：将茅草与丝线搓到一块。比喻不辨忠奸。纫，即搓绳。茅，比喻小人。丝，比喻忠诚之士。索：绳索。

⑰幽昏：黑暗。这里喻指是非不分，美丑不辨。

⑱眩：眼花，迷惑。

⑲龟玉：龟甲和玉石，可用于占卜，指十分珍贵的东西。龟玉、砾石分别喻指忠贤之士与奸佞小人。

⑳梅伯：殷纣时诸侯，因谏纣被杀。醢(hǎi)：古代酷刑，将人剁成肉酱。

㉑来革：殷纣王佞臣，即"恶来"。顺志：顺从迎合君王意图。用国：掌权。

㉒尽节：指梅伯尽忠谏之节。

㉓贼：残害。

㉔比干：殷纣王叔父，因谏纣被剖心。

㉕箕(jī)子：殷纣王叔父，因谏纣不听而佯狂为奴。

㉖背流：此一句当作"背源而流竭"，今本"源"、"流"互倒。背离源头，从而水流枯竭的意思。

㉗重躯：看重自身。虑难：害怕遭受祸患。

㉘无功：没有效果。此处当指"国功"而言，无功即于国无功。功，功用，效绩。

【译文】

鸿鹄错过了高飞的时机而寄栖山林啊，被恶鸟群起而攻之。神龙若离开水而上岸啊，就会受制于蝼蛄和蚂蚁。鸿鹄神龙尚且如此啊，何况贤者遭逢乱世！我的年龄渐长日见衰老啊，岁月流逝而不停息。流俗进谗献媚无休无止啊，他们以直为枉，以枉为直。有的苟且偷生贪图爵位啊，有的隐居深山避世不出。君王不辨轻重啊，混同两者放在一起衡量。有的与世推移同流合污啊，有的直言不讳勇于谏诤。悲伤的是君王不能体察这份忠诚啊，把茅和丝揉在一起拧成绳索。当今之世已然混乱不堪啊，到处是非不分、黑白不辨。神龟美玉被抛弃在名山大川中啊，身价百倍的却是粗劣的砥石。梅伯多次进谏竟被剁成肉酱啊，谗佞小人来革却受重用。为尽忠于君国的贤臣悲哀啊，他们终被世俗小人所残害。比干直谏却被剖心啊，箕子披散头发佯装颠狂。水离了源头便会枯竭啊，树木失去根柢也活不久长。我并非考虑自身的忧患啊，只是哀痛尚未建立功业。

已矣哉！独不见夫鸾凤之高翔兮<sup>①</sup>，乃集大皇之壄<sup>②</sup>。循四极而回周兮<sup>③</sup>，见盛德而后下<sup>④</sup>。彼圣人之神德兮<sup>⑤</sup>，远浊世而自藏。使麒麟可得羁而系兮<sup>⑥</sup>，又何以异乎犬羊<sup>⑦</sup>？

**【注释】**

①鸾凤：祥瑞之鸟，代指贤者。

②大皇：古代传说中的荒远之地。壄：同"野"。

③循：沿着。四极：天之四方极高远之处。回周：徘徊，周游。

④盛德：高尚的德行。

⑤圣人：有盛德之人。神德：高洁而不凡的品德。

⑥麒麟：古代传说中的一种神兽，此处喻指贤能之士。羁而系(xì)：羁、系都是拴结、拘系的意思。

⑦犬羊：狗与羊，喻指与麒麟相对的世俗凡物。

**【译文】**

算了吧！难道你没看到凤凰高飞而去啊，都聚集在大荒之中。它们遍游天地四方啊，唯有见到盛世才会降临。那些有德行的圣人啊，都远离浊世，隐藏不出。如果神兽麒麟被拘系啊，那与俗物犬羊又有何区别？

# 招隐士

## 【题解】

"招隐士"即招募隐居贤才之意。本篇作者为谁主要有二说：一是据王逸《楚辞章句》所云："《招隐士》者，淮南小山之所作也。昔淮南王安，博雅好古，招怀天下俊伟之士。自八公之徒，咸慕其德而归其仁，各竭才智，著作篇章，分造辞赋，以类相从，故或称小山。或称大山。其义犹《诗》有《小雅》、《大雅》也。"据此可知作者是淮南王刘安的宾客。然淮南小山是名是号不甚清楚；二是萧统《文选·招隐士》采录时径署为刘安作，《艺文类聚》、《初学记》、《白氏六帖》、《太平御览》、《事类赋》等类书也主刘安本人所作。据《汉书·淮南衡山济北王传》，"淮南王安为人好书、鼓琴，不喜弋猎狗马驰骋"，而专喜招纳文士，编辑子书。小山其人虽不可确考，其乃刘安门客应能成立。故本书认同王逸说。

本篇创作目的存在争议。东汉王逸首先提出"悯屈"说，认为"小山之徒悯伤屈原，……故作《招隐士》之赋，以章其志也。"后人对此说颇有异议。朱熹《楚辞集注》在涉及这一问题时曰："说者以为亦托意以招屈原也。"表明自己只是引述前人王逸的观点。其在《招隐操序》中则曰："淮南小山作《招隐》，极道山中穷苦之状，以风切遁世之士，使无暇心，其旨深矣。"（见《朱文公文集》卷一）许学夷在朱说基础上，明确提出本篇是小山之徒为刘安招贤纳士而作的观点，王夫之《楚辞通释》观点与之同。此外,明人汪瑗又提出了本篇意在招世俗之人归隐山林的观点(见《楚辞集解》之《山鬼》篇解题),这其实是反朱熹之道而行。今人在前人研究的基础上更立新说。其中,一是认为本篇意在劝谏刘安时局危险,应尽早脱身而出,金秬香《汉代词赋之发达》、马茂元《楚辞选》持此说。二是认为本篇乃小山之徒悯伤刘安而作,见郭预衡主编《中国古代文学史》万光治主笔之秦汉魏晋南北朝部分。此外,龚克昌《刘安君臣的〈招隐士〉与〈屏风赋〉》则推测本篇是小山之徒招淮南王仙游不归之作,淮南王谋反被杀,其门下宾客谎称其已成仙,借以掩盖其世俗野心。本书认同许学夷之说。

　　汉武帝时期国力强盛,由此带来思想文化的繁荣。《招隐士》正是在这种背景下产生的。淮南小山创作这篇作品,正是适应了刘安招贤纳士的需要。在小山的时代,招引贤才是从京都至方国都极为重视的事情。《汉书·公孙弘卜式儿宽列传》载:"上(汉武帝)方欲用文武,求之如弗及,始以蒲轮迎枚生,见主父而叹息。群士慕向,异人并出。卜式拔于刍牧,弘羊擢于贾竖,卫青奋于奴仆,日碑出于降虏,斯亦曩时版筑饭牛之朋已。汉之得人,于兹为盛。"为了得到异秉之才,刘安也是费尽心思,他"异国中民家有女者,以待游士而妻之",竟造成荆楚一带"至今多女而少男"(《汉书·地理志》)的局面,可谓无所不用其极了。因此,淮南小山为刘安招纳贤良而创作本篇,不仅适逢其会,而且也是势所必然的。

　　本篇反复陈说山中的艰苦险恶,劝告隐居的贤德俊杰之士归来。篇中注重描绘形象并极力渲染气氛,虽较少直接抒情,却曲折展示了深沉的思想情感,是篇深远意境的抒情佳诗。王夫之《楚辞通释》评曰:"其可以类附《离骚》之后者,以音节局度,浏漓昂激。"


　　桂树丛生兮山之幽[①],偃蹇连蜷兮枝相缭[②]。山气茏苁兮石嵯峨[③],溪谷崭岩兮水曾波[④]。猿狖群啸兮虎豹嗥[⑤],攀援桂枝兮聊淹留。王孙游兮不归[⑥],春草生兮萋萋[⑦]。

**【注释】**

①桂树:植物名,即木犀,又称白华。

②偃蹇:树姿屈曲而美好的样子。连蜷(quán):弯曲茂盛的样子。缭:缭绕,缠绕,纠错在一起。

③山气:气,指云气。山气,山间的流岚雾气。宠苁(lóng zōng):云气迷濛。嵯峨(cuó é):山势高峻。

④嶄(chán)岩:险峻。曾(céng)波:水势奔涌。

⑤猨狖(yuán yòu):长尾猿。嗥(háo):咆哮。

⑥王孙:篇题中所指的隐士。

⑦萋萋(qī):草木茂盛。

**【译文】**

桂树丛生啊遍布山谷,树干虬曲啊枝条交互缠绕。山雾迷濛啊石峰高耸,溪涧险峻啊奔涌而出。猕猴长嘶啊虎豹咆哮,攀援桂枝啊瞭望停留。落魄贵人啊远游不回,春草萌生啊万物复苏。


岁暮兮不自聊①,蟪蛄鸣兮啾啾②。坱兮轧③,山曲岪④,心淹留兮恫慌忽⑤。罔兮沕⑥,憭兮栗⑦,虎豹穴,丛薄深林兮人上慄⑧。嵚岑碕礒兮硱磳磈硊⑨,树轮相纠兮林木茷骫⑩。青莎杂树兮薠草靃靡⑪,白鹿麏𪊑兮或腾或倚⑫。状皃崟崯兮峨峨⑬,凄凄兮漇漇⑭。猕猴兮熊罴⑮,慕类兮以悲⑯。攀援桂枝兮聊淹留,虎豹斗兮熊罴咆⑰,禽兽骇兮亡其曹。王孙兮归来! 山中兮不可以久留。


**【注释】**

①岁暮:年终岁尾。岁,原指木星。后以岁星运行一次为一岁,即一年。暮,原作"莫",指傍晚,引申为某一时间段的终末。不自

聊：无所依恃、无依无靠的意思，这里有心情烦闷忧愁的含义。聊，依赖，依靠。

②蟪蛄(huì gū)：蝉的一种。啾啾(jiū)：鸣叫声。

③块(yǎng)兮轧：即"块轧"，中间加语气词"兮"字，有调节音节，使声情绵长之效。以下"罔兮沕"、"憭兮栗"以及《七谏·初放》"块兮鞠"皆是此种语例。块轧是形容山气弥漫，雾色暗淡的样子。

④曲岪(fú)：盘曲蜿蜒的样子。

⑤恫(dòng)慌忽：痛苦迷茫。

⑥罔兮沕(hū)：失魂落魄的样子。

⑦憭兮栗：惊恐战栗。

⑧慄：惊恐，战慄。

⑨嵚(qīn)岑：山势高险。碕礒(qǐ yǐ)：山石堆垒不平的样子。一作"崎崟"。硱磳(jūn zēng)：山石险峻。磈硊(wěi wěi)：山石险峻。

⑩轮：树枝。茇骫(bá wěi)：枝条纡曲缠绕。

⑪青莎(suō)：草名。此草为莎草科，多年生草本植物。蘋(fán)草：草名。靡(suǐ)靡：草木柔弱、随风飘拂的样子。

⑫白鹿：传说中的神鹿。麇麚(jūn jiā)：麇，同"麕"，即獐子。麚，公鹿。

⑬兒：同"貌"。崟崟(yín)：这里形容鹿角形状高耸尖锐。峨峨：形容鹿角高耸奇特的样子。

⑭淒淒(qī)：水珠往下淌的样子。漇漇(xǐ)：沾湿。

⑮熊罴(pí)：猛兽。

⑯慕：怀恋。

⑰咆(páo)：吼叫。

## 【译文】

一年将尽啊孤苦伶仃，秋蝉鸣叫啊啾啾不停。雾气重啊山蜿蜒，心意徘徊啊痛苦迷茫。意志消沉啊惊恐战栗，虎豹洞口丛林遍布啊魂不附形。山势陡峭奇险啊高低不平,树枝纠缠缭绕啊林木纵横。青莎蒨草啊随风舞动,白鹿獐子啊跳跳停停。犄角高耸啊状貌峥嵘,水珠下滴啊闪耀光泽。猕猴啊熊罴,留恋族群啊悲鸣。攀爬桂枝啊且作停留,虎豹争斗啊熊罴怒吼,鸟兽惊恐啊消失无踪。落魄贵人啊归来! 山中啊不可以久留!

# 七　谏

**【题解】**

关于《七谏》的作者及题旨，王逸《楚辞章句》说得比较清楚：“《七谏》者，东方朔之所作也。谏者，正也，谓陈法度以谏正君也。古者，人臣三谏不从，退而待放。屈原与楚同姓，无相去之义，故加为《七谏》，殷勤之意，忠厚之节也。或曰：《七谏》者，法天子有争臣七人也。东方朔追悯屈原，故作此辞，以述其志，所以昭忠信、矫曲朝也。”然查《汉书·东方朔传》，除载其《答客难》及《非有先生论》外，另称：“朔之文辞，此二篇最善。其余有《封泰山》、《责和氏璧》及《皇太子生禖》、《屏风》、《殿上柏柱》、《平乐观赋猎》，八言、七言上下，《从公孙弘借车》，凡刘向所录朔书具是矣。世所传他事皆非也。”颜师古注云：“晋灼曰：‘八言、七言诗，各有上下篇。’”王先谦《汉书补注》云：“沈钦韩（按，见《汉书疏证》）曰：《楚辞章句》有东方朔《七谏》，疑即八言、七言，不然不应遗于刘向也。又《御览》三百五十有东方朔《对骠骑难》。”此说甚有道理，《七谏》七言、八言语例较多，此其一；其班固所言“世所传他事皆非也”，颜师古注云：“谓如《东方朔别传》及俗用五行时日之书，皆非实事也。”因此“他事”所指为后人附会神异之事，而非对其文学作品而言，就《御览》所载东方朔之《对骠骑难》而论，刘向《别录》似有所遗漏，即使“七言、八言上下”非指《七谏》，据王逸《楚辞章句》补入亦未尝不可。

关于《七谏》的体制特点,《文选·七发》李善注说:"《七发》者,说七事以起发太子也,犹《楚辞·七谏》之类。"洪兴祖《楚辞补注》:"昔枚乘作《七发》,傅毅作《七激》,张衡作《七辩》,崔骃作《七依》,曹植作《七启》,张协作《七命》,皆《七谏》之流。"其实,他们的说法都不确切。《七发》是汉代散体大赋的标志性作品,骚体赋的特征几已褪尽,并且它采取的主客问答的形式与《七谏》不同。今人黄寿祺、梅桐生《楚辞全译》认为:"东方朔的这篇《七谏》,从内容到形式都是模仿《九章》的,用代言体写成。"其说法较为允当,可从。

《七谏》由七篇短诗组成。既表现了屈原忠而被谤、信而见疑、无辜放逐、最终投江的悲剧一生,也表达了东方朔怀才不遇、愤世嫉俗的心境,反映了封建时代正直之士普遍的遭遇和典型的心态。

# 初 放

## 【题解】

《初放》是《七谏》组曲的第一篇,从屈原初遭流放写起,主要交待了屈原放逐初期的情感状态及其对时事的基本立场。作者的情感是悲愤的,他抨击楚王昏庸,群小营私,坚持独立的"宁为玉碎、不为瓦全"的坚定节操,绝不与世俗同流合污。此后几篇如《怨思》、《自悲》、《哀命》均是这种情绪的蔓延和渲染。本篇中"数言便事兮,见怨门下",说明了被流放的原因。"窃怨君之不寤兮,吾独死而后已",则表明其誓死不与污浊势力合同的态度。这些都奠定了《七谏》悲愤满怀、誓死抗争的感情基调,是这组"生命交响乐"启奏的序曲。

平生于国兮①,长于原埜②。言语讷涩兮③,又无强辅④。

浅智褊能兮⑤，闻见又寡。数言便事兮⑥，见怨门下⑦。王不察其长利兮⑧，卒见弃乎原壄。伏念思过兮⑨，无可改者。群众成朋兮⑩，上浸以惑⑪。巧佞在前兮⑫，贤者灭息⑬。尧舜圣已没兮，孰为忠直？高山崔巍兮⑭，水流汤汤⑮。死日将至兮，与麋鹿同坑⑯。块兮鞠⑰，当道宿⑱。举世皆然兮，余将谁告？斥逐鸿鹄兮⑲，近习鸱枭⑳。斩伐橘柚兮㉑，列树苦桃㉒。便娟之修竹兮㉓，寄生乎江潭㉔。上葳蕤而防露兮㉕，下泠泠而来风㉖。孰知其不合兮，若竹柏之异心㉗。往者不可及兮㉘，来者不可待㉙。悠悠苍天兮，莫我振理㉚。窃怨君之不寤兮㉛，吾独死而后已。

**【注释】**

①平：屈原名平。国：国都。

②原壄（yě）：即原野。壄，同"野"。

③讷（nè）涩：比喻说话不流利。

④强辅：有势力的朋党。

⑤褊（biǎn）能：能力有限。

⑥数（shuò）：屡次。便事："便宜之事"的简称，即有利、适宜之事，这里指对国家有利的事。

⑦门下：君主亲信之人。

⑧长利：长远的利益。

⑨伏念：在放逐中自己作反省思考。伏，自谦之辞。念，《说文·心部》："常思也。"

⑩群众：这里指众多谗佞之人。朋：朋党，党羽。

⑪浸：渐渐。

⑫巧佞：巧、佞皆有巧言善辩的意思。这里指善于阿谀，进谗言

之人。

⑬灭息：减少，这里指被放逐。

⑭崔巍：形容山高。又作"崔嵬"。

⑮汤汤（shāng）：形容水势浩大。

⑯坑：同"坑"。

⑰块：形容孤独。鞠（jū）：躺在地上。

⑱当道宿：在路上栖宿、歇脚，形容处境艰难。

⑲鸿鹄：天鹅，这里比喻贤良君子。

⑳习：狎，亲近。鸱枭：恶鸟，这里比喻奸佞小人。

㉑橘柚（yòu）：美木。柚，一种常绿乔木，果实即柚子，较橘为大。

㉒树：栽种。苦桃：恶木。

㉓便（pián）娟：秀美。修竹：修长的竹子。修，长而高。

㉔江潭：江边。

㉕葳蕤（wēi ruí）：草木茂盛。蕤，即"蕤"。防露：遮蔽露水。

㉖泠泠（líng）：形容风凉爽。

㉗竹柏之异心：比喻自己与君王观念、意见不合。作者以竹自喻，
　　以柏比喻君王。

㉘往者：这里指往古能识辨忠良和奸佞的圣贤君王。

㉙来者：这里指未来贤明的君王。

㉚振理：拯救，辨别。振，救。理，《说文·玉部》："治玉也。"引申为
　　区分、审辨的意思。

㉛窃怨：暗地里、私下埋怨。窃，私下里。寤：醒悟。

**【译文】**

　　屈原我生于楚国国都啊，后被放逐原野。说话木讷啊，又没有强大
的后台提携。才能低下啊，且很少见解。多次陈述利国利民之策啊，却
触怒权贵，遭人嫉恨。君王不能辨识国家的长远利益啊，听信谗言而将
我放逐山野。暗自思考过错啊，却没有什么好改正的。小人会聚，互相

勾结，朋比为奸啊，国君渐渐遭其惑乱。阿谀小人进谗言于君前啊，贤良忠直之士只能缄口不言。尧舜那样圣明的君主早已没有了啊，如今还有谁敢尽忠直言？高山巍峨啊，流水湍急。我死日将至啊，只能与兽类葬在一起。我孤独一人颓然倒地啊，晚上在路上栖止。全天下都是小人得势、贤人遭殃啊，我的一腔衷情又能向谁说去？他们驱逐瑞鸟鸿鹄啊，亲近恶鸟鸱枭。将佳美的橘树柚树砍掉啊，却种上恶木苦桃。美好而修长的竹子啊，生长在江边。上边枝叶茂盛可以遮挡露水啊，下面清凉而有风拂面。谁知道君臣不合啊，就像竹柏异心。前世的圣贤君主我已追不上啊，后世的贤君又等不及相见。悠悠苍天啊，也不来拯救垂怜。暗自埋怨君王的不清醒啊，我要独自保持节操，死而后已。

# 沉　江

**【题解】**

《沉江》是《初放》篇末"窃怨君之不寤兮，吾独死而后已"的延伸，描述了屈原自沉汨罗江前后的心理挣扎和痛苦反思，充满了悲壮和哀怨的意味，是朝政昏暗，壮志难伸的窘境导致的无奈之举，也是忠臣向君王表白忠诚的决绝方式。本篇总结了古往今来朝代兴衰的经验教训，无限向往地追忆前朝圣贤的高尚德行，同时对楚国现实政治进行了批判，表达了对君王失政的痛心，展示了"愿悉心之所闻兮，遭值君之不聪"的悖谬处境，结合自身所处艰难局势，表明了沉江的缘由和决心，呈现了屈原爱憎分明的精神世界。

惟往古之得失兮，览私微之所伤①。尧舜圣而慈仁兮②，后世称而弗忘。齐桓失于专任兮③，夷吾忠而名彰④。晋献惑于姗姬兮,申生孝而被殃⑤。偃王行其仁义兮⑥,荆文寤而徐亡⑦。纣暴虐以失位兮,周得佐乎吕望⑧。修往古以行恩兮⑨,封比干之丘垄⑩。贤俊慕而自附兮⑪,日浸淫而合同⑫。明法令而修理兮⑬,兰芷幽而有芳⑭。

**【注释】**

①私微:私爱谄佞之徒,偏信其离间之言。伤:伤害。

②慈仁:善良仁爱。

③专任:任用佞臣,使之专权。

④夷吾:齐桓公相管仲之名。名彰:名声显著。

⑤"晋献"以下二句:其事见《九章·惜诵》"晋申生之孝子兮,父信谄而不好"注。

⑥偃王:周穆王时徐偃王。

⑦荆文:楚文王。徐亡:楚文王看到偃王国势日见强盛而醒悟,兴兵伐之,徐无兵甲而败。

⑧佐:辅佐之臣,帝王有力助手。吕望:辅助周灭殷的建国功臣。

⑨修:字当作"循",遵循。

⑩封:聚土为坟。丘垄(lǒng):坟墓。按武王克商后封比干之墓,事见《史记》中《殷本纪》、《周本纪》。

⑪贤俊:贤能杰出之人才。慕:钦慕。附:依附,归附。

⑫浸淫:渐渐变多。合同:同心协力。

⑬修理:修明法度,使国家有条理,有秩序。

⑭兰芷:兰花与香芷,这里比喻贤能之人。

**【译文】**

回想古代的兴亡成败啊,再看看君主私爱谄佞、听信谗言给国家造成的伤害。尧舜圣明而仁慈啊,后人称赞不已而永世不忘。齐桓公错在专任佞臣啊,管仲则因忠诚直谏而声名昭著。晋献公受到姗姬的迷惑啊，申生尽孝道却遭受祸殃。徐偃王施行仁政啊，被楚文王醒悟后兴兵灭亡。商纣由于残酷暴虐而丧失君王之位啊，周朝则得到了吕望的辅佐。遵循前代常道施行恩义啊，封比干之墓以示表彰。贤能杰出之士慕名归附啊，上下同心日久天长。修明先王法令而申正事理啊，使贤能之士展露锋芒。

　　苦众人之妒予兮，箕子寤而佯狂①。不顾地以贪名兮②，心怫郁而内伤③。联蕙芷以为佩兮④，过鲍肆而失香⑤。正臣端其操行兮，反离谤而见攘⑥。世俗更而变化兮，伯夷饿于首阳⑦。独廉洁而不容兮，叔齐久而逾明⑧。浮云陈而蔽晦兮⑨，使日月乎无光。忠臣贞而欲谏兮，谗谀毁而在旁。秋草荣其将实兮⑩，微霜下而夜降。商风肃而害生兮⑪，百草育而不长⑫。众并谐以妒贤兮，孤圣特而易伤⑬。怀计谋而不见用兮，岩穴处而隐藏。成功隳而不卒兮⑭，子胥死而不葬⑮。世从俗而变化兮，随风靡而成行⑯。信直退而毁败兮⑰，虚伪进而得当⑱。追悔过之无及兮，岂尽忠而有功。废制度而不用兮⑲，务行私而去公⑳。终不变而死节兮㉑，惜年齿之未央㉒。将方舟而下流兮㉓，冀幸君之发矇㉔。痛忠言之逆耳兮，恨申子之沉江㉕。愿悉心之所闻兮，遭值君之不聪㉖。不开寤而难道兮㉗，不别横之与纵。听奸臣之浮说兮㉘，绝国家之久长。灭规矩而不用兮㉙，背绳墨之正方。离忧患而乃寤兮㉚，若纵火于秋蓬㉛。业失之而不救兮㉜，尚何论乎祸凶？彼离畔而朋党兮㉝，独行之士其何望？日渐染而不自知兮㉞，秋毫微哉而变容㉟。众轻积而折轴兮，原咎杂而累重㊱。赴湘沅之流澌兮㊲，恐逐波而复东㊳。怀沙砾而自沉兮，不忍见君之蔽壅㉝。

### 【注释】

①箕(jī)子：殷纣王叔父，兄比干忠谏而被剖心，于是装疯以自保。

②地：这里指楚国。

③怫(fú)郁：郁闷悲伤。内伤：内心伤痛。

④蕙芷：香草。

⑤鲍(bào)肆：出售腌鱼的店铺，其味腥臭，故可比喻为小人聚集之地。鲍，盐渍鱼，其气味腥臭。肆，店铺。

⑥离谤：遭受诽谤。离，通"罹"，遭受。见攘(rǎng)：被排斥。

⑦首阳：山名，相传为伯夷、叔齐采薇隐居处。

⑧逾明：历久而名声日益显著。逾，更加。

⑨陈：陈列。蔽晦：遮挡。

⑩荣：繁盛。实：结果实。

⑪商风：秋风，西风。古代五行学说以五音配四时、五方，商声属秋，配西方。肃：萧瑟。害生：危害万物。

⑫育：或当作"堕"，坠落，脱落。

⑬孤圣特：当从一本作"圣孤特"。圣，圣贤之人。特，孤独。

⑭隳(huī)：败坏，毁坏。不卒：不得善终，这里指伍子胥被吴王夫差赐死一事。卒，终。

⑮死而不葬：指子胥之尸浮于江中，不能归葬。

⑯随风靡：举世皆然，蔚然成风。靡，披散。

⑰信直：忠信正直之人。

⑱虚伪：指奸佞之人。虚，虚假，不真实。伪，欺诈。当：担任。

⑲制度：前代圣贤之法制。

⑳务：专力从事。

㉑死节：为自己所坚持的忠直信念而死。

㉒未央：这里是年岁不大的意思。

㉓方舟：相并的两船。

㉔发曚（méng）：醒悟。

㉕申子：指伍子胥。吴王封伍子胥于申地，故号为申子，又称申胥。

㉖聪：本指人的听力而言，引申则指判断力强，灵敏，颖悟。

㉗道：开导，引导。

㉘浮说：浮夸不实之说。

㉙规矩：先王之法制。

㉚离：遭遇。

㉛秋蓬：秋天的蒿草。

㉜业：已经。

㉝离畔：分散，离心离德。

㉞渐染：日渐沾染。指君王长期听谗言，从而受其影响并随之变化。

㉟秋毫：鸟兽在秋天新长出来的细毛。比喻微小的事物。

㊱原：当从一本作"厚"，众多。咎（jiù）：过失。累重：累积。

㊲流澌：流水。

㊳复东：东入大海。

㊴蔽壅：为群小所蒙蔽。

## 【译文】

苦于众人都妒忌我啊，箕子看透这一切，于是佯装颠狂。他们不顾国家只贪求个人名利啊，我心情忧郁而感伤。连结香草蕙芷佩带在身上啊，经过卖鲍鱼的铺子就会失去芳香。忠正之臣操行端正啊，却受谗佞小人排挤毁谤。俗世之人改变了清廉作风啊，伯夷饿死在首阳山上。独守廉洁而不容于世啊，叔齐却能得以百世流芳。空中乌云密布天气阴晦啊，使日月黯淡无光。忠贞之臣想要进谏君王啊，然而谗毁之人就在一旁。秋天百草将结出果实啊，薄霜却在晚上降下。西风凛冽危害万物啊，使百草凋枯不能生长。众人都嫉贤妒能啊，圣贤特立独行而易被中伤。身怀利国之良策而不被任用啊，只能身处岩穴而隐居深藏。伍子胥建立功业却不得善终啊，最后身死而不能归葬。世俗都随波逐流啊，蔚然成风不讲立场。诚信忠直之士被斥退啊，虚伪狡诈之徒却有重任担当。国势倾危国君后悔已晚啊，即使竭尽忠诚也不能重现辉煌。废弃先王法制不用啊，谋求一己私利而不为国家着想。我终究不能改变节操，愿意守节而死啊，可惜命数未尽，竟要就此夭逝！乘着方舟往下游去啊，希望君王能够就此醒悟。悲哀忠言逆耳，触怒君王啊，遗憾伍子胥被害而沉江。愿意披肝沥胆，竭力报效啊，可惜碰上君主昏愦暗弱。君王昏庸而不开悟啊，连横与合纵的重要策略都不得其详。君王听信奸臣浮夸之谈啊，毁坏国祚使之不得久长。放弃先王法制不用啊，违背朝政纲常。遭到忧患方才悔悟啊，正如放火于秋草无可挽救。已经犯错仍不能补救啊，那么还谈什么祛灾乞祥？那些奸佞之人结成朋党啊，忠直独行之人还有什么希望？君王日益受到小人蒙蔽而不自知啊，秋天的毫毛虽然微小，却会改换容颜。很多轻的物体堆放在一起也能使车轴折断啊，小错积累也会酿成灾殃。投身湘沅水流中啊，恐怕向东流入海洋。怀揣沙石纵身江流啊，不忍见到君王遭受蒙蔽！

# 怨　世

## 【题解】

　　《怨世》是一篇颇具政论色彩的骚体韵文，它侧重于对社会现实、政治环境的抨击，从第一段即开始指陈社会上下风气邪僻、贤愚错位的严峻局面，如"蓬艾亲入御于床笫兮，马兰踸踔而日加"的情形等。"世沉淖而难论兮，俗岭峨而崟嵯"，即是其整体的评价。本篇还详细刻画了屈原本想离楚远去，但又恐因此违背法纪，败坏清誉，想保全生命却又无法容忍当世奸佞之徒蒙蔽君主、肆意妄为的情景等,鲜明地展示了主人公坚定的政治立场与矛盾复杂的精神世界。

世沉淖而难论兮①,俗岭峨而嵾嵳②。清泠泠而歼灭兮③,涽湛湛而日多④。枭鸮既以成群兮⑤,玄鹤弭翼而屏移⑥。蓬艾亲入御于床第兮⑦,马兰踸踔而日加⑧。弃捐药芷与杜衡兮⑨,余奈世之不知芳何。何周道之平易兮⑩,然芜秽而险戏⑪。高阳无故而委尘兮⑫,唐虞点灼而毁议⑬。谁使正其真是兮⑭,虽有八师而不可为⑮。

**【注释】**

①沉淖(nào):这里形容世风日下,衰朽颓靡。

②岭(yín)峨:参差不齐。岭,同"岑"。嵾嵳(cēn cī):与"岭峨"义同,也是形容参差不齐的样子。

③清泠泠:形容清凉。这里比喻高洁贤士。歼灭:消失,消歇。

④涽(hùn)湛湛:混浊杂乱的样子,比喻贪浊之人。涽,《说文·水部》:"乱也。一曰水浊貌。"湛,沉淀。

⑤枭鸮(xiāo xiāo):恶鸟,比喻小人。

⑥玄鹤:神鸟,这里比喻贤良廉洁之士。弭(mǐ)翼:收敛翅膀。弭,低垂。屏(bǐng)移:离去,隐退。

⑦蓬艾:恶草,比喻谗佞小人。床第(zǐ):床,《释名·释床帐》:"人所坐卧曰床。"本为坐具,后指卧床。第,《说文·竹部》:"篑也。"即床垫子,席子。

⑧马兰:恶草,比喻奸佞小人。踸踔(chěn chuō):形容马兰凌乱滋长的样子。加:增加,增益。这里有变得茂盛的意思。

⑨捐:抛弃。药芷:香草名,比喻贤良忠正之士。药,即白芷。

⑩周道：平坦的大道。

⑪芜秽：荒芜。险戏：危险。

⑫高阳：帝颛顼之号。委尘：遭尘垢玷污，即蒙受冤屈。

⑬唐虞：尧舜。点灼：比喻受诽谤。

⑭真是：真假对错。

⑮八师：当是指八位贤德而有声望的人，因而能够裁判是非得失。八或是泛指，即多的意思。王逸《楚辞章句》："八师，谓禹、稷、卨、皋陶、伯夷、倕、益、夔也。言尧、舜有圣贤之臣八人，以为师傅。"

### 【译文】

当今风气败坏而难以言说啊，世俗不分是非、贤愚颠倒。清正廉洁之徒不被任用而退隐啊，贪浊之士日益大行其道。猫头鹰成群结队啊，玄鹤敛翅离去。杂草蓬艾用来铺床啊，马兰茂盛越长越高。抛弃药芷与杜衡啊，世人竟不知何为芳草！为何平坦宽阔的大路啊，却满目创痍，危险四伏。高阳氏无缘无故蒙受冤屈啊，唐尧虞舜蒙受诽谤而横遭讥诮。当世谁能主持正义啊，虽有八师也将无可奈何。

皇天保其高兮①，后土持其久②。服清白以逍遥兮，偏与乎玄英异色③。西施媞媞而不得见兮④，嫫母勃屑而日侍⑤。桂蠹不知所淹留兮⑥，蓼虫不知徙乎葵菜⑦。处浣浣之浊世兮⑧，今安所达乎吾志⑨？意有所载而远逝兮⑩，固非众人之所识。骥踌躇于弊辇兮⑪，遇孙阳而得代⑫。吕望穷困而不聊生兮⑬，遭周文而舒志⑭。宁戚饭牛而商歌兮⑮，桓公闻而弗置⑯。路室女之方桑兮⑰，孔子过之以自侍⑱。吾独乖剌而无当兮⑲，心悼怵而耄思⑳。思比干之㤭㤭兮㉑，哀子胥之慎事㉒。悲楚人之和氏兮㉓，献宝玉以为石。遇厉武之不察兮<sup>㉔</sup>,羌两足以毕斲<sup>㉕</sup>。

**【注释】**

①皇天:天。

②后土:土地。

③玄英:与清白相对,比喻谗佞小人。玄,黑色。

④西施:春秋时越国美女,喻贤良。媞媞(tí):美好。

⑤嫫(mó)母:丑女,相传为黄帝妃子,喻小人。勃屑:步履蹒跚。

⑥桂蠹(dù):桂树上的蠹虫。淹留:长久停留。

⑦蓼(liǎo)虫:蓼草上的虫子。葵菜:甘美之菜。

⑧溷溷(hūn):混乱,浑浊。

⑨达:表达,表白。

⑩意:内心。载:怀有。

⑪骥:良马,这里比喻贤人。踌躇(chóu chú):犹豫不前。

⑫孙阳:伯乐,古之善相马者。得代:境遇得以改善。代,替换,改变。

⑬吕望:即姜子牙,姜姓,吕氏,名尚,一名望,字子牙。商朝末年人,年轻时生活贫困,后得到周文王重用。

⑭舒志:舒展志向,发挥才能。

⑮宁戚:春秋时期人,曾放过牛,后被齐桓公拜为大夫,后长期任齐国大司田。

⑯弗置:不再弃置,即任用的意思。置,弃置。

⑰路室:旅舍。方桑:正在采桑。

⑱侍:侍奉,伺候。

⑲乖剌(là):背离,不合。无当:指不逢有道明君。当,值逢。

⑳悼怵:忧愁恐惧。愗(mào)思:胡思乱想。愗,昏愦,混乱。

㉑伻伻(pēng):忠诚正直。

㉒慎事：尽心事奉君王。

㉓和氏：楚人卞和。传记卞和曾在荆山发现一块璞玉，献给楚厉王和武王，却被二王分别砍断左右双足。

㉔厉武：指楚厉王、楚武王。

㉕羌：发语词。毕斮(zhuó)：两足全都被砍断。

**【译文】**

苍天高不可攀啊，大地深厚广博。穿着清净洁白的衣裳自在逍遥啊，偏偏不与贪浊之人同流合污！美貌的西施不能侍奉君王啊，丑陋的嫫母却每天陪在君侧。桂树上的蠹虫不知道有所节制啊，蓼虫也不知去寻找甘美的葵叶。身处昏暗浑浊之世啊，又怎能舒展志向？内怀忠贞却要远去啊，众人本就不知道我的选择！骏马拉着破车徘徊不前啊，遇到孙阳才得到解脱。吕望穷困无法维持生计啊，碰到文王而得以施展才华。宁戚喂牛时，高唱悲歌啊，齐桓公听到后使他不再闲置。客舍旁有女子专心不斜视正在采桑啊，孔子经过，因欣赏她的贞信而留在身边服侍。只有我不容于世又不逢明君啊，心中忧虑愁绪杂错。想起比干忠诚正直啊，哀悼尽心事奉君王的伍子胥。悲叹楚国的卞和啊，献出璞玉却被错当作石头。遇到不明察的厉王、武王啊，双脚都被锯掉。


小人之居势兮①，视忠正之何若？改前圣之法度兮，喜嗫嚅而妄作②。亲谗谀而疏贤圣兮，讼谓闲娵为丑恶③。愉近习而蔽远兮④，孰知察其黑白？卒不得效其心容兮⑤，安眇眇而无所归薄⑥。专精爽以自明兮⑦，晦冥冥而壅蔽⑧。年既已过太半兮⑨，然坎坷而留滞⑩。欲高飞而远集兮⑪，恐离罔而灭败⑫。独冤抑而无极兮⑬，伤精神而寿夭⑭。皇天既不纯命兮⑮，余生终无所依⑯。愿自沉于江流兮，绝横流而径逝⑰。宁为江海之泥涂兮⑱，安能久见此浊世？

**【注释】**

①居势：位居高位。居，占据，处于。势，权力，权位。

②嗫嚅(niè rú)：吞吞吐吐，窃窃私语。妄作：胡作非为。

③讻：喧哗，吵闹。间婎(jū)：古代美女名。

④近习：君王亲近之小人。远：与"近习"相对为文，指贤者。

⑤心容：这里指内心所怀忠贞之情。

⑥安：于。眇眇：形容遥远。归薄：归附。

⑦专：专一。精爽：忠贞，忠信。

⑧晦冥冥：昏暗。这里指社会黑暗。

⑨太半：大半，这里指年过五十。

⑩坎(kǎn)坷：即"坎坷"，不顺利，不得志。留滞：滞留。

⑪集：停留。

⑫离罔：触犯法网。

⑬冤抑：受冤屈，抑郁难伸。

⑭精神：思想感情。

⑮皇天既不纯命：上天反复无常。

⑯余生终无所依：以上四句或非本篇文字，一本即无。闻一多《楚
　辞校补》："天、依无韵，疑此非本篇文。一本无此四句，近是。"

⑰绝：横渡。径逝：一直前往。

⑱涂(tú)：泥的意思。

**【译文】**

　　小人得居高位啊，又把忠直之士看成什么？修改前代圣贤的法度啊，喜好窃窃私语而胡作非为。亲近谗谀小人而远离贤人君子啊，争相诋毁美女间婎长相丑陋。受到近旁谗人的蒙蔽啊，又怎能辨别良莠？贤人不得施展抱负啊，被远远离弃无所归附。专一忠信来自我表白啊，却因世道昏暗而被蒙蔽。人生已过大半啊，然而仍旧坎坷不得志。想远走高飞、远离浊世啊，又恐触犯法网而败坏声誉。遭受冤屈压抑而没

有尽头啊,以至精神毁损而过早夭逝。上天也反复无常,没有公理啊,我的一生终将孤苦无依。愿自沉于江中啊,随水漂流从此远逝。宁可成为江海中的污泥啊,怎能长久目睹这污浊尘世?

# 怨　思

## 【题解】

这是《七谏》中最短的一篇,表达了对君王的忠诚,对蒙蔽圣听的群小的怒斥,文中历举"子胥"、"比干"、"子推"等有忠义行为却不得善终的贤臣典故,映衬当下自身悲凉蹇滞的处境,可视为上篇《怨世》与下篇《自悲》的衔接。《怨世》侧重对社会现实的揭露与批判,《自悲》侧重对人物内在心理、情绪的渲染与刻画,它们的共同之处在于都体现了一种深沉而哀怨的格调。本篇恰好顺承这种情绪和事理逻辑的自然发展,成为一道由外部世界导入内心深处的桥梁。

　　贤士穷而隐处兮①,廉方正而不容②。子胥谏而靡躯兮③,比干忠而剖心。子推自割而饣君兮④,德日忘而怨深。行明白而曰黑兮,荆棘聚而成林。江离弃于穷巷兮⑤,蒺藜蔓乎东厢⑥。贤者蔽而不见兮,谗谀进而相朋⑦。枭鸮并进而俱鸣兮,凤凰飞而高翔。愿壹往而径逝兮,道壅绝而不通⑧。

## 【注释】

①穷:困厄,不得志。

②廉方正:廉洁正直之士。三字连文形容词。廉,清廉正直。方,

方正,正直。

③靡躯:遭杀身之祸。靡,无。躯,身体。

④子推:介子推。饮(sì):即"食"。这里指介子推自割股肉以为
　君食。

⑤江离:香草,比喻贤能之士。

⑥蒺藜(jí lí):多棘的草,比喻小人。东厢:正宫的东侧房屋。

⑦相朋:"朋"当从一本作"明",宣扬;相明即相互宣扬,相互吹捧。

⑧壅绝:闭塞不通。

## 【译文】

　　贤能之士不得志而离世隐居啊,廉洁正直之人遭受排挤。子胥进
言却遭杀身之祸啊,比干忠贞却惨遭剖心。子推割下腿上之肉给重耳
吃啊,重耳却一天天忘了他的恩德而猜忌日益加深。行为高洁却被称
为污浊啊,荆棘丛生却能成为树林。香草江离被弃于陋巷啊,荆棘蒺藜
却被供奉于东厢房中。君王受蒙蔽以致贤良之士无从进见啊,奸佞小
人却日益得势而互相吹捧。猫头鹰成群起舞一起鸣叫啊,凤凰却远远
地飞向高空。希望只见君王一面就离开啊,却被小人阻挡而不能成行。

# 自　悲

## 【题解】

　　《自悲》展现了屈原坚强与柔弱的两面性,可视为屈原的自省,即篇
中所称的"内自省而不惭兮,操愈坚而不衰",这种不断的扪心自问,体
现出屈原品节的高贵、人格的坚贞。通篇来看,"自悲"的对象并不限于
自身,大致分为五种:一是"怜余身不足以卒意兮,冀一见而复归",其实
是对君主难见的悲哀;二是"哀人事之不幸兮,属天命而委之咸池",是
对世事、天命的哀怨;三是"悲不反余之所居兮,恨离予之故乡",即对故

国的留恋之情。四是"苦众人之皆然兮,乘回风以远游",对世俗暗昧的批判。五是"鹍鹤孤而夜号兮,哀居者之诚贞",对忠贞之士的哀泣。上述五种情绪中,第三种的故国之思是最主要的。篇中称"狐死必首丘兮,夫人孰能不反其真情?"、"过故乡而一顾兮,泣歔欷而沾衿",均已说明此点。

居愁勤其谁告兮①,独永思而忧悲。内自省而不惭兮②,操愈坚而不衰。隐三年而无决兮③,岁忽忽其若颓④。怜余身不足以卒意兮⑤,冀一见而复归。哀人事之不幸兮,属天命而委之咸池⑥。身被疾而不闲兮⑦,心沸热其若汤。冰炭不可以相并兮,吾固知乎命之不长。哀独苦死之无乐兮,惜予年之未央。悲不反余之所居兮,恨离予之故乡⑧。鸟兽惊而失群兮,犹高飞而哀鸣。狐死必首丘兮,夫人孰能不反其真情? 故人疏而日忘兮⑨,新人近而俞好⑩。莫能行于杳冥兮,孰能施于无报?

## 【注释】

①愁勤(qín):愁苦抑郁。

②自省:自我省察。省,检查。

③决:召回的决定、命令。

④颓:这里指岁月流逝。

⑤卒意:实现愿望。

⑥属(zhǔ):托付。咸池:天神。

⑦被:遭受。闲:病愈。

⑧恨:悲怨。

⑨故人:这里指以前受到过信任与重用的忠贞之臣,即本文主人公

屈原。

⑩新人：谓善于阿谀与惯进谗言，现在得势之人。俞：通"愈"，
　　更加。

【译文】

　　我的处境愁苦抑郁向谁诉说啊，独自长久内省而更添悲苦。自我
反思觉得毫无愧疚啊，因而操守更加坚定而不改变。被放逐三年仍得
不到回朝诏令啊，岁月匆匆流逝，年华已然老去。遗憾的是此生不能实
现愿望啊，只希望能返回朝廷一见君王。悲哀自己在人世间遭遇的不
幸啊，只能将命运归之上苍。遭受疾病不能痊愈啊，五内俱焚犹如沸水
一般。冰和炭难以并存啊，我本就知道生命不会久长。悲哀我孤独至
死都将痛苦无乐啊，可惜我年寿尚未穷尽。悲叹放逐而不能返回故居
啊，遗憾我远远地离开了故乡。鸟兽受到惊吓四散奔逃啊，尚且高翔且
悲哀地鸣叫。狐狸死时头必朝向巢穴啊，人又有谁能不叶落归根？旧
臣疏离日见遗忘啊，新贵亲近备受宠信。没有谁能执著于黑暗中啊，谁
能付出而不问所得？


　　苦众人之皆然兮，乘回风而远游①。凌恒山其若陋兮②，
聊愉娱以忘忧。悲虚言之无实兮，苦众口之铄金。过故乡
而一顾兮，泣歔欷而沾衿③。厌白玉以为面兮④，怀琬琰以为
心⑤。邪气入而感内兮⑥，施玉色而外淫⑦。何青云之流澜
兮⑧，微霜降之蒙蒙⑨。徐风至而徘徊兮⑩，疾风过之汤汤⑪。
闻南藩乐而欲往兮⑫，至会稽而且止⑬。见韩众而宿之兮⑭，
问天道之所在⑮。借浮云以送予兮，载雌霓而为旌⑯。驾青
龙以驰骛兮，班衍衍之冥冥⑰。忽容容其安之兮⑱，超慌忽其
焉如⑲？苦众人之难信兮，愿离群而远举。登峦山而远望
兮⑳，好桂树之冬荣㉑。观天火之炎炀兮㉒，听大壑之波声㉓。

引八维以自道兮<sup>㉔</sup>,含沆瀣以长生<sup>㉕</sup>。居不乐以时思兮,食草木之秋实。饮菌若之朝露兮<sup>㉖</sup>,构桂木而为室<sup>㉗</sup>。杂橘柚以为囿兮<sup>㉘</sup>,列新夷与椒桢<sup>㉙</sup>。鹍鹤孤而夜号兮<sup>㉚</sup>,哀居者之诚贞<sup>㉛</sup>。

**【注释】**

①回风:旋风。

②凌:乘,腾驾。恒山:五岳之一,为北岳,在山西北部。陋:渺小。

③沾衿:流泪沾衣。沾,沾湿。衿,这里代指衣服。

④厌:涂施。

⑤琬琰:玉名。

⑥感内:内有所知。感,知。

⑦施:加上。淫:润泽。

⑧流澜:黄寿祺、梅桐生《楚辞全译》认为是"形容乌云很浓厚";汤炳正《楚辞今注》则认为是"散布貌"。按"流澜"当是联绵词,其意义随语境变化而各有不同,以上二说皆可通。

⑨蒙蒙:形容霜浓重的样子。

⑩徐风:轻轻吹拂的风。

⑪疾风:急速的强风。疾,急速。汤汤(shāng):本指水势浩大,这里指风势强劲。

⑫南藩:南方偏远之地。

⑬会(kuài)稽:山名,地处浙江省中东部,山川秀丽,是历代帝王加封祭祀的镇山之一。

⑭韩众:仙人名,又名韩重、韩终。宿:留下,住下。

⑮天道:长生之道。

⑯雌霓:彩虹外侧色彩较素淡的部分。

⑰班衍衍:姜亮夫《楚辞通故・词部》、汤炳正《楚辞今注》都认为

"班衍衍"与《远游》"斑漫衍"义同,详见该句注。之:而。

⑱忽:恍忽,不分明。容容:无所凭依,散漫无依。

⑲超:高远,遥远。慌忽:恍忽。

⑳峦:小山。

㉑好(hào):爱好,喜好。

㉒天火:"观天火"与"听大壑"对文,王逸《楚辞章句》云:"言己仰观天火,下睹海水。"则所谓"天火"或是一种天文现象。炎炀(yàng):形容火势旺盛。

㉓大壑(hè):大海。

㉔八维:古代盖天说认为天圆如伞盖,八方皆有绳索维系。维,本义为大绳。自道:自我引导。

㉕沆瀣(hàng xiè):北方夜半之气。

㉖菌若:香草。

㉗构:建造。

㉘囿:园林。

㉙新夷:即辛夷。桢:植物名,即女贞。

㉚鹍:鹍鸡。

㉛居者:居处山林之人,即本篇抒情主人公自己。

## 【译文】

为众人都这样而苦恼啊,我只能离开这浊世而远游。俯瞰恒山甚是矮小啊,姑且自我安慰暂时忘记忧愁。可悲那些谗言虚妄不实啊,怨恨群小的诽谤足可熔金。经过家乡而看上一眼啊,潸然泪下湿透衣襟。面敷白玉以为妆容啊,内揣美玉琬琰表白忠心。虽感到邪僻之气而内心不变啊,面色如玉石般莹润。天上乌云密布多么浓厚啊,细微霜粒纷纷降落。缓风吹来摇摆徘徊啊,疾风来势凶猛强劲。听闻南方边地安乐就想前往啊,到会稽山上休息一番。见了仙人韩众便在此留宿啊,向他询问长生之道的真谛。凭借浮云为我送行啊,彩虹用来作旌旗。乘着青龙而奔腾驰骋啊,盘旋而上直至杳冥之地。飘飘荡荡无所凭依啊,远处恍忽不知通向何处?这些世俗之人都难以信任啊,只愿离开远走高飞。登上小山向远处望去啊,喜爱经冬不凋的桂树林。观看天火猛烈旺盛啊,倾听大海激荡的波声。以八个天极引导方向啊,呼吸吐纳夜露以修炼长生。生活无趣是因为忧思不停啊,以秋天草木的果实果腹。饮用菌若上面的晨露啊,用桂木搭建房屋。种植橘柚成为园林啊,周围再种上辛夷和椒桢。鹍鹤夜晚孤单哀鸣啊,也为我的忠信而悲愤。

# 哀　命

## 【题解】

篇名取自首句"哀时命之不合兮,伤楚国之多忧",此句点明了题旨,也自然将个人怀才不遇的命运与楚国多灾多难的现实相联系。篇中"哀形体之离解兮,神罔两而无舍"、"痛楚国之流亡兮,哀灵修之过到"、"哀高丘之赤岸兮,遂没身而不反",均深刻体现了对自身及时局的悲愤甚或是绝望的沉痛心情。但最后,他依然表现出洁身自好,决不与浊世同流合污的精神风貌。从"测汨罗之湘水兮,知时固而不反"、"我决死而不生兮,虽重追吾何及"等句来看,称此篇为屈原的绝命书,亦不为过。

哀时命之不合兮<sup>①</sup>,伤楚国之多忧。内怀情之洁白兮<sup>②</sup>,遭乱世而离尤<sup>③</sup>。恶耿介之直行兮<sup>④</sup>,世溷浊而不知<sup>⑤</sup>。何君臣之相失兮,上沅湘而分离<sup>⑥</sup>。测汨罗之湘水兮<sup>⑦</sup>,知时固而不反<sup>⑧</sup>。伤离散之交乱兮<sup>⑨</sup>,遂侧身而既远<sup>⑩</sup>。处玄舍之幽门兮<sup>⑪</sup>,穴岩石而窟伏<sup>⑫</sup>。从水蛟而为徒兮<sup>⑬</sup>,与神龙乎休息。何山石之崭岩兮㉑,灵魂屈而偃蹇⑮。含素水而蒙深兮⑯,日眇眇而既远⑰。哀形体之离解兮⑱,神罔两而无舍⑲。惟椒兰之不反兮⑳,魂迷惑而不知路。愿无过之设行兮㉑,虽灭没之自乐㉒。痛楚国之流亡兮㉓,哀灵修之过到㉔。固时俗之溷浊兮,志瞀迷而不知路㉕。念私门之正匠兮㉖,遥涉江而远去。念女嬃之婵媛兮,涕泣流乎于悒㉗。我决死而不生兮,虽重追吾何及㉘。戏疾濑之素水兮㉙,望高山之蹇产㉚。哀高丘之赤岸兮㉛,遂没身而不反㉜。

**【注释】**

①时命:时世,命运。

②怀情:怀有高尚忠贞的情操。

③离尤:遭遇忧患。尤,通"忧"。

④耿介:形容忠直磊落。

⑤溷(hùn)浊:混浊。

⑥上:溯流而上。

⑦汨罗:江名,史称屈原自尽于此。王逸《楚辞章句》:"汨水在长沙罗县下,注湘水中。"

⑧固:固陋,愚陋。

⑨交乱:混乱。

⑩侧身:蛰伏,潜藏,有避世隐居之意。

⑪玄舍:黑暗的居室。幽门:幽暗的门。

⑫穴:穴居。窟伏:即伏窟,潜伏于洞窟,亦穴居之义。窟,洞穴。

⑬从:跟从,跟随。水蛟:水中之龙。徒:同类的人。

⑭崭岩:山石高峻。

⑮偃蹇:不得伸展的样子。

⑯素水：白水。蒙深：形容"素水"之所在烟水迷濛而幽深的样子。蒙，或读作"濛"，濛，《说文·水部》："微雨也。"

⑰眇眇：形容遥远。

⑱离解：汤炳正《楚辞今注》："离解，指精神与肉体分离。"

⑲罔两：形容神思恍惚的样子。无舍：无所依附。

⑳椒兰：椒树与兰花。这里喻指高尚节操。

㉑设行：施行。行，推行。

㉒灭没：身名败坏。

㉓流亡：这里指国家危亡。

㉔过到："到"当作"倒"，"过倒"意即行事颠倒，亦即"倒行逆施"之谓。

㉕瞀（mào）迷：郁闷迷惑。

㉖私门：权臣之门。正匠：政教。

㉗于悒（wū yì）：即呜咽。

㉘重（chóng）追：重，再次，再三。这里是追劝的意思，承上文"女嬃"两句而来，言自己决心一死，虽然女嬃一再规劝，但已无法改变我的心志，故下曰"何及"，追而不及之义。吾：或当作"其"。

㉙疾濑：湍急的流水。疾，迅速，濑，急流。

㉚蹇产：高峻起伏的样子。

㉛赤岸：古地名。《文选·枚乘〈七发〉》："凌赤岸，篲扶桑。"李善注："赤岸，盖地名。"汤炳正《楚辞今注》认为"赤岸"即"红色险峻的岩岸"，并非实有其地。汤说较近是。

㉜没（mò）身：自沉江流。

## 【译文】

悲哀自己与世不合啊，悲叹楚国多灾多难。内心怀有高洁忠贞之志啊，却遇到乱世遭受忧患。厌恶忠诚正直之人啊，世道混浊不知重贤。为什么君臣不能相得益彰啊，放逐沅湘被迫离开。度量流入湘江的汨罗啊,知道世事如此便不再返回。哀伤远离君王心中迷乱啊,于是避世隐居远离祸端。身处岩室的暗门啊,以岩石为洞穴而藏身。与水中蛟龙相伴啊,同神龙一起出没伏潜。为什么山石如此巍峨险峻啊,灵魂压抑而不得伸展。口漱潺潺白水啊,太阳隐微越去越远。哀叹形体疲惫不堪啊,恍恍忽忽魂魄无所依附。佩带椒兰执著不悔啊,魂不守舍不知去路。希望做事没有过错啊,即使死后无名也心安自乐。悲痛楚国行将危亡啊,哀伤君主昏愦积重难返。世俗本来混浊不堪啊,而我不知去路满心茫然。想到政教出自权臣之门啊,便有涉江远去的打算。想到女媭的眷念牵挂啊,禁不住呜咽流涕。我决心以死殉国啊,即使女媭多次劝解仍不改变。在湍急白水中嬉戏啊,遥望曲折险峻的高山。哀痛楚国高丘的赤岸啊,我赴身江水从此离去。

# 谬　谏

## 【题解】

　　"谬谏"即委婉进谏之意。本篇与东方朔的身世经历密切相关,实可视为东方朔对自身状况的呈现。据《史记·滑稽列传》称:"时会聚宫下博士诸先生与论议,共难之曰:'……今子大夫修先王之术,慕圣人之义,讽诵《诗》、《书》、百家之言,不可胜数。著于竹帛,自以为海内无双,即可谓博闻辩智矣。然悉力尽忠以事圣帝,旷日持久,积数十年,官不过侍郎,位不过执戟,意者尚有遗行邪?其故何也?"这虽是同僚的嘲讽之辞,却十分符合东方朔怀才不遇的实际景况。

　　本篇主要劝谏君主应当辨别忠奸,任用贤士。集中反映了东方朔陆沉金马,与世俗和光同尘的心态。全篇不仅充满了怀才不遇的悲愤情绪,也充满了希望得到汉武帝重用,给他施展匡弼君王、一展抱负机会的迫切愿望。

怨灵修之浩荡兮,夫何执操之不固①。悲太山之为隍兮②,勃江河之可涸③。愿承闲而效志兮④,恐犯忌而干讳⑤。卒抚情以寂寞兮⑥,然怊怅而自悲⑦。玉与石其同匮兮⑧,贯鱼眼与珠玑⑨。驽骏杂而不分兮⑩,服罢牛而骖骥⑪。年滔滔而自远兮⑫,寿冉冉而愈衰。心悇憛而烦冤兮⑬,蹇超摇而无冀⑭。

**【注释】**

①执操:持守节操。

②太山:即泰山。太,即"泰"。隍:护城河。

③涸:干枯无水。

④承闲:等待时机。

⑤干讳:与上"犯忌"义同,触犯忌讳。卒:最终,终究。

⑥抚情:怀抱忠贞之情。寂寞:静默。这里指默默无言,不敢向君主进言。

⑦怊(chāo)怅:惆怅,失意。

⑧匮(kuì):装东西的匣子。

⑨贯:用绳子穿起来。玑(jī):不圆的珠,一说小珠。

⑩驽(nú):劣马。骏:良马。

⑪服:驾车。罢(pí):同"疲",疲劳,衰弱。骖:驾车时左边的马称为骖。

⑫滔滔:形容时间逝去而不返。

⑬悇憛(tú tán):忧愁。烦冤:郁闷。

⑭蹇:句首语气词,相当于"羌"、"乃"、"其"等词。超摇:心意不安。

**【译文】**

埋怨君王反复无常啊,为何操守如此不坚固。悲哀泰山将变成水池啊,江河将会枯竭无水。希望等待时机报效君王啊,又怕触犯君威与忌讳。最终自我安慰寂寞无言啊,但仍感到怅惘而独自伤悲。美玉与石块放在一个匣子里啊,鱼眼与珠玉竟穿在一起。劣马良马混同一处啊,用疲惫老牛驾车旁边跟着千里马。时光如水一去不返啊,年岁已老日见衰颓。心中恐慌充满烦闷啊,忐忑不安毫无希望。


固时俗之工巧兮,灭规矩而改错。却骐骥而不乘兮①,策驽骀而取路②。当世岂无骐骥兮,诚无王良之善驭③。见执辔者非其人兮,故驹跳而远去④。不量凿而正枘兮,恐矩镬之不同。不论世而高举兮⑤,恐操行之不调⑥。弧弓弛而不张兮⑦,孰云知其所至?无倾危之患难兮⑧,焉知贤士之所死?俗推佞而进富兮⑨,节行张而不著⑩。贤良蔽而不群兮,朋曹比而党誉⑪。邪说饰而多曲兮,正法弧而不公⑫。直士隐而避匿兮,谗谀登乎明堂⑬。弃彭咸之娱乐兮⑭,灭巧倕之绳墨。菎蕗杂于廎蒸兮⑮,机蓬矢以射革⑯。驾蹇驴而无策兮⑰,又何路之能极⑱?以直针而为钓兮,又何鱼之能得?伯牙之绝弦兮⑲,无锺子期而听之。和抱璞而泣血兮⑳,安得良工而剖之㉑?


**【注释】**

①却:抛弃,摈除。

②策:本指马鞭。此处释为:驾驭,鞭打。驽骀:劣马。

③王良:传说中善于驾马者。驭:驾御车马。

④故驹跳而远去:上八句全袭《九辩》。王泗原《楚辞校释》认为此

八句为衍文。驹跳,弯身跳跃。

⑤论世:分辨世事之是非。

⑥不调:不合,这里指不与世合。

⑦弧(hú):弓。张:把弦绷在弓上,亦即开弓,与"弛"相对。

⑧倾危:倾覆,危险。

⑨推:推举,荐举。

⑩张:光明正大。

⑪朋曹:互相勾结的小人。朋,朋党。曹,同类,同党。比:勾结。
　　党誉:彼此互相赞誉。党,偏私,偏袒。

⑫弧:使……变曲,亦即违背之义。

⑬明堂:宫廷。

⑭彭咸:古贤人名。王逸《楚辞章句》说:"彭咸,殷贤大夫,谏其君
　　不听,自投水而死。"娱乐:指彭咸所乐之事。洪兴祖《楚辞补
　　注》:"彭咸以伏义死节为乐。"

⑮菎蕗(kūn lù):香草。廞(zōu)蒸:麻秆。

⑯机:古代弓弩的发射机关。这里作动词用,发射。蓬矢:蓬蒿做
　　成的弓箭。革:皮革。这里指皮革制成的甲、胄、盾之类器具。

⑰蹇(jiǎn)驴:跛脚的驴,比喻无能佞臣。

⑱极:穷极,穷尽。作"至,到"解亦可。

⑲伯牙:古代善弹琴之人。王逸《楚辞章句》:"伯牙,工鼓琴也。锺
　　子期,识音者也。言锺子期死,伯牙破琴绝弦,不肯复鼓,以世无
　　知音也。言己不遇明君识忠直者,亦宜钳口而不语言也。"

⑳和:卞和。传说卞和在荆山得一璞玉,曾献越厉王和武王,却被
　　二王分别砍断左、右足。璞:未经雕琢的玉。

㉑剖:这里是雕琢加工的意思。

## 【译文】

世俗之人善于阿谀取巧啊,违背规矩改变法度。放弃千里马不乘

啊,驾驭劣马去行路。当今之世难道真的没有骏马吗? 实在是没有王
良这样善于驾驭的人! 看到执鞭的不是善驭之人啊,所以跳脱离去。
不量好榫眼大小就把柄装进去啊,恐怕所持标准不相同。不管世间是
非而径自远去啊,唯恐操行受到非议。弓弦松弛而不张开啊,谁说知道
他能射多远? 不遇灾难丛生的乱世啊,又怎知贤良忠直之士会不惜生
死? 世俗推举奸佞富贵之人啊,志洁行廉之士却得不到重视。贤良受
到排挤队伍不能壮大啊,奸佞之徒相互勾结互相邀誉。歪曲之说多经
巧饰啊,法度变形不再公正。忠直之士避退隐居啊,谄佞之人却登堂入
室。背弃彭咸的洁义啊,消除工倕订立的尺度。将蒉蕗混杂在麻秆中
燃烧啊,用蓬蒿为箭射向牛皮盾牌。驾着跛驴又没鞭子啊,这样怎能到
达目的地? 用直钩去钓鱼啊,又怎能钓得到鱼? 伯牙之所以摔断琴弦
啊,是由于再没有知音锺子期来欣赏。卞和怀抱璞玉泪尽血出啊,怎么
才能得到好的工匠来雕琢?


　　同音者相和兮,同类者相似①。飞鸟号其群兮②,鹿鸣求
其友。故叩宫而宫应兮③,弹角而角动④。虎啸而谷风至
兮⑤,龙举而景云往⑥。音声之相和兮,言物类之相感也⑦。
夫方圆之异形兮,势不可以相错⑧。列子隐身而穷处兮⑨,世
莫可以寄托。众鸟皆有行列兮,凤独翔翔而无所薄⑩。经浊
世而不得志兮,愿侧身岩穴而自托⑪。欲阖口而无言兮⑫,尝
被君之厚德。独便悁而怀毒兮⑬,愁郁郁之焉极⑭。念三年
之积思兮⑮,愿壹见而陈词。不及君而骋说兮⑯,世孰可为明
之。身寝疾而日愁兮⑰,情沉抑而不扬⑱。众人莫可与论道
兮,悲精神之不通。

**【注释】**

① 相似："似"当作"仇",相近,相配。洪兴祖《楚辞补注》："似,一作仇。"

② 号:呼唤。

③ 叩:击打。宫:古代五音宫、商、角、徵、羽之一。

④ 角:五音之一。

⑤ 啸:吼。谷风:东风。

⑥ 景云:浓厚而有光亮的云。王逸《楚辞章句》："景云,大云而有光者,云亦阴也。言神龙将举升天,则景云覆而扶之,辅其类也。"往:汤炳正《楚辞类稿》认为是"从"字之误,跟从、跟随的意思。

⑦ "言物类之相感也"以上二句:疑经后人改写。洪兴祖《楚辞补注》："一云'音击而相和兮',一无'言'及'也'字。"

⑧ 错:疑为"安"之误。王泗原《楚辞校释》："错,是误字,涉下节托、薄、托三韵,以为四韵同韵。"

⑨ 列子:名御寇,相传是东周时隐士,道家学说的代表之一。

⑩ 薄:归附。

⑪ 侧身:托身,置身于。托:托身,寄托。

⑫ 阖(hé)口:闭口。

⑬ 便悁(pián yuān):忧愤。怀毒:心怀怨愤。

⑭ 郁郁:忧愁郁闷。焉极:即没有穷尽。极,终极,尽头。

⑮ 积思:心中所积累的报国之思。

⑯ 骋说:比喻自由地向君王诉说忠贞。

⑰ 寝疾:卧病。

⑱ 不扬:不能发泄。

**【译文】**

音色相同可以互相唱和啊,族类相同的则可相互匹配。飞鸟鸣叫是在呼唤群体啊,鹿鸣是为寻求伴侣。击打宫器则宫调响应啊,弹奏角器则角调振动。猛虎长啸谷风大作啊,长龙飞翔云飘而从。声音相互调和啊,如同同类间相互感应。方圆形状截然不同啊,二者决不可和同相容。列子隐居穴处啊,世道混浊无处安身。凡鸟都成群结队啊,唯独凤凰孤飞无所依附。身处浊世有志难酬啊,只愿住在岩石洞穴。我本打算闭口不言啊,又感念曾受到君主厚恩。独自心怀忧愁啊,没有尽头无休无止。怀想放逐三年的郁积之情啊,只希望能面见君主慷慨陈词。没能见面而陈述见解啊,世人谁能替我说得清楚?染病在床日日发愁啊,心情压抑而不得宣泄。无法与俗人谈论道啊,悲叹精神不得畅通。

乱曰①:鸾皇孔凤日以远兮②,畜凫驾鹅③。鸡鹜满堂坛兮④,鼋黾游乎华池⑤。要褭奔亡兮⑥,腾驾橐驼⑦。铅刀进御兮⑧,遥弃太阿⑨。拔搴玄芝兮⑩,列树芋荷⑪。橘柚萎枯兮,苦李旖旎⑫。甂瓯登于明堂兮⑬,周鼎潜乎深渊⑭。自古而固然兮,吾又何怨乎今之人!

**【注释】**

①乱:为结束语标志。此乱辞是对《七谏》全篇进行总结。

②孔凤:孔雀、凤凰。

③畜凫:家养的鸭子。畜,饲养。驾(jiā)鹅:野鹅。

④堂坛:宽广的厅堂。

⑤鼋黾(wā měng):皆蛙类。

⑥要褭(niǎo):骏马名。

⑦橐(luò)驼:骆驼。橐,同"骆"。

⑧铅刀:钝刀,比喻资质鲁钝。御:进用,使用。

⑨太阿(ē):古代名剑,相传为春秋时欧冶子、干将所铸。

⑩玄芝:黑灵芝。

⑪芋荷：芋头。

⑫旖旎(yǐ nǐ)：形容枝叶茂盛的样子。与上句"萎枯"相对。

⑬甂瓯(biān ōu)：小瓦盆。这里用来形容卑鄙小人。

⑭周鼎：周代所传夏禹之鼎。王逸《楚辞章句》："周鼎，夏禹所作鼎也。"

**【译文】**

结束曲：孔雀凤凰日渐远去啊，人们都饲养野鸭和野鹅。堂室里都是鸡鸭啊，蛤蟆在花池里畅游。骏马都奔走不见啊，人们只骑着骆驼。进献铅制刀具来使用啊，将太阿宝剑远远丢弃。拔掉神草玄芝啊，却种上芋头。橘树、柚树枯萎啊，苦李树长得枝叶茂盛。在高堂之上摆放瓦器啊，将周鼎沉到河底。自古以来都是这样啊，我又何必埋怨当世的人！

# 哀时命

**【题解】**

　　本篇为汉景帝时文人严忌所作,据王逸《楚辞章句》称:"《哀时命》者,严夫子之所作也。夫子名忌,与司马相如俱好辞赋,客游于梁,梁孝王甚奇重之。忌哀屈原受性忠贞,不遭明君而遇暗世,斐然作辞,叹而述之,故曰《哀时命》也。"后洪兴祖对严忌的生平加以补充,称:"忌,会稽吴人,本姓庄,当时尊尚,号曰夫子,避汉明帝讳曰严。一云名忌,字夫子。"严忌在正史中设有专门列传,可参见《汉书·司马相如传》《邹阳传》及其子严助之《严助传》。关于本篇严忌是否在哀悼屈原,今人颇有异议。如黄寿祺《楚辞全译》认为,"诗中的'予',实际上不是指屈原,而是严忌自称。'哀时命'并非'哀屈原',而是汉初被压抑、被排斥的正直知识分子的自哀,自哀生不逢时,怀才不遇。诗歌高度概括了作者的身世经历和人生体验,曲折而强烈的表达了汉初知识分子内心的苦闷和抗争。"汤炳正《楚辞今注》说得更为彻底,指出本篇与屈原实不相关,其称:"本篇主旨,在于抒发贤者不遇于时的感伤愤懑之情。汉人认为是伤悼屈原之作,故编入《楚辞》专书之中。然与《七谏》等篇相较,悼屈之迹并不显著。"总体说,这些观点都是正确的。正如汤先生已指出的,篇中有"子胥死而成义兮,屈原沉于汨罗"句,若代屈子立言,必不如此;而且"屈原"之称,仅见于此,若为专意哀悼,亦似不可通。所以,本篇实袭用屈赋追述先人、感怀今世的固有套路，以抒发自身及与其有相似命运的文士的悲叹，王逸所说用以哀悼屈原的观点难以成立。

《哀时命》在内容上依次表达了作者慨叹生不逢时、批判现实愚暗、渴望仙升摆脱烦扰、哀怨郁郁寡欢的心情和生命短暂的悲叹等。"哀"是本篇的一道主线，在它身上交织了自身与世俗、社会的矛盾冲突，又体现了虚幻与现实之间的交融、疏离，充分展现了严忌的价值观念和心路历程，这种深长的现实挫折感是与严忌的生平仕历分不开的。整篇诗歌是袭用了屈赋追述先人、感怀今世的固有套路，以抒发自身及与其有相似命运的文士的悲叹。

哀时命之不及古人兮，夫何予生之不遭时①。往者不可扳援兮②，俟者不可与期③。志憾恨而不逞兮④，杼中情而属诗⑤。夜炯炯而不寐兮⑥，怀隐忧而历兹⑦。心郁郁而无告兮，众孰可与深谋⑧？欲愁悴而委惰兮⑨，老冉冉而逮之⑩。居处愁以隐约兮⑪，志沉抑而不扬。道壅塞而不通兮，江河广而无梁⑫。愿至崑嵤之悬圃兮，采钟山之玉英。擥瑶木之橝枝兮⑬，望阆风之板桐⑭。弱水汩其为难兮，路中断而不通。势不能凌波以径度兮，又无羽翼而高翔。然隐悯而不达兮⑮，独徙倚而彷徉⑯。怅惝罔以永思兮⑰，心纡轸而增伤⑱。倚踌躇以淹留兮，日饥馑而绝粮⑲。廓抱景而独倚兮⑳，超永思乎故乡㉑。廓落寂而无友兮㉒，谁可与玩此遗芳㉓？白日晼晚其将入兮㉔，哀余寿之弗将㉕。车既弊而马疲兮，蹇邅徊而不能行㉖。身既不容于浊世兮，不知进退之宜当。

**【注释】**

①予:我。遘(gòu):遇到。

②扳(pān)援:攀附。

③俫者:将要到来的事物。俫,通"来"。

④逞:解脱。

⑤杼:发泄。属(zhǔ)诗:结撰诗文。属,撰写,纂辑。

⑥炯炯:光明。这里指目光。

⑦隐忧:内心的痛楚。历兹:经历年岁。

⑧深谋:仔细、详尽的谋划。

⑨欿(kǎn)愁悴:忧愁。欿,王逸《楚辞章句》:"愁貌也。"愁悴,指因忧愁而脸色憔悴。愁、悴,《说文·心部》皆释作"忧也。"委情:懈怠疲倦。

⑩逮:及,至。

⑪隐约:隐居自守。

⑫梁:桥。

⑬擥(lǎn):同"揽。"檀(tán)枝:长枝。檀,本指屋檐,这里通"覃",长。

⑭板桐:神山名。王逸《楚辞章句》:"板桐,山名也,在阆风之上。"

⑮隐悯:隐忍,忍气吞声。

⑯徙倚:徘徊不前。

⑰惝罔(chǎng wǎng):迷茫。

⑱纡轸(zhěn):心情痛苦。轸,通"畛"。

⑲馑(jǐn):本指蔬菜歉收。后引申指粮食歉收。这里引申为饥饿之义。

⑳廓:空虚寂寞。抱景:守着影子,形容孤独。

㉑超:远。

㉒廓落:孤寂。

㉓玩：研习，玩味。遗芳：这里有象喻意义，指前代留存下的贤德。
㉔晼（wǎn）晚：太阳西下。
㉕将：长。
㉜邅（zhān）徊：徘徊不前。

**【译文】**

悲哀时命比不了上古圣贤啊，为什么我生不逢时。已过去的无法攀附啊，将来的难以期待。遗憾有志不能施展啊，舒泄情感来写诗。夜里目光明亮不能入睡啊，内心痛楚时间流逝。心里郁闷无人倾诉啊，众人谁可与我详尽商议？愁苦憔悴而颜衰倦怠啊，逐渐变老虚度时日。焦虑中隐居自我约束啊，情志压抑无法振起。道路堵塞不能通行啊，江河广阔却无桥可渡。希望到昆仑的悬圃啊，采撷钟山上的玉英。攀折玉树的长枝啊，向上遥望阆风上的板桐。弱水浩瀚难以逾越啊，道路中断不能畅通。必然难以跨越波面啊，又没有翅膀可以高飞空中。隐忍心志不能实现啊，独有徘徊以求从容。惊恐迷惘久久思索啊，心中失意感伤日增。斜倚着犹豫着长久停留啊，日渐饥馑以至粮食断绝。孤独地抱影守候啊，长长的思念故里国中。落魄寂寞没有朋友啊，谁能与我玩味古贤遗风？时近傍晚太阳偏下啊，悲叹我的寿命不永。车子破损马又疲惫啊，徘徊不前无法行进。自己既然不能被乱世容纳啊，又不知进退哪个可行。

冠崔嵬而切云兮，剑淋离而从横①。衣摄叶以储与兮②，左袪挂于榑桑③。右衽拂于不周兮④，六合不足以肆行。上同凿枘于伏戏兮⑤，下合矩矱于虞唐。愿尊节而式高兮⑥，志犹卑夫禹汤⑦。虽知困其不改操兮，终不以邪枉害方。世并举而好朋兮，壹斗斛而相量⑧。众比周以肩迫兮，贤者远而隐藏。为凤皇作鹑笼兮⑨，虽翕翅其不容⑩。灵皇其不寤知兮,焉陈词而效忠？俗嫉妒而蔽贤兮,孰知余之从容？愿舒志而抽冯兮⑪,庸讵知其吉凶？璋珪杂于甑窐兮⑫,陇廉与孟娵同宫⑬。举世以为恒俗兮,固将愁苦而终穷。幽独转而不寐兮,惟烦懑而盈匈。魂眇眇而驰骋兮,心烦冤之忡忡⑭。志欲憾而不憺兮,路幽昧而甚难。

**【注释】**

①淋离:形容剑长。从:同"纵"。

②摄叶:形容衣服宽大。储与:形容衣服宽大。

③袪(qū):袖子。榑(fú)桑:榑,一作"扶",即扶桑。

④衽:衣襟,此指衣服胸前交领部分。

⑤伏戏:戏,一作"羲",上古贤王。

⑥尊节:谦退节制。式:以……为法式。

⑦卑:以……为低,即轻视。

⑧斗斛(hú):测量谷物容积的量器。《说文·斗部》:"斗,十升也。象形,有柄。"

⑨鹑(chún)笯:放养鹌鹑的笼子。

⑩翕(xī)翅:收敛翅膀。翕,收敛。

⑪抽冯(píng):抒发愤懑。抽,本义拔取,引申为抒发,发泄。冯,愤懑。

⑫璋珪(zhāng guī):玉名。甑窐(zèng guī):甑,蒸食器具,底部有许多透蒸气的小孔,置于鬲或窐上蒸煮,如同现代的蒸笼。窐,甑底部小孔。

⑬陇廉:丑女。孟娵(jū):美女。宫:房屋。宫室对举,宫指整个围墙围着的房子,室则指其中的一个居住单位。

⑭忡忡(chōng):忧愁。

⑮欿（kǎn）憾：意有不足，引以为恨。憺（dàn）：安。

**【译文】**

　　帽子高耸直入云天啊，佩剑长大纵横前行。衣服过于宽大不得舒展啊，左袖挂在扶桑树上。右边衣襟拂过不周山啊，天地四方不能任我行走。上溯不与伏羲合拍啊，往后也不可以辅弼虞唐。希望谦退节制而取法高洁啊，心里对大禹、商汤还瞧不上。即使知道困顿也不改变操守啊，终不因邪道妨碍正直。世人都举荐帮派中人啊，混淆斗、斛加以衡量。众人都勾结并肩加以迫害啊，贤德之人远遁潜藏。给凤凰打造鹌鹑呆的笼子啊，即使收敛翅膀也难以容纳。君主不醒悟明鉴啊，去哪里陈说表白衷肠？世俗妒贤忌能啊，谁知道我始终如一、不为所动？希望舒展胸怀一吐垒块啊，又怎么会知道是吉还是凶？珪璋美玉放在瓦器孔下啊，陇廉和孟娵住在同一房中。全天下都是习以为常啊，我注定要愁苦穷困。幽处孤独辗转难眠啊，只有烦闷愤慨满胸。魂魄飘忽游移不定啊，心中苦楚忧思忡忡。心志失落动荡不安啊，路途艰难寸步难行。

　　块独守此曲隅兮①，然欿切而永叹②。愁修夜而宛转兮，气涫潡其若波③。握剞劂而不用兮④，操规矩而无所施。骋骐骥于中庭兮，焉能极夫远道？置猨狖于棂槛兮⑤，夫何以责其捷巧？驷跛鳖而上山兮，吾固知其不能升。释管晏而任臧获兮⑥，何权衡之能称？箟簬杂于黀蒸兮⑦，机蓬矢以射革。负檐荷以丈尺兮⑧，欲伸要而不可得。外迫胁于机臂兮⑨，上牵联于矰隹⑩。肩倾侧而不容兮，固陜腹而不得息⑪。务光自投于深渊兮⑫，不获世之尘垢。孰魁摧之可久兮⑬，愿退身而穷处。凿山楹而为室兮，下被衣于水渚。雾露濛濛其晨降兮，云依斐而承宇⑭。虹霓纷其朝霞兮，夕淫淫而淋雨。怊茫茫而无归兮,怅远望此旷野。下垂钓于溪谷兮,上要求于仙者。与赤松而结友兮,比王侨而为耦⑮。使枭杨先导兮⑯,白虎为之前后。浮云雾而入冥兮,骑白鹿而容与。

**【注释】**

①曲隅(yú):曲折的角落,这里指山角。曲,曲折。

②欿(kǎn)切:深切的痛苦。欿,忧愁。

③涫灖(guàn fèi):沸腾。

④剞劂(jī jué):刻镂工具。

⑤猨狖(yuán yòu):泛指猿猴。棂(líng):窗木格。

⑥管晏:管仲与晏婴合称,两人均为齐国名相。后多合称,比喻杰出的智士或政治家。臧获:奴仆,男奴为臧,女奴为获。

⑦箟簬(kūn lù):美竹。簖(zōu)蒸:去皮的麻杆。

⑧檐(dàn)荷:负担重物。檐,一作"担"。

⑨迫胁:逼迫,威胁。机臂:弓弩的主体部件,即发箭机关。

⑩矰隿(zēng yì):古代系有丝绳用来射飞鸟的箭。隿,用带绳子的箭射猎。

⑪陕(xiá)腹:腹肌紧收,即弯背屏息、很吃力的样子。陕,同"狭",这里引申指收紧。

⑫务光:上古隐士,相传汤让位给他,他不接受,负石沉水而死。

⑬魁摧:形容高耸危险。

⑭依斐:形容云层堆垛的样子。

⑮耦(ǒu):伴侣。耦,同"偶"。

⑯枭杨:山神名。王逸《楚辞章句》注:"枭扬,山神名,即狒狒也。"

**【译文】**

独自守候在这个山角啊,心中纠结深切的痛苦而长叹。长夜愁苦辗转难眠啊，血气沸腾如同波翻。手握刻刀却不能为用啊，操持规矩却难画方圆。骐骥奔跑于庭院啊，怎么能够走得长远？将猕猴放在斗室之中啊，又如何让它轻巧翩然？驾着瘸腿的乌龟上山啊，我本来就知道它难以爬攀。将管仲、晏婴丢弃而任用贱奴啊，又如何能称得上善于用人？将美竹和麻杆混同一处啊，用蓬蒿作箭射向皮革。肩挑背扛寸步向前啊，想伸腰杆也难以求得。生命受到弓弩的威胁啊，上面系着长长的丝线。胁肩谄笑也难以取容啊，屏气敛息畏祸避难。务光跳进深深的潭水啊，为了避开污浊尘世的玷垢。谁在高峻危险的地方能够长久啊，希望能引退求全。开凿石山作为楹柱啊，下洗衣服就在水边。早上的雾露迷濛而降啊，云朵堆垛逼到屋檐。虹霓缤纷朝霞灿烂啊，傍晚阴沉雨落绵绵。失落怅惘无处可去啊，愁怀远望原野无边。在下面的溪涧垂钓啊，问上渴求升仙。与赤松子交结为友啊，与王侨比肩为伴。使狒狒为我开路啊，白虎照应身后鞍前。乘云雾进玄冥之境啊，骑白鹿道遥自在。


魂眭眭以寄独兮[①]，泪徂往而不归。处卓卓而日远兮[②]，志浩荡而伤怀。鸾凤翔于苍云兮，故矰缴而不能加[③]。蛟龙潜于旋渊兮[④]，身不挂于罔罗。知贪饵而近死兮，不如下游乎清波。宁幽隐以远祸兮，孰侵辱之可为？子胥死而成义兮，屈原沉于汨罗。虽体解其不变兮，岂忠信之可化？志怦怦而内直兮，履绳墨而不颇。执权衡而无私兮，称轻重而不差。撇尘垢之枉攘兮[⑤]，除秽累而反真。形体白而质素兮，中皎洁而淑清[⑥]。时厌饫而不用兮，且隐伏而远身。聊窜端而匿迹兮[⑦]，嗼寂默而无声[⑧]。独便悁而烦毒兮[⑨]，焉发愤而抒情？时暧暧其将罢兮[⑩]，遂闷叹而无名。伯夷死于首阳兮，卒夭隐而不荣[⑪]。太公不遇文王兮，身至死而不得逞。

怀瑶象而佩琼兮<sup>⑫</sup>，愿陈列而无正<sup>⑬</sup>。生天墬之若过兮<sup>⑭</sup>，忽烂漫而无成<sup>⑮</sup>。邪气袭余之形体兮，疾憯怛而萌生<sup>⑯</sup>。愿壹见阳春之白日兮<sup>⑰</sup>，恐不终乎永年。

**【注释】**

①眐眐(zhēng)：形容孤独。

②卓卓：卓，本义为高。这里当是形容遥远。

③缴(zhuó)：系在箭上的生丝线。

④旋渊：极深的水潭。

⑤摡(gài)：擦拭，洗涤。柍攘：形容混乱。

⑥皎洁：光洁明亮。皎，同"皎"。淑清：善良清正。

⑦端：祸端。

⑧嘆(mò)：寂静无声。

⑨悁悁(yuān)：忧愁。

⑩暧暧：昏暗不明。

⑪夭隐：在隐居中死去。王逸《楚辞章句》："言伯夷饿于首阳，天命而死，不飨其爵禄，得其荣宠也。"夭，一作殀。"姜亮夫《楚辞通故·词部》别作一解，认为夭隐为夭阏一声之变，为阻塞义。均各备一说。

⑫瑶象：美玉和象牙。

⑬正：评判之人。

⑭墬：同"地"。

⑮烂漫：散乱。

⑯憯怛(cǎn dá)：痛苦。

⑰阳春：温暖的春天。

**【译文】**

灵魂独行随遇而安啊，悠然离开一去不返。离乡国日远啊，心绪烦乱黯然伤心。鸾凤翱翔在青云之上啊，所以弓箭也无可奈何。蛟龙潜入极深的水渊啊，罗网不能将它锁困。知道贪食香饵就接近死亡啊，不如向下游动享受清澄的水波。宁可幽处隐遁远离灾祸啊，谁又可以侵犯羞辱？伍子胥以死成就义名啊，屈原投身于汨罗江。即使肢体分裂也不会改变啊，忠诚、信义怎么可以丢弃？立志忠信、内心刚直啊，规行矩步而不行偏颇。权量考衡毫无私心啊，称量物重不差一点。拂拭散乱的尘土啊，除去污秽而返璞归真。外貌整洁朴素啊，内心磊落善良清正。时人贪婪而不任用啊，姑且潜伏隐居远离灾患。逃避祸端而掩藏行迹啊，沉寂无声默默无言。惟独自己愁懑忧郁啊，如何才能发泄愤怒排遣伤感？时世昏暗不明心力憔悴啊，于是苦叹无美名流传。伯夷死在首阳山啊，最终幽隐不得显达。姜太公不遇到周文王啊，直到死也难以得到施展。怀揣美玉、象牙而带玉佩啊，希望一表忠诚却无人作证。生来便如天地间一过客啊，时光散尽而一事无成。偏邪之气侵扰我的身体啊，害怕病痛悄然而生。希望能看一眼暖春煦日啊，恐怕今年就要寿终！

# 九 怀

**【题解】**

《九怀》是一组代屈原立言、抒发情感的作品，由九篇诗歌组成。王逸《楚辞章句》云："怀者，思也，言屈原虽见放逐，犹思念其君，忧国倾危而不能忘也。褒读屈原之文，嘉其温雅，藻采敷衍，执握金玉，委之污渎，遭世溷浊，莫之能识。追而愍之，故作《九怀》，以裨其词。"由此可知，"怀"即思念、追思。但从作者遣词行文来看，也有个人自怀、自愍、自我抒情的成分。

《九怀》的作者是西汉蜀人王褒（前？—前61），他是宣帝时期著名的宫廷文人，通音律，善作歌诗。因益州刺史王襄举荐而受到朝廷征召，受诏作《圣主得贤臣颂》，得到宣帝赏识，被擢升为谏议大夫。经常与张子侨等待诏，侍从宣帝游猎，"所幸宫馆辄为歌颂"，太子有疾，辄至其官侍奉，"朝夕诵读奇文及所自造作"，其中便有《甘泉颂》及著名的《洞箫赋》。

《九怀》在内容及篇章安排上大体类似。即开始部分写现实社会污浊混乱，黑白颠倒，贤愚不分，作者所代言的抒情主人公遭逢衰世，为庸众所不容，因而感伤不已。之后则写主人公高举远游，上天入地，到仙界遣怀娱忧。最后则写主人公终究不能忘怀现实，其挂念君国的炽烈情感始终不曾熄灭，故而在仙界逍遥娱游之际总会情不自禁地回望家国等。从内容与结构的三段式上看,可说是一种重章复沓、跌宕有致的歌诗。从宏观上来看,虽九篇作品面貌相似,但细微之处亦各有特点,内容多异。

# 匡　机

## 【题解】

《九怀》各篇篇题颇多难解之处,今取姜亮夫《楚辞通故》及其所引用徐仁甫《九怀篇题试解》、汤炳正《楚辞今注》之说参综而解之。"匡"是匡正补救的意思,"机"据徐氏所云通"几","几"是细微的迹象、征兆的意思,又有危机、危险的意思。"匡机"即匡救危殆之意,就本篇而言,是指匡救君王、国家的危殆,也就是愿做君国的忠贞之臣、尽力辅弼谏诤的意思,所以文章开头便说天道运行无常,隐喻人间君主的无道,使其身处困境,内心苦闷。为了排遣这种情绪,于是在想象中神游天庭仙境,然而又无法忘怀君王,只能忍受忧愤心绪的折磨,无法解脱。


极运兮不中①,来将屈兮困穷②。余深愍兮惨怛③,愿一列兮无从④。


## 【注释】

①极:天极,即北辰,今称北极星,因其居天之中,不偏不倚,故可作
　　为大道、准则的象征。运:运行,运转。中:正,不偏不倚。

②屈:困穷,困窘。

③愍(mǐn):悲痛,忧伤。惨怛(dá):忧伤,悲痛。

④列:陈列、陈述。无从:无由,没有门径,这里指没有进言、讽谏

之路。

【译文】

天道运行啊不正常,承受委屈啊身处困穷。我忧伤深重啊心中悲痛,愿一诉衷肠啊却忧告无门。


　　乘日月兮上征,顾游心兮鄗酆①。弥览兮九隅②,彷徨兮兰宫③。芷间兮药房④,奋摇兮众芳⑤。菌阁兮蕙楼⑥,观道兮从横⑦。宝金兮委积,美玉兮盈堂。桂水兮潺湲⑧,扬流兮洋洋⑨。蓍蔡兮踊跃⑩,孔鹤兮回翔⑪。


【注释】

①鄗(hào):字又作"镐",古书多作"镐"。周武王所经营的都城,地在今长安西南。酆(fēng):周文王所建都城,今陕西鄠县(1964年改为户县)东五里,有古酆城。

②弥览:遍观。隅:指边远的地方。

③兰宫:宫即王宫,用"兰"字来修饰是对它的美称。

④间:本指里巷的大门,也泛指门。药:白芷。

⑤奋摇:这里是香气郁勃散发的意思。

⑥菌:蕙草。阁:本义是门开后插在两旁用来固定门扇的长木桩。这里指供游息眺望的楼房。

⑦观:宫廷中高大华丽的建筑物。

⑧桂水:指散发着郁勃香气的水流。桂,一种香木。潺湲(chányuán):形容流水缓慢流动的样子。

⑨扬:形容水花溅起,飞动扬举。洋洋:形容河水流动的样子。

⑩蓍(shī):即"耆",老。蔡:大龟。踊跃:跳跃。

⑪孔鹤:孔雀,仙鹤。回翔:回旋飞翔。

**【译文】**

乘坐日月啊向上飞升，回首顾念啊镐京鄠邑。遍观四方啊边远之地，徘徊徜徉啊芳洁宫廷。芷草做的大门啊白芷做的房屋，郁勃散发啊众多芳香。薰草为阁啊蕙草为楼，楼观间的道路啊交错纵横。金银珠宝啊四处堆积，华美玉石啊布满厅堂。芳香水流啊潺潺流淌，波浪扬起啊起伏涌流。硕大老龟啊跳跃起舞，孔雀仙鹤啊回旋飞翔。

抚槛兮远望，念君兮不忘。怫郁兮莫陈①，永怀兮内伤。

**【注释】**

①怫（fú）郁：忧懑。莫陈：无处陈述、申说的意思。陈，陈说，陈述。

②永怀：长久思念。内伤：内心伤痛。

**【译文】**

手抚栏杆啊眺望远方，怀念君王啊时刻不忘。忧懑满怀啊无处倾诉，长久思念啊内心悲伤。

# 通　路

**【题解】**

所谓"通路"即表达作者及其所代言的屈原欲通达仕途，为国为君所用，一展雄心抱负的愿望。"通路"贯穿全诗是一大特色，表达了作者希望贤人能寻求一条能走的道路直达仕途。然而这一愿望终究难以实现，君王不能任用贤才，致使凤凰远逝、诗人远游，不得不惆怅彷徨于天地之间，巡游于天国之上。然而，天国虽好，诗人内心却仍然牵念楚国君王，希望能有坦途靠近君王。本篇首句云："天门兮墬户，孰由兮贤者？”即言天地广大，贤者却无路可走之意。

天门兮墬户<sup>①</sup>，孰由兮贤者<sup>②</sup>？无正兮溷厕<sup>③</sup>，怀德兮何睹<sup>④</sup>？假寐兮愍斯<sup>⑤</sup>，谁可与兮寤语<sup>⑥</sup>？痛凤兮远逝，畜鸒兮近处<sup>⑦</sup>。鲸鳣兮幽潜<sup>⑧</sup>，从虾兮游陼<sup>⑨</sup>。

**【注释】**

①墬：同“地”。户：单扇的门，也泛指房门。

②孰由兮贤者：即“贤者何由”，贤人该走哪条路的意思。

③无正：不正，即奸邪小人。溷厕：胡乱错杂地置身其间，混世之义。溷，《说文·水部》：“乱也。”厕，同“厠”，间杂、置身的意思。

④怀德：怀德之人，有德之士。

⑤假寐：不脱衣冠，和衣而睡。

⑥寤语：即相对而语。寤，即“晤”，对、面对面的意思。

⑦畜：养。鸒（yàn）：雀一类的小鸟。

⑧鳣（xún）：一种大鱼。

⑨从虾：从鱼之虾。王泗源《楚辞校释》、聂石樵《楚辞新注》主此说。从，跟从、随从。陼：同“渚”，水中小洲，洪兴祖引一本即作“渚”。

**【译文】**

天门啊地户，贤士啊该走哪条小径？奸佞小人啊错杂居位，有德之士啊谁能看见？和衣而睡啊内心忧伤，有谁和我啊相对而语？痛惜凤鸟啊远远离去，畜养鸒雀啊日益亲附。巨鲸鲟鱼啊深潜水底，小小虾儿啊游戏洲渚。

乘虬兮登阳<sup>①</sup>，载象兮上行<sup>②</sup>。朝发兮葱岭<sup>③</sup>，夕至兮明

光④。北饮兮飞泉⑤,南采兮芝英⑥。宣游兮列宿⑦,顺极兮彷徉⑧。红采兮骍衣⑨,翠缥兮为裳⑩。舒佩兮绁纚⑪,竦余剑兮干将⑫。腾蛇兮后从⑬,飞駏兮步旁⑭。微观兮玄圃⑮,览察兮瑶光⑯。

**【注释】**

①虯(qiú):即虯龙,古代传说中有角的小龙。登阳:上天。

②载:乘坐。象:大约是一种神象。王逸《楚辞章句》:"神象,白身赤头,有翼能飞也。"

③葱岭:中国西部的高大山脉,在今新疆西南,帕米尔高原,昆仑山、天山皆自其中蜿蜒而出。

④明光:东方神山名。

⑤飞泉:神话传说中昆仑山山谷名。

⑥芝英:芝,灵芝,古人视为瑞草,食之可以成仙。英,华,即花。

⑦宣游:遍游。列宿:众星。宿,星。

⑧极:北辰,亦即北极星。彷徉:徘徊,游荡。

⑨红采:当从洪兴祖引古本作"虹采",即彩虹。骍(xīng):红色。

⑩缥(piǎo):青白色,浅青色。这里当指青白色的云朵。

⑪绁纚(shēn xǐ):即"陆离",繁盛的样子。

⑫竦:握,执。干将:宝剑名,春秋时吴国干将铸造,以锋利精良闻名。后世即以干将作为宝剑的代称。

⑬腾蛇:即螣蛇,洪兴祖引一本,腾作螣。神话传说中一种形似龙的神蛇。

⑭駏(jù):駏驉,也作距虚,兽名,善于奔跑。步:行走。

⑮微观:暗暗地看。玄圃:当即"悬圃"。

⑯瑶光:北斗七星第七星。

**【译文】**

乘着虬龙啊上天,骑着神象啊向上飞翔。早上出发啊在葱岭,晚上到达啊明光山。去北方解渴啊飞泉之谷,到南边采摘啊瑞草灵芝。处处游遍啊二十八宿,环绕北辰啊徘徊游荡。七色彩虹啊做我红衣,浅青云朵啊做我下裳。舒展玉佩啊光彩照人,手中紧握啊吴国干将宝剑。神龙腾蛇啊跟随在后,善跑的驱骡啊伴随两旁。侧目窥视啊帝宫悬圃,暗暗察看啊北斗瑶光星。

　　启匮兮探筴①,悲命兮相当②。纫蕙兮永辞③,将离兮所思④。浮云兮容与⑤,道余兮何之⑥?远望兮仟眠⑦,闻雷兮阗阗⑧。阴忧兮感余⑨,惆怅兮自怜。

**【注释】**

①启匮:匮,匣子。探:取出,拿出。筴(cè):古代占卜用的蓍草。

②相当:洪兴祖引一本曰:"相,一作所。"当从之。所当即所值、所遭逢的意思。

③纫:连缀,联结。永辞:长辞。

④所思:这里指君王。

⑤容与:徘徊不进。

⑥道:借为"导",引导。之:往,到……去。

⑦仟(qiān)眠:形容暗昧不明的样子。

⑧阗阗(tián):形容声音很大。

⑨阴忧:忧愁。

**【译文】**

打开匣子啊拿出蓍草,悲叹命运啊遭逢祸患。连结蕙草啊永远辞别,将要离开啊思念的君王。云彩飘飘啊徘徊不进,引导着我啊去向何处?遥望故国啊暗昧不明,听见雷声啊隆隆作响。忧伤愁苦啊感怀心事,惆怅失落啊独自哀怜。

# 危 俊

## 【题解】

题目《危俊》的"危"是危险,孤危的意思。"俊"是指俊杰,才华出众之
士。"危俊"即俊杰处境孤危之意。本篇写作者去国远游、超越现实、漫游
升空的历程,然而,即使上泰山、游星空,也依然无法使他轻松愉悦。映射
出作者内心孤独,深感空有才华,不为俗世所容,且不被君王所知后,欲离
君外游以释忧,却终因寻觅不到知己而忧思不绝的痛苦处境。篇首"林
不容兮鸣蜩,余何留兮中州",便是英俊之士不容于世的写照。

林不容兮鸣蜩①,余何留兮中州②?陶嘉月兮总驾③,搴
玉英兮自修④。结荣茝兮逶逝⑤,将去烝兮远游⑥。

## 【注释】

①蜩(tiáo):蝉。

②中州:中国。古代华夏民族认为自己得居天下之中,少数民族、
蛮夷之人则居四裔,故自称己之国家为"中国"。

③陶嘉月:喜乐美好的时节,亦即吉日良辰。陶,喜乐。嘉,美好。
总:聚集。驾:车辆。

④搴(qiān):拔取。自修:自我修饰。

⑤荣:繁盛。茝(zhǐ):香草名。逶逝:驰而远去。

⑥烝:君王。

**【译文】**

　　树林里容不下啊鸣叫的蝉,我又何必逗留啊中土之地?选个吉日良辰啊聚集车马,摘取美玉花朵啊自我修饰。编结茂盛茝草啊驰而远去,我将离开君王啊外出远游。


　　径岱土兮魏阙①,历九曲兮牵牛②。聊假日兮相伴③,遗光燿兮周流④。望太一兮淹息⑤,纡余辔兮自休⑥。晞白日兮皎皎⑦,弥远路兮悠悠⑧。顾列孛兮缥缥⑨,观幽云兮陈浮⑩。


**【注释】**

①径:行走,经过。岱土:指北方荒远之地。岱,或当作"代"。魏:同"巍",高大。阙:本指宫门外两边的楼台,这里当是指山而言,即谓两山如双阙对峙。

②九曲:九天。牵牛:星宿名。

③假日:假借时日。相伴:徘徊游荡。

④遗光燿:发扬光彩,光芒四射。遗,显扬。燿,同"耀"。周流:这里指光芒周遍流动,照耀四方。

⑤太一:天庭中最尊贵的神。淹息:停留,休息。

⑥纡:本义指曲折,弯曲。这里是放缓、放松的意思。辔:马缰绳。休:休息。

⑦晞(xī):天亮,旭日初升。皎皎:这里形容日光明亮。

⑧弥:表示程度深。悠悠:形容路途长远、遥远。

⑨孛(bèi):彗星。缥缥(piāo):形容遥远。

⑩幽云:山中云气。

**【译文】**

　　经过北方荒远之地啊见到巍峨高山,穿越九曲苍穹啊来看见牵牛星。聊假时日啊徜徉游荡,显扬灿烂光芒啊照耀四方。仰望大神太一啊稍作歇息，舒缓我的缰绳啊且作休整。清晨旭日东升啊明亮灿烂，前方道路遥远啊没有尽头。回头望见彗星啊缥缥缈缈，审视山中云气啊漂浮弥漫。

钜宝迁兮砏磤<sup>①</sup>，雉咸雊兮相求<sup>②</sup>。泱莽莽兮究志<sup>③</sup>，惧吾心兮恅恅<sup>④</sup>。步余马兮飞柱<sup>⑤</sup>，览可与兮匹俦<sup>⑥</sup>。卒莫有兮纤介<sup>⑦</sup>，永余思兮怮怮<sup>⑧</sup>。

**【注释】**

①钜（jù）宝：岁星。砏磤（pīn yīn）：形容声音很大。

②雉（zhì）：鸟名，俗称"野鸡"、"山鸡"。咸：皆，都。雊（gòu）：野鸡鸣叫。相求：雌雄相求，求为匹合。

③泱（yǎng）莽莽：广大的样子。究：穷极，穷尽。

④恅恅（chóu）：忧愁。

⑤飞柱：盖为神山之名。王逸《楚辞章句》作"神山"解。

⑥匹俦（chóu）：本指夫妻结合，这里引申为君臣、朋友之相得无间之义。匹，匹配，配合。俦也有伴侣、匹偶之义。

⑦卒：终，终于。纤介：忠贞正直之士。

⑧永：长。怮怮（yóu）：忧愁。

**【译文】**

岁星迁转运行啊声音很大，野鸡声声啊雌雄相求。四周空旷啊陷入无尽沉思，担心自己心中啊再生忧愁。让马缓缓走在啊飞柱神山，看看有谁可以啊做我侣伴。终于寻觅不到啊忠贞正直之士，我的思绪绵长啊忧愁不断。

# 昭　世

**【题解】**

　　篇名《昭世》之"昭"本是明的意思,这里是使世昭明、澄清之意。因为时世混浊不明的缘故,作者欲离开君王,飞升苍穹以求得到解脱,首句云"世溷兮冥昏",便点出了这层意思。全篇分为三部分,依次叙述作者因时世混浊不明,众人虚伪,而欲远离尘嚣,高举远游,追求人性本真的自由。然而他寻遍天下、神游天庭,却终无所得,知己如此难觅,让诗人愁肠寸断。最终他终究难以舍弃忠君爱国的情结,怀念故乡、君王的情绪时刻纠缠着他,从而悲愁不已,无法遏止。

　　世溷兮冥昏①,违君兮归真②。乘龙兮偃蹇③,高回翔兮上臻④。

**【注释】**

①溷(hùn):混乱。指世道黑暗、昏乱。冥昏:冥、昏都有昏暗的意思。

②违:离开。归真:回归本真、本性。

③偃蹇:形容龙的形体曲折夭矫的样子。

④臻(zhēn):至,达到。

**【译文】**

　　世道混浊啊社会昏暗,离开君王啊回归本真。乘坐神龙啊蜿蜒而升,高高回翔啊到达天庭。

　　袭英衣兮缇䌷①,披华裳兮芳芬。登羊角兮扶舆②,浮云漠兮自娱③。握神精兮雍容④,与神人兮相胥⑤。流星坠兮成雨,进瞵盼兮上丘墟⑥。览旧邦兮滃郁⑦,余安能兮久居！志怀逝兮心忉悷⑧,纡余辔兮踌躇⑨。闻素女兮微歌⑩,听王后兮吹竽⑪。魂凄怆兮感哀⑫,肠回回兮盘纡⑬。抚余佩兮缤纷⑭,高太息兮自怜。使祝融兮先行⑮,令昭明兮开门⑯。驰六蛟兮上征⑰,竦余驾兮入冥⑱。

**【注释】**

① 袭:穿衣。英衣:这里用来形容衣服的鲜艳美丽。英,花的意思。缇纻(tí qiè):橘红色的衣服。缇,本指橘红色的丝织物。《说文·糸部》:"缇,帛丹黄色。"或云乃红色丝织物。二说实相近。这里大约用作形容词。纻,或作"緆",一种衣物名。

② 羊角:旋风。扶舆:或即"扶摇"。形容旋风盘旋而上的样子。

③ 云漠:当依一本作"云汉",即银河。

④ 神精:人的精神、神气。汉代时道家、神仙家术语。雍容:指人的举止仪容温和闲雅。

⑤ 胥:等待。

⑥ 进瞵(lín)盼:凝视。进,当依洪兴祖引一本作"集"。瞵,看。盼,看。丘墟:丘,土山。墟也有山丘的意思。

⑦ 滃(wěng)郁:形容云气涌起而弥漫的样子。这里指云气弥漫、遮蔽旧邦,使之暗昧不明,喻指邦国危乱。

⑧ 怀:想,想要。逝:往,离去。忉悷(liú lì):忧愁。

⑨ 踌躇:徘徊不前。

⑩ 素女:天上仙女。

⑪ 王后:神女名。

⑫ 凄怆:伤感,悲伤。

⑬回回：回转盘曲。这里形容心思郁结纠错而混乱。

⑭缤纷：繁盛。

⑮祝融：南方火神。

⑯昭明：大约也是司炎火之神。王逸《楚辞章句》："炎神前驱。"则
　是作"炎神"解。

⑰蛟：神话传说中的一种龙。

⑱竦：向上进发。入冥：进入幽深高远之境，指升天。

【译文】

　　穿上鲜艳美丽的衣服啊红色丝袍，披着华美下裳啊芳气袭人。登
上旋风啊盘旋而上，飘浮在银河上啊自娱自乐。握持着精气神啊温和
闲雅，我且留下啊等待神仙。流星纷纷陨落啊如雨一般，我留心凝视它
们啊登上山丘。不意望见故国啊布满云气，我又如何能够啊在此长时
间停留！心里想要离去啊悲愁不已，舒缓我的马缰啊犹豫盘桓。耳边
响起素女啊浅吟低唱，听到帝女宓妃啊吹奏竽管。灵魂凄怆悲伤啊深
感哀怨，愁肠缠结盘曲啊无法舒展。抚摸我的佩饰啊缤纷繁盛，不禁深
长叹息啊私自哀怜。派遣火神祝融啊先行开路，命令炎神昭明啊打开
天门。驾乘六条蛟龙啊向上奔进，向上进发我的车驾啊飞升上天。


　　历九州兮索合<sup>①</sup>，谁可与兮终生？忽反顾兮西圉<sup>②</sup>，睹轸
丘兮崎倾<sup>③</sup>。横垂涕兮泫流<sup>④</sup>，悲余后兮失灵。


【注释】

①索：求索。合：匹合，志同道合之人。

②西圉：就字面而言为西方园圉之义。此一句自《离骚》"忽临睨夫
　旧乡"化出，所谓"西圉"亦无多少实在意义，恐是王褒自铸之新
　词。这一类词语在《九怀》中不在少数。

③轸(zhěn)丘：高大险峻的山。崎倾：倾侧不正，形容山势险峻。

④泫（xuàn）：形容流泪的样子。

⑤后：君王。失灵：失掉灵性，昏庸糊涂。

【译文】

走遍天下九州啊寻找志同道合之人，谁又可以与我啊结伴终生？忽然回头顾望啊西方园圃，看见巍巍山峦啊山势险峻。不禁涕泪交横啊泫然滚落，悲叹我那君王啊昏庸糊涂。

# 尊 嘉

【题解】

《尊嘉》之"尊"是尊崇，尊重的意思。"嘉"为美好，这里指德行美好的人。本篇依次勾勒了春意盎然的和乐景象，由眼前景象而追怀往古，感到古来贤人大都命运多舛，如伍子胥、屈原皆因忠诚而不免一死的遭遇，从而联想到自身的处境，不禁"心内兮怀伤"，进而引出了一段奇特诡异的水游历程，即小船在惊涛骇浪中飞速前进的惊险景象。虽说作者终于到达河伯府第并受到热烈欢迎，但他仍无法忘怀故乡，并因归途艰难而伤感不已，于是哀叹自己身如浮萍，飘浮无根，有家难回。本篇短短四句之内，情感急转直下，将人生失路的愁苦情怀表现得淋漓尽致。

季春兮阳阳①，列草兮成行。余悲兮兰生②，委积兮从横。江离兮遗捐③，辛夷兮挤臧④。伊思兮往古⑤，亦多兮遭殃。伍胥兮浮江，屈子兮沉湘。

【注释】

①季春：阴历三月，晚春。阳阳：风和日丽，暖洋洋。

②生：洪兴祖引一本作"萃"，又作"悴"，当是。为憔悴，陨落，凋零
　的意思。

③遗捐：遗弃，丢弃。

④挤臧：遭排挤压抑而湮没不闻。

⑤伊：句首语气助词。往古：前代，前世。

**【译文】**

晚春季节啊风和日丽，百草茂盛啊罗布成行。我心悲痛啊兰草凋
零，委弃堆积啊零乱不堪。芬芳江离啊丢弃一旁，美丽辛夷啊湮没无
闻。由此想起啊前世贤人，也多如此啊遭逢祸殃。吴国伍胥啊弃尸水
中，楚国屈原啊自沉湘水。


运余兮念兹①，心内兮怀伤。望淮兮沛沛②，滨流兮则
逝③。榜舫兮下流④，东注兮磕磕⑤。蛟龙兮导引，文鱼兮上
濑⑥。抽蒲兮陈坐⑦，援芙蕖兮为盖⑧。水跃兮余旌，继以兮微
蔡⑨。云旗兮电骛⑩，儵忽兮容裔⑪。河伯兮开门，迎余兮欢欣。


**【注释】**

①运余兮念兹：即"余运兮念兹"。全句意即我转念而思考这一问
　题。运，转的意思。

②沛沛：水流动的样子。

③滨流：临水，站在水边。滨，临近，靠近。逝：这里指随流水而去。

④榜(bàng)：摇桨使船前进。舫(fǎng)：相并连的两艘船，也泛指船。

⑤注：流注，倾泻。磕磕(kē)：水石相互撞击发出的声音。

⑥文鱼：身上有文采，显得色彩斑斓的鱼。濑：急流。

⑦抽蒲：拔蒲草以编席。抽，拔取。蒲，一种水草，可用以织席。

⑧援：引，取。芙蕖：荷花。

⑨蔡：草，这里指水藻之类。

⑩骛：奔驰。

⑪容裔：形容船前行的样子。或有船行水中起伏摇晃之义。

【译文】

转而想起啊自身遭遇，令我心中啊苦闷伤悲。望着淮河啊汩汩东流，伫立河边啊想要随波而去。驾一叶扁舟啊顺流而下，东流入海啊水石相击。水中蛟龙啊前方引导，长着花纹的鱼啊带我穿越急流。拔取蒲草啊铺设坐席，采下荷花啊做成船蓬。水花翻卷啊溅湿旌旗，细小水藻啊卷入船中。挂起云旗啊风驰电掣，疾急前行啊摇晃起伏。水神河伯啊打开宫门，隆重迎接我啊欢天喜地。

　　顾念兮旧都，怀恨兮艰难。窃哀兮浮萍①，汜淫兮无根②。

【注释】

①浮萍：一种水草，浮生在水面，下面有根。

②汜（fàn）淫：飘浮不定。汜，浮的意思。淫，有游义。

【译文】

不禁挂念啊故国，顿生悲愤啊道路艰难。窃自哀怜啊身如浮萍，漂浮不定啊无家可归。

# 蓄　英

【题解】

《蓄英》之"蓄"为蓄积，积累的意思。"英"比喻美好的德行、品质。

《蓄英》即积聚美质,自我修饰,自强不息的意思。全篇依次描写了秋季的环境以及各类生物在此环境中的活动,由此渲染出一种萧瑟悲凉的气氛;所塑造的抒情主人公也因当今时世暗昧而不愿久留,他驾乘云霓、奔赴天庭,欲修炼美质,勤勉不倦,自强不息,希望有朝一日能施展才智,实行美政,成全理想;最后,刻画了他终究身去意存,不忘君国,去国而恋国的矛盾和最终难以摆脱"怆兮怀愁"的结局。

秋风兮萧萧①,舒芳兮振条②。微霜兮眇眇③,病殀兮鸣蜩④。玄鸟兮辞归⑤,飞翔兮灵丘⑥。望溪兮瀇郁⑦,熊罴兮呴嗥⑧。

**【注释】**

①萧萧:形容秋风萧瑟,大约是就风声而言的。

②舒:摇动。条:树枝。

③眇眇:形容霜微小、微薄的样子。

④殀:同"夭",死亡。

⑤玄鸟:燕子。

⑥灵丘:大约是神山名。

⑦瀇(wěng)郁:云烟弥漫。

⑧罴(pí):一种猛兽。呴嗥(hǒu háo):吼叫,嚎叫。呴,同"吼",吼叫。

**【译文】**

秋风啊萧萧瑟瑟,摇动芳草啊振荡枝条。寒霜降临啊尚很微小,鸣蝉已死啊形迹皆无。玄鸟燕子啊辞别归去,回旋飞翔啊神山云霄。望见溪谷啊云气弥漫,熊罴猛兽啊声声吼叫。

唐虞兮不存①，何故兮久留？临渊兮汪洋②，顾林兮忽荒③。修余兮袿衣④，骑霓兮南上⑤。雍云兮回回⑥，亹亹兮自强⑦。

**【注释】**

①唐虞：唐尧和虞舜。唐即尧封国陶唐氏之省，虞即舜封国有虞氏之省。

②汪洋：形容水面广大。

③忽荒：即"荒忽"，模糊不清。

④修：修饰。袿（guī）衣：长袍。

⑤霓：虹的一种，又称雌虹、雌霓。

⑥雍，同"乘"。回回：这里形容云气旋转而运动扩散、四处弥漫的样子。回，本义是回旋、回转。

⑦亹亹（wěi）：勉励，勤勉不倦。

**【译文】**

唐尧虞舜啊不复出现，我又为何啊在此停留？走近深渊啊广阔无际，回视树林啊模糊不清。整理修饰啊我那长袍，骑着彩虹啊直上南方。乘着云气啊盘旋回转，勤勉不倦啊自强不息。

将息兮兰皋①，失志兮悠悠②。葐蕴兮徽䪻③，思君兮无聊。身去兮意存，怆恨兮怀愁④。

**【注释】**

①兰皋：兰草丛生的水泽湖沼。

②悠悠：形容忧愁的样子。

③葐（fén）蕴：这里形容愁思蕴积的样子。徽䪻（méi lí）：形容面色

污黑的样子。

④怆(chuàng)：悲伤。恨：忧怨。

【译文】

　　在兰泽之畔准备休息啊，贤人失志啊忧思难忘。愁思蕴积啊面色污黑，想念君王啊愁闷无尽。身虽离去啊心意犹在，悲伤怨念啊愁绪满怀。


# 思　忠


【题解】

　　《思忠》之名，徐仁甫训"思"为悲，训"忠"为中心，"思忠"即悲伤的情怀。篇中"感余志兮惨慄，心怆怆兮自怜"、"瘖辟摽兮永思，心怫郁兮内伤"也即此意。对此，姜亮夫先生也认为"全篇皆就情思立说，皆以可悲作主旨"。在内容上大致与前几篇相同，表达了想要上九天以"游神"并在黎明时分倾听神女歌声的愿望。透露出世间黑白颠倒，作者内心伤悲而欲远游以释愁的心境，但最终他无法忘怀现实，因而便"永思"、"内伤"不已。


　　登九灵兮游神①，静女歌兮微晨②。悲皇丘兮积葛③，众体错兮交纷④。贞枝抑兮枯槁⑤，枉车登兮庆云⑥。感余志兮惨慄⑦，心怆怆兮自怜⑧。


【注释】

①九灵：九天。游神：放散精神，使之畅快。游，舒散，放散。

②静女：神女。微晨：清晨，黎明。

③皇丘：大山。皇，大。丘，土山。葛：一种藤本植物。这里比喻邪

佞小人。

④错交纷：错综、交错、纷杂的意思，三者意义大体相近。

⑤贞：正,直。枯槁：枯萎。

⑥枉车：这里当是形容车驾的邪恶不正,也是就奸邪小人而言的。枉,弯曲,不正。庆云：祥瑞之气。这里比喻尊贵显赫的地位。

⑦惨慄：悲痛的样子。

⑧怆怆：忧伤的样子。

**【译文】**

登上九天啊舒放精神,神女歌唱啊清晨时分。悲叹大山啊长满葛草,众多枝叶啊交错纠纷。正直枝条啊受压枯萎,邪恶车驾啊尊贵显赫。想起这些啊令我悲痛,心中忧伤啊独自哀怜。


驾玄螭兮北征,向吾路兮葱岭。连五宿兮建旄①,扬氛气兮为旌②。历广漠兮驰骛③,览中国兮冥冥④。玄武步兮水母⑤,与吾期兮南荣⑥。登华盖兮乘阳⑦,聊逍遥兮播光⑧。抽库娄兮酌醴⑨,援瓟瓜兮接粮⑩。毕休息兮远逝,发玉轫兮西行⑪。


**【注释】**

①五宿：天上的五个星宿,或指金、木、水、火、土五星而言。旄(máo)：古代用牦牛尾在旗杆上做装饰的旗子。

②氛气：云气。

③广漠：这里指广阔的空间。广与漠都是广大、广阔的意思。

④中国：古代华夏民族认为自己得居天下之正中,故自称本民族所居国土为"中国",以与"四夷"相对。冥冥：幽暗。

⑤玄武：北方之神,其形为龟,或以为水神。水母：大约也是水神名。

⑥期：约会。南荣：南方。

⑦华盖：一组星群名。洪兴祖《楚辞补注》："《大象赋》云：'华盖于是乎临映。'"乘阳：登阳，上天的意思。乘，登。

⑧播光：或是"瑶光"之误，指北斗第七星。

⑨抽：引，持取。库娄：星名，形似斟酒器皿。酌：斟酒。醴(lǐ)：一种甜酒。

⑩匏(páo)瓜：本果蔬名，这里是星名。

⑪发玉轫：启程。轫，阻碍车轮滚动的木头。

**【译文】**

　　驾乘黑色螭龙啊向北行进，我的道路指向啊葱岭之山。连接五大星宿啊树立大旗，扬起云气啊作我旌旗。穿过辽阔之地啊驰骋如风，看到下土之地啊暗昧不明。天上神龟前来啊还有水母，和我约好啊南方相见。登上华盖群星啊来到天上，姑且逍遥游荡啊北斗瑶光星。持取库娄群星啊斟满酒浆，援取匏瓜之星啊作为粮食。休息完毕啊我将远走而去，驱车出发啊我要启行西方。

　　惟时俗兮疾正①，弗可久兮此方②。寤辟摽兮永思③，心怫郁兮内伤④。

**【注释】**

①惟：思。疾正：憎恶正直之人。

②方：地，地方。

③辟摽(pì biào)：拍打胸部。辟，字又作"擗"，拍胸。摽，拍、打、击的意思。

④怫(fú)郁：忧郁，心情不舒畅。

**【译文】**

　　想起时俗啊憎恶正直之人，不可久留啊在此混浊之地。醒来捶胸顿足啊愁绪绵长，心中忧思郁结啊肝肠寸断。

# 陶　雍

## 【题解】

《陶雍》之"陶"即郁陶，心中忧闷的意思；"雍"是雍堵，滞塞之意。若心中忧闷，思绪万千，愁肠百结，自然其思理亦是滞塞不通的。之所以如此，是因为"时俗兮溷乱"、"九州兮靡君"，此时此景下，贤智之士自然遭排挤而无用武之地——这就是"陶雍"的大体涵义。

本篇共分三部分，依次描绘了作者因时俗混乱黑暗而倍感惆怅，于是奋翼高飞，追寻理想；接着描述了主人公神游天庭仙界的历程；但终因云雾弥漫，尘土飞扬，车驾无法继续前行而不得不在阳城屋舍中暂作歇息。最后，长期的驰骋奔波令他面色憔悴，筋疲力尽。或许是因为天上仙气的沾濡，或许是因为天帝的指点，其思理依然畅达明澈，于是借此小憩之际反躬自省，抚今追昔，将尧舜黄金时代与当今社会相比较，形成强烈反差，从而寄托情怀。最后以思君伤时作结。

　　览杳杳兮世惟<sup>①</sup>，余惆怅兮何归？伤时俗兮溷乱<sup>②</sup>，将奋翼兮高飞<sup>③</sup>。

## 【注释】

①杳杳：昏暗，这里就世俗而言。惟：洪兴祖引一本作"维"，当从之。纲纪、法纪的意思。

②溷（hùn）乱：混乱。

③奋：振羽展翅。

**【译文】**

　　看那世道纲纪啊昏聩暗昧，我的心中惆怅啊哪里是我的归程？感伤当今风气啊混乱污浊，我将振翅翱翔啊远走高飞。

　　驾八龙兮连蜷①，建虹旌兮威夷②。观中宇兮浩浩③，纷翼翼兮上跻④。浮溺水兮舒光⑤，淹低徊兮京涟⑥。屯余车兮索友⑦，睹皇公兮问师⑧。道莫贵兮归真，羡余术兮可夷⑨。吾乃逝兮南娭⑩，道幽路兮九疑⑪。越炎火兮万里，过万首兮嶷嶷⑫。济江海兮蝉蜕⑬，绝北梁兮永辞⑭。浮云郁兮昼昏⑮，霾土忽兮塺塺⑯。

**【注释】**

①连蜷(quán)：弯曲，卷曲。

②威夷：即委移(又作逶移、逶蛇、委蛇等)，形容旌旗随风飘扬、舒卷自如的样子。

③中宇：天下。浩浩：广大的样子。

④纷：美盛。翼翼：形容疾起高飞的样子。跻(jī)：登，升。

⑤溺水：水名。舒光：散发光芒。

⑥低徊：徘徊不前。京涟(chí)：水中陆地。京，高大。

⑦屯：聚集。索：求索，寻找。

⑧皇公：天帝。问师：询问，请教。

⑨夷：喜悦。

⑩娭(xī)：游戏。

⑪道：取道、经过。九疑：即九嶷，山名，位于湖南宁远境内。传说舜葬于此。

⑫万首：指海中众多岛屿。嶷嶷(yí)：高大，高峻。嶷，字又作"嶷"。

⑬蝉蜕(tuì)：解散形体,魂离形骸而仙去,从而得到解脱。

⑭绝：渡过。梁：桥梁。《说文·木部》："梁,水桥也。"河梁为送别之地,故曰"永辞"。

⑮郁：这里指云气蕴积而浓厚。

⑯霾(mái)：尘土。忽：形容尘土飞扬而使空气混浊,视线模糊的样子。塺塺(méi)：塺,《说文·土部》："尘也。"这里形容尘土飞扬的样子。

**【译文】**

　　驾着八条飞龙啊盘旋而上,竖起彩虹旌旗啊随风飘扬。看那天下啊广大无际,疾起高飞啊向上升腾。飘浮溺水之上啊散发光芒,暂且停留不前啊高大岛屿。集合我的车马啊求索挚友,看到天帝皇公啊向他请教。他说："大道最可贵处啊在于返璞归真,欣美我的道术啊令人喜悦。"于是我又前往啊南方嬉戏,取道幽暗小径啊在那神山九嶷。越过冲天火焰啊绵延万里,经过万座海岛啊巍峨险峻。横渡长江大海啊蝉蜕解脱,穿越北面桥梁啊永别长辞。浮云蕴积浓厚啊白昼幽晦,尘土混浊啊到处飞扬。

　　息阳城兮广夏①,衰色冈兮中怠②。意晓阳兮燎寤③,乃自诼兮在兹④。思尧舜兮袭兴⑤,幸咎繇兮获谋⑥。悲九州兮靡君⑦,抚轼叹兮作诗⑧。

**【注释】**

①阳城：古籍中提及"阳城"这一地名者颇多,如夏朝都城——阳城,即今河南登封。此处之阳城或即《文选·宋玉〈登徒子好色赋〉》"嫣然一笑,惑阳城,迷下蔡"之"阳城",乃楚地名。广夏：大屋子。

②冈：忧伤,失志。怠：这里指精神疲倦、懈怠。

③晓阳："阳",当读为"畅",晓畅即通达、明白之义。燎(liǎo)寤：了
　悟,明白。

④诊(zhěn)：省视,察看。

⑤袭：相继,因袭。兴：兴起。

⑥谋：谋划,考虑。

⑦九州：天下,指当时中国疆域。靡：无,没有。

⑧轼：古代车箱前供立乘者凭扶的横木。

**【译文】**

　　我停歇在阳城啊大屋子中,容颜衰老忧伤啊精神懈怠。心中依然清楚啊明白事理,于是自我内省啊就在此地。想到圣王尧舜啊相继代兴,有幸得到咎繇啊出谋划策。悲叹天下啊没有明君,凭靠车轼叹息啊赋诗以表心。

# 株　昭

**【题解】**

　　《株昭》之"株"借为诛,是责让,诛除的意思;"昭"原意为显明,显达,这里指仕宦显达之人。《株昭》中的显达之人在作者看来皆是奸邪小人,而真正的君子则沉沦下僚,空有才志,无法施展。

　　本篇以"悲哉于嗟兮,心内切磋"领引全篇,笔势突兀,仿佛乐曲引子部分的强音。一声长叹之后便将心事娓娓道来,原来作者是为世道人心的黑白颠倒、贤愚不分而忧虑。紧接着主人公驾虹乘云气神游于天地间,从极乐世界回望世俗社会,自会觉得彼方秽浊不堪,纲纪败坏,于是主人公决定携佩而远逝。然而,作者虽有离开的想法,但对国家、君王的深切挂念和依恋之情,令他内心矛盾重重,最终"涕流滂沱",悲痛欲绝。

悲哉于嗟兮<sup>①</sup>，心内切磋<sup>②</sup>。款冬而生兮<sup>③</sup>，凋彼叶柯<sup>④</sup>。瓦砾进宝兮<sup>⑤</sup>，捐弃随和<sup>⑥</sup>。铅刀厉御兮<sup>⑦</sup>，顿弃太阿<sup>⑧</sup>。骥垂两耳兮，中坂蹉跎<sup>⑨</sup>。蹇驴服驾兮<sup>⑩</sup>，无用日多<sup>⑪</sup>。修洁处幽兮<sup>⑫</sup>，贵宠沙劘<sup>⑬</sup>。凤皇不翔兮，鹁鹋飞扬<sup>⑭</sup>。

**【注释】**

①于(xū)嗟：即"吁嗟"，叹息，叹气。

②切磋：这里指心中如切如磋，如此则自然绞痛难当，引申即悲痛的意思。打磨骨器叫切，打磨象牙叫磋。

③款冬：植物名。菊科，多年生草本。冬季花茎先于叶出现。这里喻指小人。

④柯：草木枝茎。

⑤砾：小石子。

⑥捐：丢弃。随和：即随侯珠、和氏璧，都是宝物的名称。随，一作"隋"。

⑦铅刀：钝刀，比喻不肖之徒。厉御：受重用而居高位。厉，《广雅·释诂四》："高也。"御，进用。

⑧顿：舍弃，废弃。太阿：利剑名。

⑨中坂(bǎn)：半山坡。坂，山坡。蹉跎(cuō tuó)：失足跌倒。

⑩蹇(jiǎn)驴：跛脚的驴。服：古代一车驾四马，居中的两匹叫服。

⑪无用日多：无用之人而被任用者日益增多。

⑫修：修饰美好的意思，这里指美善之人。

⑬沙劘(mó)：微小，细小。

⑭鹁鹋：都是小鸟名，这里喻指小人。

**【译文】**

我心伤悲长长叹息啊，痛彻心扉如同刀绞。小草款冬竟然生长啊，草木枝茎却已凋谢。瓦块石头视如珍宝啊，宝珠玉璧被丢在一旁。迟钝铅刀受到重用啊,丢弃废置利剑太阿。良马默默低垂两耳啊,半山坡上失足跌倒。瘸腿毛驴拉起大车啊,无能庸人日益增多。清白美好者靠边站啊,委琐小人尊贵得宠。凤凰神鸟无法翱翔啊,鹌鹑小雀飞扬喧嚣。

乘虹骖蜺兮<sup>①</sup>,载云变化<sup>②</sup>。鹪鹏开路兮<sup>③</sup>,后属青蛇<sup>④</sup>。步骤桂林兮<sup>⑤</sup>,超骧卷阿<sup>⑥</sup>。丘陵翔舞兮<sup>⑦</sup>,溪谷悲歌。神章灵篇兮<sup>⑧</sup>,赴曲相和<sup>⑨</sup>。余私娱兹兮,孰哉复加<sup>⑩</sup>。

**【注释】**

①骖(cān):乘,驾驭。蜺(ní):雌虹。即"霓"。

②载:乘,乘坐。

③鹪鹏(jiāo míng):神鸟,或即凤。

④属(zhǔ):跟随。

⑤步骤:这里泛指驱驰。步,行走,有缓慢的意味。

⑥超骧:奔驰,穿越。超,越过,骧,奔驰,腾跃。卷阿(ē):蜿蜒曲折的大山。卷,弯曲。阿,大山。

⑦陵:大土山。

⑧神章灵篇:这里指歌曲而言。

⑨赴:应和,顺应。

⑩孰哉复加:还有什么可以再加于其上,比它更好呢? 孰,何,什么。复加,达到顶点,没有什么可以再加于其上。

**【译文】**

驾起彩虹以蜺为骖马啊,乘坐云气变化无穷。鹪鹏神鸟在前开路啊,侍卫青蛇紧紧跟随。朝着桂树之林驱驰啊,快速穿越蜿蜒曲折的山峦。丘陵土山翩翩起舞啊,山谷溪流慷慨悲歌。歌声舞姿美妙无比啊,丝竹并奏相互应和。我私下里感到愉悦啊,还有什么能让人感到比这更愉悦呢?

还顾世俗兮,坏败罔罗①。卷佩将逝兮,涕流滂沱②。

【注释】

①罔罗:这里喻指法度纲纪。罔,同"网",用绳线织成的捕鱼或捕鸟兽的工具。罗,一种捕鸟的网。

②滂沱(pāng tuó):即"滂沱",形容泪流满面的样子。

【译文】

回头看那世俗啊,败坏法度纲纪。收拾行装我将离去啊,泪流满面伤心欲绝。

乱曰:皇门开兮照下土①,株秽除兮兰芷睹②。四佞放兮后得禹③,圣舜摄兮昭尧绪④,孰能若兮愿为辅。

【注释】

①皇门:君王之门。

②株秽:污秽、腐败的草木,这里喻指奸邪小人。株,本指露出地面的树根、树干或树桩,又泛指草木。

③四佞(nìng):即共工、驩兜、三苗、鲧,传说是尧时的四个佞臣。放:驱逐,流放。

④摄:执政。昭:这里彰明、显扬、发扬光大的意思。绪:事业,基业。

【译文】

乱辞说:君王之门大开啊照耀四方大地,铲除烂腐恶草啊满目香草兰芷。四大佞臣被放逐啊然后得到大禹,圣明舜帝执政啊光大尧帝事业,谁能像那尧舜啊我愿意辅佐他。

# 九　叹

【题解】

　　本篇作者刘向(约前77—前6),西汉经学家、目录学家、文学家。本名更生,字子政,沛(今江苏沛县)人,汉皇族楚元王(刘交)四世孙。博古敏达,汉宣帝时曾任散骑谏大夫,汉元帝时擢为宗正等。他用阴阳灾异推论时政得失,并因屡次上书弹劾外戚专权,为权贵所恶,两次下狱,被废十余年。汉成帝时复得进用,更名向,任光禄大夫,终中垒校尉。刘向曾受诏校阅群书,为保存整理古代文献做出巨大贡献。他撰成《别录》,为我国目录学之祖;还作有辞赋三十三篇,但大部分已亡佚。刘向校书时,辑录《楚辞》十六卷,其末即为其所作《九叹》。《九叹》全诗由九个短篇组成,由于每篇都以“叹曰”作结,故总题为“九叹”。据王逸《楚辞章句》说,刘向为“追念屈原忠信之节,故作《九叹》。叹者,伤也,息也。”就是说,“叹”是叹息的意思,表示感伤。同时,“叹”还有一个意思是指歌尾曳声以相助。因此“叹曰”也相当于“乱曰”,是音乐的尾声,诗章的结语。

　　作品主要以屈原的口吻叙述和感慨了他在政治上的遭遇,表达了作者对屈原忠君爱国却遭贬殉身命运的悲愤。其中,首篇《逢纷》以概述屈原身世、名字、德操为开篇,自诉其空怀美德而不为世所容的苦闷,以及被楚王放逐以后,自己思君、念国、怀乡的情感,从而为全诗主题确立了基调。接着,《离世》、《怨思》、《远逝》三篇便开始了抒写屈原忠不见用的苦闷和对祖国家乡的眷恋之情,进一步倾诉了他的怨愤和不满。《惜贤》则是结合屈原《离骚》的思想内容来表达对他不平遭遇的愤慨和惋惜。《忧苦》表现了屈原放逐异乡的凄苦,从中蕴含了怀国之情和去国之恨。《愍命》、《思古》则写出了作者对屈原忠而被谤、放逐孤苦的同情。末篇以《远游》作结,用浪漫主义的手法,瑰丽多彩的诗句,描述了屈原上天入地的神游,以及"欲与天地参寿兮,与日月而比荣"的思想,表现了屈原执著求索真理的精神。

# 逢　纷

## 【题解】

　　"逢纷"即遭逢纷乱浊世之意。本篇起笔便摹拟《离骚》开头一段的笔调,追溯屈原的血脉渊源,显示其高贵的出身、美好的德行,并认为其名号、品格能与天地列星相齐同等,这突显了他极高的自我期许和尊崇的自我人格。然而,如此高洁的人却生于浊世,为昏君、庸众、谗佞之徒所不容,以致遭黜而志不得申。于是他在怅然失意中,或行吟泽畔,或驾车远走高飞。但当他登上逢龙山眺望故都时,其思念故乡之情陡然升起,于是他更加苦闷、伤感、失落,以至于形容枯槁、衣衫褴褛、身心俱疲,陷入精神困境之中。

　　伊伯庸之末胄兮[1],谅皇直之屈原[2]。云余肇祖于高阳兮[3],惟楚怀之婵连[4]。原生受命于贞节兮[5],鸿永路有嘉名[6]。齐名字于天地兮,并光明于列星。吸精粹而吐氛浊兮[7],横邪世而不取容。行叩诚而不阿兮[8],遂见排而逢谗⑨。后听虚而黜实兮⑩,不吾理而顺情。肠愤悁而含怒兮⑪,志迁蹇而左倾⑫。心愡慌其不我与兮⑬,躬速速其不吾亲⑭。辞灵修而陨志兮⑮,吟泽畔之江滨。椒桂罗以颠覆兮⑯,有竭信而归诚。谗夫蔼蔼而漫著兮⑰,曷其不舒予情⑱。

**【注释】**

①伊:句首语气词。伯庸:即见于《世本》和《史记·楚世家》的句亶王熊伯庸,是熊渠的长子,屈氏受姓之祖。末胄(zhòu):后裔,子孙。

②谅:信,确实。皇:美大。

③云:句首语气词。肇(zhào)祖:始祖。高阳:相传是颛顼帝的别号。

④婵连:族亲相连。屈原与楚王同姓,同为颛顼高阳氏的后代。

⑤原:屈原。贞节:坚贞的德操。贞,正。节,节度。

⑥鸿永路:前途远大。

⑦精粹:天地间精粹之气。氛浊:恶浊污秽之气。

⑧叩诚:真诚,忠诚。阿(ē):曲从,阿谀,迎合。

⑨见排:被排挤。见,被。逢谗:遭受诽谤。

⑩后:君王。听虚:听信假话、空话。虚,空话,假话。黜实:贬斥诚实的人。

⑪愤悁(yuān):愤恨。愤,怒;悁,怨怒。

⑫迁蹇(jiǎn):形容心思展转不定。左倾:意志颓丧不振。左,卑,下。倾,破灭。

⑬愡(tǎng)慌:恍惚,失意,内心忧伤。与:亲近,信任。读如《诗·小雅·谷风》"维予与女"之"与"。

⑭速速:不亲近的样子。

⑮陨志:失意。

⑯罗:"罹"的假借字,遭遇。颠覆:跌倒,败坏。

⑰蔼蔼:众多。漫著:打击别人,抬高自己。漫,污。著,夸耀。

⑱舒:本义为伸展,引申为抒发、表明的意思。

**【译文】**

伯庸的后代子孙啊,就是我诚信正直的屈原。我的始祖是古帝高阳啊,楚怀王与我族亲相连。屈原我秉承坚贞德操降生啊,前途远大被赐予美好姓名。我的名字与天地相齐啊,光辉明亮像天上群星。吸饮天地精粹之气吐出混浊气啊,虽身处邪恶之世却不混同俗流。待人真诚但不阿谀啊,于是遭到诽谤受到排挤。君王听信谗佞贬斥忠臣啊,不理睬我却顺应小人虚情。我满腔怒火义愤填膺啊,意志颓丧不振。内心忧伤君王对我不信任啊,苦恼君王对我不亲近。告别了君王怅然失意啊,只好吟唱于湖畔江滨。椒桂即使遭遇厄运啊,仍竭尽忠信向往真诚。众多谗人纷纷抬高自己贬低别人啊,为何不让我表明心志?

始结言于庙堂兮①,信中途而叛之。怀兰蕙与衡芷兮,行中壁而散之②。声哀哀而怀高丘兮③,心愁愁而思旧邦。愿承闲而自恃兮④,径淫曀而道壅⑤。颜徽黧以沮败兮⑥,精越裂而衰耄⑦。裳襜襜而含风兮⑧,衣纳纳而掩露⑨。赴江湘之湍流兮,顺波凑而下降⑩。徐徘徊于山阿兮,飘风来之泂泂⑪。驰余车兮玄石⑫,步余马兮洞庭。平明发兮苍梧⑬,夕投宿兮石城⑭。芙蓉盖而菱华车兮⑮,紫贝阙而玉堂⑯。薜荔饰而陆离荐兮⑰,鱼鳞衣而白蜺裳。登逢龙而下陨兮⑱,违故都之漫漫。思南郢之旧俗兮⑲,肠一夕而九运。扬流波之潢潢兮⑳,体溶溶而东回㉑。心怊怅以永思兮㉒,意晻晻而日颓㉓。白露纷以涂涂兮㉔,秋风浏以萧萧㉕。身永流而不还兮,魂长逝而常愁。

**【注释】**

①结言:约定,约好。

②中壄:荒野中。壄,同"野"。

③高丘:高山,这里比喻楚国都城和朝廷。

④承闲:趁空闲的机会。自恃:自信有竭智尽忠的机会。

⑤径:小道。淫暟(yì):暗昧,昏暗不明。

⑥黴黧(méi lí):形容脸色黑。沮:坏,败,这里形容气色差。

⑦精越裂:精神上灰心失意。衰耄(mào):衰老。耄,年老。

⑧襜襜(chān):形容衣服迎风飘动。

⑨纳纳:形容衣服被濡湿。掩:遍及,尽。

⑩波凑:聚集的波涛。凑,聚集。

⑪飘风:旋风。洶洶:这里形容风很大。

⑫玄石:山名。王逸《楚辞章句》:"玄石,山名。"

⑬平明:天刚亮的时候。苍梧:山名,即九嶷山,位于今湖南宁远
　　境内。

⑭石城:山名。

⑮薐(líng):通"菱",水生植物,生水中,浮水面,夏日开花。

⑯阙:皇宫前面两边的楼台,中间有道路。

⑰陆离:王逸《楚辞章句》认为:"陆离,美玉也。"一作香草解。荐:
　　卧席。

⑱逢龙:山名。下隕:这里指从上往下看。隕,本义向下落。

⑲南郢:即郢都。

⑳潢潢(huàng):深广。

㉑溶溶:波浪翻滚。

㉒怊怅：惆怅。

㉓晻晻(yǎn)：抑郁愁苦。

㉔涂涂：浓厚。

㉕浏：形容风很快吹过。

**【译文】**

当初君王与我曾在庙堂约定啊，如今却随意在中途毁弃前言。怀抱兰蕙衡芷啊，只好将它们抛散在荒野中。叹息悲鸣怀念朝廷啊，内心愁闷思念郢都。本想等待时机竭智尽忠啊，怎奈前途昏暗道路阻塞。我面色黧黑气色不佳啊，精神上灰心失意日渐衰老。阵阵寒风吹动下裳啊，浓浓霜露沾湿上衣。在湘水急流中航行啊，乘着滚滚波涛顺流而下。来到山谷徘徊不前啊，迅猛旋风来势汹汹。我的车马向着玄石山奔去啊，来到洞庭边暂作休息。黎明从苍梧山出发啊，傍晚投宿在石城。荷花作盖菱花作车啊，紫贝砌楼台白玉铺堂厅。薜荔作装饰香草作卧席啊，鱼鳞一样美丽的上衣洁白的裙裳。登上逢龙山向下眺望啊，离开故国道路多么漫长。想起郢都的风物习俗啊，愁肠一夜九转。江水深广扬起波浪啊，波涛翻滚送我到达东方。内心惆怅长久思虑啊，精神抑郁一天天地颓唐。茫茫白露纷纷下降啊，秋风峻急很快吹过。身随江水长流不还啊，灵魂远去常常忧愁。

叹曰：譬彼流水，纷扬磕兮①。波逢洶涌，溃滂沛兮②。揄扬涤荡③，漂流陨往④，触崟石兮⑤。龙邛脟圈⑥，缭戾宛转，阻相薄兮。遭纷逢凶，蹇离尤兮。垂文扬采⑦，遗将来兮⑧。

**【注释】**

①磕(kē)：水石撞击发出的声音。

②濆(pēn)：水波涌起。滂沛：形容水势浩大，波澜壮阔。

③揄扬：挥扬，扬起。涤荡：动摇，动荡。

④陨：下落。往：前往，前行。

⑤鉴(yín)石：尖锐、锐利的石头。

⑥龙邛(qióng)：大约是形容水流回旋搏击而不顺畅的样子。㬟
　(luán)圈：即"缭戾"，纠结缠绕，形容流水回旋搏击的样子。

⑦垂文：流传文章。扬采：与"垂文"互文见义，张扬文采。

⑧遗(wèi)：赠与，给与。

【译文】

乱辞说：就像流水，浪花飞溅撞击巨石啊。风卷巨浪汹涌澎湃，水波涌起波澜壮阔啊。水花飞溅江流激荡，飘流不已奔向前方，猛烈撞击尖锐山石啊。洪流回旋搏击，盘旋缠绕，终被阻挡啊。遇到祸患灾殃，遭受罪过诽谤啊。挥笔写下美丽篇章，赠与后人体会我的思虑啊。

# 离　世

【题解】

《离世》倾诉了屈原忠心正直却不被理解和任用的苦闷以及放逐多年仍深怀对故国家乡的思恋和对国事的忧患。本篇起笔以五个"灵怀"连贯而下，形成一股飞流直下的行文气势，以急切的呼告，表达了对怀王听信谗言、疏远自己的满腔愤懑。为了证明自己的忠贞和正直，作者援引天地、四时、日月、招摇、师旷、咎繇等来作佐证。之后迤逦叙及自己从小正道而行、志节忠纯，然而举世混浊我独清，终究为世俗所不容的事实；而国家也在昏君群小的手中日益倾危。最后，写屈原遭放逐而离开郢都，沿水路经过汨罗、沅湘而南下的行程及一路上的所思所想，倾诉了内心的苦闷和对祖国的眷恋。

灵怀其不吾知兮<sup>①</sup>，灵怀其不吾闻。就灵怀之皇祖兮<sup>②</sup>，愬灵怀之鬼神<sup>③</sup>。灵怀曾不吾与兮<sup>④</sup>，即听夫人之谀辞<sup>⑤</sup>。余辞上参于天墬兮<sup>⑥</sup>，旁引之于四时。指日月使延照兮<sup>⑦</sup>，抚招摇以质正<sup>⑧</sup>。立师旷俾端词兮<sup>⑨</sup>，命咎繇使并听<sup>⑩</sup>。兆出名曰正则兮<sup>⑪</sup>，卦发字曰灵均<sup>⑫</sup>。余幼既有此鸿节兮<sup>⑬</sup>，长愈固而弥纯。不从俗而诐行兮<sup>⑭</sup>，直躬指而信志<sup>⑮</sup>。不枉绳以追曲兮<sup>⑯</sup>，屈情素以从事<sup>⑰</sup>。端余行其如玉兮，述皇舆之踵迹<sup>⑱</sup>。群阿容以晦光兮<sup>⑲</sup>，皇舆覆以幽辟<sup>⑳</sup>。舆中途以回畔兮<sup>㉑</sup>，驷马惊而横犇。执组者不能制兮<sup>㉒</sup>，必折轭而摧辕<sup>㉓</sup>。断镳衔以驰骛兮<sup>㉔</sup>，暮去次而敢止<sup>㉕</sup>。路荡荡其无人兮<sup>㉖</sup>，遂不御乎千里<sup>㉗</sup>。

**【注释】**

①灵怀：指楚怀王。因屈赋中称楚王为"灵修"，所以刘向称楚怀王为"灵怀"。

②就：趋，趋向。皇祖：君主的祖父或远祖。

③愬(sù)：同"诉"，诉说，告诉。

④与：用。

⑤即：就，接近，靠近。

⑥参：合，配合。天墬(dì)：天地。墬，同"地"。

⑦延：长期，永远。照：察知，知晓。

⑧抚：握持。招摇：星名。即北斗第七星摇光。亦借指北斗。质正：评断是非。

⑨立：树立，确定某种地位。师旷：春秋晋国乐师，善于辨音。俾(bǐ)：使。端：正，直。这里作动词用。

⑩咎繇：即皋陶，舜之贤臣。

⑪兆：指古人占卜时烧灼甲骨所呈现的预示吉凶的裂纹。

⑫卦：《周易》中一套有象征意义的符号。以阳爻、阴爻相配合，每卦三爻，组成八卦（即经卦），象征天地间八种基本事物及其阴阳刚柔诸性。发：显现，显露。

⑬鸿节：大节。节，节操。

⑭诐（bì）行：偏邪不正的行为。诐，即"颇"，偏颇，不正。

⑮直：挺直，伸直。躬：身，身体。指：意旨，心志。信：表明。

⑯枉：弯曲。

⑰情素：亦作"情愫"。本指真情，本心。此指向来的志向，一贯的看法。王逸《楚辞章句》作"素志"解。从事：行事，办事。

⑱述：遵循，依照。踵迹：足迹，比喻前人的事业。

⑲阿（ē）容：阿谀。阿，逢迎。容，取悦。晦光：蒙蔽光明，比喻蒙惑人主之耳目。

⑳幽辟：幽僻，昏暗。

㉑回畔：走回头路，即反悔。

㉒执组：指驾驭车马。制：控制，约束。

㉓轭（è）：牛马拉物件时套在脖子上的器具。辕（yuán）：车前驾牲口用的直木。压在车轴上，伸出车舆的前端。

㉔镳（biāo）：马嚼子。骛：驰，乱跑。

㉕次：止宿，停留。敢：不敢，岂敢。

㉖荡荡：空阔，广大。

㉗御：息止，阻止。

**【译文】**

怀王不知道我啊，怀王不了解我。我要向怀王祖先啊，向那些神灵诉说苦闷。怀王本不任用我啊，又听信小人阿谀谗言。我说的话可以上合天地啊，也能够用四时验证。使太阳月亮永远知道我啊，令北斗七星为我评出是非。我的话可请师旷来考察啊，也可叫皋陶一起来倾听。

炙龟求得我的名叫正则啊,卜卦得到我的字是灵均。我小时候已有好的节操啊,长大后更加坚定纯正。从不随波逐流胡作妄行啊,立身正直心志鲜明。不背离正道,追求邪曲啊,违背本心去行事。端正我的行为纯洁如玉啊,遵循先王治国的足迹。众小人阿谀蒙蔽君王啊,使朝廷昏暗国家衰败。车行到半路突然走回头路啊,四马惊惧乱跑狂奔。驾车者不能控制啊,必然折断车辄毁损车辕。嚼子断折马儿乱奔啊,傍晚经过旅舍也不敢停止。道路空阔空无一人啊,车马无羁奔走千里。

身衡陷而下沉兮①,不可获而复登②。不顾身之卑贱兮,惜皇舆之不兴。出国门而端指兮③,冀壹寤而锡还④。哀仆夫之坎毒兮⑤,屡离忧而逢患。九年之中不吾反兮,思彭咸之水游。惜师延之浮渚兮⑥,赴汨罗之长流。遵江曲之逶移兮⑦,触石碕而衡游⑧。波沣沣而扬浇兮⑨,顺长濑之浊流⑩。凌黄沱而下低兮⑪,思还流而复反。玄舆驰而并集兮⑫,身容与而日远。棹舟杭以横沥兮⑬,溢湘流而南极⑭。立江界而长吟兮⑮,愁哀哀而累息⑯。情慌忽以忘归兮⑰,神浮游以高厉⑱。心蜇蜇而怀顾兮⑲,魂眷眷而独逝⑳。

**【注释】**

①衡陷:横陷。横,意外。陷,下陷。

②获:得到,获得。登:加封,升任,得到任用。

③端指:笔直向前。

④壹:一旦,一经。寤:通"悟",醒悟。锡:赐予。

⑤坎毒:愤恨。

⑥师延:商纣时乐师。浮渚:浮在水边,谓投水自尽。渚,水中小块陆地。

⑦江曲：江水曲折处。逶移：犹"逶迤"，曲折绵延。

⑧石碕：亦作"石圻"。曲折的石岸。

⑨沣沣：波浪声。扬浇：水流回旋。

⑩濑：流得很急的水。

⑪凌：乘。黄沱(tuó)：古代长江的别称。

⑫玄：本指玄酒，古代祭祀时当酒用的清水。玄在这里是水的意思。

⑬棹(zhào)：船桨。舟杭：同"舟航"，指船只。沥(lì)：渡水。

⑭溠(jì)：同"济"，渡水。

⑮界：边上的意思，同"介"。

⑯累息：长叹。

⑰慌忽：亦作"慌惚"，迷茫，神志不清。

⑱高厉：上升，高高腾起。厉，在这里是飞扬的意思。

⑲蛩蛩(qióng)：忧虑。

⑳眷眷：形容依依不舍，频频回首的样子。

## 【译文】

我横遭诬陷而沉沦啊，不能重获信任而再被任用。不是顾惜自身卑微啊，只是哀伤楚国不能繁盛。离开郢都笔直向前啊，希望君王一朝醒悟便赐我归还。可怜仆夫为我愤恨啊，悲伤我屡受迫害遭逢祸患。放逐九年不让我回国都啊，想起彭咸投水自尽。痛惜师延浮游濮水之洲，我将投身汨罗洪流。沿着曲折江水绵延前进啊，碰到曲折的石岸转而横走。波涛澎湃水流回旋啊，顺着湍急江水滚滚浊流。乘着长江顺流而下啊，多想逆流而上往回归返。水车飞驰并肩齐进啊，从容而去越走越远。划船航行横渡长江啊，渡过湘水驶向南方。伫立江岸深长地吟唱啊，声声长叹无限悲伤。神情迷茫忘了归路啊，精神浮游高高飞扬。心怀忧愁思君念国啊，灵魂依恋却独自远游。

叹曰:余思旧邦,心依违兮<sup>①</sup>。日暮黄昏,羌幽悲兮。去
郢东迁,余谁慕兮? 谗夫党旅<sup>②</sup>,其以兹故兮。河水淫淫<sup>③</sup>,
情所愿兮。顾瞻郢路,终不返兮。

**【注释】**

①依违:迟疑。

②旅:众人。这里指党人。

③淫淫:形容水流动的样子。

**【译文】**

乱辞说:我思念故国,心中迟疑啊。太阳落山暮色苍茫,我的内心
十分悲伤啊。离开郢都流放东方,谁值得我思慕想望啊? 谗人朋党众
多,这就是为何我遭受祸患啊。河水滔滔东流,我愿像它那样啊。回首
郢都道路漫长,我最终没有返回故国啊。


# 怨　思

**【题解】**

《怨思》即叙写屈原忠不见用、横遭谗害打击的怨忿和惆怅之情。
文章开头即点出自己心情的忧闷、愁怨。由于情绪低落、灰暗,故眼中
所见无不带上忧伤色彩,如"孤子"、"冤雏"、"孤雌"、"鸣鸠"、"玄猿"、
"征夫"、"处妇"等。之后便叙及自己何以心境愁苦,由于现实中命运多
舛,便将目光转向历史层面,思索关龙逄、比干、骊姬的往事,感到是非
不分、黑白颠倒实在是古今同一,最后以比喻手法继续陈说价值标准颠
倒的社会现实。既然现实境况已是如此,又该以何种策略来应对呢?
是"容与以俟时",还是"屈节以从流"? 然而若是等待时机,积极进取,

则又"惧年岁之既晏"，若是改变节操，同流合污，则又"心巩巩而不夷"。既然二者皆不可，于是便只有"浮沅而驰骋"、"下江湘以遭迴"、"长辞远逝"，聊以徘徊娱戏于山水之间了。

　　惟郁郁之忧毒兮①，志坎壈而不违②。身憔悴而考旦兮③，日黄昏而长悲。闵空宇之孤子兮④，哀枯杨之冤鹑⑤。孤雌吟于高墉兮⑥，鸣鸠栖于桑榆。玄蝯失于潜林兮⑦，独偏弃而远放⑧。征夫劳于周行兮⑨，处妇愤而长望⑩。申诚信而罔违兮，情素洁于纽帛⑪。光明齐于日月兮，文采燿于玉石⑫。伤压次而不发兮⑬，思沉抑而不扬。芳懿懿而终败兮⑭，名靡散而不彰⑮。

**【注释】**

①郁郁：忧愁郁闷。忧毒：忧愁病苦。

②坎壈（lǎn）：不平，比喻遭遇不顺利。违：背弃，改变。

③憔悴：忧愁。考旦：直到天亮。考，至，到。

④闵：哀伤，怜念。后多作"悯"。空宇：幽寂的居室。孤子：年少丧父者，或幼无父母者。

⑤冤鹑（chú）：烦冤、冤屈的雏鸟。鹑，同"雏"，幼鸟。

⑥孤雌：失偶的雌鸟。墉（yōng）：城墙。

⑦玄蝯（yuán）：亦作"玄猿"。黑色的猿。潜林：高深的树林。

⑧偏弃：犹言被放逐于偏远之地。

⑨征夫：远行的人。周行：大路。

⑩处妇：指呆在家中的妇女，亦即征夫之妻。处，居处，在家。长望：远望。长，远。

⑪纽：缠结，束，系。

⑫爅：同"耀"。

⑬压次：指因受压抑而心境失常。

⑭懿懿：芳香。

⑮靡散：消散，消失。

**【译文】**

心中忧愁郁闷啊，遭遇不顺也不改初衷。忧愁不安直到天亮啊，从早到晚长久哀伤。怜悯孤儿独处空室啊，哀伤鸩鸟栖息枯杨。失偶雌鸟高墙悲鸣啊，鸣鸠栖息于榆桑。黑猿消失在又密又深的丛林啊，独自被放逐在偏远之地。远行人在路上疲于奔命啊，思妇在家中翘首远望。重申诚信从不背离啊，感情高洁仿佛束帛。美德与日月齐辉啊，文采同美玉争光。可惜受压抑难以宣泄啊，情思遭抑制不能高扬。馥郁芳香最终消散啊，声名消逝无从彰显。

　　背玉门以犇骛兮①，塞离尤而干诟②。若龙逢之沉首兮③，王子比干之逢醢④。念社稷之几危兮⑤，反为雠而见怨⑥。思国家之离沮兮⑦，躬获愆而结难。若青蝇之伪质兮⑧，晋骊姬之反情⑨。恐登阶之逢殆兮⑩，故退伏于末庭⑪。孽臣之号咷兮⑫，本朝芜而不治⑬。犯颜色而触谏兮⑭，反蒙辜而被疑⑮。菀蘼芜与菌若兮⑯，渐藁本于洿渎⑰。淹芳芷于腐井兮⑱，弃鸡骇于筐簏⑲。执棠谿以刺蓬兮⑳，秉干将以割肉㉑。筐泽泻以豹鞹兮㉒，破荆和以继筑㉓。时溷浊犹未清兮㉔，世殽乱犹未察㉕。欲容与以俟时兮㉖，惧年岁之既晏。顾屈节以从流兮，心巩巩而不夷㉗。宁浮沉而驰骋兮，下江湘以邅迴㉘。

## 【注释】

①背：离开。玉门：宫门。犇（bēn）骛：奔驰。

②謇：句首语助词。干诟：自取其辱。干，求，求取。

③龙逢（páng）：亦作"龙逄"，即关龙逢。夏代的贤人，因谏而为桀所杀，后用为忠臣之代称。沉首：被杀害的意思。

④醢（hǎi）：剁成肉酱。

⑤几危：几，也是危的意思。

⑥雠：亦作"仇"，是仇视，仇恨。

⑦离沮：遭到破坏。

⑧青蝇：比喻谗佞小人。伪：改变，变化。

⑨反情：颠倒是非，违反人情。这里指骊姬乱晋之事。

⑩殆：危险。

⑪末：远。

⑫号咷（táo）：喧嚣，呼喊。

⑬本朝：朝廷。古代以朝廷为国之本，故称。

⑭颜色：眉目之间的气色、容色。这里指君王的脸色。颜，指两眉之间，俗称印堂。

⑮辜：罪过，罪责。

⑯菀（yùn）：通"蕴"。蕴积，郁结。蘼（mí）芜：草名。芎䓖的苗，叶有香气。菌若：一种植物的名称。

⑰渐：淹没，浸泡。藁（gǎo）本：香草名。多年生草本植物。叶呈羽状，夏开白花，果实有锐棱，根紫色，可入药。洿渎（wū dú）：小水沟。

⑱淹：沤，浸，渍。腐井：臭水井。

⑲鸡骇（hài）：一种犀牛的名称，这里指犀角名。筐篓（lù）：盛物的竹器。方为筐，高为篓。

⑳棠谿（xī）：亦作"棠溪"。古代一种名贵的宝剑，因出棠溪，故称。

刜（fú）：击，砍。

㉑秉：持，执。干将：古剑名。代指宝剑。

㉒筐：盛满，装满。泽泻：多年生草本植物。叶椭圆形，开白色小花。块茎可入药，为利尿剂。豹鞹（kuò）：豹皮制成的革。

㉓荆和：指楚国的和氏璧。筑：捣土的杵。

㉔溷（hùn）浊：混浊。

㉕縠乱：混淆，混乱。縠，也是乱的意思。察：清楚，明白。

㉖俟（sì）：等待。

㉗巩巩（gǒng）：忧惧。不夷：不快、不安。夷，快乐。

㉘邅廻：徘徊，不进。

**【译文】**

　　离开宫阙奔驰而去啊，是由于遭到打击自取其辱。如同龙逄劝桀反被斩首啊，比干劝纣惨遭杀戮。担心国运危在旦夕啊，反成仇敌被人怨恨。忧虑国家遭到破坏啊，我反获罪而遭受灾难。谗人颠倒黑白好比青蝇啊，又如晋国骊姬违反人情。怕接近君王遭逢祸患啊，所以在远处退身隐世。佞臣贼子大声喧嚣啊，朝廷混乱无人治理。我触犯君颜直言劝谏啊，反蒙罪受到猜忌。蘼芜菌若胡乱堆积啊，薰本浸泡在脏水沟里。芬芳白芷沤在臭水井啊，珍贵犀角丢进竹器。用棠溪利剑去砍蓬蒿啊，持干将宝剑作刀割肉。豹皮口袋装满恶草啊，捣土大杵打烂玉璧。时世混浊是非不清啊，世道混乱好坏不明。想悠闲自得等待时机啊，又担心年势已经衰颓。想改变节操随从流俗啊，但心中忧惧很不乐意。宁到沅水之上浮游驰骋啊，下到长江湘水徘徊游戏。


　　叹曰：山中槛槛①，余伤怀兮。征夫皇皇②，其孰依兮。经营原野③，杳冥冥兮。乘骐骋骥，舒吾情兮。归骸旧邦，莫谁语兮。长辞远逝④，乘湘去兮。

【注释】

①槛槛(jiàn)：车行驶中发出的声音。

②皇皇：同"惶惶"，恐惧不安。

③经营：周旋往来。

④逝：去，往。

【译文】

乱辞说：山里车声辚辚作响，我心情苦闷又忧伤啊。路上远行人惶恐不安，他往何处寻求依靠啊。在原野上周旋往来，只见大地一片苍茫啊。骑上骏马尽情驰骋，暂使心情得以宣泄啊。死后尸骨想归故国，此情此语却向谁倾诉啊？永别楚国从此离去，乘上湘水漂流远方啊。

# 远　逝

【题解】

《远逝》同《怨思》一样，以愁怀起笔。点出"愁"意之后，作者便将笔锋一转而及于消愁、解愁的话题。全篇叙写了屈原空怀理想与德才，却不被楚王信任，遭受去国离家、放逐江南的厄运。在内容安排上，作者摹拟《惜诵》的笔法，召集了"上皇"、"五岳"、"八灵"、"九魁"、"六神"、"列宿"、"五帝"、"北斗"、"太一"等多方神灵，向神灵们倾诉心事，让神灵们为其导泄忧思。于是神灵们教之以神仙家之道，令其从此飞升羽化，远走高飞。

志隐隐而郁怫兮①，愁独哀而冤结②。肠纷纭以缭转兮③，涕渐渐其若屑④。情慨慨而长怀兮⑤，信上皇而质正⑥。合五岳与八灵兮⑦，讯九魁与六神⑧。指列宿以白情兮⑨，诉五帝以置词⑩。北斗为我折中兮⑪,太一为余听之⑫。云服阴阳之正道兮⑬,御后土之中和⑭。佩苍龙之蚴虬兮⑮,带隐虹之逶蛇⑯。曳彗星之皓旰兮⑰,抚朱爵与鹓雏⑱。游清灵之飒戾兮⑲,服云衣之披披⑳。杖玉华与朱旗兮㉑,垂明月之玄珠㉒。举霓旌之蟺翳兮㉓,建黄缭之总旄㉔。躬纯粹而罔愆兮㉕,承皇考之妙仪㉖。

**【注释】**

①隐隐:忧愁。郁怫:犹"郁悒",愁闷不舒畅。

②冤结:忧思郁结。

③纷纭:杂乱。缭转:回环旋转,环绕。

④涕:眼泪。渐渐:形容眼泪流淌的样子。屑:碎末。这里形容眼泪如木屑层出不穷。

⑤慨慨:感叹、叹息的样子。长怀:遐想,悠思。

⑥信:通"申",申明,申诉。质正:求人评定是非。

⑦合:会集,聚合。五岳:我国五大名山的总称。古书中记述略有不同,一般指东岳泰山、南岳衡山、西岳华山、北岳恒山、中岳嵩山。八灵:八方之神。

⑧讯:询问。九魓(qí):北斗九星。魓,星名。六神:六宗之神。

⑨白情:诉说衷情。白,表明,陈述。

⑩置词:陈词,措词。

⑪折中:亦作"折衷",调节,使适中。

⑫太一:亦作"太乙"。星名。即帝星。又名北极二。因离北极星最近,故隋唐以前文献多以之为北极星。

⑬服:实行,施行。

⑭御:使用,应用。中和:中庸之道的主要内涵。

⑮蚴虬(qiú)：形容蛟龙屈折行动的样子。

⑯隐：长，大。透蛇(yí)：即"逶迤"，形容长虹弯弯曲曲延续不断的样子。

⑰曳：牵引，拖。皓旰(hào hàn)：明亮。

⑱朱爵(què)：即朱雀。爵，通"雀"，一种神鸟。鵕鸃(jùn yí)：神俊之鸟。

⑲清灵：天庭。飒戾：凉爽的样子。

⑳云衣：以云气为衣。披披：长而飘动的样子。

㉑玉华："华"字一本作"策"，当从之。玉策即玉制的鞭子或佩以玉饰的鞭子。

㉒明月之玄珠：即明月珠，又叫夜光珠。传说中夜间能发光的宝珠，因珠光晶莹似月光，故名。

㉓霓旌：以云霞为旗帜。蝃蠔(dì yì)：隐蔽。

㉔黄纁(xūn)：赤黄色。总：聚合，汇集。旄：古代用牦牛尾做竿饰的旗子。

㉕愆(qiān)：罪过，过失。

㉖妙仪：美好的法则，高妙的法度。

【译文】

心中满怀忧愁难以舒畅啊，独自哀伤忧思郁结。心乱如麻愁肠环转啊，眼泪流淌不断悲泣。感慨叹息长久遐想啊，欲向上皇申诉，讨得是非公道。请五岳八方之神会合啊，向九星六宗之神询问。指着二十八宿表白心意啊，向五方之帝倾诉陈词。北斗星为我调节啊，太一星为我听辩正误。群神劝我施行正道啊，应用大地般的中和真谛。行为要像苍龙屈折行动啊，意志要像长虹连绵云际。牵引天上明亮彗星啊，抚摩神鸟朱雀与鵕鸃。遨游高远清凉的天庭啊，身穿飘飘的五彩云衣。手持玉鞭和朱红旌旗啊，佩带明月珠光彩熠熠。举起云霓旗遮蔽天日啊，树起赤黄大旗。我品行纯正没有过失啊，承袭先祖美好的法度。

惜往事之不合兮，横汨罗而下沥①。篜隆波而南渡兮②，逐江湘之顺流。赴阳侯之潢洋兮③，下石濑而登洲④。陵魁堆以蔽视兮⑤，云冥冥而暗前⑥。山峻高以无垠兮，遂曾闳而迫身⑦。雪雰雰而薄木兮⑧，云霏霏而陨集⑨。阜隘狭而幽险兮⑩，石参嵯以翳日⑪。悲故乡而发忿兮，去余邦之弥久。背龙门而入河兮⑫，登大坟而望夏首⑬。横舟航而渡湘兮⑭，耳聊啾而怆慌⑮。波淫淫而周流兮⑯，鸿溶溢而滔荡⑰。路曼曼其无端兮，周容容而无识⑱。引日月以指极兮⑲，少须臾而释思。水波远以冥冥兮，眇不睹其东西⑳。顺风波以南北兮㉑，雾宵晦以纷纷㉒。日杳杳以西颓兮㉓，路长远而窘迫㉔。欲酌醴以娱忧兮㉕，蹇骚骚而不释㉖。

**【注释】**

①沥(lì)：渡水。

②隆：盛大。

③阳侯：古代神话传说中的波涛之神。潢洋：水深而广大。

④石濑：水为石所激形成的急流。洲：水中的陆地。

⑤陵：大土山。魁堆：高大。

⑥暗：蒙蔽，遮蔽。

⑦曾闳(hóng)：高大。

⑧雰雰(fēn)：形容纷纷飘落的样子。这里就雪花而言。

⑨霏霏：这里形容云雾浓重的样子。陨集：向下汇集，下落聚集。

⑩阜：土山。

⑪参嵯：同"参差"，不齐。翳(yì)：遮蔽。

⑫龙门：古楚国郢都城门名。河：水道的通称，这里当指长江与沅湘，因为从上下文意来看，这段文字显然脱胎于《九章·哀郢》与《涉

江》,且前后文已明确提到"江湘"、"龙门"、"夏首"、"湘"等地名。

⑬坻:水中高地。夏首:夏水的起点。

⑭泲:"济"的古字。

⑮聊啾:耳鸣。愰慌:忧愁失意。

⑯淫淫:远远离去。

⑰鸿溶:形容水势盛大。滔荡:形容水势大,水面广。

⑱容容:纷乱,散乱。无识:没有标记,无法辨认。识,通"志"。

⑲极:北极星。

⑳眇(miǎo):遥远。

㉑风波:江上的风浪。

㉒宵晦:天色昏暗,就像晚上一样。宵,晚上。晦,昏暗。纷纷:纷乱。

㉓颓:坠落,即日落西山之义。

㉔窘迫:处境困苦。

㉕酌醴:酌酒。酌,斟酒。

㉖骚骚:愁绪满怀。

## 【译文】

痛惜从前与国君政见不合啊,只好横渡汨罗随江流飘荡。乘着滚滚波涛向南行进啊,顺着长江湘水漂流徘徊。奔向水深广大的波涛之乡啊,穿过急流登上岛屿。高山巍峨遮蔽视野啊,乌云层层遮蔽前方。群山高峻连绵不断啊,高大山势临近身旁。大雪纷飞飘落树上啊,乌云浓重汇聚低垂。山中狭谷阴幽险峻啊,岩石参差遮住阳光。思念故国我悲伤怨恨啊,离开故土已很久。走出郢都大门进入大河啊,登上高地眺望夏首。掉转船头横渡湘水啊,耳中轰鸣心中怅然若失。波涛滚滚回旋远去啊,水势汹涌奔腾浩荡。道路漫长没有尽头啊,四周纷乱无法辨识。依靠日月星辰指引导航啊,暂时解除心中忧思。流水广漠无穷深远啊,浩渺辽远不能辨别方向。我乘风破浪走南闯北啊,大雾弥漫天色晦暗。太阳渐渐向西坠落啊,路途长远处境艰难。想自斟自饮借酒消愁啊,但愁绪满怀难以解脱。

叹曰:飘风蓬龙<sup>①</sup>,埃坲坲兮<sup>②</sup>。**屮木摇落**<sup>③</sup>,时槁悴兮<sup>④</sup>。遭倾遇祸<sup>⑤</sup>,不可救兮。长吟永欷<sup>⑥</sup>,涕究究兮<sup>⑦</sup>。舒情陈诗,冀以自免兮。颓流下陨<sup>⑧</sup>,身日远兮。

**【注释】**

①蓬龙:形容风转动、旋转的样子。

②坲坲(fú):尘埃扬起的样子。

③屮:"草"的古字。

④槁悴:枯槁,憔悴。

⑤倾:危。

⑥欷:哭泣时抽噎、哽咽,引申为悲叹声。

⑦究究:形容泪流不止的样子。

⑧颓流:往下流动的水。颓,有下落、下降义,故水流向下亦曰颓。

**【译文】**

乱辞说:旋风呼啸旋转空中,满天尘土飞扬啊。花草树木随风飘落,这时都枯萎凋零啊。我遭遇倾危祸患,已经无法挽救啊。长声叹息哽咽不已,不断哭泣泪流不止啊。舒展情绪写作诗篇,希望免除灾祸忧愁啊。顺流而下遭到放逐,故国日远难以回头啊。

# 惜　贤

**【题解】**

本篇起笔即云:"览屈氏之《离骚》兮",可见是刘向读《离骚》的感想。在内容安排上,此篇不同于其他八篇为屈原代言的文体,而是作者直接出面,证实确为刘向读罢《离骚》,情绪激荡、胸中不平、模仿屈原以香草自饰来表达其高洁人格的理想篇什。其中,作者拈出屈原作品中所推崇的历史人物子侨、申徒狄、由、夷、介子推等来传递敬仰之情。随后,笔锋一转,又拈出屈原作品中所提及的忠良而惨遭不幸的历史人物申生、和氏、申胥、比干等来传达自己对历史与现实的困惑。由此推测,本篇大约是刘向中年以后的作品,既有对屈原遭遇的感念,又自然融入了自身人生体验,可算借拟骚咏屈来浇一己胸中之块垒。

　　览屈氏之《离骚》兮,心哀哀而怫郁①。声嗷嗷以寂寥兮②,顾仆夫之憔悴。拨诡谀而匡邪兮③,切涊涊之流俗④。荡湜湋之奸咎兮⑤,夷蠢蠢之溷浊⑥。怀芬香而挟蕙兮,佩江蓠之斐斐⑦。握申椒与杜若兮,冠浮云之峨峨⑧。登长陵而四望兮⑨,览芷圃之蠡蠡⑩。游兰皋与蕙林兮,睨玉石之嵾嵯⑪。扬精华以眩燿兮,芳郁渥而纯美⑫。结桂树之旖旎兮⑬,纫荃蕙与辛夷。芳若兹而不御兮⑭,捐林薄而菀死⑮。

【注释】

①怫(fú)郁:形容心情不舒畅。

②嗷嗷(áo):呼叫声。寂寥:形容寂静而空旷无人。

③拨:治理,整顿。匡:纠正,扶正。

④切:削平。涊涊(tiǎn niǎn):污浊,卑污。

⑤荡:洗涤,清除。湜湋(wēi wō):污浊。奸咎:犹奸恶。

⑥夷:消灭,诛灭。蠢蠢:扰动不安。含有贬义。

⑦斐斐(fēi):香气浓郁。一本作"菲菲"。

⑧浮云:冠名,也比喻冠高。峨峨:形容冠高。

⑨长陵：高大的山。

⑩蠡蠡(lǐ)：犹"历历"，行列分明。

⑪睨：回头看。嵾嵯：即"参差"，不整齐。

⑫郁渥：形容香气浓烈。

⑬旖旎(yǐ nǐ)：柔和美好。

⑭御：用。

⑮捐：放弃，舍弃。林薄：交错丛生的草木。菀(yùn)：堆积，积聚。

**【译文】**

　　读完屈原《离骚》啊，我满腔伤悲心情郁结。对着空旷荒野大声呼叫啊，看见仆人像我一样憔悴。要整顿谗人纠正邪恶啊，削平污浊的世情流俗。清除污浊的奸恶之徒啊，消灭扰动不安的混乱行为。怀抱蕙草芳香馥郁啊，身佩江离浓郁芳香。手握申椒与杜若啊，头戴浮云高冠。登上高大山陵四面眺望啊，看见花圃香芷行列分明。游览兰花水滨蕙草芳林啊，回头看见美玉岩石千姿百态。精粹如美玉光辉闪耀，香气浓烈纯洁美好。系结柔美的桂树枝条啊，连缀荃蕙、辛夷众多香草。芳香如此却不被任用啊，舍弃在丛林堆里枯萎。


　　驱子侨之犇走兮①，申徒狄之赴渊②。若由夷之纯美兮③，介子推之隐山④。晋申生之离殃兮⑤，荆和氏之泣血⑥。吴申胥之抉眼兮⑦，王子比干之横废⑧。欲卑身而下体兮⑨，心隐恻而不置⑩。方圆殊而不合兮，钩绳用而异态。欲俟时于须臾兮，日阴曀其将暮⑪。时迟迟其日进兮⑫，年忽忽而日度⑬。妄周容而入世兮⑭，内距闭而不开⑮。俟时风之清激兮，愈氛雾其如塺⑯。进雄鸠之耿耿兮⑰，谗介介而蔽之⑱。默顺风以偃仰兮⑲，尚由由而进之⑳。心忳恨以冤结兮㉑，情舛错以曼忧㉒。搴薜荔于山野兮，采撚支于中洲㉓。望高丘而叹涕兮,悲吸吸而长怀㉔。孰契契而委栋兮㉕,日晻晻而下颓㉖。

**【注释】**

①子侨:即王子侨,也作"王子乔",古代神话传说中的仙人。

②申徒狄:殷时贤人,相传不满殷纣暴虐,投水而死。

③由夷:许由、伯夷二人,二人为古代义士的表率。许由,相传尧时隐士。伯夷,商朝孤竹国幼子,后隐居,不食周粟而死。

④介子推:春秋晋人,从晋公子重耳(文公)出亡,历经各国,凡十九年。文公还国为君,赏从亡者,介子推不言禄,禄亦不及。与母隐于绵山而终。

⑤申生:春秋时晋献公太子,为继母骊姬诬害而死。

⑥和氏:卞和,春秋楚人。

⑦申胥:即伍子胥,初入吴,吴王以申地封之,故曰申胥。抉(jué)眼:挖出眼珠。这里指子胥被谗殉身的典故。

⑧横废:突遭意外祸殃之义。这里指比干遭殷纣王剖心酷刑。横有突然、意外、不测义。

⑨卑身:犹言低身、屈身、伏身。下体:卑躬屈腰。下,此处作降低、放低解。

⑩置:废弃,舍弃。

⑪阴曀(yì):云气掩映日光,天气阴晦。

⑫迟迟:形容行走缓慢。

⑬忽忽:迅速。度:这里指时光流逝。

⑭周容:谄媚逢迎,取好于人。

⑮内:内心。距闭:距,通"拒"。指拒而不纳。

⑯塺(méi):尘土。

⑰耿耿:形容诚信的样子。

⑱介介:分隔,离间。

⑲默：寂静无声，默然不语。偃仰：或俯或仰，与世浮沉。

⑳由由：迟疑，犹豫。

㉑怳悢（kuǎng lǎng）：失意怅惘。

㉒舛（chuǎn）错：错乱。舛，相违背。曼：长，远。

㉓撚（yān）支：香草名。

㉔吸吸：呼吸急促，这里形容悲叹不已。

㉕契契：忧愁，愁苦。委：付托。

㉖晻晻（yǎn）：日光渐暗。

**【译文】**

想随王子乔远游啊，仰慕申徒狄投江。要像许由、伯夷纯洁高尚啊，要学介子推隐居深山。可怜晋国申生遭受祸殃啊，痛惜楚国卞和泪如血色。吴国子胥被挖去双眼啊，殷朝比干被剖心惨死。想卑躬屈节顺从流俗啊，但心中隐痛不愿这样。方和圆的形状本就不同啊，曲钩直绳用途也不一样。想暂时等待美好时光啊，但天色阴晦日已昏黄。时光看似缓慢却一天天过去啊，岁月逝去时其实迅速。想谄媚阿谀苟合于世啊，但内心拒绝这种念头。盼望世风清澈澄明激发人心啊，雾气却如尘土无边无尽。想如雄鸠进献诚信啊，却遭谗人离间阻挡。想沉默不语与世浮沉啊，却犹豫不决不愿这样。心中失意怅惘悲愤郁结啊，思绪错乱忧愁深长。在荒山野岭摘取薜荔啊，在水中小洲采集撚支。遥遥远望高山叹息流泪啊，长久思念悲叹不已。谁能像我一样忧国忧民贡献自己啊，日光渐暗太阳偏西。

叹曰：江湘油油①，长流汩兮②。挑揄扬汰③，荡迅疾兮。忧心展转，愁怫郁兮。冤结未舒，长隐忿兮④。丁时逢殃⑤，可柰何兮⑥。劳心悁悁⑦，涕滂沲兮。

**【注释】**

①油油：形容水流动的样子。

②汩（gǔ）：形容水流很快。

③挑揄（yú）：搅动，这里指水流激扬。汰：水波。

④隐：悲痛，痛苦。

⑤丁：当，遭逢。

⑥奈何：同"奈何"。如何，怎样。

⑦劳心：忧心。悁悁（yuān）：忧闷。

**【译文】**

乱辞说：江湘之水滚滚而去，水流迅速流逝不停啊。水流激荡搅动扬起水浪，奔流向前快速迅猛啊。忧心如焚夜里转侧不已，心中无比愁苦郁结啊。怨恨愁结不能舒展，心中常怀悲愤痛苦啊。生逢乱世遭遇灾殃，命运如此又能怎样啊？劳心忧闷无比悲伤，眼泪滚滚洒落如雨啊。

# 忧 苦

## 【题解】

本篇和《怨思》、《远逝》一样，都以悲忧愁苦起笔，抒写屈原被放逐异乡时的凄苦心情以及对忠奸不辨、善恶不分的社会现实的强烈不满，同时还表达了其故国之思和去国之恨。首先，作者设置了屈原放逐在外、徘徊山野的场景，以凄寒清冷的景物衬托出屈原孤独、憔悴的身影；之后从外部环境描写转向内心状态刻划，所抒写情感不外乎内心愁闷、无以释怀之类；最后以比喻手法来表现黑白颠倒的社会现实，并以此来表现自己伤感、无奈之情，这部分内容大体承袭屈赋，稍显缺乏生气。

悲余心之悁悁兮，哀故邦之逢殃。辞九年而不复兮，独茕茕而南行①。思余俗之流风兮，心纷错而不受②。遵壄莽以呼风兮，步从容于山廋③。巡陆夷之曲衍兮④，幽空虚以寂寞。倚石岩以流涕兮，忧憔悴而无乐。登峛岏以长企兮⑤，望南郢而窥之⑥。山修远其辽辽兮⑦，涂漫漫其无时。听玄鹤之晨鸣兮⑧，于高冈之峨峨。独愤积而哀娱兮⑨，翔江洲而安歌。三鸟飞以自南兮⑩，览其志而欲北。愿寄言于三鸟兮，去飘疾而不可得⑪。

## 【注释】

①茕茕：形容孤单，无依无靠。

②纷错：形容内心烦乱。受：接受，承受。

③廋（sōu）：山崖弯曲的地方。

④巡：行走。陆夷：高山和平地。曲衍：曲折的湖泽。

⑤巉岏(cuán wán)：高峻的山峰。企：踮起脚。

⑥窥(kuī)：泛指观看。

⑦辽辽：形容遥远。

⑧玄鹤：传说中的神鸟。

⑨哀娱：犹"哀乐"。悲伤与欢乐。

⑩三鸟：古代神话中西王母身边的三只青鸟。

⑪飘疾：疾速。

【译文】

可怜我心中悲愁啊，哀叹邦国遭遇祸患。离别九年不能回返啊，孤独一人流浪南方。想到楚国世俗混浊之风啊，内心纷然错乱难以接受。沿着山野徐行迎风呼唤啊，在山崖弯曲之处慢慢行走。行走在高山平地的曲折的湖泽间啊，四周幽静空寂无声。倚靠岩石痛哭流涕啊，身心疲惫没有欢乐。登上险峰踮脚站立啊，眺望郢都盼视家乡。山路绵长十分遥远啊，道路漫漫没有尽头。听见玄鹤清晨鸣叫啊，在那巍峨的山冈上。孤愤郁积，我苦中作乐啊，来到江中小洲悠闲歌唱。三青鸟从南飞来啊，观察它们想要飞往北方。想委托三鸟为我捎信啊，它们飞得太快我追赶不上。

欲迁志而改操兮，心纷结其未离①。外彷徨而游览兮，内恻隐而含哀②。聊须臾以时忘兮，心渐渐其烦错④。愿假簧以舒忧兮⑤，志纡郁其难释⑥。叹《离骚》以扬意兮，犹未殚于《九章》⑦。长嘘吸以于悒兮⑧，涕横集而成行。伤明珠之赴泥兮，鱼眼玑之坚藏⑨。同弩骡与蹇驱兮⑩，杂班驳与阘茸⑪。葛藟虆于桂树兮⑫，鸱鸮集于木兰⑬。偓促谈于廊庙兮⑭，律魁放乎山间⑮。恶虞氏之箫《韶》兮⑯，好遗风之《激楚》<sup>⑰</sup>。潜周鼎于江淮兮<sup>⑱</sup>,爨土鬵于中宇<sup>⑲</sup>。且人心之持旧兮,而不可保长。遭彼南道兮,征夫宵行<sup>⑳</sup>。思念郢路兮,还顾睠睠<sup>㉑</sup>。涕流交集兮,泣下涟涟<sup>㉒</sup>。

**【注释】**

①纷结:这里形容心思纷乱郁结。

②恻隐:悲痛,痛苦。

③须臾:优游自得。

④渐渐:逐渐。烦错:烦乱,烦闷。

⑤簧:乐器里有弹性的薄片,用竹箬或铜片制成,作为发声的振动体。亦指簧片振动发出的声音。这里代指一种乐器。

⑥纡郁:形容愁思郁结难解的样子。

⑦殚(dān):尽。

⑧嘘吸:啼泣的样子。于悒:呜咽。

⑨玑(jī):不圆的珠。一说小珠。

⑩驽骡:驽,劣马。骡,《说文·马部》:"骡,驴父马母。"古人因其非驴非马,故视为贱种,而与驽马同称。驵(zù):骏马。

⑪班驳:杂色,色彩斑斓。阘茸(tà róng):庸碌低劣。

⑫葛藟(lěi):植物名。又称"千岁藟"。落叶木质藤本。萦(lěi):攀援,缠绕。

⑬鸱鸮(chī xiāo):亦作"鸱枭"。鸟名,俗称猫头鹰,常用以比喻贪恶之人。

⑭偓(wò)促:器量狭窄。

⑮律魁:高大。这里代指贤士。

⑯《韶》:亦称《大韶》、《韶箾》、《箾韶》、《箫韶》、《韶虞》、《昭虞》、《招》。六舞之一。由九段组成,即所谓"箫韶九成"。相传为舜时代的乐舞,周代用以祭祀四望(即四方,一说指名山大川,或指

日月星海)。

⑰《激楚》:乐曲名。这里指民间俗乐,与上文《韶》等雅乐相对
　　而言。

⑱周鼎:指周代的传国宝器九鼎。

⑲爨(cuàn):烧火煮饭。鬵(qín):釜类烹器。中宇:堂屋。

⑳宵行:夜行。

㉑睠睠(juàn):形容依恋不舍的样子。

㉒涟涟(lián):形容泪流不止。

【译文】

　　想改变志向丢弃节操啊,但思绪纷乱郁结不愿这样。表面优游自
得徘徊游荡啊,内心悲痛满怀哀伤。姑且优游自得以忘记痛苦啊,然而
心绪逐渐烦闷复杂。希望借助乐器舒解忧愁啊,却愁情郁结无法弹释。
吟诵《离骚》抒发情怀啊,愁思之意未尽于《九章》。长久啼泣呜咽忧伤
啊,涕泗交流泪落成行。伤心明珠被丢进泥里啊,鱼眼当作宝珠珍藏。
劣骡骏马被同等看待啊,杂色劣马大受欣赏。恶草葛藟攀援桂枝啊,猫
头鹰聚集在木兰旁。贪愚小人高谈阔论在庙堂啊,高士贤良被放逐山
野之地。虞舜《箫韶》之乐遭人厌弃啊,民间《激楚》那样的俗乐却备受
欣赏。传国宝器九鼎沉入江水啊,烧饭土锅却摆在堂屋上。人心虽怀
有淳朴之风啊,但世风日下而难以久长。把车马转向南方啊,就像远行
之人昼夜兼程不停奔忙。思念着郢都道路啊,频频回头眺望郢都。禁
不住涕泪满面啊,顺着脸颊泪流不止。


　　叹曰:登山长望,中心悲兮。菀彼青青①,泣如颓兮。留
思北顾,涕渐渐兮②。折锐摧矜③,凝泛滥兮④。念我茕茕,
魂谁求兮?仆夫慌悴⑤,散若流兮。

【注释】

①菀(yù):茂盛。

②渐渐:形容眼泪往下流的样子。

③摧:挫伤。矜(jīn):庄重,严肃。

④凝:停止,终止。泛滥:浮沉。

⑤慌悴:憔悴。

【译文】

乱辞说:登上高山眺望远方,心中无限悲愁啊。草木茂盛一片青翠,泪如流水滚滚不断啊。留恋故国回首北望,悲从中来泪水直流啊。锐气意志受到挫伤,停止与世浮沉啊。想到自己孤身一人,灵魂把谁寻求啊?仆人愁苦憔悴,离散如同流水一样啊。

# 愍 命

## 【题解】

　　《愍命》以自述形式,叙写屈原生不逢时、命运乖蹇、不为世容的不幸遭遇,表达他对政治清明之世的向往,对是非颠倒的社会现实的不满。同时,也表现了作者对屈原的不幸命运所寄予的深切同情。全篇分前后两大段,前段追忆当年"皇考"在位时的清明政治,后段叙写当今政坛的混乱,社会风气的恶浊,其间大量运用了表现政治清浊的语典、事典等,有受当时流行散体大赋影响的印痕。

　　昔皇考之嘉志兮①,喜登能而亮贤②。情纯洁而罔蔽兮③,姿盛质而无愆④。放佞人与谄谀兮,斥谗夫与便嬖⑤。亲忠正之悃诚兮⑥,招贞良与明智。心溶溶其不可量兮⑦,情澹澹其若渊⑧。回邪辟而不能入兮⑨,诚愿藏而不可迁。逐下袟于后堂兮⑩,迎宓妃于伊雒⑪。刜谗贼于中廇兮⑫,选吕管于榛薄⑬。丛林之下无怨士兮,江河之畔无隐夫。三苗之徒以放逐兮⑭,伊皋之伦以充庐⑮。

## 【注释】

①嘉志:美好的志向。

②登能而亮贤:即举贤授能的意思,登、亮在这里作动词用。

③罔蔽(huì):不肮脏。蔽,同"秽"。

④姿盛质:即姿质盛,天生的才能丰富。姿,通"资"。愆:罪过,过失。

⑤便嬖(bì):君主左右受宠幸的小臣。

⑥悃(kǔn)诚:悃,诚恳,至诚。至诚,忠诚。

⑦溶溶:形容宽广。

⑧澹澹:恬静,安静。

⑨回邪:不正,邪僻。

⑩下袟(zhì):宫中等级不高的姬妾宫人。

⑪伊雒(luò):亦作“伊洛”。伊水与洛水皆在河南西部,两水在洛阳附近汇流,注入黄河。

⑫刜(fú):击,砍。中廇(liù):亦作“中霤”、“中溜”。室的中央。

⑬吕管:周吕尚与春秋齐管仲的并称。榛薄(zhēn bó):丛杂的草木。这里引申指山野僻乡。

⑭三苗:这里指佞臣、奸臣。

⑮伊皋:这里喻指良臣贤相。伊,指伊尹。皋,指皋陶。庐:本义指临时居住的房屋。

**【译文】**

从前太祖有美好志向啊,喜欢举贤授能。性情纯正没一点不洁净的东西啊,天生才能出众没有过失。放逐奸佞与谄媚小人啊,斥退谗人与邀宠近臣。亲近忠正诚恳的贤士啊,招纳端正明智的忠良。心胸宽广无法度量啊,性情恬静有如深渊。邪僻回避难以侵入啊,真心保持不可改变。驱逐贱妾进冷宫啊,迎接宓妃到洛水边。把奸谗小人驱出朝廷啊,选用吕尚管仲于山野僻乡。山野间没有怨恨的高士啊,江河边没有隐居的贤人。奸邪的三苗之徒被流放啊,伊尹皋陶般的贤臣充满朝廷。

今反表以为里兮,颠裳以为衣。戚宋万于两楹兮①,废周邵于遐夷②。却骐骥以转运兮③,腾驴骡以驰逐。蔡女黜而出帷兮④,戎妇入而綵绣服⑤。庆忌囚于阱室兮⑥,陈不占战而赴围⑦。破伯牙之号钟兮⑧，挟人筝而弹纬⑨。藏瑶石于金匮兮⑩，捐赤瑾于中庭⑪。韩信蒙于介胄兮⑫，行夫将而攻城⑬。莞芎弃于泽洲兮⑭，飑蟊蠹于筐簏⑮。麒麟奔于九皋兮⑯，熊罴群而逸囿⑰。折芳枝与琼华兮⑱，树枳棘与薪柴⑲。掘荃蕙与射干兮⑳，耘藜藿与襄荷㉑。惜今世其何殊兮，远近思而不同。或沉沦其无所达兮，或清激其无所通。哀余生之不当兮，独蒙毒而逢尤㉒。虽謇謇以申志兮㉓，君乖差而屏之㉔。诚惜芳之菲菲兮，反以兹为腐也。怀椒聊之莈莈兮㉕，乃逢纷以罹诟也㉖。

**【注释】**

①戚：亲近，亲密。宋万：指春秋时宋国的南宫万，是宋湣公时的逆臣。两楹（yíng）：殿堂中间，是殿堂中最尊贵的位置。楹，厅堂的前柱。

②周邵（shào）：亦作"周召"。周成王时共同辅政的周公旦和召公奭的并称。两人分陕而治，皆有美政。退夷：指边远少数民族地区。夷，本指东方少数民族。后泛指少数民族。本篇意义则更为宽泛，指边远地区少数民族。

③却：屏退，黜退。转运：运输。

④蔡女：蔡国的女子，是贤德的代称。黜（chù）：贬斥。

⑤戎：我国古代泛指西部的少数民族。綵（cǎi）：彩色的丝织品。

⑥庆忌：吴王僚时公子，以勇武著称。阱（jǐng）室：地牢。

⑦陈不占：春秋时齐国一位有义而无勇的臣子。据刘向《新序·义勇》记载，陈不占听说崔杼要杀齐庄公，准备去救，但十分紧张，吃饭时掉落了饭勺，上车时抓不到扶手。到了现场，听到战斗的声音，被吓死。战：战栗，畏惧。

⑧伯牙:春秋时人,以善于弹琴著名。号钟:古琴名。

⑨挟(xié):持。人筝:小筝。徐仁甫《楚辞别解》:"疑'人'为'小'字之误。"弹纬:弹奏。

⑩瑉(mín)石:瑉,一作"珉",似玉的美石。匮(guì):后多作"柜",大型藏物器。

⑪赤瑾(jǐn):一种赤色的美玉。

⑫韩信:汉高祖刘邦手下名将,与萧何、张良合称汉兴三杰。事迹可见《史记·淮阴侯列传》。蒙:覆盖。这里是披服、穿上的意思。介:铠甲。胄(zhòu):头盔。

⑬行夫:士兵。将(jiāng):率领,带领。

⑭菅(guān):俗名水葱,席子草。亦指用菅草织的席子。芎(xiōng):芎䒩。植物名。叶似芹,秋开白花,有香气。

⑮爮蠡(páo lì):爮,即匏,今称葫芦。蠡,瓢勺,一种舀水器具。蠧(dù):"囊"的误字,盛装的意思。

⑯九皋:曲折的沼泽。

⑰熊罴(pí):皆猛兽,这里比喻贪残之人。逸圃:谓禽兽奔跑于苑囿。逸,奔跑。

⑱琼华:玉花。

⑲树:种植。枳(zhǐ)棘:枳木与棘木,因多刺而被视为恶木。常用以比喻恶人或小人。

⑳射干(yè gān):多年生草本,叶剑形,排成两行。

㉑耘(yún):培土,除草。藜(lí):亦称灰藋、灰菜。一年生草本植物。藿(huò):豆叶。嫩时可食。蘘(ráng)荷:一名蘘草。亦名覆葅、菖葧。多年生草本植物。

㉒蒙毒:蒙受苦难。

㉓謇謇:忠正敢言。

㉔乖差:违异,抵触。屏(bǐng):摒弃,除去。

㉕椒聊：即椒。聊，语助词。莈莈(shè)：形容芳香气味弥漫。

㉖逢纷：遭遇乱世。罹(lí)：被，遭受。

**【译文】**

当今之世把外表当作内里啊，把下衣裙裳颠倒作为上身衣服。逆臣南宫万居尊受宠啊，周公邵公却被放逐蛮夷荒野。让千里马去运输东西啊，却乘笨劣驴骡奔走趋驰。蔡国贤女被贬斥出帷帐啊，反让戎狄丑妇穿锦绣衣服。勇士庆忌被关进地牢啊，懦夫陈不占却领兵前往解围。打破伯牙的号钟琴啊，却持小筝张弦弹奏。次于玉的石头被珍藏在金柜啊，上等的赤色美玉却被抛弃在中庭。猛将韩信披甲充当小卒啊，行伍懦夫却率兵去攻城。香草茇芎丢弃在水洲啊，葫芦瓜瓢收藏进筐篓。麒麟奔窜在曲折的沼泽啊，熊罴成群奔跑在苑囿。折断芳枝和玉花啊，培植枳棘和柴火。挖掉香草荃蕙和射干啊，培土养殖藜藿和蘘荷。痛惜今世不比往昔啊，想到古今之人如此不同。有人沉沦世俗无法显达啊，有人清廉奋发却不能亨通。可怜我生不逢时啊，独遭苦难背上罪名。虽然忠正敢言表达心志啊，但君王抵触摒弃不用。痛惜这浓浓芳馨啊，被君王认为是腐败的东西。揣着椒聊香气弥漫啊，遭逢乱世被人嫉恨。

叹曰：嘉皇既殁①，终不返兮。山中幽险，郢路远兮。谗人诶诶②，孰可愬兮③。征夫罔极，谁可语兮。行吟累欷，声喟喟兮④。怀忧含戚，何侘傺兮⑤。

**【注释】**

①皇：君王。

②诶诶(jiàn)：能言善辩，花言巧语。这里引申为进谗言的意思。

③愬：同"诉"，诉说。

④喟喟(kuì)：叹息声。

⑤侘傺(chà chì)：惆怅失意。

【译文】

乱辞说：美好明君已经不再，再也无法重现啊。深山之中幽暗险峻，回郢的道路遥远漫长啊。谗谀小人巧言善辩，我能够对谁诉说啊。放逐远行没有尽头，我又能向谁倾诉啊。边走边吟感叹不已，不断悲伤叹息啊。满怀忧愁暗含悲伤，多么惆怅失意啊。

# 思　古

【题解】

《思古》主要叙写屈原被放逐后，行走江湖，无人理解，孤苦而无所适从，进退两难的悲苦情景。在内容安排上，起笔便设置了一个幽暗凄清的自然环境：屈原独自一人徘徊在空旷的山野，心情凄楚抑郁，在喧嚷嘈杂之声已然沉寂之际展开了内心独白。他先是想到了自己的不幸遭遇——遭到放逐，离开故国郢都，流落在沅湘蛮荒之地。虽说境遇如此，但他仍然挂念着邦国宗族的兴衰存亡。然而，时俗颠倒混乱，传统价值标准也已被彻底颠覆。"锺牙已死"，"纤阿不御"，世俗社会无人理解自己，只有"棄白水而高骛兮，因徙弛而长词"，从此退居隐遁了。

冥冥深林兮，树木郁郁。山参差以嶄岩兮①，阜杳杳以蔽日②。悲余心之悁悁兮③，目眇眇而遗泣④。风骚屑以摇木兮⑤，云吸吸以涑戾⑥。悲余生之无欢兮，愁倥偬于山陆⑦。且徘徊于长阪兮⑧，夕仿徨而独宿⑨。发披披以鬤鬤兮⑩，躬劬劳而痵悴⑪。魂佂佂而南行兮⑫，泣沾襟而濡袂⑬。心婵媛而无告兮⑭，口噤闭而不言⑮。违郢都之旧闾兮⑯，回湘沅而远迁。念余邦之横陷兮，宗鬼神之无次⑰。闵先嗣之中绝兮⑱，心惶惑而自悲。聊浮游于山陜兮⑲，步周流于江畔。临深水而长啸兮，且倘佯而泛观⑳。

**【注释】**

①嶻岩：形容山势险峻。

②阜：土山。杳杳：幽暗。

③悁悁（yuān）：形容忧伤、悲伤。

④眇眇：形容纵目远眺，望眼欲穿的样子。遗泣：落泪。

⑤骚屑：风声。

⑥吸吸：形容云浮动或移动的样子。湫（jiū）戾：卷曲。

⑦倥偬（kǒng zǒng）：困苦窘迫。

⑧长阪：亦作"长坂"，高坡。

⑨仿偟：同"彷徨"。

⑩披披（pī）：散乱。纕纕（ráng）：头发纷乱。

⑪劬（qú）劳：劳累，劳苦。瘏（tú）悴：痛悴，疾病，疲劳憔悴。瘏，疲病，困乏。

⑫徎徎（guàng）：惶遽，心神不安。

⑬濡（rú）袂：沾湿衣袖。

⑭婵媛：牵引，情思牵萦。

⑮噤（jìn）：闭口，不言。

⑯闾：乡里。

⑰宗鬼神：宗族祖先的鬼神。王逸《楚辞章句》作"宗族先祖鬼神"解。无次：失去次第，暗指没有人祭祀。

⑱先嗣：对先人功业的继承。中绝：中断，绝灭。

⑲陜（xiá）：同"峡"，两山间水道，峡谷。

⑳泛观：纵观，广泛地观览。

**【译文】**

阴暗幽深的山林啊,树木生长得郁郁青青。峰峦参差起伏山势险峻啊,土山幽暗天色阴沉。可怜我心中无限愁伤啊,放眼四望泪流而下。秋风作响摇动草木啊,浓云浮动卷曲飘移。可怜我一生毫无快乐啊,困苦窘迫久居在深山野岭。白天我徘徊在高坡啊,夜晚徘徊着一人独宿。头发散乱蓬蓬松松啊,身心劳累疲劳憔悴。神魂不定匆匆南行啊,泪落衣襟而沾湿衣袖。心中情思牵萦无处诉说啊,嘴巴紧闭干脆不说。离开郢都我的故国啊,渡过湘沅漂泊远行。想到我的故国横遭祸殃啊,宗族祖先的鬼神无人祭祀。哀怜对先人功业的继承就此中断啊,内心惶恐不安暗自悲伤。暂且在山峡漫步闲逛啊,再走到江边四处游荡。面临深渊放声长啸啊,姑且徘徊到处览望。

　　兴《离骚》之微文兮①,冀灵修之壹悟。还余车于南郢兮,复往轨于初古②。道修远其难迁兮,伤余心之不能已。背三五之典刑兮③,绝《洪范》之辟纪④。播规矩以背度兮⑤,错权衡而任意⑥。操绳墨而放弃兮,倾容幸而侍侧⑦。甘棠枯于丰草兮⑧,藜棘树于中庭。西施斥于北宫兮⑨,仳倠倚于弥楹⑩。乌获戚而骖乘兮⑪,燕公操于马圉⑫。蒯瞆登于清府兮⑬,咎繇弃而在壄⑭。盖见兹以永叹兮,欲登阶而狐疑。櫽白水而高骛兮⑮,因徙弛而长词⑯。

**【注释】**

①兴:作。微文:辞旨精微,隐寓讽喻的文辞。

②轨:本指车辙,这里喻指政治主张,法则。初古:前代。王逸《楚辞章句》作"古始"解。

③三五:三皇和五帝。典刑:旧法,常刑。

④洪范:《尚书》篇名,旧传为箕子向周武王陈述的"天地之大法"。洪,大。范,法、规范。辟纪:法纪。辟,法度。纪,纲领、法度。

⑤播:舍弃,背弃。

⑥错:丢开,背离。权衡:本指称量物体轻重的器具,借指法则、标准。权,秤锤。衡,秤杆。

⑦倾:斜,不正。这里指小人而言。容幸:通过逢迎来讨人喜欢。王逸《楚辞章句》解作"容身谀谀之人"。

⑧甘棠:树名,即棠梨,也叫白棠,杜梨。

⑨北宫:侧室,偏居。

⑩仳倠(pí huī):古丑女名。弥楹:即宫殿朝堂之义。楹,柱子。

⑪乌获:战国时秦之力士。一说可能为更古之力士。后为力士的泛称。戚:亲近,亲密。骖乘(cān shèng):在车右边陪乘。

⑫燕公:周代燕国的始祖召公,也称邵公、召康公。操:执,持,拿着。圉(yǔ):原指养马,这里指养马的地方。

⑬蒯聩(guì):卫灵公太子,忤逆不孝,欲害其母。王逸《楚辞章句》:"蒯聩,卫灵公太子也,不顺其亲,欲害其后母。"一说是古之著名剑客。清府:即清庙,古代帝王的宗庙。

⑭咎繇:即皋陶。墅,同"野"。

⑮桑,同"乘"。白水:神话中水名。骛:驰骋。

⑯徙弛:退却。长词:长久告别,即永别。词,通"辞"。

**【译文】**

创作幽远精微的《离骚》啊,希望君王能够一朝醒悟。让我的马车返回郢都啊,遵循前代圣贤的纲纪。路途遥遥难以返还啊,我内心悲伤不已。违背三皇五帝的旧法啊,弃绝《洪范》大法的法纪。舍弃圆规直尺违背法度啊,丢开杆秤任意估计。执行法纪的遭到放逐啊,卑身逢迎却得近君侧。棠梨枯死野草丰茂啊,蒺藜荆棘种满庭院。美女西施贬入侧室啊,丑妇仳倠近侍君王。力士乌获被亲近与君同乘同行啊,贤臣燕公执役操劳在马房。武夫蒯瞆得进宗庙啊，贤明皋陶却被弃逐山林。见到此情此景我长久叹息啊，想进宫规劝又迟疑犹豫。还是乘着白水自由驰骋啊，趁此退却与浊世永别。

叹曰：倘佯垆阪①，沼水深兮②。容与汉渚，涕淫淫兮。锺牙已死③，谁为声兮？纤阿不御④，焉舒情兮？曾哀凄欷⑤，心离离兮⑥。还顾高丘，泣如洒兮。

【注释】

①倘佯(cháng yáng)：又作"徜徉"，徘徊，游荡。垆(lú)：黑色或黄黑色坚硬而质粗不粘的土壤。

②沼：水池。

③锺牙：指锺子期和俞伯牙，春秋时人，精于音律。

④纤阿：神话中为月神驾车的人。

⑤曾：重累，增加。

⑥离离：形容悲痛、忧伤的样子。

【译文】

乱辞说：游荡在黑黄土坡上，池水幽深啊。徘徊在汉水之滨，涕泪如雨啊。钟子期俞伯牙已死，没有知音弹琴给谁听啊？月御纤阿不驾车马，骏马怎会开怀舒心啊？我更加悲伤，叹息不已，心情苦痛啊。回头遥望楚国高山，泪落如雨洒下啊。

# 远　游

**【题解】**

　　此《远游》与屈原所作《远游》同名，即使从两者思想内容以及语汇词句来看，也颇多相似之处。屈原作《远游》是以外界环境对个人的压迫作为神游的诱因，刘向《远游》则以"悲余性之不可改"起笔，之后模仿《涉江》笔调，塑造了诗歌抒情主人公高大光辉的形象，他"欲与天地参寿"、"与日月而比荣"，由此才开始其飞升神游的。因此，屈原之悲是深沉苍凉之悲，本篇之悲则是豪宕慷慨之悲。作品通过瑰丽多彩的场景描写，展示了一幅幅神奇美妙的神话世界之图景，表现了屈原为追求真理而不屈不挠的执著精神。

　　悲余性之不可改兮，屡惩艾而不迻①。服觉晧以殊俗兮②，貌揭揭以巍巍③。譬若王侨之乘云兮，载赤霄而凌太清④。欲与天地参寿兮⑤，与日月而比荣。登崑崚而北首兮⑥，悉灵圉而来谒⑦。选鬼神于太阴兮⑧，登阊阖于玄阙⑨。回朕车俾西引兮⑩，褰虹旗于玉门⑪。驰六龙于三危兮⑫，朝西灵于九滨⑬。结余轸于西山兮⑭，横飞谷以南征⑮。绝都广以直指兮⑯，历祝融于朱冥⑰。枉玉衡于炎火兮⑱，委两馆于咸唐⑲。贯颎濛以东朅兮⑳，维六龙于扶桑㉑。

**【注释】**

　　①惩艾(yì)：亦作"惩忿"、"惩刈"、"惩苾"。惩治，因被惩创而戒惧。也指从失败中吸取教训。迻(yí)：同"移"，移易，变易。

②觉晧（hào）：觉，有明的意思。晧，也是明的意思。

③貌：相貌，形象。揭揭：长而高。巍巍：崇高伟大。

④赤霄：红云。凌：升，登。太清：天空。

⑤参寿：同寿。参，齐，等同。

⑥崑苍：即昆仑山。首：向，朝着。

⑦悉：尽，全。灵圉（yǔ）：神仙的名号。

⑧太阴：极盛的阴气。

⑨玄阙：天宫，神话中天帝所居住的宫殿。

⑩俾（bǐ）：使。

⑪搴（qiān）：提起，举起。玉门：山名。《山海经·大荒西经》："大荒之中，有山名曰半沮玉门，日月所入。"刘向或即以此为本，是则为西方神山之名。

⑫三危：古代西部边疆山名。

⑬朝：通"召"，召集。

⑭结：屈曲，盘旋。轸（zhěn）：本意指本后的横木，引申指车子。

⑮横：横渡。飞谷：谷名。即神话中昆仑山西南的飞泉之谷。

⑯绝：穿越，渡过。都广：古代神话传说中的地名。

⑰历：经过。朱冥：指南方。朱为赤色，古代南方尚赤，故称朱冥。

⑱枉：弯曲，回转。衡：车辕前端的横木。炎火：神话中地名。

⑲委：放弃。馆：止宿，住宿。咸唐：即咸池，神话传说中的日浴之处。

⑳贯：贯穿，穿过。颀濛（hòng méng）：也作"鸿蒙"，混沌之气。揭（qiè）：离去。

㉑维：系，拴缚。扶桑：古代神话中生长在东方日出处的大树。

**【译文】**

　　悲叹我的本性无法改变啊，虽屡受惩创而心仍不变易。服饰明亮与世俗不同啊，形象高大顶天立地。像仙人王侨那样乘云驾雾啊，乘坐红云飞升天空。想和天地一样长寿啊，与日月一样光耀四方。登上昆仑向着北方啊，众多仙人皆来拜望。从极盛阴气中挑选鬼神啊，和我登天门进入天宫。掉转车头向西行进啊，举起虹旗奔向玉门山。驾着六龙奔驰在三危山上啊，在九曲水滨召集西方神灵。我的车盘旋在西山中啊，横渡飞泉谷又向南行进。穿越都广山径直前行啊，来到南方祝融神的领地。回转玉车在炎火山上啊，两次放弃在咸池住宿。穿越混沌之气离开东方啊，将六条神龙拴在扶桑树边。

周流览于四海兮，志升降以高驰。征九神于回极兮①，建虹采以招指②。驾鸾凤以上游兮，从玄鹤与鹔鸘③。孔鸟飞而送迎兮④，腾群鹤于瑶光⑤。排帝宫与罗圅兮⑥，升县圃以眩灭⑦。结琼枝以杂佩兮，立长庚以继日⑧。凌惊雷以轶骇电兮⑨，缀鬼谷于北辰⑩。鞭风伯使先驱兮，囚灵玄于虞渊⑪。溯高风以低佪兮⑫，览周流于朔方⑬。就颛顼而陈词兮⑭，考玄冥于空桑⑮。旋车逝于崇山兮⑯，奏虞舜于苍梧⑰。浍杨舟于会稽兮⑱，就申胥于五湖⑲。见南郢之流风兮⑳，殒余躬于沅湘㉑。望旧邦之黭黮兮㉒，时溷浊其犹未央。怀兰茝之芬芳兮，妒被离而折之。张绛帷以襜襜兮㉓，风邑邑而蔽之㉔。日曒曒其西舍兮㉕，阳焱焱而复顾㉖。聊假日以须臾兮，何骚骚而自故㉗？

**【注释】**

①征：征召。九神：古代神话传说中的九天诸神。回极：天极回旋的枢轴，即古人所认为的天体的轴心。

②建：竖起，树立。虹采：旗帜。招指：犹指挥。

③鹔鸘：亦作"鹔鹴"。传说中的神鸟，凤凰之类。

④孔鸟:即孔雀。

⑤瑶光:星名,即北斗七星的第七星。

⑥排:推开。罗圃:古代神话传说中的天上园林,或即昆仑悬圃。

⑦眩灭:眼睛昏花,看不清楚。

⑧长庚:亦作"长赓"、"长更"。古代指傍晚出现在西方天空的金
　星,亦名太白星,启明星。

⑨轶:后车超前车,引申为超越。

⑩缀:缝合,连缀。鬼谷:当从一本作"百鬼",众多鬼怪的意思。北
　辰:北极星。

⑪灵玄:即玄灵,也叫玄帝、黑帝,是神话中的北方之帝。虞渊:亦
　称"虞泉",传说为日没处。

⑫溯(sù):向着,面对。低佪:徘徊。

⑬朔方:北方。

⑭敶:通"陈",陈述,倾诉。

⑮考:稽考,询问。玄冥:北方水神,主刑杀。空桑:传说中的山名。
　产琴瑟之材。

⑯逝:往。崇山:山名。相传是舜流放驩兜之处。

⑰苍梧:山名,即九嶷山。

⑱浍:古"济"字。杨舟:杨木制成的船。

⑲五湖:大约即今太湖。

⑳流风:指当时流行的风俗。

㉑躬:身。

㉒黯黮(àn dǎn):形容昏暗不明,这里比喻政治腐败黑暗。

㉓襜襜(chān):形容色彩鲜明。

㉔邑邑:形容风势微弱。

㉕暾暾(tūn):本义是初升的太阳。这里当是用来形容日光。舍:
　休息。

㉖焱焱（yàn）：同"炎炎"，形容火光闪耀而灼热。焱，火花，火焰。

㉗骚骚：忧愁痛苦。自故：依然如故。

**【译文】**

遍游天下四海啊，想上上下下翱翔奔驰。召集九天诸神会聚天极轴心啊，竖起彩虹大旗来指挥。驾乘鸾鸟凤凰向上飞翔啊，玄鹤鹔明紧紧跟随。孔雀飞舞迎来送往啊，仙鹤成群飞越北斗星。推开帝宫进入天苑啊，登上悬圃眼昏不清。系结美玉枝条配上玉佩啊，升起长庚星接替太阳。乘滚滚惊雷超越闪电啊，把众多鬼怪绑缚在北极星。鞭策风伯在前开路啊，把玄帝囚禁在日落之处。面对高天大风徘徊啊，观览游遍北方。向颛顼倾诉苦衷啊，询问玄冥神于空桑山。掉转车头前往崇山啊，到九嶷山向虞舜进言。乘杨木轻舟行至会稽啊，请教伍子胥到了太湖。看见郢都的流俗啊，准备投身沅湘。望见故国昏暗不明啊，时俗混浊没有改变。怀抱芳香的兰花茞草啊，小人嫉妒纷纷来摧折。张设红帷帐鲜艳明亮啊，微风轻柔将它遮挡。明亮太阳止宿西方啊，余光炽热反射天上。且趁此时悠闲片刻啊，为何心中忧苦依然如故？

　　叹曰：譬彼蛟龙，乘云浮兮。泛淫澒溶①，纷若雾兮。潺湲镠辖②，雷动电发，驳高举兮③。升虚凌冥④，沛浊浮清⑤，入帝宫兮⑥。摇翘奋羽⑦，驰风骋雨，游无穷兮。

**【注释】**

①泛淫：浮游不定。澒（hòng）溶：深广。这里当就云层而言，形容
　　云层的广阔深厚。

②镠辖（jiāo gé）：交错，杂乱。一作"胶葛"。

③驳（sà）：马快跑，引申为迅疾。

④虚：太虚，太空。冥：高远的天空。

⑤沛：拨，排除。

⑥帝宫:天帝的宫殿。

⑦翘(qiáo):本指鸟尾上的长羽,这里指龙尾。奋:振羽展翅。

【译文】

　　乱辞说:就像那蛟龙,乘云浮游啊。随着广阔深厚的云层浮游不定,纷纭变化如同大雾啊。像水流一样交错杂乱,像惊雷震动闪电突行,迅速飞升到高空啊。登上高远天空,排除浊气浮游在清气中,进入天帝所居宫殿啊。摇动龙尾展开羽翼,驾驭狂风驰骋暴雨,尽情遨游于无穷的太空啊。

# 九　思

**【题解】**

　　《九思》是继王褒《九怀》、刘向《九叹》之后，王逸代屈原抒发忧愤之情的作品。《楚辞章句·九思》对作者有极好的诠释："《九思》者，王逸之所作也。逸，南阳人，博雅多览，读《楚辞》而伤愍屈原，故为之作解。又以自屈原终没之后，忠臣介士游览学者读《离骚》《九章》之文，莫不怆然，心为悲感，高其节行，妙其丽雅。至刘向、王褒之徒，咸嘉其义，作赋骋辞，以赞其志。则皆列于谱录，世世相传。逸与屈原同土共国，悼伤之情与凡有异。窃慕向、褒之风，作颂一篇，号曰《九思》，以裨其辞。"不过，关于此序以及《九思》注的作者问题还存在较大争议。一称王逸作序，注亦自为之；一称王逸子王延寿作序作注；一称魏晋人作序及注。四库馆臣持第一种看法。《四库全书总目·楚辞章句提要》卷一四八说："逸又益以己作《九思》，与班固二叙为十七卷，而各为之注。其《九思》之注，洪兴祖疑其子延寿所为，然《汉书·地理志》、《艺文志》即有自注，事在逸前，谢灵运作《山居赋》亦自注之，安知非用逸例耶？旧说无文，未可遽疑为延寿作也。"今人汤炳正《楚辞今注》则支持洪兴祖的说法。他认为《九思》从内容上看不像是王逸说的话。另外，俞樾（《读楚辞》）、孙诒让（《札迻》）等人持第三种看法，认为从正文及注文的讹误来看，不应为王延寿作，应为魏晋间人所作。以上三说中，笔者更倾向于第三说,即魏晋间人作说。

《九思》由九篇诗歌组成,从题目上看,《逢尤》与《遭厄》写屈原受到迫害的悲愤,《怨上》写他对君王又怨又望的复杂心情,《悯上》则寄托作者对主人公的深刻同情。《疾世》《悼乱》痛述主人公所处的混乱时世,《伤时》《哀岁》由自然季节写到人物感情,两者相互印证,愈加深刻,《守志》篇末总结,在漫长的悲伤与失意之后描绘了一幅光明灿烂的天上清明之境,体现出主人公深埋在心底的对光明的渴望与追求。

《九思》的九篇诗歌按照两条线索统贯在一起:一条是心理变化的虚的线索,即屈原遭谗被疏,因而愤懑不平,然后由自身的遭遇升格为对国君、时世及国家命运的关注,最后坚守社会理想及自我价值,誓死抗争;第二条则是历史发展变化的实的线索,表现了楚王由误信谗言,疏远忠良,直至国破家亡的整个过程。总之,这九篇诗歌抒写了屈原不幸的遭遇和他内心的痛苦与挣扎,反映了那个时代正直之士的普遍处境和心态。

《九思》在结构上以奇特的想象取胜,比喻和象征的手法使作品更加具体形象,有利于读者的阅读和理解。诗篇中理想与现实环境的不停变换与强烈对比折射出主人公极度矛盾的心态,深刻地刻画出屈原在当时那种"痛苦无人听"与悲愤难平的复杂的情感。

# 逢　尤

## 【题解】

《逢尤》之"逢"为遭遇,"尤"为祸端。"逢尤"即遭遇祸患。本篇是《九思》的第一首,细腻地刻画了主人公在突然遭到陷害之后的一系列心理活动:他因为难以承受这飞来的横祸,独自出门远游,心中还存着得逢明君的幻想。但是现实如此黑暗,忠贞之士反遭祸患。想想前朝贤君的圣明,再想想朝廷的混乱,他不禁陷入忧国忧民又忧己的巨大痛苦之中。整首诗就在主人公遭祸而痛苦的心情与他对君王始终放不下的幻想之间来回转换,使读者深深体会到主人公极度矛盾、欲罢不能的痛苦。王逸《九思》对刘向《九叹》借鉴很多。此篇与《九叹》首篇《逢纷》相似,从中可见王逸对刘向的模仿,同时也体现了东汉时期知识分子对屈原普遍的崇敬心态。

　　悲兮愁,哀兮忧。天生我兮当暗时,被诼谮兮虚获尤[1]。心烦愦兮意无聊[2],严载驾兮出戏游[3]。

**【注释】**

①诼谮(zhuó zèn):造谣诬陷。诼,毁谤,谮毁。虚:平白无故地。尤:罪过。

②烦愦(kuì):心烦意乱。无聊:不快乐。

③严:整肃,整饬。戏游:游戏,游玩。戏,本义是游戏,这里指逸乐。

**【译文】**

　　可悲啊可愁,哀伤啊烦忧。我生来就遇上啊这昏暗的世道,受到奸佞诬陷啊遭受祸患。心烦意乱啊忧愁郁闷,整装驾车啊出门远游。

　　周八极兮历九州[1],求轩辕兮索重华[2]。世既卓兮远眇眇[3],握佩玖兮中路躇[4]。羡咎繇兮建典谟[5],懿风后兮受瑞图[6]。愍余命兮遭六极[7],委玉质兮于泥涂。遽偟遑兮驱林泽[8],步屏营兮行丘阿[9]。车轸折兮马虺颓[10],惄怅立兮涕滂沱[11]。

**【注释】**

①周:周游,环绕。八极:八方极远之地。九州:古代中国设置九个州,这里泛指中国。

②轩辕:黄帝。重华:虞舜名。

③卓:遥远。

④佩玖(jiǔ):作佩饰用的浅黑色美石。躇(chú):同"跙",彷徨。

⑤咎繇:即"皋陶",舜臣,掌刑狱。典谟(mó):《尚书》中《尧典》、《舜典》和《大禹谟》、《皋陶谟》等篇的并称,指大经大法。

⑥懿(yì):称美,赞美。风后:相传为黄帝臣之一。瑞图:旧指上天所赐、表示受命的图籍。

⑦愍(mǐn):怜悯。六极:六种极凶恶之事。《书·洪范》:"六极,一曰凶短折,二曰疾,三曰忧,四曰贫,五曰恶,六曰弱。"孔颖达疏:"六极,谓穷极恶事有六。"

⑧遽:洪兴祖《楚辞补注》校语:"一作遂。"作"遂"可通,于是。偟遑(zhāng huáng):彷徨。

⑨屏营(bīng yíng):彷徨。丘阿:山丘的曲深僻静处。

⑩軏(yuè):古代车辕与横木相连接的关键。虺(huī)颓:疲病。

⑪惷怅:惝怅失意的样子。"惷"当从一本作"惝"。滂沱(tuó):指泪水多。沱,同"沲"。

**【译文】**

走遍八方之地啊游历天下,盼望一见黄帝啊寻找明君虞舜。盛世已然远逝啊路途遥远,空有玉佩宝石啊途中走走停停。美慕咎繇得遇明君啊建立纲纪,赞美风后啊有缘秉承吉祥图符。可怜我时运不济啊遭受种种苦难,好比丢弃美玉啊在那污泥之中。彷徨不知所往啊进入林中沼泽,彷徨没有目标啊走在僻静山中。车辕断折啊马匹疲病,怅惘若失啊泪水直流。

思丁文兮圣明哲①,哀平差兮迷谬愚②。吕傅举兮殷周兴③,忌嚭专兮郢吴虚④。仰长叹兮气饐结⑤,悒殟绝兮咶复苏⑥。虎兕争兮于廷中⑦,豺狼斗兮我之隅。云雾会兮日冥晦,飘风起兮扬尘埃⑧。走鬯罔兮乍东西⑨,欲窜伏兮其焉如⑩。念灵闱兮隩重深⑪,愿竭节兮隔无由⑫。望旧邦兮路逶随⑬,忧心悄兮志勤劬⑭。魂茕茕兮不遑寐⑮,目眽眽兮寤终朝⑯。

**【注释】**

①丁:武丁,殷高宗名。文:周文王。关于周文王与姜子牙之间的君臣遇合,先秦典籍记载甚多,大约是当时广为传诵之事。

②平:楚平王。差:吴王夫差。

③吕:即吕尚。姓姜,名尚,字子牙,因其先祖于吕(今河南南阳),故从封地改姓。辅佐周文王兴周。傅:傅说。殷商王武丁的大宰相,是殷商时期卓越的政治家、军事家。

④忌:楚大夫费无忌。事迹见《史记·楚世家》。嚭(pǐ):吴大夫宰嚭。事迹见《史记·吴太伯世家》。郢:楚国都城。虚:被灭亡,被占领,成为废墟。

⑤饐(yē)结:气梗塞郁结。饐,同"噎。"

⑥悒殟(yì wēn):昏厥。绝:气绝。咶(huài):喘息。

⑦虎兕(sì):虎与犀牛。比喻凶恶残暴的人。

⑧飘风:旋风。

⑨鬯罔(chàng wǎng):怅惘失意的样子。鬯,通"怅"。

⑩窜(cuàn)伏:逃匿,隐藏。焉如:到哪里去。

⑪灵闱:君王的宫殿。隩(ào):室内西南角,引申指房屋深处。与"奥"通。

⑫竭节:尽臣子的责任与义务。隔无由:遭阻隔而没有途径可以与
　　君王沟通。

⑬逶(wēi)随:曲折而遥远。

⑭悄(qiǎo):忧伤。勤劬(qú):勤,辛勤。劬,劳累。

⑮茕茕:形容孤独的样子。遑(huáng):闲暇。

⑯脉脉(mò):眼睁睁地。寤终朝:整夜不能入睡。

**【译文】**

　　思慕武丁文王啊圣明慧哲,哀叹平王夫差啊迷误愚谬。吕尚、傅说
得到重用啊殷周兴盛,费无忌、太宰嚭得宠啊国家成为废墟。仰天长叹
啊忧愤之气梗塞郁结,忧愤以致昏厥啊久久才又苏醒。奸臣虎兕争夺
啊在那朝堂之上,恶人豺狼争斗啊就在我的身边。乌云浓雾弥漫啊日
色昏暗,旋风猛烈刮起啊扬起尘土漫天。怅惘失意啊忽东忽西,心想逃
避隐藏啊又该到哪里去。想念君王啊阻隔深重,愿意尽忠效劳啊没有
途径。回望故国啊路途曲折遥远,忧心忡忡啊心志辛苦劳累。长夜孤
寂难耐啊无法入睡,就这样眼睁睁啊直到天明。

# 怨　上

**【题解】**

　　《怨上》即对"上"之怨情的诉说,既可理解为怨愤上天的不公,也可
理解为对君王的申诉。在内容上,本篇描述了主人公因受奸臣排挤,独
自身处荒凉苍野之中,眼睁睁看着天显恶兆,痛心社稷将倾覆却又无可
奈何的悲痛。世事的艰险加上自然环境的恶劣,使他沉浸在深深的压
迫和痛苦之中。他对君主是希冀与怨愤相互交织的,是矛盾不堪的。
篇中对命运不公的控诉以及对以楚王为首的楚国政事状况所进行的批
判,对后世政治讽喻诗具有启发意义。

令尹兮謷謷①,群司兮谇谇②。哀哉兮溷溷③,上下兮同流。菽藟兮蔓衍④,芳蘹兮挫枯⑤。朱紫兮杂乱⑥,曾莫兮别诸⑦。倚此兮岩穴,永思兮窈悠⑧。嗟怀兮眩惑⑨,用志兮不昭⑩。将丧兮玉斗⑪,遗失兮钮枢⑫。我心兮煎熬,惟是兮用忧。

**【注释】**

①令尹:春秋战国时楚国执政官名,相当于宰相。謷謷(áo):傲慢而妄言。群司:百官。

②谇谇(nóu):多嘴多舌的样子。

③溷溷(gǔ):形容混乱的样子。

④菽藟(shū lěi):比喻小人。菽,豆类的总称。

⑤蘹(xiāo):亦作"薶"。香草名,即白芷。挫枯:摧折,枯萎。

⑥朱紫:朱为正色,紫为杂色,比喻正邪、是非、优劣等。

⑦曾:乃,竟。莫:无人。别诸:辨别,区别。

⑧窈(yǎo)悠:深远,悠长。

⑨怀:怀王。眩(xuàn)惑:被迷惑。

⑩用志:行忠尽义。昭:显明,明白。

⑪玉斗:北斗星。

⑫钮(niǔ)枢:指北斗七星第一星天枢星。

**【译文】**

令尹啊傲慢妄言,百官啊多嘴多舌。可悲啊朝政混乱,自上而下啊全都同流合污。杂草啊遍地蔓衍,香草啊摧折枯萎。朱紫两色啊混杂在一起,竟然无人啊能够辨别。身体靠着啊石洞穴壁,思绪悠长啊绵绵不绝。可叹怀王啊遭到奸佞迷惑,忠义之心啊难以显明。眼看国家啊将要不保,政权将失去砥柱。我心如同啊油煎一般,想起此事啊悲愤忧愁。

　　进恶兮九旬①，复顾兮彭务②。拟斯兮二踪③，未知兮所投。谣吟兮中壄④，上察兮璇玑⑤。大火兮西睨⑥，摄提兮运低⑦。雷霆兮硠磕⑧，霰霰兮霏霏⑨。奔电兮光晃⑩，凉风兮怆凄⑪。鸟兽兮惊骇，相从兮宿栖。鸳鸯兮噰噰⑫，狐狸兮徾徾⑬。哀吾兮介特⑭，独处兮罔依⑮。蝼蛄兮鸣东⑯，蟊蠈兮号西⑰。载缘兮我裳⑱，蠋入兮我怀⑲。虫豸兮夹余⑳，惆怅兮自悲。伫立兮忉怛㉑，心结绲兮折摧㉒。

## 【注释】

①进恶：当从一本作"进思"。九旬：当从一本作"仇苟"。仇，仇牧，宋万弑宋闵公，仇牧持剑叱之，为万所杀。苟，苟息，里克弑公子卓，苟息因之而死。

②彭务：指清白正直之士。彭，彭咸。务，务光。

③拟：效法，摹拟。二踪：上述两位古代贤人的踪迹。

④中壄(yě)：荒野之中。壄，同"野"。

⑤璇玑(xuán jī)：北斗前二、三星星名，即天璇、天玑。

⑥大火：星名。心宿中央的红色大星，即荧惑星。大火星自每年秋季开始自西而下，又叫流火。睨(nì)：偏斜。

⑦摄提：星名。共六星，位于大角星两侧。左三星叫左摄提，右三星叫右摄提。

⑧硠磕(láng kē)：本义是石头相击发出的声音。这里引申为雷声。

⑨霰(xiàn)：小雪珠。霏霏：雨雪茂密的样子。

⑩光晃：照耀。

⑪怆(chuàng)凄：悲伤。

⑫噰噰(yōng)：鸟和鸣声。

⑬徾徾(méi)：相互跟随。

⑭介特：孤独。

⑮罔依：无依。

⑯蝼蛄(lóu gū)：一种对农作物有害的昆虫。

⑰蟊蠽(máo jié)：一种青色的小蝉。

⑱蛓(cì)：一种毛虫。

⑲蠋(zhú)：鳞翅目昆虫的幼虫。

⑳豸(zhì)：昆虫。

㉑忉怛(dāo dá)：忧伤，悲痛。

㉒结缙(gǔ)：形容思绪错乱，郁结不解。

## 【译文】

想起啊为主而死的仇牧苟息，又想起啊赴水而死的彭咸务光。想要追随啊古代贤人遗迹，却不知啊该去往哪里。孤身行吟啊在荒野之地，仰天察看啊天象的玄机。我看到荧惑星啊西斜，摄提星啊向下运行。转眼之间啊雷声大作，冰雹雪珠啊纷纷洒落。闪电呼啸啊光耀天宇，凉风彻骨啊凄怆悲伤。飞鸟走兽啊惊吓恐惧，相互依偎啊栖息在一起。鸳鸯鸣叫啊相互鸣和，狐狸成群啊相互跟随。哀叹我的处境啊孤独寂寞，独自在这荒野啊无依无靠。蝼蛄啊东边鸣叫，蟊蠽啊西侧号叫。毛虫蠕动啊沿我衣裳，蠋虫钻入啊我的怀中。豸宵小啊将我包围，令我惆怅啊自怜自悲。久久伫立啊满心伤痛，思绪纷乱啊心意折摧。

# 疾　世

## 【题解】

"疾世"即痛恨世道人情之意。《疾世》分三个层次，依次描写了主人公不屑与世间小人为伍，天下遍求贤人而不得，无可奈何地向上天寻求解脱的经历；其次，虽忠心义行与上苍的要求相符，却因时世混杂而难以一展鸿图；最后，主人公在理想与现实的矛盾中无法解脱，对黑暗的世道愈加嫉恨难平。本篇将主人公与世间群小在情操上进行了强烈对比，突出了他"人海茫茫，知音难觅"的痛苦心情。

　　就本篇具体内容而言，显然是对《离骚》中屈原"三次求女"经历的承继与改写，开篇"求水神兮灵女"句正透露了这种信息。此篇在阐释屈原精神世界的同时，加入了儒家仁义观念的因素，体现了鲜明的时代思想文化特征，值得重视。

　　　周徘徊兮汉渚①，求水神兮灵女②。嗟此国兮无良③，媒女诎兮谏谀④。鹦雀列兮诖谨⑤，鸲鹆鸣兮聒余⑥。抱昭华兮宝璋⑦，欲衒鬻兮莫取⑧。言旋迈兮北徂⑨，叫我友兮配耦⑩。日阴曀兮未光⑪，阒眇窕兮靡睹⑫。

【注释】

①周：走遍。汉渚：汉水之涯。

②灵女：水中女神，亦即汉水女神。

③良：贤人。

④诎（qū）：言语迟钝。谏谀（lián lóu）：形容委曲繁杂，絮语不清。

⑤鹦（yàn）雀：亦作"鹦雀"。小鸟名。鹦的一种。诖谨（huá huān）：喧哗。

⑥鸲鹆（qú yù）：鸟名，俗称八哥。聒（guō）：喧哗，吵闹。

⑦昭华：美玉名。宝璋（zhāng）：宝玉。璋，一种玉器，形状像半个圭。

⑧衒鬻（xuàn yù）：叫卖，出卖。

⑨言：句首助词，无实义。旋迈：远去。北徂（cú）：北行。

⑩配耦(ǒu)：即配偶，这里指朋友、知己。

⑪阴瞖(yì)：阴暗。

⑫阒(qù)：同"阒"。寂静。眇窱(xiāo tiǎo)：昏暗，幽深。

**【译文】**

　　周游彷徨啊汉水之涯，思求一遇啊汉水女神。可叹举国啊竟无贤人，媒人笨拙啊表达不清。小鸟群聚啊喧哗吵闹，八哥齐鸣啊扰乱视听。怀里抱着啊美玉，想要出售啊无人问津。转身远去啊向北行进，一边呼唤啊志同道合之人。日色昏暗啊不见光亮，昏暗幽深啊无法看清。


　　纷载驱兮高驰①，将诹询兮皇羲②。遵河皋兮周流，路变易兮时乖③。沥沧海兮东游④，沐盥浴兮天池⑤。访太昊兮道要⑥，云靡贵兮仁义⑦。志欣乐兮反征，就周文兮邠岐⑧。秉玉英兮结誓⑨，日欲暮兮心悲。惟天禄兮不再⑩，背我信兮自违⑪。窬陇堆兮渡漠⑫，过桂车兮合黎⑬。赴崑山兮罥骉⑭，从邛遨兮棲迟⑮。吮玉液兮止渴，啮芝华兮疗饥⑯。居嶂廓兮勘畴⑰，远梁昌兮几迷⑱。望江汉兮濩淿⑲，心紧絭兮伤怀⑳。时朏朏兮旦旦㉑，尘莫莫兮未晞㉒。忧不暇兮寝食，吒增叹兮如雷㉓。


**【注释】**

①纷：缤纷美盛。

②诹询：拜访，询问。皇羲：指伏羲氏，为"三皇五帝"之首。皇是对
　伏羲氏的美称。

③时乖：时世反常。乖，反常，谬误。

④沥(lì)：渡水。

⑤沐：洗发。盥(guàn)：洗手。浴：洗身。天池：咸池，神话中日浴

之处。

⑥太昊:指上文的"皇羲",是对伏羲氏的尊称。道要:天道的要领。

⑦靡(mǐ):莫,没有什么。

⑧邠(bīn)岐:周民族最早活动并建国的地方。

⑨玉英:玉一样的花朵。

⑩惟:思。天禄:天赐的福禄,这里指寿命。

⑪自违:自相违背。

⑫窬(yú):从墙上爬过。陇堆:山名,或即今陇山,绵延于甘肃、陕
西交界处。

⑬桂车兮合黎:桂车与合黎均为西方山名。

⑭崑山:昆仑山。絷(zhí):亦作"𢌻"。拴缚马的足。騄(lù):骏马。

⑮邛(qióng):通"蛩",即蛩蛩駏虚,兽名,善于奔跑。遨(áo):遨游,
游览。棲迟:停留,歇息。

⑯啮(niè):咬。芝华:灵芝的花朵。疗饥:止住饥饿。疗,治疗,使
消退。

⑰嵺廓(liáo kuò):空旷。尟(xiǎn)畴:缺少同道中人,形单影只。
尟,同"鲜",少。畴,匹,同类。

⑱梁昌:处境狼狈,进退失所。

⑲濩渃(huò ruò):形容水势浩大。

⑳絭紾(juàn):纠缠,萦绕。

㉑眒眒(pò):形容日月初出,光线尚暗的样子。旦旦:天色将亮。

㉒莫莫:同"漠漠",形容尘土飞扬的样子。晞(xī):消散。

㉓吒(zhà):愤怒声。

## 【译文】

整顿缤纷美盛的车驾啊纵马飞驰,将去拜访啊上皇伏羲。沿着河
边高地啊周游,道路曲折啊时势易变。渡过沧海啊向东行进,沐浴净身
啊天池之中。终于得见太昊啊向他请教天道的要领,他说最宝贵啊莫

过于仁义之行。我满心欢喜啊踏上归程,投奔周文王啊到达邠岐之地。手持玉花啊相对立誓,日色将暗啊心中伤悲。想到天赐福禄啊一去不返,趋媚时俗啊自相背离。越过陇堆山啊渡过大漠,走过桂车、合黎啊西方山峰。登上昆仑啊拴好骏马,跟从邛兽啊游览栖息。喝那美玉之液啊来解口渴,吃那灵芝花朵啊以充饥。居处空旷啊形单影只,踉跄远行啊目眩神迷。眺望江汉之水啊浩大广阔,心绪纷繁扰动啊中情感伤。太阳冉冉初升啊天色尚暗,尘土飞扬啊久久没有消散。忧思绵长难解啊无心休息进食,满腔愤怒化作长叹啊声震如雷。

# 悯　上

**【题解】**

《悯上》之“悯”为怜悯。关于“上”,汤炳正等《楚辞今注》认为应作“己”。“悯上”,应是王逸对屈子所遭受的不公平待遇寄以怜悯之意。本篇首先渲染了奸人当权、忠良遭弃的不正常氛围,接着刻画了主人公苦闷彷徨,满目凄凉,忧愤不已的状态。篇中描写他独处山中,孤独憔悴,空怀异才而不见用,受到不公遭遇后凄凉怨愤的心情。这种情愫,满含愤愤不平之意,体现了对先贤的遥遥相知之情。

哀世兮睩睩①,诐诐兮嗌喔②。众多兮阿媚③,飘靡兮成俗④。贪枉兮党比⑤,贞良兮茕独⑥。鹄窜兮枳棘⑦,鹈集兮帷幄⑧。蘥蘛兮青葱⑨,槁本兮萎落⑩。睹斯兮伪惑⑪,心为兮隔错⑫。

## 【注释】

①睩睩(lù)：谨慎小心的样子。

②谏谏(jiàn)：巧言善辩的样子。嗌喔(yì wō)：形容奉承取媚的声音。

③阿(ē)媚：阿谀谄媚。

④骫(wěi)靡：委曲取容的样子。

⑤贪枉：贪婪邪恶。

⑥茕独：孤独。引申为孤独无依。

⑦鹄：鸿鹄。枳棘：枳木与棘木。

⑧鹈(tí)：水鸟。帷幄(wò)：帷帐。

⑨蒺藇(jì rú)：草名。青葱：翠绿色。

⑩槁(gǎo)本：香草。

⑪伪惑：虚假，丑恶。

⑫隔错：受挫。

## 【译文】

　　可悲世人啊谨慎小心，巧言善辩啊逢迎权贵。众人大多啊奉承曲媚，委曲取容啊成风而行。贪婪邪佞之徒啊结党拉派，忠贞贤良之士啊孤独无依。鸿鹄窜伏啊被困枳棘，鹈鹕群集啊聚在帷帐里。杂草丛生啊郁郁葱葱，香草被弃啊枯萎零落。看到世事啊虚伪丑恶，我心不由啊倍觉痛惜。

　　逡巡兮圃薮①，率彼兮畛陌②。川谷兮渊渊③，山峐兮峇峇④。丛林兮崟崟⑤，株榛兮岳岳⑥。霜雪兮灉澄⑦，冰冻兮洛泽⑧。东西兮南北，罔所兮归薄⑨。庇荫兮枯树，匍匐兮岩石⑩。踸踔兮寒局数⑪，独处兮志不申，年齿尽兮命迫促。魁垒挤摧兮常困辱⑫，含忧强老兮愁不乐⑬。须发苎顇兮颒鬓

白⑭,思灵泽兮一膏沐⑮。怀兰英兮把琼若⑯,待天明兮立踯
躅⑰。云蒙蒙兮电倏烁⑱,孤雌惊兮鸣呴呴⑲。思怫郁兮肝
切剥⑳,忿悁悒兮孰诉告㉑?

**【注释】**

①逡(qūn)巡:徘徊。圃:园圃。薮:湖泊。亦指水少而草木丰茂的
　沼泽。

②率:沿着,顺着。畛(zhěn)陌:泛指田间的道路。

③渊渊:深幽。

④皀(fù):即"阜",土山。峚峚(è):形容山势高大。

⑤嶾嶾(yín):繁盛的样子。

⑥榛(zhēn):丛木。岳岳:遍布四周的样子。

⑦漼澄(cuī yí):霜雪积聚的样子。

⑧洛泽:冰冻。

⑨罔:无。归薄:归宿,停止。

⑩匍匐:伏地而行。引申为隐藏之义。

⑪踡跼(quán jú):局促,拘牵,不舒展。寒:寒冷,凄苦。局数(cù):
　局促。

⑫魁垒(lěi):心情郁闷,盘结不解。挤摧:命运坎坷。

⑬强老:指由于忧愁而过早衰老。

⑭苎(níng):散乱。颣(piǎo):头发斑白。

⑮灵泽:天之恩惠。膏沐:古代润发的油脂,这里用作动词。

⑯琼若:如玉般的杜若,指很珍贵。

⑰踯躅(zhí zhú):踌躇不进。

⑱倏(shū)烁:疾闪,闪烁。

⑲呴呴(gòu):鸟鸣声。

⑳怫(fú)郁:愤懑不平。切剥:形容心情极端痛苦急切。

㉑忿：怨愤。悁悒（yuān yì）：忧郁。

【译文】

徘徊啊在湖泽园圃，顺着它们啊走过田间小路。山谷啊幽深，土山啊高大。丛林啊繁盛，榛丛啊密布四周。霜雪啊积聚，水面啊冰冻。东西啊南北，何处啊是归程。寻求庇荫啊在枯树下，隐藏啊岩石深处。蜷曲此处啊寒冷局促，独自居住啊壮志难酬，寿命将尽啊生命短促。心情郁闷啊常遭困苦屈辱，忧虑使人过早衰老啊终生不快乐。须发散乱啊头发斑白，希望天降甘露啊为我沐浴。怀抱兰花啊手持如玉般的杜若，在黑夜中踟躇不进啊等待天明。乌云浓密啊电光疾闪，孤单雌鸟受惊啊叫个不停。心情愤懑不平啊肝肠寸断，怨愤之情难平啊谁能听我倾诉？

# 遭　厄

【题解】

《遭厄》之"遭"即遭受、遭遇。"厄"即祸端。《遭厄》描写了屈子在遭受排挤迫害后忍辱远遁，寻求光明而不得的经历。在内容安排上，屈原因朝中恶臣云集，贤良被黜，不愿屈从，才远走高飞，寻找光明所在的。但天上也如世间一样不见天光，星象混乱，方向迷失。他在天上看到故国的都城，极度的依恋使他极欲返回家乡。对祖国的眷恋和群小的恶行使他处在极度矛盾、徘徊难断的情感关口，表现了王逸对屈原死前理智与情感双重挣扎的合理想象，寄托了作者对主人公经历与心情的深刻理解与共鸣。

悼屈子兮遭厄①，沉玉躬兮湘汨②。何楚国兮难化③，迄于今兮不易。士莫志兮羔裘④,竞佞谀兮谗阋⑤。指正义兮为曲,诋玉璧兮为石⑥。鸱鹏游兮华屋⑦,鵔鸃棲兮柴蔟⑧。起奋迅兮奔走⑨,违群小兮谇诟⑩。

**【注释】**

①屈子:屈原。子,对人的尊称。厄:祸端,灾难。

②玉躬:对屈原身躯的美称。湘汨:汨罗为湘水支流,屈原投汨罗江而死。

③化:教育感化。

④羔裘:语出《诗·郑风·羔裘》:"羔裘如濡,洵直且侯,彼其之子,舍命不渝。"是郑人赞美其大夫的诗。这里借此典故,抨击当今士人志行低俗鄙恶。

⑤阋(xì):争吵,争斗。

⑥诋(zǐ):同"呰",诋毁,指责。

⑦鸱鹏(chī diāo):鸱,"鸱"的错体,恶鸟。鹏,即"雕",猛禽。

⑧鵔鸃(jùn yí):神俊之鸟。

⑨奋迅:形容鸟飞或兽跑迅疾而有气势。

⑩违:躲避,离去。谇诟(xì gòu):辱骂。

**【译文】**

哀悼屈子啊无故遭遇祸端,自沉高洁之躯啊湘江汨罗。楚国为何啊如此难以教育感化,到了今天啊仍然改变无多。大臣中无人有啊精忠报国之志,竞相阿谀奉承啊互相争斗。将公理正义啊指为谬误,又诋毁玉璧啊如同顽石。恶鸟鸱鹏盘桓嬉游啊在华堂之上,神鸟鵔鸃只能栖息啊在柴草堆中。无奈奋飞而起啊离开此处,躲避这群小人啊轻毁辱骂。

载青云兮上升,适昭明兮所处①。躔天衢兮长驱②,踵九

阳兮戏荡③。越云汉兮南济④,秣余马兮河鼓⑤。云霓纷兮
晻翳⑥,参辰回兮颠倒⑦。逢流星兮问路,顾我指兮从左。俓
娵觜兮直驰⑧,御者迷兮失轨。遂踢达兮邪造⑨,与日月兮殊
道。志阏绝兮安如⑩,哀所求兮不耦⑪。攀天阶兮下视⑫,见
鄢郢兮旧宇⑬。意逍遥兮欲归,众秽盛兮杳杳⑭。思哽饐兮
诘诎⑮,涕流澜兮如雨⑯。

**【注释】**

①昭明:光明,太阳。

②蹑(niè):踩,踏。衢(qú):大路,四通八达的道路。

③踵(zhǒng):走到。九阳:古代神话传说中日所出入的地方。戏
荡:游荡。

④云汉:银河,天河。

⑤秣(mò):喂牲口。河鼓:星名。属牛宿,在牵牛之北。一说即
牵牛。

⑥晻翳(yǎn yì):遮蔽而使阴暗。

⑦参辰:二星名。分别在东方、西方,出没各不相见。回:回转。

⑧俓(jìng):经过,越过。娵觜(jū zī):星次名,在二十八宿为室宿和
壁宿。

⑨踢达:形容行动不由正轨,放荡佻达的样子。邪造:斜向行进,指
没有走正道。

⑩阏(è)绝:阻断,断绝。

⑪耦(ǒu):合,符合。

⑫天阶:星名。

⑬鄢(yān)郢:楚国都城。鄢在今湖北宜城,楚惠王曾徙都于北。

⑭杳杳:幽暗。这里指世俗风气恶浊。

⑮哽馇(yē)：因悲伤而气息滞塞。馇，同"噎"。诘诎(jié qū)：滞塞，
　艰涩。
⑯澜：本义指大的波浪。这里形容泪如泉涌的样子。

## 【译文】

　　乘着青云啊冉冉上升，奔向光明啊所在之处。踏着天庭大路啊长
驱而入，走到太阳住所啊游荡。穿越银河啊往南涉渡，喂马休整啊河鼓
侧畔。云团纷拥啊遮蔽日光，参辰二星回旋交替啊位置颠倒。遇到流
星啊向它问路，回头为我指路啊方向向左。越过娵觜二星啊径直奔驰，
迷失方向啊不知去往何方。这才知道自己失足啊走上邪路，与日月所
行轨道啊背离。心意沮丧啊何去何从？哀叹所追求的理想啊无人赞
同。爬上天阶星啊向下观望，看见楚国郢都啊我的故国。心意动荡摇
摆啊真想归去，群小奸邪众多啊世风混浊。思前想后啊悲伤哽咽，涕泪
横流啊零落如雨。

# 悼　乱

## 【题解】

　　"悼乱"即哀悼世事混乱，欲奔遁远方的复杂心情。开篇即从"乱"
字入手，写尽了自然界群兽并存的险恶与人世间是非倒置的混乱情景。
贤人被逐而佞人得宠的黑暗朝政使主人公气愤不已，欲求隐居却见满
目怪兽恶鸟、威胁生存，加上自己孤身一人、知音难寻的苦闷，使作者深
深陷入难以排解的境地。最终主人公终于明白：他最眷恋的还是祖国。
因此，他决心不管形势多么严峻，也要回到祖国怀抱。其百折不挠的抗
争精神，令人钦佩。

嗟嗟兮悲夫，殽乱兮纷挐①。茅丝兮同综②，冠屦兮共绚③。督万兮侍宴④，周邵兮负刍⑤。白龙兮见躲⑥，灵龟兮执拘⑦。仲尼兮困厄⑧，邹衍兮幽囚⑨。伊余兮念兹⑩，奔遁兮隐居。将升兮高山，上有兮猴猿。欲入兮深谷，下有兮虺蛇⑪。左见兮鸣鵙⑫，右睹兮呼枭⑬。惶悸兮失气⑭，踊跃兮距跳⑮。便旋兮中原⑯，仰天兮增叹。菅蒯兮熟莽⑰，雚苇兮仟眠⑱。鹿蹊兮蹒蹒⑲，貒貉兮蟫蟫⑳。鹠鹠兮轩轩㉑，鹑鹌兮甄甄㉒。

**【注释】**

①殽（xiáo）乱：交错，纷乱。纷挐（ná）：混乱，错杂。

②茅丝：茅草与丝线，这里比喻忠奸、善恶。同综：交织。综，织机上使经线上下交错以便梭子通过的装置。

③屦（jù）：鞋。共绚（qú）：装饰相同。绚，古时鞋头上的装饰，有孔，可穿系鞋带。

④督：华督，宋人，有弑君之行。万：宋万，宋人，亦有弑君之行。

⑤周邵：周公和邵公，皆周朝开国功臣。负刍（chú）：背柴草，谓从事樵柴之事。

⑥白龙：河神。躲（shè）：同"射"。

⑦灵龟：有灵应的龟兆。

⑧仲尼：孔子，字仲尼。困厄：处境窘迫，指孔子困厄于陈蔡之事。

⑨邹衍：战国时齐人，曾遭人谗而入狱。

⑩伊余：自指，我。伊，发语词，无实义。

⑪虺（huǐ）蛇：毒蛇。

⑫鵙（jú）：鸟名，即伯劳。

⑬枭：鸟名，猫头鹰一类的鸟，旧传枭食母，故常以喻恶人。

⑭惶悸(jì):惊恐。失气:这里形容因害怕恐惧而呼吸急促,气息若有若无的样子。

⑮踊跃:跳跃。距(jù)跳:跳跃,超越。

⑯便旋:徘徊,回旋。中原:原野。

⑰菅蒯(jiān kuǎi):茅草之类,可编绳索。

⑱萑(huán):同"萑",荻类植物。仟(qiān)眠:草木丛生的样子。

⑲蹊(xī):路径。这里是在路上走之意。蹒蹒(duàn):形容野兽行进的样子。

⑳貒(tuān):猪獾。貉(hé):兽名。外形似狐,毛棕灰色。是一种重要的毛皮兽。现北方通称貉子。蟫蟫(xún):形容相互跟随的样子。

㉑鸇(zhān):猛禽名。又名晨风。鹞(yào):猛禽名。通称雀鹰、鹞鹰。轩轩:形容飞舞、飞动的样子。

㉒鹌(ān):同"鹌"。甄甄(zhēn):形容鸟飞翔的样子。

## 【译文】

可叹啊可悲,交错啊混乱。茅草丝线啊交错,帽子、鞋子啊竟然装饰相同。杀害君王的华督、宋万啊在君王身边侍宴,开国功臣周邵二公啊被放逐以打柴为生。镇河神龙啊被箭射中,祥瑞灵龟啊被捉拿拘禁。孔子啊处境窘迫,邹衍忠君啊却被幽禁。我一想到啊这些史事,只有远走他乡啊隐藏安身。将要登上啊高山,上面却有啊猿猴。想要进入啊深谷,下面却有啊毒蛇。左边看见啊鸣叫的伯劳,右侧瞧见啊呼应的猫头鹰。惊惧惶恐啊气息若无,挣扎跳跃啊逃离险恶环境。徘徊回旋啊原野之中,仰望苍天啊长叹不已。满目茅草啊郁郁葱葱,荻草芦苇啊簇拥丛生。野鹿奔跑啊在小路上,猪獾貉子啊前后跟随。晨风鹞鹰啊翔翔舞动,小鸟鹌鹑啊飞个不停。


哀我兮寡独,靡有兮齐伦①。意欲兮沉吟,迫日兮黄昏。

玄鹤兮高飞,曾逝兮青冥②。鸧鹒兮喈喈③,山鹊兮嘤嘤④。鸿鸬兮振翅⑤,归雁兮于征⑥。吾志兮觉悟,怀我兮圣京⑦。垂屣兮将起⑧,跓俟兮硕明⑨。

**【注释】**

①齐:齐同。伦,同类。

②曾逝:高飞。青冥:天空。

③鸧鹒(cāng gēng):黄鹂。又作"仓庚"。喈喈(jiē):禽鸟和鸣声。

④嘤嘤(yīng):叫声清脆。

⑤鸬(lú):鸬鹚,一种水鸟。

⑥于征:将去。

⑦圣京:指故都"鄢郢"。

⑧垂屣(xǐ):穿鞋。

⑨跓俟(zhù sì):停足而待。硕明:天大亮。

**【译文】**

哀叹自己啊孤单独身,世间没有啊志同道合的人。想要沉思啊我这一生,日落西山啊已近黄昏。黑色仙鹤啊高高飞起,远远消逝啊苍穹之中。黄鹂鸣啭啊此起彼伏,听到山鹊啊清脆叫声。水鸟鸬鹚啊振翅而飞,南归大雁啊将要远行。我的内心啊终于彻悟,无法忘怀啊故都鄢郢。穿好鞋子啊将要起身,停足等待啊天色大明。

# 伤  时

**【题解】**

"伤时"原指或伤于自然之时,或伤于时局世事,此篇两义兼有。本篇是触景生情之作,由冬去春来、草木萌生的清明季节而想到冬季的肃杀、花儿的枯萎凋零,这与当下小人横行、忠良遇害的污浊朝政何其相似。于是他远遁他乡,以避祸端,虽受到神灵的真诚相待,然而依旧思念多灾多难的楚国,始终抛不下故国。通篇的"乱"与"恋"相交织,形象地表现了主人公对国家的情感。

　　惟昊天兮昭灵①,阳气发兮清明②。风习习兮龢煖③,百草萌兮华荣④。菫荼茂兮扶疏⑤,蘅芷凋兮莹嫇⑥。愍贞良兮遇害⑦,将夭折兮碎糜⑧。时混混兮浇馈⑨,哀当世兮莫知。览往昔兮俊彦⑩,亦诎辱兮系累⑪。管束缚兮桎梏⑫,百贸易兮傅卖⑬。遭桓缪兮识举⑭,才德用兮列施⑮。

**【注释】**

①惟:发语词。昊(hào)天:指春天,有人说指夏天。昭灵:显示神通。

②阳气:暖气。

③习习:和煦。龢煖(hé nuǎn):犹"温暖"。

④华荣:花。

⑤菫(jǐn):蔬类植物。荼(tú):苦菜。扶疏:树叶繁茂的样子。

⑥蘅:杜衡。芷:白芷。莹嫇(míng):形容枯萎凋落的样子。

⑦愍(mǐn):怜悯,哀怜。

⑧碎糜:碎烂。

⑨混混:浑浊,指水、空气等含有杂质,不清洁,这里比喻社会环境的阴暗、肮脏。浇馈(zàn):以羹浇饭。比喻浊乱。

⑩俊彦(yàn):杰出之士,贤才。

⑪诎(qū)辱:委屈和耻辱。系累:束缚,捆绑,拘囚。

⑫管：管仲。名夷吾，又名敬仲，字仲，谥号敬，史称管子，春秋时期
　　齐国著名的政治家。桎梏（zhì gù）：刑具，脚镣手铐。
⑬百：百里奚。秦穆公时贤臣，著名的政治家。贸（mào）易：变易，
　　更换。贸，亦作"贸"。傅卖：转而自卖。
⑭桓缪（mù）：春秋五霸中齐桓公和秦缪公的并称。缪，通"穆"。
⑮列施：是充分施展。列，陈列，布置。

**【译文】**

　　春天之神啊显示灵通，天气渐暖啊空气清明。春风和煦啊温暖舒
适，百草萌生啊欣欣向荣。堇菜、苦菜茂盛啊枝叶繁茂，杜蘅、白芷凋谢
啊枯萎凋散。悲怜贤良之士啊遭受祸患，将要死去啊身躯碎烂。时世
浑浊啊就像浇饭，可悲芸芸众生啊无一知己。看那历史上的啊杰出贤
才，同样遭受屈辱啊陷入困境。管仲被捆绑啊又给套上刑具，百里奚迫
于无奈啊自卖于秦。得到齐桓、秦穆啊赏识，才智终于得以啊施展。


　　且从容兮自慰①，玩琴书兮游戏。迫中国兮边陲②，吾欲
之兮九夷③。超五岭兮嵯峨④，观浮石兮崔嵬⑤。陟丹山兮
炎野⑥，屯余车兮黄支⑦。就祝融兮稽疑⑧，嘉己行兮无为⑨。
乃回竭兮北逝⑩，遇神媧兮宴娭⑪。欲静居兮自娱，心愁感兮
不能⑫。放余辔兮策驷⑬，忽飚腾兮浮云⑭。蹠飞杭兮越海，
从安期兮蓬莱⑮。缘天梯兮北上，登太一兮玉台⑯。使素女
兮鼓簧⑰，乘戈龢兮讴谣⑱。声嗷诮兮清和⑲，音晏衍兮要
媱⑳。咸欣欣兮酣乐㉑，余眷眷兮独悲㉒。顾章华兮太息㉓，
志恋恋兮依依。


**【注释】**

①从容：舒缓自得的样子。

②迫:迫于,受逼迫。迒陜(xiá):狭小,狭窄。

③九夷:古代称东方的少数民族。亦指其所居之地。

④五岭:山名,在今两广与湖南、江西交界一带,是长江流域与珠江
　　流域的分水岭。嵳(cuó)峨:形容山势高峻的样子。

⑤浮石:山名,在东海。

⑥丹山:南方山名。炎野:南方地名。

⑦黄支:南方古国名。

⑧祝融:南方火神,高辛氏之火正。稽疑:决断疑事。

⑨嘉:夸奖。无为:顺应自然。

⑩回朅(qiè):转身离去。

⑪巂(xié):神名。宴娭(xī):宴饮嬉乐。

⑫愁感:忧愁感伤。

⑬驷(sì):古代一车套四马,因以称驾四马的车或一车所驾的四马。

⑭躔(zhí):跳上,乘上。杭:行船。

⑮安期:亦称"安期生"、"安其生",仙人名。蓬莱:神话中渤海有蓬
　　莱、方丈、瀛洲三座仙人居住的神山。

⑯太一:天神之名。玉台:太一所居之处。

⑰素女:神女名。相传擅长音乐。

⑱乘戈:传说中的仙人名。龢(hè):唱和。讴谣:歌唱。

⑲噭谹(jiào tiào):歌声清畅的样子。清和:清美和谐。

⑳晏衍:旋律悠长。要婬(yín):舞容柔美妖冶的样子。婬,通"淫"。

㉑咸:皆,都。欣欣:欢乐的样子。

㉒眷眷(juàn):形容依依不舍的样子。

㉓章华:春秋时楚灵王所造之台,被誉为当时的"天下第一台"。

## 【译文】

　　暂且安于现状啊自我安慰,抚琴读书啊自娱自乐。迫于国内啊狭
隘险恶,我将前往啊东方九夷。飞越五岭啊高峻巍峨,观看浮石啊形貌

崔嵬。走过丹山啊奔向炎野,停节驻车啊在古国黄支。询问火神祝融啊决断疑事,他夸奖我的行为啊顺应自然。于是转身离去啊向北而行,与神嫦相遇啊宴饮嬉乐。想要静静坐下啊自寻娱乐,心情忧愁伤感啊无法做到。我丢开缰绳啊纵马奔驰,转眼飞腾而上啊到达浮云。乘坐飞船啊越过大海,跟随仙人安期啊来到蓬莱仙山。攀援天梯啊扶摇北上,攀附太一啊白玉之台。让神界素女啊吹奏笙曲,乘戈伴唱啊清歌盈室。歌声清畅啊音调清美和谐,旋律悠长啊舞姿柔美。众人欢乐啊陶醉其中,我却眷恋故国啊独自伤悲。俯视章华之台啊长长叹息,心意深深眷恋啊归情依依。

# 哀 岁

**【题解】**

"哀岁"即哀叹岁月的流逝与年华的渐渐老去。本篇与《伤时》有异曲同工之妙,也从万物凋谢的秋景写起,有同样肃杀的季节背景。屈原被逐后,空怀满腹才智与报国之心而无处施展,眼睁睁看着奸臣佞人将国家搞得乌烟瘴气,混乱不堪,而又无能为力。秋冬之肃杀与时局的凶险,融成当时的社会氛围,使他深陷其中而难以躲避,哀叹连连而终于无计可施。如果说《伤时》立足于春天万物复萌,屈原渴望愉悦解脱,那么本篇则以秋冬为背景,暗喻屈原生存的混乱时世和他苦苦求索、痛苦终日的人生况味。

旻天兮清凉①,玄气兮高朗②。北风兮潦冽③,草木兮苍唐④。蚍蛑兮嚛嚛⑤,蜻蛆兮穰穰⑥。岁忽忽兮惟暮,余感时兮凄怆⑦。伤俗兮泥浊,蒙蔽兮不章⑧。宝彼兮沙砾,捐此兮夜光<sup>⑨</sup>。椒瑛兮涅污<sup>⑩</sup>，菓耳兮充房<sup>⑪</sup>。摄衣兮缓带<sup>⑫</sup>，操我兮墨阳<sup>⑬</sup>。升车兮命仆，将驰兮四荒<sup>⑭</sup>。下堂兮见虿<sup>⑮</sup>，出门兮触蜂。巷有兮蚰蜒<sup>⑯</sup>，邑多兮螳螂。睹斯兮嫉贼<sup>⑰</sup>，心为兮切伤。

**【注释】**

①旻（mín）天：秋天。

②玄气：自然界的元气。

③潦冽（liáo liè）：寒冷凛冽的样子。

④苍唐：草木始凋时青黄相杂之色。

⑤蚸蚗（yī jué）：蝉的一种。噍噍（jiāo）：鸟鸣声。

⑥蝍蛆（jí jū）：一说蟋蟀。一说蜈蚣。从文意来看，指蜈蚣较妥。穰穰（rǎng）：众多。

⑦凄怆：悲伤。

⑧矇（méng）：看不清。章：明。

⑨捐：丢弃。夜光：明珠。

⑩椒瑛（yīng）：比喻贤德之人。椒，香木。瑛，美玉。涅（niè）污：染污。

⑪菓（xǐ）耳：即苍耳，菊科。这里比喻奸佞小人。

⑫摄：整理。缓：使……松。

⑬墨阳：古代宝剑名。

⑭四荒：四方荒远的地方。

⑮虿（chài）：蝎子一类的毒虫。

⑯蚰蜒（yóu yán）：虫名，生活在阴湿的地方。

⑰嫉贼：痛恨奸佞小人。嫉，痛恨。贼，危害社会的人。

**【译文】**

正值秋天啊天气清凉，晴空万里啊天气明朗。北风萧萧啊寒冷凛冽，草木始凋啊形容枯黄。是蚸蚗啊噍噍鸣叫，蜈蚣啊众多纷纷。时光飞逝啊年岁已老,感怀伤世啊心中悲伤。悲伤世俗啊混乱污浊,蒙蔽人心啊不辨黑白。沙子碎石啊被视为珍宝,夜明宝珠啊却被丢弃。香木美玉啊被污泥污染,刺人苍耳啊却充满房室。整理衣冠啊宽松衣带,手持宝剑啊出门远行。我命仆从啊备好车驾,将要驰往啊荒远之地。走下台阶啊碰上毒蝎,走出大门啊遇到毒蜂。巷中密布啊蚰蜒,城里爬满啊螳螂。见此情景啊痛恨奸臣,气愤填膺啊满腹痛伤。

　　俛念兮子胥①,仰怜兮比干。投剑兮脱冕,龙屈兮蜿蟤②。潜藏兮山泽,匍匐兮丛攒③。窥见兮溪涧,流水兮沄沄④。鼋鼍兮欣欣⑤,鳝鲇兮延延⑥。群行兮上下,骈罗兮列陈⑦。自恨兮无友,特处兮茕茕。冬夜兮陶陶⑧,雨雪兮冥冥。神光兮颎颎⑨,鬼火兮荧荧⑩。修德兮困控⑪,愁不聊兮遑生⑫。忧纡兮郁郁⑬,恶所兮写情⑭。

**【注释】**

①俛(fǔ):同"俯"。低头。

②龙屈:像龙一样屈曲。蜿蟤(zhuān):屈曲而不伸展的样子。

③丛攒(cuán):罗列分布。此指草木丛生处。

④沄沄(yún):水流回旋汹涌的样子。

⑤鼋(yuán):鳖。鼍(tuó):鳄鱼的一种,俗称"猪婆龙"。

⑥鳝(shàn):一说为鳇鱼、鲟鱼之类大鱼。鲇(nián):鲇鱼。延延:众多。

⑦骈(pián)罗:并列分布。

⑧陶陶:漫长的样子。

⑨颎颎(jiǒng):同"炯炯",光明的样子。

⑩荧荧(yíng):微光闪烁的样子。

⑪修德：修养德行。困控：言无人引进。

⑫聊：快乐。遑：何，怎能。常用于反问句。

⑬忧纡：忧思郁结。

⑭恶(wū)所：何所，何处。写情：宣泄、排遣感情。

**【译文】**

低头想起啊伍子胥，仰天长叹啊怜悯比干。掷剑于地啊丢下冠冕，暂且屈曲啊不再伸展。潜藏隐居在啊深山大泽，匍匐安身在啊草木之中。遥遥窥见啊山涧溪水，水势回旋啊奔流汹涌。大鳖、鳄鱼啊怡然自得，鳝鱼、鲇鱼啊众多簇集。成群结队啊上下游动，并列分布啊列队而陈。只恨自己啊没有知己，独自一人啊孤苦伶仃。冬夜漫长啊实在难熬，雨雪纷飞啊昏暗幽冥。神灵之光啊焕发光明，幽灵之火啊闪烁莹莹。修养德行啊却无人引进，忧愁难解啊又何以为生。忧思郁结啊愁绪萦绕，无处可以啊宣泄心绪。

# 守 志

**【题解】**

"守志"系恪守志向，实现理想之意。此篇实则是首游仙诗，写屈原在遭受严酷的政治打击后仍然坚守自志，不屈身事佞。篇中大量笔墨描绘了主人公因不满现状而远飞仙界，与前朝圣贤、天上星宿同游交谈，辅助天帝建立功勋，得到了精神上满足。虽然篇末仍然流露出些许失意与哀叹，但坚强向上的乐观精神是占主导地位的。特别是乱辞部分为读者描绘的那幅君明臣贤、政清民安的图画，展示了王逸对屈原所处黑暗时世的愤慨和借想象让屈原实现超越自我、完成美政理想的愿望。此心良苦，颇为感人。

陟玉峦兮逍遥<sup>①</sup>，览高冈兮峣峣<sup>②</sup>。桂树列兮纷敷<sup>③</sup>，吐紫华兮布条<sup>④</sup>。实孔鸾兮所居<sup>⑤</sup>，今其集兮惟鸮<sup>⑥</sup>。乌鹊惊兮哑哑<sup>⑦</sup>，余顾瞻兮怊怊<sup>⑧</sup>。彼日月兮暗昧<sup>⑨</sup>，障覆天兮祲氛<sup>⑩</sup>。伊我后兮不聪<sup>⑪</sup>，焉陈诚兮效忠<sup>⑫</sup>。摅羽翮兮超俗<sup>⑬</sup>，游陶遨兮养神<sup>⑭</sup>。乘六蛟兮蜿蝉<sup>⑮</sup>，遂驰骋兮升云。

**【注释】**

①陟(zhì)：由低处向高处走。玉峦：即玉山。

②峣峣(yáo)：形容山势高大的样子。

③纷敷(fū)：形容分布错杂的样子。

④紫华：紫色花朵。华，同"花"。布条：舒展枝条。

⑤实：相当于"是"，此，这。孔鸾：孔雀和鸾鸟。

⑥惟：只有。鸮(xiāo)：同"枭"，猫头鹰。

⑦乌鹊：乌鸦与喜鹊。哑哑(yā)：乌鸦叫声。

⑧怊怊(chāo)：怅惘，惆怅。

⑨暗昧：昏暗无光。

⑩祲(jìn)氛：不祥之气。

⑪伊：句首助词。后：君主。

⑫焉：怎么。

⑬摅(shū)：舒展。羽翮(hé)：翅膀。

⑭陶遨：无牵无挂。

⑮六蛟：六龙。蛟，古代传说中的龙类动物。蜿蝉(wān shàn)：蛟龙盘屈貌。

**【译文】**

登上玉山啊逍遥自在，看到山冈啊巍峨高大。桂树罗布啊散布错杂，开着紫花啊舒展枝条。本是孔雀鸾鸟啊居处所在，现在聚集的啊只有猫头鹰。乌鸦喜鹊惊惧啊哑哑作声,我见此情此景啊不禁怅惘。看那日月啊昏暗无光,遮蔽天空的啊是不祥之气。我的君王啊受蔽不明,如何表明心志啊报效忠诚!展翅高飞啊超越世俗,无牵无挂地遨游啊怡养心志。乘着六条蛟龙啊盘曲舞动,驰骋而上啊直达云间。

扬彗光兮为旗①,秉电策兮为鞭②。朝晨发兮鄢郢,食时至兮增泉③。绕曲阿兮北次,造我车兮南端。谒玄黄兮纳贽④,崇忠贞兮弥坚⑤。历九宫兮遍观⑥,睹秘藏兮宝珍⑦。就傅说兮骑龙⑧,与织女兮合婚⑨。举天罼兮掩邪⑩,彀天弧兮躲奸⑪。随真人兮翱翔⑫,食元气兮长存⑬。望太微兮穆穆⑭,睨三阶兮炳分⑮。相辅政兮成化⑯,建烈业兮垂勋⑰。目瞥瞥兮西没⑱,道遆迥兮阻叹⑲。志稸积兮未通⑳,怅敞罔兮自怜㉑。

**【注释】**

①彗光:彗星之光。

②电策:电光。这里形容闪电的形状。电,闪电。策,鞭子。

③食时:用膳的时候。这里特指进早餐的时刻。增泉:银河。

④玄黄:天地之神。纳贽(zhì):初次拜见长者时馈赠礼物。

⑤崇:尊尚。

⑥九宫:天官。

⑦秘藏:这里指隐藏或珍藏的大宗之物。

⑧傅说(yuè):殷王武丁贤相,相传死后为辰宿。

⑨织女:星名,在天琴星座。婚:通"昏"。

⑩天罼(bì):即天毕,星名,因其形似罗网而得名。掩:一网打尽之义。

⑪彀(gòu):拉满弓弩。天弧(hú):星名。形状像箭搭在弓上,所以叫

弧矢。

⑫真人：道家称存养本性或修真得道的人，亦泛称“成仙”之人。

⑬元气：神仙家、方士服食导引术所用术语，指阴阳混一之气。

⑭太微：亦作“大微”。古代星官名，三垣之一。穆穆：肃敬威严的样子。

⑮三阶：星名，又名三台，分上台、中台、下台，共六星，两两相比。古人以天象象征人事，以比“三公”，故言“相辅政”。炳分：“缤纷”之音变，光辉灿烂。

⑯成化：实现教化。成，实现，达成。

⑰烈业：显赫的业绩。垂勋：遗留功勋于后世。

⑱目：一说应作“日”。瞥瞥（piē）：倏忽，忽然。

⑲遐迥：遥远。

⑳稸（xù）积：压抑，难以发挥。未通：没有实现。

㉑敞罔：怅惘失意的样子。

**【译文】**

扬起彗星之光啊作我旗帜，拿着闪电之鞭啊策马前行。清晨出发啊从故都鄢郢，早餐时分到达啊银河之滨。绕着弯曲山阿啊北边留宿，接着驾车赶往啊南面一端。拜谒天地之神啊献上珍贵礼物，崇尚贤良之心啊更加坚定。游历遍观啊天帝宫庭，奇珍异宝啊尽入眼底。乘着龙车啊拜见贤相傅说，和忠贞织女啊结下姻缘。高举天网啊消灭奸佞，拉满天弓啊射死佞人。跟随仙人啊翱翔太空，服食天地元气啊以求万古长存。望见太微星啊肃穆庄严，看到三台星啊光辉灿烂。它们好像在辅助君主啊育化万民，立下显赫业绩啊和不朽功勋。太阳迅速啊向西方下沉，前方道路遥远啊阻隔重深。满怀壮志啊难以实现，怅惘失意啊自叹自怜。

乱曰：天庭明兮云霓藏，三光朗兮镜万方①。斥蜥蜴兮进龟龙<sup>②</sup>,策谋从兮翼机衡<sup>③</sup>。配稷契兮恢唐功<sup>④</sup>,嗟英俊兮未为双<sup>⑤</sup>。

**【注释】**

①三光:指日、月、星。镜:照耀。

②蜥蜴:一种爬行动物。这里比喻卑鄙小人。龟龙:灵物,喻忠贤。

③翼:辅助,辅佐。机衡:北斗七星中第三星璇玑与第五星玉衡的并称。也代指北斗。

④配:相匹配,比得上。稷契:二人皆唐尧时贤臣。稷,后稷,周先祖。契,商先祖。恢;弘大,宽广。唐:唐尧。

⑤嗟:赞叹。

**【译文】**

乱辞说:天庭一片光明啊云霓深藏,日月星辰光芒朗朗啊照耀四方。斥退卑鄙蜥蜴啊请来忠贤龟龙,听从他们出谋划策啊定国安邦。才智堪与稷契相比啊发扬唐尧功绩,感慨今世英贤啊无人与您相匹。

# 中华经典名著
# 全本全注全译丛书
## （已出书目）

| | |
|---|---|
| 读通鉴论 | 素书 |
| 宋论 | 新书 |
| 文史通义 | 淮南子 |
| 老子 | 九章算术（附海岛算经） |
| 道德经 | 新序 |
| 帛书老子 | 说苑 |
| 鹖冠子 | 列仙传 |
| 黄帝四经·关尹子·尸子 | 盐铁论 |
| 孙子兵法 | 法言 |
| 墨子 | 方言 |
| 管子 | 白虎通义 |
| 孔子家语 | 论衡 |
| 曾子·子思子·孔丛子 | 潜夫论 |
| 吴子·司马法 | 政论·昌言 |
| 商君书 | 风俗通义 |
| 慎子·太白阴经 | 申鉴·中论 |
| 列子 | 太平经 |
| 鬼谷子 | 伤寒论 |
| 庄子 | 周易参同契 |
| 公孙龙子（外三种） | 人物志 |
| 荀子 | 博物志 |
| 六韬 | 抱朴子内篇 |
| 吕氏春秋 | 抱朴子外篇 |
| 韩非子 | 西京杂记 |
| 山海经 | 神仙传 |
| 黄帝内经 | 搜神记 |